Retour à Salt Hendon

DE LA MÊME AUTEURE

— La saga de la famille Roxton —
Noces de minuit
Duchesse d'automne
Dair le Diabolique
La Fière Mary
Le fils du satyre

— Série Salt Hendon —
L'Épouse de Salt
Retour à Salt Hendon

« Avec mon lorgnon et ma plume, je pars dans ma chaise à porteurs – le 18ᵉ siècle est vraiment génial ! »

QUAND JE NE me balade pas dans le Londres du 18ᵉ siècle dans ma chaise à porteurs où que je ne suis pas en train d'échanger des ragots avec des nobles parfumés et bien mis dans les salons dorés de Versailles, j'écris des romances historiques georgiennes primées et des romans à suspense (avec une bonne dose de romance).

Mes livres se déroulent dans l'Angleterre georgienne des années 1700, avec quelques voyages éventuels sur le continent européen. Je m'arrête à la Révolution française durant laquelle je suis morte dans une vie antérieure, guillotinée pour mon mode de vie terriblement hédoniste en tant qu'aristocrate oisive !

lucindabrant@gmail.com	lucindabrant.com
pinterest.com/lucindabrant	twitter.com/lucindabrant
facebook.com/lucindabrantbooks	youtube.com/lucindabrantauthor

ANGÉLIQUE OLIVIA MOREAU

Bonjour. J'ai adoré me plonger dans les coutumes, les vêtements et les intérieurs du 18ᵉ le temps de quelques traductions. J'espère que vous apprécierez autant que moi les romans de Lucinda.

angelique@harrespil.com

Retour à Salt Hendon

SUITE DE L'ÉPOUSE DE SALT

Série Salt Hendon, volume 2

Lucinda Brant

TRADUIT PAR ANGÉLIQUE OLIVIA MOREAU

Un livre des éditions Sprigleaf
Publié par Sprigleaf Pty Ltd

Jeu de caractères Adobe Garamond Pro.

Également disponible en livres numériques, livres audio et autres langues.

ISBN 978-1-925614-75-6

10 9 8 7 6 5 4 3 2 1 (iii) I

for

Mirella

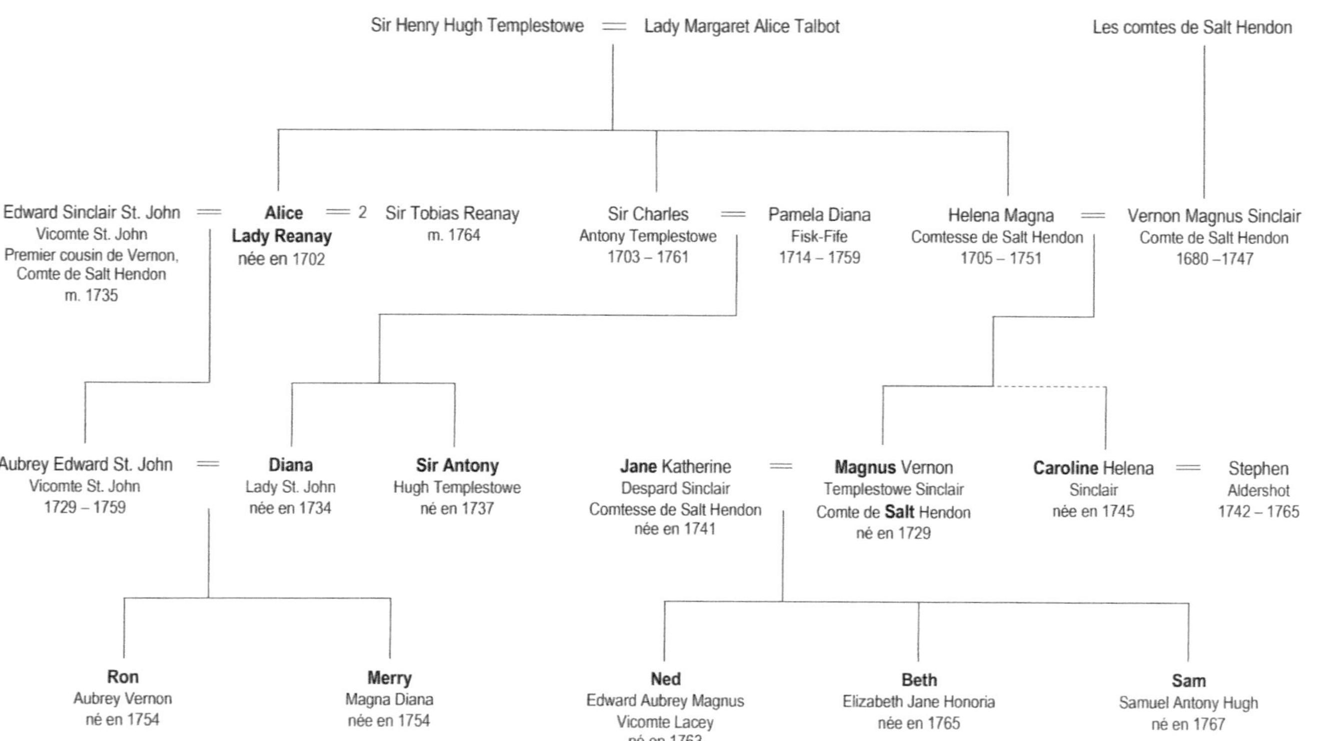

Sir Henry Hugh Templestowe = Lady Margaret Alice Talbot

Les comtes de Salt Hendon

Edward Sinclair St. John
Vicomte St. John
Premier cousin de Vernon,
Comte de Salt Hendon
m. 1735

Alice
Lady Reanay
née en 1702

2 Sir Tobias Reanay
m. 1764

Sir Charles
Antony Templestowe
1703 – 1761

Pamela Diana
Fisk-Fife
1714 – 1759

Helena Magna
Comtesse de Salt Hendon
1705 – 1751

Vernon Magnus Sinclair
Comte de Salt Hendon
1680 –1747

Aubrey Edward St. John
Vicomte St. John
1729 – 1759

Diana
Lady St. John
née en 1734

Sir Antony
Hugh Templestowe
né en 1737

Jane Katherine
Despard Sinclair
Comtesse de Salt Hendon
née en 1741

Magnus Vernon
Templestowe Sinclair
Comte de Salt Hendon
né en 1729

Caroline Helena
Sinclair
née en 1745

Stephen
Aldershot
1742 – 1765

Ron
Aubrey Vernon
né en 1754

Merry
Magna Diana
née en 1754

Ned
Edward Aubrey Magnus
Vicomte Lacey
né en 1763

Beth
Elizabeth Jane Honoria
née en 1765

Sam
Samuel Antony Hugh
né en 1767

PROLOGUE

Tous les mois, le gardien de la personne d'importance restée anonyme détenue au château de Harlech, dans une partie reculée du nord du pays de Galles, envoyait son rapport au comte de Salt Hendon. Un messager livrait ce rapport, toujours de nuit, dans les mains de Mr. Rufus Willis, intendant de la propriété du compte dans le Wiltshire. Mr. Willis donnait alors ce rapport à Sa Seigneurie lorsque son employeur se trouvait seul dans sa vaste bibliothèque, et que la comtesse n'était pas attendue.

Mr. Willis décelait l'angoisse sur le visage de Sa Seigneurie à chaque fois qu'il lui tendait ces rapports. En une occasion, Mr. Willis offrit de lire le rapport afin d'épargner le comte, mais son noble employeur avait refusé en disant que c'était son devoir, aussi détestable et difficile que fût cette tâche. Mr. Willis savait que le comte se punissait lui-même. Le comte pensait cette punition justifiée. Les rapports mensuels étaient un rappel douloureux de la personne d'intérêt anonyme qui avait fait abominablement souffrir ses propres enfants et assassiné des innocents. Elle avait également causé la mort du premier enfant du comte et de la comtesse de Salt Hendon alors qu'il était encore dans le ventre de sa mère. Toutefois, les rapports engendraient un certain réconfort. Tant que sa prisonnière demeurait enfermée, ses enfants seraient en sécurité, ainsi que ceux du comte. Il n'avait cependant pas besoin qu'on lui rappelle sa bonne fortune, le comte savait qu'il était le plus chanceux des hommes et que rien n'était plus important pour lui que son épouse et sa famille.

Le gardien de cette personne anonyme écrivait à peu près la même chose tous les mois. Son « invitée » était une prisonnière modèle, à qui l'on offrait tout le confort possible dans un lieu aussi isolé. La prisonnière avait des servantes pour l'aider à enfiler ses jupons et ses corsages de soie et de satin, qui coiffaient ses longs cheveux auburn à la dernière mode selon ses souvenirs de sa vie londonienne, et qui l'aidaient à choisir les bijoux qui iraient le mieux avec chaque tenue. Comme il convenait à son rang supérieur, elle insistait pour changer de robe trois fois par jour. Du personnel la servait à table comme si elle était reine dans son propre domaine et accourait auprès d'elle au tintement constant de sa petite clochette. Son gardien l'accompagnait au cours de ses promenades sur les courtines et dans les cours du château, dînait avec elle lorsqu'elle l'y invitait et, à l'heure du café et du gâteau, écoutait les portraits spirituels qu'elle lui brossait de politiciens et de personnes estimées de la haute société, qu'elle connaissait tous personnellement.

Cette personne anonyme passait le plus clair de ses journées à lire les derniers numéros de *The Gentleman Magazine*, particulièrement les rapports des sessions parlementaires, et écrivait à son écritoire dans son salon joliment meublé qui donnait sur la mer. Ses lettres étaient envoyées, mais jamais livrées, ce qui faisait qu'elle ne recevait jamais de réponse. Elles faisaient parfois dix pages de long et la plupart étaient adressées au comte de Salt Hendon. Son gardien était tenu par le devoir de lire ces lettres et les trouvait pleines de conseils adressés à Sa Seigneurie sur toutes sortes de sujets, politiques ou domestiques. Les lettres étaient alors brûlées. Alors que le gardien informait le comte de ces lettres en termes vagues, il ne lui rapportait pas l'essentiel, même si cette information confirmait certainement que la femme était bel et bien folle. Chacune était signée Diana, comtesse de Salt Hendon.

Elle avait un correspondant qui lui écrivait régulièrement et qui, lui, recevait ses réponses. C'était un frère, un diplomate qui vivait à l'étranger. Il lui écrivait de Saint-Pétersbourg de longues lettres détaillées à propos de la capitale russe en pleine expansion et de ses environs, de ses gens, et de la façon dont il occupait ses journées en tant qu'assistant de l'ambassadeur. Il incluait souvent de petits cadeaux : un éventail, un mouchoir bordé de soie, une paire de bas de soie, et pour l'un de ses anniversaires, il lui envoya un châle en soie brodée. Ses lettres étaient également pleines des dernières rumeurs de la Cour et des intrigues du palais, et parfois, il incluait des coupures de journaux anglais vieilles de plusieurs mois qu'on lui faisait parvenir en Russie.

Le gardien savait tout ceci, car sa prisonnière se délectait de lui lire ces lettres à haute voix. Il s'était vite rendu compte que ce frère était un gentleman rusé, car il ne faisait jamais mention du comte de Salt Hendon ou de tout autre membre de sa famille. Ce que le frère savait de la correspondance de sa sœur que le comte et sa famille ignoraient – et que lui aussi gardait secret – était que sa sœur lui adressait ses lettres comme si elle était bel et bien l'épouse du comte de Salt Hendon.

Après trois ans d'incarcération, cette personne anonyme ne répondait plus à son propre nom. Elle ne reconnaissait plus la personne qu'elle avait été quand on la lui décrivait. Elle était la comtesse de Salt Hendon et Magnus Sinclair, comte de Salt Hendon, était son cher époux. On n'aurait pu la persuader du contraire. Le gardien ne voyait aucun mal à jouer le jeu. Après tout, elle ne serait jamais relâchée.

Ainsi, après quatre ans d'emprisonnement, cette personne anonyme était traitée en tous points comme si elle était véritablement la comtesse de Salt Hendon. Son gardien, l'apothicaire, sa bonne personnelle et ses serviteurs s'adressaient tous à elle par ce titre, ainsi que les villageois du coin.

Pour récompenser son comportement exemplaire et sous stricte supervision, on lui permit enfin de recevoir des visiteurs. Des membres importants de la ville locale vinrent lui présenter leurs hommages et voir de leurs propres yeux cette belle aristocrate qu'on disait enfermée par un mari brutal. Cette personnalité anonyme se comportait comme une hôtesse polie, pleine de charme et de grâce, et à la noble contenance. Il était facile pour des étrangers de croire qu'ils étaient réellement en présence d'un membre de la noblesse anglaise. Elle était majestueuse dans ses soies et son velours, avec des rubis autour de sa gorge et de ses poignets. Sa conversation spirituelle était émaillée d'anecdotes sur des hommes politiques d'importance, des aristocrates haut placés et leurs parents, de lointains palais de marbre et des villes où l'on ne dormait jamais que les villageois locaux ne pouvaient se représenter qu'en rêve. Très vite, une fois par semaine, Madame présidait une pièce pleine d'auditeurs avides.

Cela, son gardien s'abstint également d'en faire part à son noble employeur. Une fois encore, il s'était dit qu'il n'y avait aucun mal à ce que sa prisonnière prenne le thé avec quelques péquenauds ignorants qui ne connaissaient personne et n'iraient nulle part. Cela permettait de tranquilliser Madame, de la distraire et de l'occuper, en la faisant songer à de petits riens. Ce qui était bien loin de son état mental quand on l'avait amenée au château : un monstre détestable et venimeux, dont toutes les paroles débordantes de haine exprimaient la vengeance et juraient qu'elle allait s'échapper.

Ce que le gardien n'avait pas compris, qu'il ne pouvait pas savoir et n'avait jamais découvert, était qu'il se trouvait en présence d'un intellect bien supérieur et entièrement mauvais. Dans son illusoire prétention d'avoir mis quatre ans pour domestiquer un monstre et vaincu une bête, il en était resté ignorant, presque jusqu'à son dernier souffle. Il n'avait pas compris que sous la surface de sa jolie apparence, de ses soies parfumées, de sa conversation spirituelle et de ses manières charmantes, le monstre restait tapi, attendant son heure et l'opportunité rêvée pour s'échapper et accomplir sa vengeance.

L'horreur de cette réalisation vint le jour où le gardien fut pris de crampes d'estomac et eut une crise de fièvre. L'apothicaire du village crut à un empoisonnement alimentaire et lui prescrit un émétique. Grand favori de Madame, dont il avait traité la migraine pendant plusieurs mois, l'apothicaire laissa le gardien entre ses mains capables. Il lui dit qu'il reviendrait le jour suivant. Avant la tombée de la nuit, le gardien était mort. Avant qu'il ne s'éteigne, ayant perdu la vue et la parole, il était toujours en mesure d'entendre. Madame lui murmura quelque chose à l'oreille alors qu'elle remontait tendrement sa couverture. Les serviteurs prirent ceci pour une scène touchante, une indication du respect profond que portait Madame à son gardien.

En vérité, elle lui avait murmuré avec joie qu'elle l'avait empoisonné. Elle avait soigneusement gardé chaque grain de la poudre contre la migraine que lui avait prescrite l'apothicaire jusqu'à ce qu'elle en ait suffisamment pour lui administrer une dose fatale. Elle le détestait et espérait qu'il souffrait terriblement. Sa haine la plus féroce, elle la conservait pour la femme qu'elle jugeait avoir été faussement présentée en société comme l'épouse et la comtesse du comte de Salt Hendon. Elle avait passé quatre ans à concocter sa vengeance et à présent qu'elle était libre, elle mettrait son plan à exécution.

À la mort du gardien, cette personnalité anonyme ne s'enfuit pas immédiatement. Elle prit le deuil, portant des jupons gris et conviant les villageois locaux à un dîner en son honneur. Puis, après l'enterrement du gardien, un messager arriva en pleine nuit. Il était tellement tard que les sabots des chevaux sur les pavés ne réveillèrent pas les serviteurs. Cela dit, une bonne qui ne dormait pas entendit des voix qui résonnaient dans la cour et se leva, collant le nez sur les carreaux à temps pour voir Madame, vêtue de sa robe de chambre et de ses pantoufles, un flambeau à la main, se hâter de passer sous l'arche et de rentrer par la lourde porte de chêne. Elle tenait un paquet fermé.

Cette lettre tardive provenait du comte, qui la priait de revenir à lui. Il avait été envoûté par une catin de maîtresse, et à présent qu'elle était morte, l'influence qu'elle avait exercée sur lui s'était également dissipée. À sa grande honte, il reconnaissait qu'il avait bien mal agi en exilant son épouse dévouée. Pourrait-elle lui pardonner ? Il avait hâte de la retrouver et viendrait la rejoindre à la frontière du pays de Galles. Elle devait se hâter au plus vite.

Le personnel, l'apothicaire et tous les villageois d'importance qui se considéraient comme les amis de la comtesse de Salt Hendon connaissaient tous par cœur le contenu de la lettre du comte, car elle leur annonça joyeusement la nouvelle et leur montra la missive. L'apothicaire ne douta pas que le sceau et l'écriture appartenaient à l'illustre comte de Salt Hendon. On se réjouit et les villageois organisèrent un dîner de fête afin d'honorer lady Salt et de lui présenter leurs vœux de bonheur, et durant lequel elle porta sa robe et ses bijoux les plus magnifiques.

On plaça des draps sur les meubles, et des coffres et des malles furent remplis à craquer. Une magnifique calèche tirée par quatre puissants chevaux de trait gris emmena lady Salt et sa bonne, et on présenta à Madame des adieux en fanfare. On ne la revit jamais.

Deux jours après son départ, une lettre arriva. Elle provenait de Sir Antony Templestowe, et elle avait fait tout le chemin depuis Saint-Pétersbourg.

L'apothicaire, qui était resté au château afin de régler la petite pile de dépenses de Madame avec l'argent qu'avait laissé à cet effet son gardien mort, ne sut pas quoi faire de cette lettre. Elle était adressée à une certaine Diana, lady St. John, une personne inconnue de l'apothicaire, même si l'adresse était correcte.

L'expéditeur ne connaissait peut-être pas personnellement lady Salt.

Il avait correctement identifié son prénom, mais s'était trompé en écrivant son titre. Cela restait un mystère pour l'apothicaire. Cela dit, il devait faire son devoir envers Madame et redirigea la lettre vers le domaine du comte de Salt Hendon, à Salt Hall, dans le Wiltshire, dont il avait si souvent entendu parler par lady Salt qu'il avait l'impression d'avoir visité en personne la sublime demeure jacobine et son vaste parc.

Puisque Sir Antony indiquait son adresse à Saint-Pétersbourg, l'apothicaire lui écrivit une lettre polie. Il lui expliqua ce qu'il avait fait de sa missive, et supposant qu'il connaissait lady Salt puisqu'il avait utilisé son prénom, il prit la liberté de communiquer la bonne nouvelle à Sir Antony : Madame avait quitté le château de Harlech et était partie retrouver son noble époux, le comte de Salt Hendon.

Un mois plus tard, Sir Antony reçut la lettre de l'apothicaire. Sa lecture le fit immédiatement vomir.

UN

SAINT-PÉTERSBOURG, RUSSIE, 1767

— Revenez-vous coucher, Tosha, l'invita une voix ensommeillée depuis la chaleur de son lit.

Sir Antony Templestowe demeura devant la fenêtre ouverte de la chambre, tournant son dos nu vers la pièce plongée dans la pénombre. Il tremblait, serrant fort le rebord peint, essayant toujours de reprendre le contrôle de ses convulsions. Il se pencha par la fenêtre afin de permettre à la brise glacée née de la rivière Neva de souffler sur son visage blême. Il venait de vomir sur le trottoir en pierre de granite en contrebas, et il s'excusa promptement auprès des deux gardes du palais impérial qui passèrent sous la fenêtre quelques minutes plus tard. Mais, se soutenant mutuellement tout en chantant un refrain des tavernes graveleux qui vantait les mérites d'une fille callipyge nommée Nina, les gardes éméchés n'entendirent pas ses excuses. Ils poursuivirent leur chemin en titubant dans le brouillard alors que Sir Antony tirait la guillotine et s'asseyait sur le rebord de la fenêtre, les yeux fermés.

— Tosha ?

La femme s'appuyait à présent sur un coude pour le regarder par-dessus les draps de soie froissés, les oreillers en plumes et le couvre-lit damassé. Ses prunelles s'ajustant à la faible lumière, elle sourit, balayant du regard toute la longueur du physique splendide de son amant anglais qui se détachait sur la lueur de l'aube filtrant à travers la fenêtre en arrière-plan. De ses cheveux auburn coupés courts, en passant par les muscles endurcis de ses cuisses et jusqu'à ses grands pieds nus, il était parfaitement viril et entièrement à elle. Elle ressentit un petit frisson de plaisir et s'apprêtait à lui adresser une remarque mutine quand elle perçut que quelque chose le tracassait. Elle se rassit, écarta de son visage la masse de ses longues boucles dorées et passa une délicate robe de chambre en soie sur ses épaules rondes afin d'abriter sa poitrine de l'air du matin.

— Tosha ? *Antony* ? Que… qu'y a-t-il ? Que s'est-il passé ?

— Pardonnez-moi de vous avoir réveillée, Votre Altesse, répondit-t-il d'un ton placide, adressant une petite révérence en direction de l'alcôve sans rideaux abritant le lit à baldaquin sur lequel reposait sa ravissante maîtresse, la princesse Ekaterina Knyazhevy-Yusupova. J'ai besoin… j'ai besoin de rester seul un instant…

Il ramassa la feuille de papier qu'il avait jetée à terre dans sa hâte de gagner la fenêtre et avec une autre courbette, il se dirigea vers son boudoir afin de se gargariser avec un rince-bouche au gingembre et à la cannelle. Il s'aspergea le visage d'eau glacée et resta penché sur la grande cuvette de porcelaine décorée, le froid soudain le faisant haleter, inspirant profondément, espérant que la lettre n'ait été qu'un mauvais rêve. Mais elle ne l'était pas. Il coula un regard vers le parchemin posé sur la commode. S'emparant de la cruche de porcelaine, il se vida ce qu'il restait d'eau glacée sur la tête.

Il enveloppa sa nudité dans un banian de soie verte et dorée qu'il avait trouvé jeté sur le tabouret capitonné, glissa ses pieds nus dans une paire de mules en cuir rouge du Maroc, et s'assit devant la commode aux pieds recourbés afin de sécher les cheveux à la serviette. Il relut alors la lettre de cet apothicaire inconnu de lui. Son contenu le remplit d'un effroi accablant, et une autre vague de nausée nourrie par une anxiété dévastatrice le terrassa. Il ferma les yeux, essayant de combattre le malaise. Heureusement, l'envie de se purger l'estomac ne s'ensuivit pas. Il ne s'était pas senti aussi malade depuis ce jour tragique à Londres, quatre ans auparavant, lorsqu'on avait dévoilé que son unique sœur, un des ravissants joyaux de la haute société, était une faiseuse d'anges, une meurtrière d'enfants innocents. Elle était folle, cela ne faisait aucun doute. Elle avait manqué tuer son jeune fils dans son obsession de devenir l'objet exclusif des affections du comte de Salt Hendon. Elle délirait assurément. Elle ne devait jamais être remise en liberté ; c'était incontestable.

L'ayant exilée dans un lieu reculé et secret avant qu'un soupçon de scandale ne puisse atteindre la bonne société, il savait que cette solution concernant sa sœur était la bonne. Cela épargnait à sa famille — surtout à son fils et sa fille, ainsi qu'à lui-même —, une ignominie éternelle. La famille et les amis croyaient que Diana St. John était partie sur le Continent pour sa santé ; c'était également ce que pensait la bonne société. Mais pour son cousin le comte, Diana aurait très bien pu être pendue et avoir connu une mort lente pour ses crimes innommables. Il voulait la voir brûler en enfer et Sir Antony ne pouvait pas le lui reprocher. Sa sœur était un monstre sans conscience. Ce fut cette réalisation et la connaissance de tout ce qu'elle avait fait qui l'avait précipité dans une spirale de néant insensé dès qu'elle avait été exilée loin de Londres et de sa vie pour toujours… du moins le pensait-il.

Il n'avait pas bien géré la chose. Il s'était mis à boire à outrance ; assez de vin et d'alcools forts pour se noyer l'esprit. Il avait négligé sa famille, dont – honteusement – sa nièce et son neveu à présent orphelins. Il avait gâché sa prometteuse carrière de diplomate et perdu toute prétention de devenir un jour un ambassadeur. Dans les brumes de l'alcool, il s'était imposé à la société, se couvrant d'opprobre et se comportant en fléau. Un jour, il était allé trop loin. À sa honte éternelle et au dégoût de tous, il s'était présenté saoul à un récital donné en l'honneur du comte et de la comtesse de Salt Hendon. Devant plus de cinquante personnes, il avait eu une dispute embrasée avec la sœur du comte, lady Caroline, lui jetant au visage des accusations qu'il n'aurait jamais dû prononcer. Il avait causé le genre de scandale que son cousin le comte abhorrait et avait réussi à éviter avec le bannissement de Diana.

Il se demanda si le sang qui coulait dans ses veines n'était pas lui aussi parcouru de folie. Il s'était humilié – ainsi que lord et lady Salt –, mais il avait également dévasté les espoirs et les rêves de la seule femme à qui son cœur appartenait vraiment. Il ne se le pardonnerait jamais. Pouvait-il reprocher à Caroline de le détester ? Avait-il été surpris qu'elle ait refusé de le voir avant qu'il ne parte pour la cour impériale de Russie ? Puis un jour, il avait découvert de lui-même, en lisant un journal anglais passé d'un mois, que lady Caroline Sinclair, unique sœur du comte de Salt Hendon, avait épousé l'honorable Stephen Aldershot. L'amour de sa vie était à présent lady Caroline Aldershot et resterait pour toujours hors de sa portée.

C'était tout aussi bien qu'on l'envoie à Saint-Pétersbourg. Le comte de Salt Hendon n'aurait pu le bannir plus loin sans l'envoyer jusqu'aux limites du monde connu. Fidèle à lui-même, il était saoul quand on lui avait offert son titre diplomatique de ministre plénipotentiaire à la Cour impériale de Russie. Sans l'amitié du Prince Mikhail (Misha) Ivan Knyazhevy-Yusupov et de sa ravissante sœur, la princesse Ekaterina (Katya), il aurait pu en rester ainsi. Sans le couple princier, il était certain que l'alcool l'aurait tué. Ce qu'il devait à Misha et Katya ne pouvait se mesurer, car il leur devait littéralement la vie. Avec leur soutien et leurs encouragements, il s'était tiré du marasme de l'apitoiement et de son dégoût de lui-même, et il considérait à présent Saint-Pétersbourg comme sa maison. Quelle raison aurait-il eu de retourner en Angleterre de toute façon ?

La veille, un serf impérial avait livré cette maudite lettre à son appartement.

Quand il était revenu de son match d'escrime contre Misha, il avait trouvé Katya en train de s'éventer avec la lettre fermée. Elle était assise en tailleur au milieu de son lit, nue. Il avait mis la lettre de côté sans l'ouvrir, oubliée, jusqu'à ce que de nombreuses heures plus tard, il la retrouve parmi les draps froissés aux petites heures froides et sombres du matin. Il avait lu la missive de cet apothicaire inconnu qui l'informait innocemment que « lady Salt » avait quitté le château Harlech et était partie retrouver son époux, le comte de Salt Hendon.

Sa folle de sœur s'était échappée de la forteresse qui lui servait de prison, et encore une fois, sa vie ne lui appartenait plus.

Il n'avait pas le choix. Il devait quitter Saint-Pétersbourg sans attendre afin de retourner à Londres.

Le grincement d'une porte tira Sir Antony de ses réflexions sur la meilleure façon d'informer Misha et Katya de son départ. Un panneau s'ouvrit dans le mur peint et son majordome aux yeux ensommeillés passa la tête par la porte du passage de service.

— Tout va bien ? J'ai entendu Votre Seigneurie se lever…

Sir Antony lui fit signe d'entrer.

— Du thé, Semper.

Ce dernier scruta intensément son maître. Il posa la question, même s'il espérait déjà connaître la réponse. Sir Antony n'avait pas consommé une goutte d'alcool en deux ans.

— Votre Seigneurie n'a pas… Vous n'avez pas consommé quelque chose de plus fort ?

Seigneur Dieu ! Comme il aurait aimé boire quelque chose de plus fort ! S'il existait un moment idéal et une bonne raison de rompre ses résolutions et de se replonger dans l'alcool, il les avait trouvés. Une bouteille de claret, une autre de cognac, et il aurait pu commencer à évacuer sa sœur de son esprit. Mais il secoua la tête et dit d'un ton égal :

— Non, juste du thé. Et peut-être pouvez-vous également apporter ces petits macarons que Son Altesse aime tant ?

— Très bien, Monseigneur.

Le maître et le serviteur se regardèrent dans les yeux.

— Si jamais je replonge, dit Sir Antony à voix basse, vous savez quoi faire.

— Oui, Monseigneur, je le sais. Je ne vous ferai pas défaut.

Sir Antony ferma brièvement les paupières.

— Merci.

— Je vais faire rallumer les cheminées, dit Semper afin de changer de sujet et d'apaiser l'ambiance. Puis vous faire couler un bain.

Quand son maître hocha la tête, Semper fit un geste vers la porte de service ouverte et les serfs qui patientaient dans le passage obscur se précipitèrent à l'intérieur. Une douzaine ou plus se dispersèrent à pas de loup à travers les pièces de l'appartement afin de vaquer à leurs tâches. Au début, à son arrivée en Russie, la présence de tant de serviteurs avait dérangé Sir Antony. Quand il avait essayé sans succès d'en diminuer le nombre qu'il pensait nécessaire à son confort, la princesse l'avait informé que les serfs étaient possédés, corps et âme. Tous avaient une fonction, quelque subalterne fut-elle, et la leur retirer signifiait diminuer leur valeur.

Sir Antony n'en avait plus parlé et avait laissé ce bataillon aux soins de Semper et de ses compétences organisationnelles. Son major-dome était en train de leur répartir les tâches. Deux serfs se rendirent à la cheminée, tandis que deux autres se glissaient dans la chambre pour y allumer le feu. Trois se rendirent dans la salle de bains afin d'y préparer son bain, tandis que le reste disparut dans la noirceur du couloir de service, allant remplir le samovar en argent d'eau bouillante et préparer les deux théières de porcelaine. Ils revinrent en poussant un chariot garni de tout ce qui était nécessaire pour le rituel du thé matinal de leur lord anglais.

— Sa Seigneurie souhaite-t-elle commencer par le bain ?

— Je prendrai d'abord le thé.

Semper s'inclina, et en jetant un regard à la cheminée, il vit que les serfs s'affairaient autour de l'âtre. Il jeta un autre coup d'œil dans la salle de bains, tourna les talons pour partir, mais s'entendit rappeler.

— Semper...

— Oui, Monseigneur ?

Sir Antony jeta la lettre au milieu du fatras des pots en cristal et des affaires de toilette en argent et en ivoire disposés sur la commode. Poussant un lourd soupir, il se redressa, serrant davantage le banian autour de son corps, et il dit :

— Je me rappelle que lorsque je vous ai informé de ma décision de rester à Saint-Pétersbourg, vous n'étiez pas triste à l'idée de ne jamais retrouver Angleterre. Au contraire, vous aviez l'air très heureux.

— Oui, Monseigneur, c'est vrai.

Sir Antony haussa un sourcil.

— Ce sourire était-il dû à votre amour soudain pour tout ce qui touche à la Russie et à l'attachement particulier que vous avez noué à l'une des serves de la princesse ?

— Oui, Monseigneur. C'est la vôtre à présent ; une couturière qui s'occupe de votre garde-robe.

— Ma serve ? Depuis quand est-ce que je possède ces serviteurs ?

— Son Altesse vous a offert cinquante serfs à Noël.

— Offert ?

Cette idée ne plaisait absolument pas à Sir Antony. Toute sorte d'asservissement humain le répugnait.

— Oui, Monseigneur. Ils vous appartiennent à présent. Dix parlent également le français en plus de leur langue maternelle, ce qui m'a été d'une aide précieuse pour m'aider à gérer leur emploi du temps.

— J'ignorais complètement que vous aviez pris une telle peine.

— Ce n'est pas une peine, Monseigneur.

— Rappelez-moi comment s'appelle ma couturière.

— Nina, son nom est Nina.

— J'espère que ce n'est pas elle qui possède ce joli postérieur, murmura Sir Antony, se remémorant la chansonnette de taverne des gardes, avant d'ajouter rapidement devant l'air perdu de son majordome : je suppose que ce serait une question rhétorique de vous demander si vous aimez Nina ?

Le valet afficha un sourire penaud.

— En effet, Monseigneur…

Et pourtant, lorsque Sir Antony poussa un autre soupir lourd, il tressaillit.

— Elle n'est pas… Elle n'est pas renvoyée vers le domaine, n'est-ce pas, Monseigneur ?

— Je n'ai en aucune idée. Non. Pas que je le sache. Pourquoi penseriez-vous une chose pareille ? N'avez-vous pas dit que la princesse m'avait offert cinquante serfs ? Si Nina en fait partie, alors ne puis-je pas faire ce que je veux d'elle ?

— Certes, Monseigneur, mais…

Sir Antony attendit qu'il poursuive.

Semper jeta un regard par-dessus son épaule vers les serfs qui allumaient un nouveau feu, puis à travers la porte de service ouverte, comme s'il craignait qu'on ne l'entende. C'était inutile, car dans ces chambres les plus intimes de Sir Antony, il avait délégué les tâches subalternes à des russophones, afin de garantir l'intimité de son maître. Le seul endroit où il n'avait pas regardé était par-dessus l'épaule de Sir Antony, dans la chambre plongée dans la pénombre. Son maître l'avait remarqué.

— La princesse ne comprend pas l'anglais, confia Sir Antony avec un sourire en coin. Même si je suis certain que son altesse est en train de tendre l'oreille pour capter tout ce que nous nous disons.

— C'était-il y a un certain temps, mais j'avais demandé à Votre Seigneurie de parler à son altesse de Nina et de moi... de la possibilité d'un mariage.

Sir Antony, le visage sombre, s'excusa.

— Je l'ai fait. Et comme le couard que je suis, je n'avais pas eu le cœur de vous rapporter que sa réaction avait été de me rire au nez. Elle ne comprend pas pourquoi vous, un homme libre et un étranger, voulez vous abaisser et encourir le ridicule en épousant une de ses... euh... esclaves. Cela ne se fait tout bonnement pas.

— Je ne m'abaisse pas et vous le savez, Monseigneur !

— Oui, vous et moi le savons, Ralph, en convint calmement Sir Antony, mais nous sommes des Anglais résidant en pays étranger. La Russie, comme nous l'avons découvert, est plus étrangère que la plupart des autres contrées. Certes, Saint-Pétersbourg ressemble à une capitale européenne, où tout un chacun peut s'entraîner à manier la langue française et singer les manières françaises au point qu'en clignant des paupières, l'on pourrait se croire à Versailles, mais c'est juste une façade. Il en va de même pour le fait perturbant que nos amis russes adorent tout ce qui est anglais, de nos chiens à notre charbon ! Mais parcourez cinq miles hors de la capitale dans n'importe quelle direction, et vous trouverez des barbes, des pieds nus et de la soupe aux choux ! Et même si cela nous hérisse le poil, nous sommes entourés par l'esclavage. Vous savez que les gens sont des possessions listées dans l'inventaire d'un propriétaire, tout comme cette chaise là-bas ou bien cette tapisserie accrochée au mur. Vous avez dit vous-même qu'on m'a offert cinquante serfs à Noël, tout aussi facilement que vous auriez pu dire que j'ai reçu cinquante paires de bas. Vous pourriez tout aussi bien pu affirmer que vous souhaitez épouser mon canapé, et vous aurez obtenu la même réaction hilare, et pas simple-ment de la part de la princesse, mais du moindre Russe que vous rencontreriez, de haute ou de basse extraction.

— Oui, je le sais, Monseigneur, concéda Semper à contrecœur.

J'espérais simplement que son altesse soit différente des autres, parce qu'elle partage votre lit…

— Faites attention. Semper, le coupa Sir Antony d'une voix très basse.

— Il n'y a pas de mal à espérer, n'est-ce pas, Monseigneur ? continua d'argumenter le majordome tout en ramassant mécaniquement les sous-vêtements en lin, les bas blancs et les chaussures à boucles de diamants de la veille.

Il les déposa dans les bras d'un serf qui passait par là avec un ordre bref qui fit décamper l'homme qui l'avait fixé du regard et qui s'inclina alors profondément en baissant les yeux à terre.

— Son altesse possède une drôle de moralité, si vous voulez mon avis !

— Je ne vous l'ai pas demandé, Semper.

— Elle rit d'un homme libre qui veut se comporter honorablement envers une serve ; votre serve, Monseigneur, poursuivit le majordome avec un grognement insolent tout en brossant la manche d'une redingote de velours bleu nuit ornée d'une broderie argentée sur ses poignets retournés et ses pans. Et pourtant, elle n'a aucun scrupule à partager votre…

— *Il suffit.*

Sir Antony rougit et considéra cet entêté de Ralph Semper. Cela faisait sept ans qu'il était à son service ; quatre en tant que valet, puis, après leur arrivée en Russie, il avait endossé le rôle pesant de majordome de sa demeure considérable. Ils avaient traversé ensemble des moments difficiles. Enfin, surtout Semper, qui s'était occupé d'un maître qui, au tréfonds de son alcoolisme, était tombé plus bas qu'un rat d'égout. Mais il ne s'était jamais montré insolent. Sir Antony se disait que c'étaient seulement les sentiments profonds de Semper pour la serve Nina qui étaient la cause d'un irrespect aussi flagrant, et il lui pardonnait cet accès d'agressivité. Il passa une main à travers sa chevelure courte et dit à voix basse :

— Pratiquez ce que vous prêchez envers mes serviteurs, Semper, et fermez les yeux sur la présence de la princesse. Sans quoi, vous êtes libre de quitter mon service avec un mois de salaire.

— Monseigneur ? Vous quitter ?

Le majordome en resta bouche bée et ce fut à son tour de rougir. Il se courba en deux.

— Pardonnez-moi. J'étais… j'étais… je n'ai aucun désir de quitter votre service, Monseigneur.

— C'est bien. Nous sommes deux. Alors, je vous en prie, prenez garde. Si ces laquais comprenaient l'anglais – ou bien son altesse –, vous auriez été pendu avant même que je n'aie pu obtenir un entretien pour plaider votre cause. Je ne peux pas vous sauver de vous-même, *nigaud*. Quant à Nina, si elle fait partie des cinquante serfs que m'a offerts la princesse, alors c'est à moi de décider si vous pouvez l'épouser, ou pas. N'ai-je pas raison ?

— Oui, Monseigneur, en convint Semper avec un sourire hésitant qui se transforma en un émerveillement naissant. Oui ! C'est vrai, Monseigneur.

Il fronça les sourcils.

— Mais il serait prudent de demander la permission à son altesse, pour la forme.

Sir Antony se contenta de lui sourire.

— Je vous remercie, Semper. Je présenterai votre cause à son altesse dans la journée…

— Je vous remercie, Monseigneur, répondit Ralph Semper. Encore une fois, veuillez m'excuser. Je ne sais pas ce qui m'a pris.

— Moi je le sais, le railla Sir Antony.

Semper vit la princesse venir se placer dans l'encadrement de la porte de la chambre et il s'assura de conserver le regard braqué sur les traits ciselés de son maître, ne serait-ce que parce que toutes les courbes féminines de la jeune femme et bien plus encore se lisaient à travers la soie diaphane de sa robe de chambre et de sa camisole. Il parvint à adresser un signal à Sir Antony en ouvrant grand les yeux, ce que son maître remarqua.

Sir Antony traversa la pièce en direction de son majordome, enfonçant profondément les mains dans les poches de son banian en soie, et il dit très bas afin que seul Semper puisse l'entendre :

— Si Mr. Church dort toujours, réveillez-le. Une longue journée l'attend, à devoir préparer un voyage. Nous partons pour Londres dès que possible.

— Londres ?

Le majordome cligna des paupières, surpris. Il ne s'exprima pas plus haut qu'un murmure, même si la princesse était incapable de déchiffrer la langue anglaise.

— Sommes-nous bannis, Monseigneur ?

Un sourire monta aux lèvres de Sir Antony devant l'usage de ce pronom. Et pourtant, il n'y avait ni humour ni chaleur dans sa voix quand il lui confia :

— Non. Nous retournons à Londres, car les vies d'un petit garçon et de sa mère – et peut-être celles d'autres personnes – sont en danger. J'espère seulement que nous arriverons à temps…

— Qu'avez-vous l'intention de faire quand nous arriverons à Londres, Monseigneur ?

Sir Antony était grave et ses prunelles mornes.

— Pour les mettre à l'abri du danger ? Ce qu'il en coûtera.

DEUX

SALT HALL, WILTSHIRE, ANGLETERRE

Mr. Rufus Willis, intendant de la demeure du comte de Salt Hendon, battait les pavés sous l'arche qui menait aux écuries. Par deux fois, il sortit la tête au soleil le temps de lever les yeux vers la grosse horloge ronde installée dans l'arche pour vérifier l'heure ; un geste futile. Toutefois, savoir que le comte rentrerait bientôt le rassurait. Un ramoneur vigilant avait remarqué sa seigneurie et sa petite escorte qui chevauchaient à travers le vaste parc en direction de la maison.

La grossesse et l'accouchement terrifiaient l'intendant. Les femmes mourraient tout le temps en couches ou bien des suites du processus. Sa femme Anne lui avait donné un fils bien portant et sa seconde grossesse progressait tout aussi bien. Et pourtant, ce n'était pas Anne qui l'inquiétait et qui l'avait arraché à son bureau situé dans le bâtiment principal pour partir aux écuries à la recherche de son employeur : c'était la comtesse.

Le comte était parti très tôt, accompagné de son filleul, Ron St. John, Mr. Hoskins le garde-chasse en chef, et trois de ses assistants. Sur la selle du comte, assis devant lui et tenant le pommeau avec une joie manifeste, se trouvait la fierté et la joie de sa seigneurie, Edward Aubrey Magnus Sinclair, vicomte Lacey, héritier du comté de Salt Hendon, que tout le monde appelait Ned.

Le garde-chasse avait promis à Ned qu'il verrait un vrai cerf vivant, alors quand l'opportunité s'était présentée, ils avaient chevauché jusque dans les bois éloignés pour observer cette bête magnifique avec son troupeau. Ce n'était pas vraiment le jour le mieux choisi, et le comte avait eu l'intention de repousser leur excursion d'une demi-journée, mais la comtesse lui avait dit de ne pas décevoir leur fils en revenant sur sa promesse, quelles que soient les circonstances. Elle lui avait assuré que les douleurs qu'elle ressentait depuis la nuit dernière ne signifiaient pas qu'elle allait accoucher. Selon elle, deux semaines les séparaient encore de l'heureux événement. Afin de satisfaire l'amour de sa vie et de garantir qu'il emmène leur fils effectuer l'excursion qu'il avait promise, la comtesse avait accepté qu'on appelle le médecin, qu'on réveille lady Caroline plus tôt et qu'on envoie un valet à la loge du portier afin d'aller quérir Mr. Willis. Deux heures après le départ réticent du comte, Jane, comtesse de Salt Hendon, avait donné naissance à un enfant en bonne santé, son troisième.

Afin de détourner son esprit de l'inquiétude qu'il ressentait concernant la comtesse et son nouveau-né, Rufus Willis s'appuya contre le mur de grès poli de l'arche élégante et tira une lettre de la poche de sa redingote afin de la relire. La missive était accompagnée d'un petit paquet adressé à Diana, lady St. John, au château de Harlech, et avait été redirigée vers la demeure du comte de Salt Hendon. S'il ignorait pourquoi un paquet à l'intention de lady St. John incarcérée avait été redirigé vers Salt Hall, cela le troublait davantage que la lettre qui l'accompagne ne soit pas de son gardien, mais d'un apothicaire rattaché au château.

Willis n'avait pas reçu le rapport mensuel de son gardien sur lady St. John et n'avait pas encore découvert la raison de ce retard. Le gardien était peut-être malade et l'apothicaire écrivait de sa part ? Mais puisqu'il n'y avait aucune mention du gardien, Willis n'en savait pas davantage. Il se demandait également pourquoi l'apothicaire avait joint le paquet de Sir Antony Templestowe, destinée à la sœur incarcérée de sa seigneurie. Il était encore plus troublant que l'apothicaire ait achevé sa lettre en adressant à lord et lady Salt ses meilleurs vœux, grâce à leur bonheur retrouvé.

Bonheur retrouvé ? Qu'est-ce que cela signifiait ? Pourquoi l'apothicaire avait-il écrit à la comtesse comme si elle le connaissait alors que Willis aurait pu parier toute sa fortune que celle-ci ignorait tout de son existence ? Pourquoi le paquet de Sir Antony avait-il été livré à sa sœur ? Willis avait plus de questions que de réponses. Il avait également l'intuition profonde que la lettre de l'apothicaire en sous-entendait davantage que ce que le suggérait son contenu. Mais Willis ne dérangerait pas sa seigneurie avec une telle lettre lors d'une journée pareille. Ce jour était fait pour la joie et la fête.

Il glissa la missive dans la poche de sa redingote de toile brune et songea à retourner à la demeure afin d'achever ses tâches quotidiennes. Au sommet de sa liste était attendre l'arrivée d'une nourrice nouvellement recrutée qui rejoindrait le nombre en croissante constante des serviteurs employés dans la nursery afin de s'occuper des besoins et des désirs du petit troupeau grandissant du noble aristocrate. Avec la naissance du troisième enfant de la comtesse, l'arrivée opportune de cette fille représenterait une bénédiction.

Le son bienvenu des sabots des chevaux qui claquetaient sur les pavés tira l'intendant de ses réflexions. Il passa sous l'arche, sortant dans l'immense cour d'écurie tandis que le comte et sa troupe dynamique menaient leurs montures sous l'arche. Des garçons d'écurie vinrent saisir la tête des chevaux. Les cavaliers mirent pied à terre. Des valets en livrée sortirent de la cour de la cuisine avec des cruches de bière, une de liqueur, des verres de cristal, des saladiers alourdis de fruits ainsi qu'un grand panier de petits bains chauds beurrés. On emmena les chevaux, les cavaliers retirèrent leurs gants de cuir et apaisèrent leur faim et leur soif. Willis se dirigea alors vers le comte, qui, présentant un bol de fraises à son jeune fils, leva la tête et dit avec un sourire en coin :

— Mr. Willis ! Quelle tâche accomplissez-vous donc en mon nom qui vous fasse ressembler ainsi à un nuage gris dans un ciel sans quoi bleu ? Prenez celle-ci, Ned, bien juteuse, encouragea-t-il son fils de trois ans et demi, dont les petits doigts hésitaient au-dessus du bol que son père lui tendait patiemment. Avant que Ron ne décide qu'elle porte son nom.

— Vraiment, Oncle Salt ? demanda Ron St. John avec sérieux, comprenant la ruse en voyant le clin d'œil conspirateur du comte et regardant le bol comme s'il cherchait la fraise en question. Je veux bien la prendre alors. Ne crois-tu pas, Ned, s'il y a mon nom dessus ?

— Non, Ron ! C'est *mon* nom dessus ! *Ned* ! protesta l'enfant en fronçant les sourcils.

Il s'empara de la fraise succulente que lui avait désignée son père comme si son cousin de douze ans avait l'intention de la lui dérober, et avec un sourire insolent, il se la fourra tout entière dans la bouche.

Le comte sourit à Ron, ébouriffa les boucles dorées de son fils, et quand il vit qu'il mangeait la fraise tout entière, il se redressa pour regarder son intendant, qui souriait de sa tactique pour faire manger des fruits à un petit garçon. Il tendit le bol à un valet.

— Alors, Mr. Willis, dit Salt à son intendant, êtes-vous venu me dire que Madame est en train d'accoucher ?

— Non, Monseigneur... En vérité... approximativement deux

heures après votre départ, l'accouchement de Madame a commencé. Heureusement, la chose a été rapide et Madame a donné naissance à...

— *Non* ! Non, ne me dites rien ! C'est le privilège de ma femme, l'interrompit le comte.

Et loin de ressentir l'inquiétude ou l'alarme évidentes sur le visage de son intendant, il poussa un rire de bonheur franc et donna une claque dans le dos du serviteur, ajoutant avec un grand sourire :

— Ah ! Je le *savais* ! J'avais deviné le jour exact pour Ned et pour Beth, alors pourquoi pas pour le troisième ? Mais Maman a-t-elle bien voulu écouter Papa, Ned ? Non ! Certainement pas.

Il souleva le petit enfant et attendit Ron, qui remerciait poliment le garde-chasse de leur avoir montré le cerf. Quand son neveu le rejoignit, il passa un bras autour de ses épaules, lui disant à voix basse :

— C'était très gentil de votre part, Ron. Merci.

Puis il ajouta d'une voix sonore alors qu'il commençait à traverser la cour, Mr. Willis et deux valets marchant à un pas derrière lui.

— Que croyez-vous que le troisième sera, Ron ? Ned ? Un frère ou une sœur ?

— Un frère ! répondit rapidement Ned.

— Oui. J'espère que c'est un frère, fit écho Ron avec un soupir solennel de résignation. Il y a déjà trop de femmes dans cette maison.

Puis il ajouta rapidement, craignant que son parrain ne le trouve indélicat :

— Je les aime, Oncle Salt, mais leurs vêtements et leurs conversations... Si je dois encore écouter Merry décrire sa robe de mariée... comme si elle allait se marier demain et qu'elle n'avait pas douze ans comme moi... je crois que j'en rendrai mon déjeuner ! Beurk. C'est à vous retourner l'estomac.

— Alors je ne me demande pas pourquoi vous avez hâte de partir à Eton.

— Très ! Mais je dois d'abord survivre à un mois de broderie et de fichus en dentelle !

Cela fit rire le comte.

— Un jour, Ron, vous remercierez votre sœur, dit-il d'un ton cryptique. Comprendre des mystères tels que les broderies et les fichus prendra une importance démesurée lorsque vous déciderez enfin que vous voulez vous mêler aux femmes et à leurs conversations.

Il regarda son intendant par-dessus son épaule.

— N'est-ce pas vrai, Mr. Willis ?

— Très vrai, Monseigneur. Un intérêt profond pour les activités féminines sont particulièrement importantes quand un jeune homme décide de courtiser.

Ron plissa le visage comme s'il venait de mordre dans un citron.

— *Courtiser* ? Beurk. *Jamais.*

Avec un sourire, le comte attira Ron dans une étreinte affectueuse puis le lâcha afin de sortir de la cour et fouler le sol de marbre glacé noir et blanc du vaste couloir. Son sourire s'évanouit quand il vit son majordome, deux valets sur ses talons, s'entretenir à voix basse avec le médecin à l'autre bout du couloir, là où il donnait dans l'immense hall d'entrée. Portant toujours Ned dans les bras, il se dirigea d'un pas vif vers le médecin. Willis et Ron le suivirent rapidement, essayant de rester à la hauteur des grandes enjambées de l'aristocrate qui interrompit son domestique.

— Alors ? demanda-t-il au médecin.

Il remarqua que la redingote de l'homme replet était boutonnée jusque sous son double menton et qu'à ses côtés, il portait d'une main gantée un sac de cuir noir. Il ne savait pas s'il arrivait ou bien s'il partait. Quand le médecin ne répondit pas immédiatement, Salt dévisagea le majordome, qui soutint son regard avant de se tourner vers le médecin, attendant qu'il parle en premier. Le cœur du comte s'emballa et il devint blême.

— Parlez ! ordonna-t-il au médecin. La comtesse…

Le médecin osa lui couper la parole.

— Je suis désolé, Monseigneur, vraiment, vraiment désolé. Je suis arrivé trop tard. Je n'ai rien pu faire…

— Seigneur Dieu… Rufus ! Prenez Ned ! lui ordonna Salt qui songea au pire.

Il plaça Ned dans les bras de son intendant avec un léger baiser sur le front du petit enfant, puis il s'éloigna à grands pas, laissant le groupe rassemblé dans le vestibule de marbre le regarder sans un mot. Le médecin ouvrait toujours la bouche pour parler, mais le moment était passé. Ron St. John adressa un mouvement du menton à Willis et se retira en silence vers ses appartements, suivant le comte jusqu'en haut du grand escalier. Mais il marchait lentement et la tête baissée, de peur qu'un serviteur, ou pire, un membre de sa famille, ne surprenne les larmes dans ses yeux.

Le comte gravit les marches de l'escalier de marbre quatre à quatre. Il ne s'arrêta qu'une fois parvenu au deuxième palier. Là, il s'immobilisa dans le grand vestibule, avec ses fenêtres à deux étages qui encadraient une vue pittoresque sur le champ vallonné verdoyant, et au-delà, le vieux pont de bois et la maisonnette d'été située près du lac. Il prit une inspiration, regardant le paysage sans le voir alors qu'il retirait sa veste d'équitation en velours et la jetait loin de lui comme s'il avait la peste. Deux valets ouvrirent les doubles portes en chêne qui menaient aux appartements privés qu'il partageait avec la comtesse, et ils les refermèrent derrière leur maître sans un mot dire, mais avec des yeux écarquillés et en haussant des sourcils compréhensifs.

Salt traversa rapidement la salle à manger privée, ne jetant pas un regard aux deux femmes de chambre surprises qui reculèrent contre la table d'ébène pour laisser passer le comte, ni à la troisième qui ouvrait largement les rideaux bordeaux et dorés afin de laisser la lumière se déverser sur les lames du parquet poli.

Il traversa la petite antichambre avec ses deux portes décorées, l'une qui donnait sur sa chambre privée, l'autre sur un palier qui menait aux pièces de la nursery occupées par ses enfants, et enfin vers le joli salon de sa femme, avec son papier peint au style chinois et ses rideaux assortis d'un doux coloris pastel rose et vert. C'était un espace si féminin et qui ressemblait tant à Jane que la pièce ne manquait jamais de le remplir de chaleur… sauf ce jour-là.

Ce jour-là, les meubles auraient pu être recouverts de draps qu'il ne l'aurait pas remarqué, alors qu'il ouvrait à la volée la porte qui menait au vestiaire de son épouse. La porte claqua contre le mur recouvert de papier peint, si fort que, malgré le bruit et le remue-ménage à l'intérieur, les occupants interrompirent ce qu'ils faisaient et regardèrent vers la porte. La pièce, de son paravent décoré à la commode encombrée, était pleine de femmes qui s'affairaient. Elles s'inclinèrent toutes d'un même mouvement, mais quand le comte les regarda sans les voir, elles attendirent leurs ordres, immobiles. Lady Caroline Aldershot adressa un signe du menton à la femme de chambre en chef de la comtesse, puis les serviteurs se ranimèrent et reprirent leur travail, le regard braqué à terre.

Salt aurait continué, mais à travers le battement dans ses oreilles, il entendit son nom, et il tourna brusquement la tête à gauche. Assises sur la méridienne de damas bleu pâle se trouvaient sa filleule Merry et sa sœur Caroline, et entre elles était une nurse qui berçait doucement un nouveau-né bien emmailloté qu'elles dévoraient toutes du regard. Que le nouveau-né ne se trouve pas dans les bras de sa mère si tôt après la naissance accrut la crainte du comte qu'il ne soit arrivé quelque chose de terrible à sa femme. Sans adresser un mot à sa sœur, qui se redressa en secouant ses jupons de soie florale et se dirigea vers lui, il gagna à grands pas la porte de la chambre.

Avant qu'il ne puisse l'ouvrir, une fillette potelée de deux ans aux boucles noires drues et aux joues rouges lui barra la route avec un cri de joie. Elle serra fort les bras autour de sa botte et refusa de le lâcher. Elle exigeait que Papa lui fasse faire à dada, comme il le faisait toujours. Le comte retira délicatement les doigts de sa petite fille de sa botte d'équitation, la prit dans ses bras, déposa un baiser sur sa joue chaude et la tendit à une nounou qui se tenait là, disant sans la moindre trace de son espièglerie et de ses sourires habituels, et avec plus de brusquerie qu'il n'en avait eu l'intention :

— Maman d'abord. Beth après.

— Salt, voulez-vous tenir votre…

— Jane, d'abord, dit-il à sa sœur Caroline sans se retourner.

Puis il se glissa dans la chambre à coucher alors que lady Elizabeth Jane Honoria Sinclair – Beth pour les intimes – éclatait en sanglots et appelait sa mère.

Le comte parvint devant le lit à baldaquin et réalisa qu'il n'avait pas respiré une seule fois depuis qu'il était entré dans la pièce. Il poussa un soupir de soulagement tout en s'essuyant le visage d'une main froide avant de la passer à travers sa chevelure châtain battue par le vent, tandis que l'occupante du lit peinait à se rassoir contre la montagne de moelleux oreillers de plumes. La servante de Madame vint rapidement à son aide.

— Salt ? Magnus ? Que… qu'y a-t-il ? demanda Jane, comtesse de Salt Hendon, d'un ton alarmé. Que se passe-t-il ? Ned n'est pas là ? Il n'est pas tombé pendant votre promenade ? Beth ? Elle vient de m'appeler. Que s'est-il passé ?

Elle prit la main que lui tendait son mari alors qu'il se mettait à genoux à côté du matelas, mais quand il ne répondit pas immédiatement, se contenant de lui embrasser le poignet puis de baisser la tête pour toucher leurs mains jointes de son front chaud, comme s'il priait, elle s'effraya pour de bon.

— Pas le… pas le *bébé* ? demanda-t-elle dans un murmure craintif.

Il secoua la tête mais ne leva pas les yeux.

— Non, non, marmonna-t-il. Tout se déroule comme prévu…

Ce fut au tour de Jane de soupirer et elle se cala en arrière contre les coussins, jetant un regard aux autres occupants de la pièce. Sans un mot, la servante de Madame fit sortir de la chambre les deux bonnes chargées de piles de linge. Mrs. Willis les suivit après avoir placé une tasse de thé sur un plateau à portée de Jane. Le couple demeura seul. En entendant le cliquetis de la serrure de la porte de la chambre, Salt leva les yeux.

À travers un voile de larmes, il sourit à sa femme. Elle avait des yeux bleus fatigués et son visage était dénué de couleurs. Malgré tout, en dépit de ce qu'elle venait de traverser, elle restait profondément ravissante et sereine. Quels que soient ses troubles, dès qu'il sentait le poids de ses responsabilités peser sur ses épaules, être avec Jane ne manquait jamais de l'apaiser et de le faire se sentir suprêmement heureux d'être vivant ; tout allait bien dans le meilleur des mondes. Elle parut lire dans ses pensées, car alors qu'il se calait face à elle sur le matelas, elle lui dit d'un ton léger :

— Je ne suis pas surprise que vous ayez cru que quelque chose n'allait pas. Tout s'est déroulé tellement vite. Le bébé était déterminé à entrer dans le monde avec le moins de douleur possible pour sa chère mère, ce dont je lui serai éternellement reconnaissante.

Il lui tendit la tasse de thé.

— Ne vous avais-je pas dit que c'était aujourd'hui ?

Elle sourit et avala une gorgée de thé sucré qui la ravigota.

— Certes. Mais même vous n'auriez pu prévoir que le bébé viendrait avant le déjeuner ! Mrs. Willis est arrivée ici à temps pour me venir en aide, mais le Dr. Hume ne nous a servi à rien. Il est probablement toujours en route.

— Il se trouve en bas dans le couloir ; il n'a pas encore retiré sa redingote.

— Eh bien, il ferait tout aussi bien de la garder ! dit Jane d'un ton rude. Je suppose que cela le changera agréablement de n'être pas obligé de s'occuper une femme qui accouche en criant et maudissant son époux de lui faire subir une épreuve aussi douloureuse…

— M'avez-vous maudit, Jane ?

— Oh, certainement. Mrs. Willis me dit qu'il n'est pas naturel de ne pas le faire.

Ce à quoi le comte éclata de rire. Elle reposa sa tasse de porcelaine vide sur sa soucoupe et il la mit de côté sans quitter sa femme des yeux.

— En plus de donner naissance à un enfant bien portant, j'ai aussi réussi à ranger la chambre à coucher, me débarbouiller le visage et me faire brosser et tresser les cheveux. Et tout ceci avant l'arrivée du médecin. Certes, cela fait six heures qu'il a été appelé, mais il va peut-être se demander si j'étais bien enceinte après tout.

Elle tendit la main vers son mari, lui disant avec un regard inquisiteur :

— La prochaine fois, vous feriez mieux de faire quérir le Dr. Hume dès que vous ferez l'un de vos rêves. La nuit dernière, non seulement vous m'avez réveillée, mais manifestement, le bébé s'est également lassé du dérangement et a voulu sortir pour dormir dans un berceau.

Quand Salt grogna une excuse sans la regarder dans les yeux, elle eut confirmation que le rêve de son époux avait en réalité été un cauchemar, un événement régulier au cours des semaines précédentes. Elle ignorait ce qui le perturbait, et cela la troublait.

— J'aimerais que vous me confiiez ce qui vous inquiète tant. Et ne me dites pas, je vous prie, que ce n'est rien, une broutille ou bien quelque chose dont je ne devrais pas me soucier. J'ai partagé votre lit toutes les nuits pendant quatre ans, alors je sais quand vous êtes troublé au-delà de ce qui raisonnablement attendu d'un homme dans votre position.

Elle sourit en regardant ses yeux bruns et dit d'un ton guilleret :

— Si vous ne pouvez pas m'en parler à moi, alors à qui d'autre ? Certainement pas à Willis. Vous et votre intendant partagez la même disposition sérieuse, et je ne veux pas que Mrs. Willis puisse me reprocher de donner des tracas supplémentaires à son époux.

Quand il sourit faiblement et regarda leurs doigts enlacés sur le couvre-lit, elle ferma brièvement les yeux, soudainement très lasse et désireuse de reprendre son nouveau-né dans les bras, voulant que son jeune fils, sa petite fille et toute leur famille partagent avec eux la naissance d'un nouveau Sinclair. Cela dit, n'entendant pas pleurer à travers les murs de son salon, elle attendit patiemment, espérant avoir convaincu son mari de se confesser.

— Ma très chère Jane, vous venez de donner naissance à notre troisième enfant et je n'ai pas eu la correction de prendre des nouvelles du bébé, et pourtant *vous* ne pensez qu'à moi...

Il plaqua soudain les lèvres sur le dos de sa main.

— Je ne vous mérite pas...

— Foutaises ! Bien sûr que si !

— Jane... sans vous... Si jamais je vous perdais, que ce soit en couches ou bien d'une quelconque façon... Sans vous, rien de tout ceci ne compte... *Rien.*

Les larmes montèrent aux yeux de Jane et elle passa les doigts à travers la masse épaisse de ses cheveux châtains, disant face à sa tête baissée :

— Mon cher, cher époux... je vous aime tellement...

— Et je vous aime tel que les mots ne sauraient pas l'exprimer...

Il ne put se contraindre à lui révéler toute la vérité. Oui, il s'était inquiété de la naissance imminente de leur troisième enfant. Quel mari n'était pas terrifié par l'accouchement et toutes les calamités que cela impliquait ? Il avait gardé ces inquiétudes pour lui. Il se sentait honteux et coupable d'admettre les rêves qui avaient troublé son sommeil au cours du mois précédent n'étaient pas empreints d'inquiétude pour sa femme ou ses enfants, mais concernaient quelqu'un d'autre, une créature si détestée qu'il se détestait lui-même de lui permettre d'envahir ainsi ses pensées. C'était la lettre, ou plutôt l'absence de lettre, qui avait déclenché les cauchemars. Il n'avait pas besoin que son intendant l'informe que la lettre mensuelle du gardien de cette personne innomée était en retard. Il attendait ces lettres, comme si avec chacune, il pouvait respirer plus librement pendant quatre semaines encore, sachant que la créature qui avait essayé de tuer sa femme et était une meurtrière d'enfants à naître restait enfermée, loin de Jane, de ses enfants et de Ron et Merry. Ils étaient à l'abri du danger, à l'abri du mal pendant un autre mois.

Au cours des quatre années précédentes, il avait souvent songé à mettre un terme à la souffrance de cette appréhension écrasante qui le consumait. Puisque Diana St. John resterait enfermée pendant le reste de sa vie, dépouillée de son identité et n'étant plus connue que sous une désignation anonyme, il avait présumé qu'il serait libéré d'elle. Mais il ne l'était pas. Il savait que la libération ne viendrait qu'avec sa mort. Il avait songé trop de fois pour les compter à la faire empoisonner ou bien à s'arranger pour qu'elle ait un accident, qu'elle tombe d'une tourelle ou se brise la nuque dans les escaliers. Ce serait facile à mettre en place. Et pourtant, cela ferait également de lui un meurtrier, et il ne vaudrait pas mieux qu'elle. Il ne voulait pas avoir son meurtre sur la conscience ni que ses enfants découvrent un jour que le père qu'ils aimaient et respectaient avait participé à un crime aussi atroce, qui plus est contre une créature clairement aliénée.

Il se rassit et se secoua mentalement afin de se libérer de pensées aussi mélancoliques. Les yeux bleus de Jane étaient si emplis de sollicitude qu'il se dit qu'il était un misérable égoïste. Cela aurait dû être une période de bonheur, de réjouissances, de rire insouciant, centrée sur la famille. Il le devait à ses deux enfants, à la petite vie qui venait d'entrer dans le monde, à sa famille tout entière et à ses domestiques, à ceux qui sollicitaient son conseil et cherchaient son l'exemple, et plus que tout, il le devait à sa femme, à Jane. Non seulement lui avait-elle donné trois enfants bien portants qu'il adorait, mais aussi une vie qui méritait d'être vécue.

Il repoussa ses sombres pensées jusqu'au lendemain et embrassa le dos de la main de son épouse, s'apprêtant à lui fournir une explication confuse sur son sommeil fréquemment perturbé au cours des quelques semaines précédentes, quand elle lui fournit une excuse plausible sur laquelle il pouvait s'aligner facilement sans avoir besoin de lui mentir.

— Votre problème est que votre esprit a besoin de s'occuper. Je ne veux pas dire compter les moutons et réparer les enclos des locataires. Vous avez besoin de politique, de papiers et de cent désagréments parlementaires pour empêcher les détails domestiques mineurs de s'immiscer dans vos pensées. Willis s'est avéré être merveilleusement compétent en tant qu'intendant du domaine, à tel point qu'il ne vous reste qu'à dire *oui* ou *non* à ses suggestions et à ses conseils.

Jane lui pressa les doigts.

— Willis peut gérer le domaine sans que vous ayez besoin de vous y trouver pendant que le Parlement est en session. Il s'est montré plus que capable durant vos fréquentes visites à Londres au cours des derniers mois, pour raisons parlementaires. Ned a quatre ans. Encore un mois d'alitement, et le bébé et moi pourrons voyager. Je vous en prie, Magnus. Si vous sentez que le temps est venu pour vous de retourner dans l'arène politique, vous devez le faire. Quatre années à la campagne à vous occuper de votre domaine suffisent pour un homme de votre compétence ; ce que les journaux ne cessent de me rappeler !

Salt haussa des sourcils surpris.

— Ainsi Madame est-elle d'accord avec les gratte-papiers qui pimentent leurs éditoriaux d'appels à « faire revenir lord S. de la campagne ! », comme si j'étais un baume à appliquer pour guérir le gouvernement ?

— Je ne sais pas si vous êtes un baume politique, dit franchement Jane, mais je ne veux plus que la comtesse de S-H – une manière très peu subtile de me désigner, dois-je ajouter – soit accusée dans la presse de vous tenir prisonnier dans votre propre domaine par des bébés, des babillages et ma beauté !

Elle fit la moue et lui pressa la main.

— Les bébés et la beauté, passe encore, mais *certainement pas* des babillages.

Le comte afficha un large sourire avant de redevenir sérieux.

— Seriez-vous prête à retourner à Londres et connaître l'existence d'une épouse d'homme politique ?

— Je prendrais volontiers les enfants et vous suivrais jusqu'aux confins de l'Amérique du Sud si cela pouvait garantir une nuit de sommeil tranquille !

Ce à quoi Salt éclata de rire et sauta à bas du lit. Il l'embrassa sur le front et lui adressa une révérence gracieuse.

— Qu'il en soit ainsi, mon amour. Devons-nous annoncer la

bonne nouvelle à la famille ? Je doute que Caroline se réjouisse de notre décision de rouvrir en permanence la maison de Grosvenor Square. Elle aime vivre ici, avec lady Reanay et Kitty Aldershot pour toute compagnie…

— … et sa ménagerie de compagnons à poils et à plumes !

Le comte sourit et secoua la tête.

— Je crois qu'elle apprécie leur compagnie plus que la nôtre.

Puis il fronça les sourcils, une pensée lui venant à l'esprit.

— A-t-elle l'intention de continuer à se morfondre dans la culpabilité à présent que son deuil est terminé ?

Jane soutint son regard.

— Il n'existe qu'une seule personne capable d'en décider.

Le comte savait qu'elle faisait référence à Sir Antony Templestowe, mais il ne voulait pas discuter de son cousin disgracié en une telle journée. Aussi ne lui répondit-il pas et se dirigea vers la porte, disant d'un ton guilleret, les doigts enroulés autour de la poignée sculptée :

— Avant que je ne permette à la famille de vous assaillir, et seulement pour une visite des plus brèves, parce que vous et le bébé avez besoin de vous reposer et de vous remettre, Madame a-t-elle des idées de prénom pour le nouveau membre de notre famille ?

— Oui, Monseigneur. Samuel. Sam.

Salt sourit d'un plaisir enfantin.

— Sam ? Un fils, Jane ?

— Oui, un autre garçon. Votre Seigneurie possède à présent un héritier et un second. Même si je ne parlerai jamais de Sam en de tels termes, car il nous est tout aussi cher que Ned.

— Naturellement. Vous savez que j'aurais été ravi de tout ce que vous auriez bien voulu me donner, Jane.

— Je le sais, très cher, répondit-elle même s'ils savaient que la naissance d'un deuxième fils était nécessaire pour assurer l'avenir du comté. J'espère que vous serez tout aussi content des deuxième et troisième prénoms de votre fils : Antony Hugh.

Cela freina net le comte qui s'apprêtait à ouvrir la porte à ses enfants, qu'il entendait l'appeler à travers la mince fente entre la porte et le montant, malgré tous les efforts de la nounou pour les faire taire. Il tourna une épaule vers le lit, les dents serrées.

— J'aimerais appeler notre fils Samuel Antony Hugh Sinclair, déclara Jane d'une voix placide, et qu'Antony soit le parrain de Sam.

— Quand vous aurez eu le temps de vous reposer, de vous remettre et d'y repenser…

— Magnus, j'ai eu neuf mois – et plus – pour réfléchir à des noms pour notre fils. Si les choses s'étaient passées différemment avant la naissance de Ned, Antony aurait tout de même été le parrain de Ned. Il s'est écoulé assez de temps pour que personne ne s'offusque d'un tel geste.

— Et Caroline ? demanda-t-il en haussant un sourcil, comme pour souligner la témérité de sa requête. Je doute qu'elle perçoive les choses comme vous le faites, Madame.

Jane soupira et ferma brièvement les yeux. Elle était épuisée et tout ce qu'elle aurait voulu était de dormir avec son nouveau-né dans les bras, mais seulement après être parvenue à faire accepter sa requête à son mari. Attendre un autre jour permettrait à son mari et à Caroline d'attiser mutuellement leur fierté blessée, puisqu'ils restaient particulièrement sensibles à propos d'un incident qui s'était déroulé quatre années auparavant. Il s'était écoulé suffisamment de temps pour que le frère et la sœur mettent le passé derrière eux et se réconcilient avec leur cousin, Sir Antony Templestowe.

— Je ne peux rien vous refuser, dit-il après un petit silence pesant entre eux. Je vais lui écrire et le lui demander, mais il est toujours possible qu'il refuse cet honneur.

— Il ne refusera pas. Et Caroline ne peut pas refuser d'être la marraine de Sam... Si vous le lui demandez gentiment.

— Jane, ne jouez pas aux entremetteuses. Vous ne pouvez qu'être déçue. Ce qui est fait ne peut être défait. Caroline a été mariée et se trouve à présent veuve. Et à ce qu'on m'a dit, Antony passe plus de temps au lit à donner du plaisir à une plantureuse princesse russe qu'à s'occuper de questions diplomatiques !

— Vraiment ? Eh bien, il devra remercier son mentor de lui avoir enseigné une telle dextérité diplomatique.

— J'étais son mentor !

Jane se blottit sous le couvre-lit de soie, incapable de contenir un petit rire.

— Et quel mentor fantastique vous avez été.

Le visage de Salt devint cramoisi.

— Jane ! Ce n'est pas drôle ! Je n'ai pas envie d'avoir un Casanova pour beau-frère.

Jane n'énonça pas l'évidence. Salt avait un passé rempli de ravissantes maîtresses, et pourtant il était le plus fidèle et le plus aimant des maris. Elle pensait Sir Antony être fait du même bois sur le plan domestique. Et elle ne mentionna pas que le court mariage de Caroline au jeune chasseur de fortune Stephen Aldershot avait été un désastre dès le premier jour, et pour des raisons dont elle ne pouvait pas discuter avec son mari, car il était bon que les frères ignorent certaines choses à propos de leurs sœurs. Aussi dit-elle d'un ton placide :

— Bien entendu, je ne veux pas d'un Casanova pour Caroline. À présent, mon amour, ouvrez cette porte avant que Ned et Beth ne réduisent les panneaux en poussière.

Le comte lui obéit. Avec un sourire rayonnant et de grands gestes, il souleva son fils et sa fille qui se jetèrent dans ses bras ouverts. Adressant un hochement de tête à tous les gens rassemblés dans le salon pour qu'ils le suivent, il porta ses enfants jusqu'au lit à baldaquin. La chambre fut vite envahie par la famille et les domestiques en faveur. Le nouveau membre de la noble famille des Sinclair, bien emmailloté dans sa couverture, fut placé dans les bras tendus de sa mère et dormit vaillamment durant toute cette agitation.

Une fois que le médecin, navré, se fut assuré de la santé et du bien-être de la mère et du bébé, le comte donna l'ordre de faire sonner les cloches dans la chapelle familiale, l'église de la paroisse et dans toutes celles aussi loin que s'étendaient ses terres. Sonner les cloches équivalait à l'annonce publique que la comtesse avait donné au comte un fils, un nouvel héritier. Jane s'endormit au son des cloches, l'honorable Samuel Antony Hugh Sinclair lové contre son sein, ne songeant ni à son nouveau-né, ni à sa famille ou même à son mari, mais à un beau gentleman courtois qui se trouvait à un millier de kilomètres de là.

Si son noble époux avait pu lire dans ses pensées, il aurait été alarmé et envieux de découvrir que la comtesse se demandait comment parvenir à faire revenir en Angleterre Sir Antony Templestowe. Elle croyait de tout son cœur que l'amour que Sir Antony ressentait pour Caroline couvait toujours. Le feu paraissait peut-être s'être éteint, mais si l'on tisonnait la bûche et nourrissait la flamme, elle était entièrement convaincue que cet amour pourrait être ravivé afin de brûler aussi fort qu'il l'avait fait par le passé. L'amour que le comte avait pour elle en était la preuve. Elle avait l'intention de prouver qu'il en allait de même pour les deux personnes, hormis son époux et ses trois enfants, qu'elle aimait le plus au monde.

TROIS

LONDRES, ANGLETERRE

Sir Antony Templestowe aurait été grandement
encouragé s'il avait eu connaissance des pensées de la comtesse de Salt
Hendon. Mais puisque ce n'était pas le cas, il descendit d'une calèche
de voyage couverte de poussière et chargée de ses bagages personnels,
épuisé par le voyage et ne sachant pas qu'au moins un membre de la
famille lui avait pardonné ses indiscrétions passées. Il n'avait pas réalisé
avant cet instant à quel point sa ville natale lui avait manquée, debout
sur le trottoir de South Audley Street, à regarder la rangée des maisons
palladiennes qui menaient aux manoirs de la taille d'un palais de
Grosvenor Square. Il se tint pendant un moment aussi immobile
qu'une statue, tendant l'oreille aux sons discordants et familiers de la
plus grande des villes d'Europe : les sabots des chevaux qui claquetaient, les voitures qui passaient lentement sur la terre compacte, l'accent chantant des marchands ambulants qui faisaient leur réclame
assez fort pour être entendus au-dessus du vacarme constant, la cacophonie sans fin des bruits de chantier, les coups de marteaux et le
tintamarre général des travailleurs.

Il sourit, dynamisé par toute cette animation, et il gravit enfin les
deux petites marches qui menaient à la porte d'entrée située au centre
de la façade de l'élégant hôtel particulier.

La maison, autrefois occupée par sa sœur Diana, lady St. John, lui
était revenue après l'incarcération de cette dernière, sur quoi il avait
ordonné que l'on dépouille l'intérieur de tout vestige de son existence.
Pendant qu'il était en Russie, les pièces avaient été fraîchement
repeintes, couvertes de papier-peint et meublées à son goût. Il avait

vraiment hâte de voir le salon étrusque. Avant son départ pour Saint-Pétersbourg, il n'avait eu que le temps de s'entretenir avec l'architecte et de choisir les couleurs. On l'avait informé par courriers que la pièce était à présent meublée de sofas dorés au capitonnage généreux et de tables à pieds recourbés, et que les fenêtres à guillotines étaient ornées de rideaux de soie dans des teintes terracotta et cacao assorties au papier peint classique au motif de vases et de statues antiques en drapés. C'était l'espace idéal pour son samovar en argent, ses théières assorties et son service à thé impérial.

Dans son vestiaire, il y avait une niche entre la fenêtre de plain-pied et la porte qui menait à son boudoir, et c'est là qu'il positionnerait l'énorme baignoire en cuivre impérial, avec sa canopée de rideaux diaphanes qui conserveraient la chaleur pendant qu'il se laisserait mariner. Ramenée de Russie avec soin et à grands frais, c'était un cadeau d'adieu de son mentor, le prince Mikhail. Il se demanda si Semper était déjà parvenu à la positionner, et il ne voyait pas ce qu'il aurait plus aimé que de se baigner dans de l'eau parfumée avec une bonne tasse de thé Caravan brûlant, à lire le dernier numéro du *The Gentleman's Magazine*.

Il remarqua qu'un heurtoir était fixé à la porte d'entrée noire laquée, indiquant qu'il était à la maison pour recevoir des visiteurs, et il se dit que Semper l'avait replacé en sachant qu'il devait arriver dans les jours prochains. Sir Antony avait envoyé en avance par bateau depuis Esjberg son majordome, une troupe de serviteurs russes et ses affaires personnelles, tandis que lui-même avait fait le voyage en calèche depuis Lubeck jusqu'à La Hague afin de livrer une correspondance diplomatique trop délicate pour être confiée à un messager. Plus important encore, cela lui avait permis de se remettre du mal de mer dont il avait souffert durant le voyage entre Helsinki et Lubeck. Quand il avait mis le pied sur le sol anglais après la dernière traversée, il s'était trouvé nauséeux, mais totalement soulagé de se retrouver sur la terre ferme.

La porte s'ouvrit, dévoilant Boyle, son *butler* émacié, et derrière lui, un valet qui l'aida prestement à se débarrasser de son pardessus cintré et à se délester de son épée décorée et de ses gants en chevreau.

— Comme c'est bon que vous soyez enfin revenu, Sir Antony, dit Boyle avec une courbette sourire de bienvenue. Mrs. Boyle et moi attendons ce jour depuis très longtemps.

Avec un geste de la main, il envoya trois valets qui patientaient dans la rue pour aider à décharger l'assortiment de coffres et de paquets.

— Et si je puis vous faire la remarque, vous semblez bien portant.

— Vous le pouvez, Boyle. Je vous remercie. J'espère que Mr. Semper et mes Russes n'ont pas trop chamboulé les habitudes de votre maison ?

— Pas du tout, Monsieur, répondit le *butler* en suivant Sir Antony dans le vestibule de marbre blanc et noir, doté d'un élégant escalier de style Adam.

— Mr. Semper leur a-t-il tous trouvé un endroit où se loger ?

Quand son maître haussa un sourcil, dans l'expectative, le vieux domestique répondit avec un sourire entendu :

— Votre Seigneurie n'avez nul besoin de vous inquiéter au sujet du personnel. Mr. Semper s'est avéré être un excellent majordome, et Mrs. Boyle ne saurait être plus ravie de la jeune Mrs. Semper. Elles tentent de leur mieux de communiquer par une langue commune, et Mrs. Boyle ne saurait nommer une couturière et brodeuse plus compétente que Mrs. Semper. Cinq des Russes sont logés dans l'annexe et ont reçu diverses tâches, et ceux qui parlent le français ont reçu une livrée de valets, comme demandé. Je n'ai jamais rencontré étrangers plus courtois.

— C'est bien.

Au moins, sa demeure marchait droit, ce qui lui éviterait toute distraction pendant qu'il tenterait de remettre de l'ordre sa vie privée. La pensée de faire face à son cousin le comte avec la nouvelle que sa folle de sœur s'était libérée de son enfermement et rodait dans les parages – il n'en doutait pas un instant – lui donnait la chair de poule.

Il était probable que le comte soit déjà au courant. Un mois s'était écoulé depuis qu'il avait reçu la lettre de l'apothicaire, sans aucune nouvelle de Salt. Certes, il s'était trouvé sur la route et n'avait pas prévenu sa famille de son retour imminent, alors les lettres l'auraient manqué. Mais il ne le pensait pas. Sa sœur était folle, c'était incontestable, mais elle était également extrêmement intelligente et extraordinairement rusée, et elle attendrait le moment le plus opportun pour assaillir le comte, au lieu et à l'heure qui siéraient le mieux à ses intentions diaboliques. Quant à savoir comment il allait la débusquer et la mettre hors d'état de nuire avant qu'elle ne puisse faire du mal à ceux qu'il aimait le plus au monde, son plan n'était toujours pas plus clair qu'après son départ de Saint-Pétersbourg. Mais une chose était évidente pour lui. Quand on l'aurait à nouveau capturée, il avait l'intention de la faire transporter jusqu'aux confins les plus éloignés de l'empire russe.

Si savoir Diana en liberté ne suffisait pas à moucher sa joie d'être de retour dans sa ville natale, il restait également la question de ses relations tendues avec lady Caroline Aldershot. S'il avait le choix entre se trancher un membre et la voir heureuse et mariée à un autre, il aurait choisi la première option à tous les coups ! Qu'allait-il lui dire ? Comment féliciterait-il son mari alors qu'il aurait voulu l'étrangler ? Que pouvait-il faire… ?

Le *butler* qui répétait sa question, un peu plus fort que la première fois, tira Sir Antony de sa rêverie et il lâcha la balustrade d'acajou, ayant soudain conscience qu'il serrait le bois poli.

— Voulez-vous retirer vos vêtements de voyage avant de rejoindre la petite assemblée dans le salon ?

Sir Antony posa sa botte d'équitation sur la première marche de l'élégant escalier. Son regard remonta le long du mur incurvé couvert des portraits de ses ancêtres dans des cadres dorés et s'arrêta sur le palier du premier étage.

— Une petite assemblée ?

Oui, Monsieur. Le thé de l'après-midi est servi dans le salon avant que le groupe ne parte aux Vauxhall Gardens. Je crois qu'il y a un récital ce soir…

Sir Antony regarda par-dessus son épaule.

— Des invités ?

— Lady Porter, lady Dalrymple et une certaine Mrs. Smith. Cela dit, puisque lady Dalrymple est venue pour loger ici et que Mrs. Smith est la compagne de Madame, il n'y a en vérité qu'une seule invitée : lady Porter.

Sir Antony se détourna de l'escalier et regarda son majordome.

— Je vous demande pardon, Boyle. J'ai le cerveau fatigué. C'est le voyage, vous comprenez. Il faut que vous m'éclairiez un peu.

— Madame a pris l'habitude d'organiser une réunion tous les jeudis. Puisque c'est le troisième jeudi d'affilée, je dirais que c'est une habitude.

— Et lady Dalrymple est venue loger ? *Ici* ?

— Oui, Monsieur. Sur l'invitation de Madame.

— Et cette autre personne, cette Mrs… *Smith* ? Elle réside aussi sous mon toit… ?

— En tant qu'accompagnatrice de Madame, Mrs. Smith est installée dans le petit appartement contigu aux chambres de Madame, tandis que lady Dalrymple, après consultation avec Mr. Semper, a reçu la deuxième meilleure chambre, celle qui offre une vue partielle sur le jardin et possède un petit salon attenant, en vis-à-vis de celle de Madame. La bonne de lady Dalrymple est logée avec les femmes de chambre et ne manque de rien. Aucune de ces modalités, je vous l'assure, souligna le *butler* quand il lut une absence de réaction sur les traits avenants de son maître, n'affectera d'une quelconque façon le confort de Votre Seigneurie. Les dames demeureront au sud de l'escalier, tandis que Votre Seigneurie conservera le contrôle total de l'aile nord. Sur ce point, Madame, Mr. Semper, Mrs. Boyle *et* moi-même étions en accord parfait.

Si Sir Antony avait été fatigué et avait eu envie d'un bain en descendant de sa calèche, il avait à présent besoin d'une sieste pour s'éclaircir les idées, nouvellement obscurcies par ces dérangements aussi notables au sein de son ménage. Une question demeurait un mystère total. Il réalisa plus tard qu'elle n'avait qu'une seule réponse. Et pourtant, sur le moment, cette possibilité demeurait si loin de sa conscience qu'il n'y prêta pas une seule seconde d'attention, même si c'était la raison de son retour à Londres. Son état de choc total et son incapacité à comprendre ce qu'il avait en face de lui décuplèrent sa réaction.

— Madame ?

Le majordome sourit, comprenant la fatigue de son maître, car qui pouvait être cette femme sinon celle qui lui était la plus proche et la plus chère ? Comme pour répondre à sa question, la porte qui menait au salon étrusque s'ouvrit et le bruit de la conversation et des rires féminins se déversa sur le palier. Madame, un trio de femmes jacassantes à sa suite, regarda par-dessus la balustrade, son éventail de soie ivoire battant doucement de l'air sur son décolleté audacieux. Reconnaissant celui qui se tenait dans le hall d'entrée en contrebas, elle poussa un cri de surprise et se tourna vers ses compagnes afin de leur annoncer que le maître des lieux était enfin arrivé à bon port. Elle dévala l'escalier dans un tourbillon de jupons de taffetas de soie jaune et de mules assorties qui claquetaient sur les marches. Habillés de trois volants d'une délicate soie blanche qui cascadait depuis les coudes de ses étroites manches trois-quarts, ses bras étaient tendus en geste de bienvenue.

Le majordome sourit devant une réconciliation aussi exubérante et il dit, avec un geste du bras qui soulignait que c'était une occasion solennelle :

— Sir Antony, lady St. John.

Plus tôt, alors qu'il se tenait devant sa demeure, à écouter les sons de la ville tout en admirant la vue, et ignorant encore tout de ce qui l'attendait à l'intérieur, Sir Antony n'avait également pas eu conscience de la voiture convertible peinte en jaune contenant trois passagères qui passait le long du trottoir. Si l'occupante de la calèche, assise côté trottoir, avait tendu sa ravissante ombrelle en soie, elle aurait pu toucher Sir Antony à l'épaule. Mais elle n'en fit rien, et sa première réaction fut de détourner le visage de peur qu'il ne la reconnaisse. Mais puisqu'il se tenait de profil, le regard braqué vers un point dans le lointain, il n'y avait guère de risque qu'il se tourne dans une toute autre direction que la porte d'entrée de sa résidence. Il n'aurait certainement pas voulu faire face à l'embouteillage d'une file de calèches qui s'étaient arrêtées à cause d'un ralentissement dans le flot de la circulation un peu plus loin dans la rue.

Gardant cela à l'esprit, la femme se tourna lentement pour le considérer avec audace. Portant une ravissante bergère en paille à large rebord parée d'une couronne de fleurs encerclant sa calotte courte, elle avait été contrainte non seulement de bouger la tête, mais aussi les épaules, et de lever le menton afin que le rebord ne l'empêche pas de voir. Elle était tellement choquée de découvrir que Sir Antony était revenu de Russie qu'elle ignora le regard interrogateur de sa belle-sœur assise en vis-à-vis, qui dévisagea successivement lady Caroline et Sir Antony. Elle n'entendit pas non plus le monologue de sa tante âgée sur l'accident qui avait interrompu la circulation en direction nord-sud. Sa préoccupation pour le profil de Sir Antony l'avait également empêchée de voir que sa tante excentrique avait tiré profit de l'arrêt de la voiture et, avec l'aide de Kitty Aldershot et s'appuyant sur sa canne de Malacca, qu'elle s'était redressée pour mieux voir ce qui se passait.

— Oh, non ! Oh, non ! Une chaise à porteurs s'est renversée. Ces idiots de porteurs ont essayé de dépasser une carriole et ont mal géré leur élan. Imbéciles ! Le pauvre cheval a fait de son mieux pour arrêter ses chevaux, mais une partie du chargement a glissé dans leur tentative d'éviter une catastrophe. À présent, la bâche vole au vent et a dérangé ce qui se trouvait dans les caisses… De la volaille. Oui, de la volaille. Et le vacarme me révèle que ce sont des oies. Qui sait combien d'entre elles ont été écrasées ? Et à présent que la peur les excite, elles se battront à mort ! Je me demande qui est la pauvre personne dans la chaise… ? Une femme. Oui, c'est une femme. Son chapeau est passé par la fenêtre avec le toupet toujours attaché et a atterri dans la boue. Ciel ! Le panache sera irrécupérable. C'est bête de sa part d'avoir gardé la vitre baissée en un jour aussi chaud et poussiéreux. Elle a dû passer la tête par la fenêtre pour crier des ordres, et il lui a été arraché.

— Est-ce quelqu'un que nous connaissons, Madame ? demanda

poliment Kitty Aldershot qui n'écoutait qu'à moitié et qui regarda brièvement par-dessus son épaule droite.

Son regard revint rapidement se poser sur sa belle-sœur, se demandant qui était ce beau gentleman qui avait toute l'attention de lady Caroline.

— Caroline sait peut-être qui se trouve dans la chaise ? Elle a bien meilleure vue que nous. La broderie m'a abîmé les yeux, et je sais que c'est le passe-temps qui plaît le moins à Caroline. Caroline ? Voulez-vous bien regarder pour nous aider à identifier cette pauvre passagère de la chaise à porteurs ? Caroline… ?

Le manque de réaction de sa belle-sœur surprit Kitty. Elle-même n'écoutait peut-être pas les monologues de lady Reanay, qui étaient fréquents et souvent longs d'un paragraphe ou plus, mais elle pouvait toujours compter sur Caroline pour prêter une attention polie aux discours de la vieille femme. Ce permettait à Kitty de passer du temps à rêver sur sa broderie. Elle venait de rêvasser sur son besoin de se rendre au magasin d'habits de Jackson's pour y trouver le costume parfait pour le bal masqué de Salt. Mais l'intérêt que portait lady Caroline à ce bel inconnu au menton résolu et au nez droit affirmé avait fait se redresser Kitty sur le coussin de velours de la voiture, ne portant plus le moindre intérêt à lady Reanay et ses observations sur l'accident.

Lady Caroline faisait ce qu'elle disait toujours à Kitty d'éviter catégoriquement en public : dévisager les gens.

Mais comment lady Caroline aurait-elle pu s'empêcher de contempler un homme que Kitty trouvait aussi proche de l'idéal masculin qu'il était possible, avec sa redingote de voyage cintrée et ses bottes d'équitation lustrées ? Si elle n'avait pas été assise, elle était certaine qu'elle aurait pu tourner de l'œil, simplement pour donner l'occasion au bel inconnu de l'attraper dans ses bras puissants avant que sa tête ne heurte le trottoir. La perspective de se retrouver dans les bras de l'inconnu était si excitante qu'elle lui tira un gloussement involontaire, et Kitty plaqua rapidement une main gantée sur sa bouche pour retenir d'autres manifestations embarrassantes.

Lady Caroline était si préoccupée qu'elle n'entendit pas le petit rire de Kitty. Elle avait subi un choc. Sir Antony Templestowe était la dernière personne qu'elle s'attendait à voir à Londres. Il était censé demeurer à Saint-Pétersbourg pendant de nombreuses années encore, et puisque son frère ne l'avait pas informée du contraire, c'était l'endroit où il était encore censé se trouver. Pas là à Londres, pas devant sa maison.

Il était aussi grand que dans ses souvenirs, ses épaules étaient aussi larges, mais son port, avec le dos droit et le menton levé, était plein d'assurance et proclamait qu'il avait conscience de sa physicalité. Il regardait le monde comme s'il était certain de la place qu'il y occupait, et que les autres feraient mieux de le savoir aussi. C'était un contraste tellement marqué avec la dernière fois où elle s'était trouvée en sa compagnie, quand il avait débarqué, saoul, à un récital, et s'était comporté comme un idiot fini, qu'elle fut forcée de cligner des paupières pour s'assurer qu'il s'agisse bien de lui.

Elle n'entendit pas le craquement quand son pouce ganté appuya trop fort contre les délicats bâtonnets d'ivoire de son éventail peint. Elle n'entendit pas non plus le hoquet de Kitty Aldershot quand l'éventail se brisa en deux. Quand Kitty lui toucha le poignet pour attirer son attention, Caroline se tourna et la regarda sans la voir, ses pensées toujours centrées sur l'homme du trottoir.

— Qui est-ce, Caroline ? demanda Kitty en jetant un rapide regard en coin vers Sir Antony alors qu'il tournait le dos à la rue et remontait les deux petites marches pour aller ouvrir la porte d'entrée.

Caroline perçut la pression sur son poignet avant d'entendre la question de Kitty et elle sentit immédiatement son visage se réchauffer.

— Qui ? Oh, il… Cela n'a aucune importance, marmonna-t-elle, émergeant de sa rêverie.

Elle sursauta en avisant l'éventail brisé qu'elle tenait dans sa main gantée et elle en fourra rapidement les morceaux dans son réticule de velours, contente de pouvoir baisser la tête afin que son chapeau dissimule ses joues rougies au regard inquisiteur de Kitty.

— Mais vous savez qui c'est, n'est-ce pas ? insista Kitty, regardant les trois valets en livrée qui sortirent de la maison pour décharger de la calèche une montagne de bagages.

— Oui, je le sais, énonça Caroline en se tournant vers lady Reanay, intimant que la conversation était terminée.

Elle fut surprise de voir la vieille dame debout.

— Ma tante ? La circulation s'est-elle débouchée ? Voulez-vous que je vous aide à vous asseoir ? Vos jambes…

Kitty plissa les paupières. Elle venait peut-être à peine de sortir du pensionnat, mais elle savait que le bel inconnu avait grandement affecté sa belle-sœur. Cela aiguisait sa curiosité et elle dit avec cette trace de curiosité universelle à toutes les femmes intéressées par un homme en particulier :

— Un gentleman aussi beau arrivant à une telle adresse avec

autant de bagages doit avoir un nom tout aussi important, n'est-ce pas, Caroline ?

— La porte ne veut pas s'ouvrir. Un des porteurs est tombé sur le derrière en essayant de la décoincer. Elle est bloquée, annonça lady Reanay d'un ton égal, toujours sur la pointe des pieds, s'appuyant sur sa canne pour regarder ce qui se passait au-devant d'elles.

Cela dit, elle avait entendu l'échange entre sa nièce et Kitty Aldershot. Elle aussi avait vu qui avait capté l'attention de Caroline et ne s'étonna pas du trouble de la jeune femme. Elle continua de monologuer sur l'accident afin de permettre à sa nièce de se reprendre pendant qu'elle comblait l'absence de conversation dans la voiture.

— Peut-être qu'avec sa perruque arrachée, la passagère devrait rester où elle est et attendre qu'on la reconduise. Je ne sortirais jamais avec la moitié de mes cheveux jetés dans la boue, aux yeux de la moitié de Londres. Un très beau jeune homme à la chevelure sombre, dont la redingote pourrait égaliser l'une des créations de Salt les soirs de théâtre, a gagné la fenêtre de la chaise. Il me rappelle le fils de Roxton, que j'avais rencontré à Constantinople quand ses parents étaient…

Elle s'arrêta abruptement et utilisa les baguettes de son éventail pour taper le genou du valet en livrée assis derrière elle.

— Barnes ? Barnes ! Allez les aider ou bien nous mettrons une éternité avant de repartir et lady Caroline et Miss Aldershot grilleront comme des sardines sous ce soleil de midi. Essayez au moins de convaincre certains des hommes là-bas de remettre les caisses droites avant qu'il n'y ait assez de plumes qui volent dans l'air pour en remplir un oreiller.

Avec un soupir de contrariété, elle se rassit sur la banquette capitonnée et fit bouffer ses jupons de soie. Kitty Aldershot lui offrit rapidement son aide en poussant le repose-pied rembourré à portée de ses souliers.

— Je vous remercie, ma chère. Hé, Barnes ? Barnes, ne vous occupez pas des caisses. Chargez-vous de la pauvre créature prisonnière de la chaise. C'est peut-être quelqu'un de notre connaissance… À présent, mes chères, poursuivit-elle d'un ton léger, regardant successivement Miss Aldershot aux yeux écarquillés et lady Caroline qui rougissait, dès que nous serons à l'intérieur, nous placerons de la glace dans du tissu sur ces visages brûlants. Des filles avec une peau aussi glorieusement laiteuse ne devraient pas se trouver dehors en plein milieu de la journée. C'est ma faute. J'ai insisté pour prendre l'air et nous promener avant le déjeuner. Nous aurions très bien pu faire le tour de la maison, comme d'habitude, à parcourir les pièces, et nous aurions eu le même degré d'exercice qu'en faisant le tour de Hyde Park. Mais l'air frais est meilleur.

— Oui, Madame. Et j'aime tellement me promener, en convint Kitty avec un sourire avant de suivre le regard que la vieille femme dirigeait sur Caroline, qui baissait les yeux vers le réticule de velours perdu dans les soies de ses jupes, ajoutant en s'adressant à elle : les Salt Hendon seront bientôt en ville, et lady Salt nous permettra peut-être d'emmener Miss Merry en balade ? Le matin, bien sûr, parce qu'elle est encore plus jeune que moi ! Je ne l'ai pas vue depuis ma visite à Salt Hendon avant Pâques, et c'est une enfant *si* agréable. Il serait dommage de la tenir enfermée à la maison, n'est-ce pas, Caroline ?

— Oui, c'est vrai, lui accorda Caroline. Mais nous ne pouvons pas aller à l'encontre des décisions de Salt. Les enfants – et cela inclut Ron et Merry – n'ont pas le droit de sortir des murs du jardin. Si le temps est mauvais, ils peuvent toujours courir dans le court de courte-paume. Salt ne veut pas les exposer à la foule curieuse d'un parc public. Il ne trouve pas cela *sûr*.

Kitty le savait, mais elle voulut quand même contester.

— Faire le tour de Hyde Park est une diversion si agréable et inno-cente. Allons, Miss Merry a presque treize ans et cela ne peut certaine-ment pas faire le moindre mal si elle nous accompagne, particulièrement si lady Reanay la surveille ?

— Ce n'est pas à nous de remettre les décisions de Salt en ques-tion, répondit Caroline, même si en privé, elle était d'accord avec Kitty.

Son frère aîné, beaucoup plus vieux qu'elle, s'était toujours montré très protecteur envers elle. D'ailleurs, elle était rarement venue à Londres durant son enfance. Avec ses propres enfants et les jumeaux, cela était devenu maladive. C'était comme s'il craignait de les perdre des yeux, ne serait-ce qu'une seconde, de peur que l'un ou l'autre ne lui soit arraché.

— Il sait ce qui est bien pour ses propres enfants, Kitty.

— B-bien sûr, Caroline, s-sa seigneurie s-sait ce qui est bien, balbutia Kitty d'un ton d'excuse.

Le comte de Salt Hendon la rendait toujours nerveuse, même si sa comtesse était de nature agréable et lui donnait l'impression d'être la bienvenue.

Regrettant immédiatement la rudesse de son ton, Caroline tendit une main gantée vers sa belle-sœur et dit d'un ton plaisant, même si elle n'y croyait pas une seconde :

— Nous pourrions peut-être le persuader ce printemps…

— Salt changera peut-être d'avis si Antony nous accompagnait. Merry est sa nièce à lui aussi, ajouta lady Reanay sur le ton de la conversation sans jeter le moindre regard à Caroline, qui en resta immédiatement bouche bée, et elle s'adressa exclusivement à Kitty : Sir Antony Templestowe est mon autre neveu. Son père, la mère de lord Salt et moi étions tous frères et sœurs ; des Templestowe. Non pas que cela soit d'un quelconque intérêt pour vous ! Ce qui vous intéressera, ma chère, est que le gentleman que vous venez de voir à l'instant sur le trottoir est Sir Antony, mon neveu. Oui. Il réside dans cette demeure, ajouta-t-elle lorsque Kitty se tourna pour regarder avec de grands yeux l'activité des domestiques qui montaient et descendaient les petites marches de la maison de South Audley Street. Il est si avenant et athlétique que je ne suis pas surprise qu'il ait retenu votre attention.

— L'un des points culminants de ma visite à Saint-Pétersbourg pour y voir Antony a été le privilège s'assister à un match sur le nouveau court de tennis impérial, poursuivit-elle, ignorant Caroline qui avait redressé le dos. Antony et son partenaire, le prince Ivan… quelque chose… Savez-vous que *tout le monde* à la Cour de Russie est un prince une-chose-ou-une-autre, alors on les appelle simplement *tous* « prince » ? Antony et le prince Ivan ont battu leurs adversaires à plate couture. C'était seulement mon deuxième véritable tournoi de tennis. J'avais assisté à un match à Fontainebleau. Fascinant. Avant ce tournoi russe, je n'avais jamais réalisé à quel point c'était un sport intéressant, ni à quel point les hommes sont attirants dans des vêtements trempés de sueur…

— Tante Alice ! Vous ne pouvez pas… vous ne pouvez pas émettre de telles remarques à propos d'Antony devant Kitty !

— Je viens pourtant de le faire, ma chère, répondit placidement lady Reanay avec une ambiguïté experte. Ce n'est pas à Antony que je faisais référence dans des vêtements trempés de sueur, mais à présent que vous le dites, lui aussi aurait pu faire tourner de l'œil avec sa chemise et sa culotte humides.

Elle poussa un petit rire qui ressemblait à un gloussement, tout en dépliant son éventail pour envoyer un peu de l'air lourd de la ville vers son visage fardé. Elle braqua ses prunelles pétillantes sur Kitty, qui ouvrait de grands yeux attentifs à présent que le bel inconnu avait un nom.

— Pensez-vous, parce que je suis une grand-mère aux cheveux gris, que je n'apprécie plus le corps masculin ou ne ressens plus aucun désir pour le sexe opposé ? Je suis *vieille*, pas *morte*, mon enfant. Hourra ! Nous avançons enfin ! Et voilà Barnes qui s'en revient après avoir joué au chevalier-servant, proclama-t-elle alors que le valet sautait à nouveau sur le garde-pied derrière la dame. Un moment de plus et j'allais lui demander d'aller toquer à la porte de Sir Antony pour lui demander un peu d'eau glacée. Cela dit, c'est tout aussi bien de laisser ce garçon tranquille si tôt après son retour. Il n'a pas besoin de voir d'autres parents, pas alors que sa sœur a pris la décision de résider avec lui.

Lady Reanay devina à l'air effaré de Kitty que la jeune fille ne savait absolument pas qui elle parlait, alors elle expliqua avec un soupir et un sourire :

— La sœur de Sir Antony, Diana, qui est venue rester chez lui, n'est pas seulement ma nièce, elle est également ma belle-fille, puis-qu'elle était mariée à mon cher fils, Aubrey St. John. Par conséquent, c'est la mère de mes petits-enfants Merry et Ron. Je pourrais vous en dire plus sur Diana, et j'ai assurément ma propre opinion sur ma belle-fille, mais ce n'est pas à moi d'émettre des commentaires, à part pour dire que résider avec Antony est une immense présomption. Je n'en dirai pas davantage. Quoique…

Kitty voyait certainement mieux de qui lady Reanay parlait, mais puisque c'était le neveu qui l'intéressait et pas la nièce, et que la vieille dame ne se vexait jamais qu'on interrompe la conversation afin de laisser la chance à d'autres de parler, Kitty se sentit en son droit de demander abruptement :

— Vais-je… allons-*nous* avoir l'opportunité de mieux connaître Sir Antony, Madame ?

Elle parvenait à peine à dissimuler son excitation, ajoutant parce qu'elle venait de faire une connexion intéressante qui, elle en était certaine, l'aiderait dans son intention d'accompagner lady Reanay lors d'une visite à son neveu :

— J'aimerais beaucoup l'entendre parler de son séjour en Russie. Je connais l'emplacement exact de Saint-Pétersbourg sur le globe parce que Miss Merry m'a demandé de le lui montrer, ainsi que celui de Moscou, à cause du service postal qui fait correspondre les deux villes russes. Et j'ai aidé Miss Merry à calculer les distances que les lettres parcourent afin d'atteindre son oncle Antony. Et nous avons préparé des formes à découper pour son cadeau d'anniversaire.

Kitty chercha confirmation auprès de Caroline.

— Sir Antony est bien l'oncle de Miss Merry, Oncle Tony ? Et son anniversaire est en mars ?

Caroline hocha la tête, fronçant les sourcils.

— Merry vous a demandé *votre* aide afin de confectionner un cadeau pour l'anniversaire de Sir Antony ?

— Oui. Elle m'a aussi fait lire une de ses lettres, dans laquelle il avait promis de lui envoyer une poupée vêtue à la dernière mode.

Kitty, en proie à une idée soudaine, fronça les sourcils.

— J'espère que la carte d'anniversaire de Miss Merry est arrivée avant que Sir Antony ait quitté Saint-Pétersbourg…

Lady Caroline se tourna vers sa tante. L'augmentation des bruits de la circulation alors que les chevaux accéléraient et passaient devant les caisses d'oies terrifiées et caquetantes empilées sur le bas-côté la força à crier dans l'oreille de sa tante.

— Pourquoi ne m'a-t-on pas informée que Diana était revenue de son voyage sur le continent ?

Lady Reanay attira sa nièce près d'elle.

— Salt ne m'en a pas parlé non plus. C'est lady Porter qui m'a rapporté la nouvelle.

— Diana n'oserait pas revenir sans l'approbation de Salt. Antony non plus !

Lady Reanay haussa les épaules.

— Alors Salt doit leur avoir pardonné à tous les deux, parce que le frère et la sœur sont bel et bien revenus en ville.

Elle sourit à Kitty qui demeurait, comme toujours, les yeux effarés durant une conversation d'adultes, et dit sans lever la voix, car la voiture s'était arrêtée devant l'entrée de Grosvenor Square :

— Nous pourrons découvrir la réponse à nos questions demain. Lady St. John nous a invitées pour le thé de l'après-midi. Pour ma part, j'ai hâte de retrouver mon très cher neveu, et vous, ma chère Kitty, aurez l'opportunité de recevoir les remerciements pleins de reconnaissance de Sir Antony pour avoir aidé Merry à rédiger ses lettres.

Elle jeta un œil à Caroline, souhaitant tellement lui dire : *Et vous, ma chère petite, si vous comprenez où se trouve votre intérêt, vous ravalerez votre fierté, reprendrez vos esprits et épouserez l'homme que vous aimez !*

Mais elle n'en dit rien. Elle se cala en arrière en silence, un sourire satisfait s'attardant sur sa bouche fardée que Caroline ne vit pas. Elle se demandait pourquoi Salt ne lui avait pas dit que Diana – et plus particulièrement Antony – était rentrée à Londres. Quant à Kitty, elle avait perdu tout intérêt pour ce qui ne concernait pas les jupons, le corsage et les chaussures qu'elle avait l'intention de porter lors du thé afin de retenir l'attention de Sir Antony Templestowe.

QUATRE

À l'intérieur de la maison de South Audley Street, Sir Antony restait figé, comme si on l'avait cimenté au pied de l'escalier, alors que pas un seul des muscles de son visage n'osait réagir alors que sa sœur dévalait l'escalier pour venir le saluer.

Il ressentit une seconde de joie. Le temps n'avait pas écorné sa beauté et elle était toujours aussi radieuse qu'avant. Son maquillage avait été appliqué avec soin et ses cheveux auburn étaient coiffés à la dernière mode, relevés sur sa nuque en deux épaisses tresses auburn filetées de perles et d'un ruban pâle qui caressait son cou nu. Son instinct fut de la serrer contre lui, de l'étreindre, de sentir la chaleur de l'étreinte d'une sœur. C'était une attente creuse et bien irréfléchie. Non seulement Diana ne l'avait-elle jamais pris dans ses bras, mais en dépit de sa beauté physique et de son apparence de déesse, elle restait aussi froide que le marbre sous ses pieds.

Il n'aurait jamais pu deviner cette issue dans ses rêves les plus fous : qu'après s'être échappée de son incarcération dans le château, elle ose se dissimuler en pleine lumière. Et pourtant elle était là, avec sa suite d'amies, bien établie dans sa maison, son calendrier social bien rempli et semblant aussi saine d'esprit que n'importe qui.

Quel génie !

Quelle audace suprême !

Quel égo !

Quelle réaction avoir ? Que dire ? Que faire ?

Il se trouvait au milieu d'un cauchemar dont il n'était pas responsable.

Lui savait que sous la surface de sa belle apparence se tapissait un monstre capable d'une ruse et d'une méchanceté immenses. Pourtant, ces femmes et le monde en général – comme d'ailleurs la majeure partie de sa famille – ne savaient pas à qui ils avaient à faire. Afin de limiter le scandale familial et protéger les innocents, les quelques personnes qui connaissaient la véritable Diana et les horreurs dont elle était capable avaient juré de ne rien dire. Ils s'étaient aussi mis d'accord sur l'histoire que Salt avait concoctée pour expliquer la disparition soudaine de lady St. John de la haute société et sa séparation de ses enfants. Sa santé s'était dégradée sous la pression du mariage de Salt et elle avait été envoyée sur le continent pour se remettre. Personne ne savait quand elle reviendrait, et par politesse envers le comte et la comtesse de Salt Hendon, nouvellement mariés, ainsi que leur famille, personne ne posa la question.

C'était comme si Diana St. John avait disparu de la surface de la terre…

Et à présent, elle était là ! Une Diana, lady St. John, en tellement bonne santé et si pleine de vie, une force implacable, que Sir Antony se glaça et se sentit défaillir. Son ancienne personnalité, celle qui avait trouvé le réconfort et l'oubli dans une bonne bouteille de claret – l'ivrogne compulsif – se serait inclinée devant le cas de force majeure posé par sa sœur. L'ivrogne aurait pu facilement se convaincre qu'un intellect si terriblement supérieur, avec toute la ruse d'un Machiavel et l'entêtement d'un chien de chasse qui fourrait le nez dans un terrier, était au-delà de ses compétences dérisoires. Son ébriété constante lui permettait de s'absoudre de tout soin et responsabilité. D'autres, comme son cousin le comte, plus capables et déterminés que lui, sauraient mieux gérer le problème que posait sa sœur. Cette ancienne personnalité, cet ivrogne, était un couard égoïste.

Mais plus maintenant.

Il était revenu à Londres avec son passé d'ivrogne derrière lui, déterminé à faire face à ses responsabilités. Et sa responsabilité immédiate était sa sœur Diana. Il devait mettre à jour ses intentions maléfiques et s'assurer qu'elle soit enfermée encore plus sûrement qu'avant. À cette fin, il la battrait à son propre jeu. Alors il fit la chose la plus naturelle du monde, priant d'être capable d'égaler sa ruse ; l'égo de sa sœur la rendrait alors peut-être aveugle à son stratagème.

Il lui rendit son salut, un chaleureux sourire de bienvenue, s'inclinant sur sa main tendue avant de l'attirer contre lui afin de déposer un léger baiser sur sa joue fardée, prenant soin de ne pas écraser les couches de ses jupons de taffetas jaune soyeux. Il huma la senteur de son parfum distinctif de chez Floris, et cela lui rappela un flot de mauvais souvenirs. Serrant les mâchoires et conservant son sourire, il lui permit de lui rendre son baiser.

— Ne vous ai-je pas dit qu'Antony n'arriverait qu'une semaine ou deux après moi ? annonça Diana d'un ton triomphal, posant le bras sur sa manche de velours pour le garder à ses côtés.

Elle leva les yeux vers le haut des escaliers où le groupe de trois femmes se trouvait à quatre marches au-dessus d'elle.

— N'était-ce pas vous, ma chère lady Dalrymple, qui aviez prédit que mon frère rentrerait aujourd'hui ?

— Vraiment ? Hourra ! Lady Porter, vous me devez une guinée ! s'exclama lady Dalrymple, tapotant son interlocutrice sur le haut du bras avec les baguettes fermées de son éventail avant de descendre rapidement les escaliers afin de s'incliner devant Sir Antony. Alors je suis doublement contente que vous soyez rentré aujourd'hui, Sir Antony !

— Vous connaissez lady Dalrymple, ainsi que lady Porter. Et voici Mrs. Smith, qui est ma plus fidèle compagne, fit remarquer Diana St. John en présentant les trois femmes.

Elle jeta un bref regard à Sir Antony avant de dire à la plus grande des femmes du groupe :

— Mrs. Smith, voici mon cher frère, dont vous m'avez si souvent entendu parler.

Mrs. Smith s'inclina à nouveau et se redressa pour braquer le regard sur Sir Antony. Contrairement à lady Dalrymple et lady Porter, elle ne souriait pas, et il n'y avait rien de mutin dans sa contenance. Elle déconcerta Sir Antony en le regardant droit dans les yeux. Elle était étonnamment grande pour une femme, et il y avait une épaisseur dans ses épaules et son cou qu'il n'avait vue que chez les employées de ferme les plus puissantes. Instinctivement, il baissa le regard vers ses poignets, mais avec les mitaines bleues en tricot qui recouvraient le dos de ses mains repliées, il ne savait pas si elle avait également les doigts d'une employée de ferme. Il se demanda où sa sœur avait déniché un tel chaperon, car c'est ce qu'elle était, il n'en avait aucun doute, et quand elle s'exprima, son oreille affinée aux langues vivantes fut alertée par le léger vrombissement d'un dialecte de campagne qu'il ne reconnut pas.

— C'est un plaisir de faire enfin votre connaissance, Sir Antony, dit Mrs. Smith d'un ton égal sans détourner le regard. Lady St. John m'a tellement parlé de vous que j'ai l'impression de vous connaître. Ce que Madame ne m'avait pas dit est à quel point vous vous ressembliez physiquement, si vous me pardonnez d'être aussi directe.

— Nous nous ressemblons ? Vraiment ?

Diana St. John se montra surprise et jeta un bref regard à son frère muet avant de lui adresser un sourire crispé.

— Oui ! Je suppose, que c'est vrai, puisque nous sommes frère et sœur, quoique…

Elle regarda de nouveau Sir Antony, mais cette fois, elle lui lâcha le bras et fit un pas en arrière pour venir se placer près des trois femmes afin de le dévisager des pieds à la tête.

— Il y a quelque chose chez vous, mon cher frère, qui a changé depuis que vous êtes parti pour Saint-Pétersbourg. N'êtes-vous pas d'accord, lady Dalrymple ? Lady Porter ?

— Certainement, Madame, souffla lady Dalrymple en regardant Sir Antony par-dessus le bord de son éventail plissé.

— Il a perdu son embonpoint, annonça lady Porter d'un ton catégorique. Cela vous sied. Une bonne douzaine de femmes pâmées se pendront certainement à vos bras durant votre premier bal. Quel est le secret ? Les hivers russes ? La nourriture ? J'ai entendu dire qu'ils mangent beaucoup de chou…

— Le thé russe, murmura Sir Antony.

— Diana nous parlait tout à l'heure de leurs hivers abominables, ajouta lady Dalrymple en écarquillant les yeux. C'est choquant, tout simplement choquant. Je ne sais pas comment vous avez fait tous les deux pour rester au chaud. Je pense que les peaux d'ours vous ont été utiles.

— Elles aident assurément à lutter contre le froid, Jenny, mais les peaux d'ours n'expliquent pas sa perte de poids ! fit remarquer lady Porter. D'ailleurs, si c'était le cas, alors cette chère Diana n'aurait pas seulement perdu du poids, mais également sa beauté. Les hommes minces sont toujours beaux, mais jamais les femmes. Elles ressemblent au mieux à des poulets émaciés.

— Les hivers ? Des peaux d'ours ? Des poulets émaciés ?

Sir Antony se força à rire et à adresser un sourire machinal à sa sœur. Il avait envie de sortir son lorgnon, mais il se retint de souligner son mensonge.

— Qu'avez-vous donc raconté à ces chères lady Porter et Dalrymple, ma chère ?

— Tout sur Saint-Pétersbourg, répondit lady Dalrymple. J'ai hâte d'en apprendre plus sur le palais et le…

— Et cela arrivera, mais pas tout de suite, l'interrompit Diana St. John d'un ton dédaigneux, faisant signe au *butler* qui était resté consciencieusement à l'écart : Boyle, nos manteaux. La calèche… ?

— Elle vient de s'arrêter devant la porte, Madame, répondit le domestique en s'inclinant.

Puis il fit s'avancer deux valets chargés de divers accessoires de promenade féminins, de manteaux, de manchons et de châles.

— Antony, vous devez être épuisé, poursuivit Diana St. John en se tournant vers ses compagnes alors qu'elle enfilait ses gants en chevreau jaune et avant de lui placer une main sur le bras.

Sir Antony ne bougea pas d'un pouce.

— Je suis certaine que demain, il ne sera que trop content de tout vous raconter sur Saint-Pétersbourg. N'est-ce pas, Antony ? À présent, nous devons partir pour être certaines d'avoir les meilleurs sièges pour la représentation de Polly Young. Elle a une voix des plus divine et n'est âgée que de dix-sept ans. Imaginez-vous !

— Vous verrai-je, plus tard dans la soirée ? demanda Sir Antony sans affect. Ou bien au petit-déjeuner ?

— Pas ce soir ; pas moi, répondit lady Porter. Mais nous nous verrons demain, durant le thé de l'après-midi pour fêter votre retour ?

— Un thé de l'après-midi pour fêter mon retour ? répéta Sir Antony, espérant que sa voix parvienne à feindre une surprise joyeuse. Comme c'est plaisant ! Serez-vous présente aussi, Madame ? Mrs. Smith ? Ah ! J'oubliais. Ce doit être la fatigue. Boyle m'a informé que vous *résidiez* toutes les deux sous mon toit… ?

— Je ne saurais vous remercier de votre générosité, dit lady Dalrymple alors qu'un valet ajustait sur ses épaules une cape de velours rose doublé de satin.

Elle leva vers Sir Antony des yeux bruns expressifs et dit d'une voix qui se brisa :

— Quand Diana m'a parlé de votre proposition pour la première fois, j'ai été tellement touchée. Je lui avais dit à l'époque – n'est-ce pas, Diana ? – que vous n'étiez pas du genre à vous inquiéter du scandale d'héberger une misérable abandonnée sous votre toit. Et je le répète ici à présent, devant témoins. Sans votre gentillesse, sans la gentillesse de lady St. John – une *telle* épaule sur laquelle pleurer –, je crois que j'aurais achevé mon existence seule dans un fossé !

— Pas un fossé, ma chère, répondit catégoriquement Diana St. John avant de se tourner vers le *butler*. Boyle ? J'espère que vous avez informé le valet de Sir Antony que son maître est à la maison, et que pendant nos retrouvailles, on a préparé un bain pour sa seigneurie ?

— Oui, Madame. Et dans la nouvelle baignoire russe, d'ailleurs, Madame.

— Une baignoire *russe* ?

Lady Dalrymple en oublia son discours sur la cruauté de son ancien amant et ses yeux s'écarquillèrent d'un intérêt profond.

— Je ne crois pas avoir déjà entendu parler d'une baignoire russe. Sont-elles différentes des… ?

— Une baignoire est une baignoire, ma chère. À présent, partez avec Mrs. Smith, qui attend patiemment que vous lui preniez le bras, répondit lady Porter en levant les yeux au ciel vers Sir Antony dont le regard n'avait pas quitté sa sœur. Une triste affaire, lui dit-elle à voix basse. Dacre Wraxton. Ce diable de coureur de jupons. Il est parfaitement représentatif de son espèce, mais Jenny Dalrymple s'est comportée comme une idiote envers ce vaurien en rendant leur aventure publique. Elle espérait le forcer à l'épouser. Bien sûr, il l'a immédiatement répudiée. Nous l'avions *toutes* prévenue que cela se produirait. Elle n'a pas écouté. Un homme aussi riche et avec tant de perspectives ne va certainement pas épouser une veuve qui a dépassé la barrière des trente ans. Il voudra quelqu'un de frais et de jeune. Comme tout le monde.

Elle sourit à Sir Antony.

— Mais c'est bien de vous de vous en préoccuper.

— Rappelez-moi, Madame. Est-il le frère ou le cousin de Hilary le poète ? demanda Sir Antony d'un air détaché, regardant Mrs. Smith prendre lady Dalrymple par le coude et l'entraîner à travers le large vestibule vers la porte d'entrée ouverte, où l'on pouvait voir la calèche légère qui les attendait dans la rue.

Il avait surpris le regard furtif que sa sœur avait échangé avec son chaperon, qui avait immédiatement mis Mrs. Smith en branle. Il avait décidé que cette femme était dangereuse et qu'elle avait également conscience que sa maîtresse l'était encore davantage.

— Son frère aîné. En attente d'hériter de la maison de son oncle à la campagne et du titre qui va avec, répondit lady Porter. Et il ne parle plus à ce poète efféminé qui lui sert de frère.

Sir Antony salua Diana d'une inclinaison puis croisa son regard. Elle avait attendu pour prendre congé de lui. Il garda les yeux braqués sur elle, le visage entièrement neutre, et attendit qu'elle prenne la parole.

— Vous semblez fatigué, Antony. Voyager s'avère parfois d'un tel ennui. J'étais certaine que vous arriveriez à Londres depuis Saint-Pétersbourg en un temps record. Cela dit, vos effets personnels et vos serviteurs étrangers sont arrivés avant vous. Pas de vent dans vos voiles ?

— Je les ai fait partir avant moi pendant que je livrai une correspondance diplomatique à La Hague.

Diana St. John fit la moue. Il n'y avait aucune sympathie dans sa voix.

— Oh, non ! Ce retard a dû être stressant pour vous.

Il afficha un sourire pincé.

— Pas du tout.

C'était un pieux mensonge. Voyager par voies terrestres avait été un soulagement. C'était arriver à Londres avec une semaine de retard qui l'avait stressé.

— Cela m'a permis d'éviter ce terrible voyage par mer depuis le Danemark, lui dit-il. Et j'ai pu me procurer quelques cadeaux…

— Quel *cher* frère ; vous pensez *toujours* aux autres, fit-elle remarquer, posant une main sur le devant de sa redingote de velours afin de sentir les battements de son cœur.

Ce qu'elle sentit fut une petite protubérance sous le tissu. Sa surprise s'exprima par un léger haussement de ses sourcils arqués.

— Qu'avez-vous là ? ronronna-t-elle, traçant du bout des doigts les contours d'une broche épinglée hors de vue sur l'avant de son gilet de soie grise.

Elle soutint le regard bleu de son frère.

— Votre cœur bat fort et rapidement, Antony. J'espère que c'est pour la personne dont vous avez la miniature cachée là, plutôt que pour moi ?

Sir Antony retira délicatement sa main et la garda dans la sienne sans détourner le regard d'un iota. Avec ses jupons de taffetas jaune repliés contre ses bottes, elle se pencha pour lui parler doucement, lui remplissant les narines de son parfum agressif. Il se sentit soudain nauséeux, mais se garda de le montrer.

— S'il bat plus fort, c'est dû au plaisir de vous revoir en si bonne forme après une si longue absence, lui dit-il sans mentir.

Elle inclina légèrement la tête, comme pour contester sa sincérité. Enfin, elle sourit et retira sa main de la sienne pour lui donner une petite tape machinale sur la poitrine.

— Eh bien, vous n'avez aucune raison de vous inquiéter. Comme vous le voyez, je suis arrivé en ville sain et sauf, et je suis en parfaite santé.

Elle lui sourit.

— N'attendez pas. Après une bonne nuit de sommeil, vous vous réveillerez et découvrirez que notre réconciliation n'est pas un rêve. Je serai toujours là. Je n'ai plus jamais l'intention de vous quitter. Votre sœur est ici pour y rester. Tant de choses nous ont manquées à tous les deux… à Londres.

Il attendit près des marches, regardant à travers la porte d'entrée ouverte le valet qui faisait monter dans la voiture sa sœur et ses compagnes. Une fois le marchepied replié, les chevaux partirent. Les deux valets rentrèrent et fermèrent la porte d'entrée. Entendre la clenche se refermer tira Sir Antony de sa transe, et avant que le *butler* n'ait pu lui demander si sa seigneurie requérait quoi que ce soit d'autre, il remonta l'escalier incurvé quatre à quatre pour rejoindre ses appartements.

Il était à l'intérieur et avait traversé le salon quand le son de l'eau qui coulait l'arrêta net. Il traversa d'un pas vif le vestiaire bien chauffé tout en tirant sur le nœud compliqué de sa cravate de lin uni, s'immobilisant de l'autre côté du rideau qui fermait la pièce. La grosse baignoire russe en cuivre, avec son revêtement intérieur en lin, était positionnée précisément là où il l'avait requis. Elle était pleine d'une eau chaude et fumante, et sur celui des deux tabourets placé à proximité étaient disposés un plateau pour le service à thé et un journal plié. Un feu crépitait dans l'âtre. Deux de ses domestiques patientaient en silence près de la fenêtre.

Il aurait pu pousser des cris de joie. Il était si fatigué et avait tellement besoin d'un bain apaisant, d'une tasse de thé et de rien de plus éprouvant mentalement qu'une lecture du *The Gentleman's Magazine*. Au lieu de cela, il tourna les talons et dit à Semper qui pénétrait dans la pièce avec un troisième Russe chargé de serviettes de bain :

— Semper ! Trouvez-moi un chasseur de bandits ! *Tout de suite.*

— Vous avez bien donné à ce chasseur de bandits mes instructions à la lettre ?

Semper gardait le silence tout en enfonçant avec précautions une épingle en or à tête de perle dans les plis souples de la dentelle délicate qui soulignait la gorge de Sir Antony. Quand il fit un pas en arrière pour admirer son travail, il hocha la tête d'un air distrait avant de s'avancer à nouveau, pas entièrement satisfait, et il tripota les plis de la cravate jusqu'à ce qu'Antony en ait assez de se faire bichonner et qu'il lui écarte la main d'une claque.

— Je vais juste descendre prendre le thé de l'après-midi, pas assister à un couronnement ! dit-il au reflet de son majordome dans le miroir. Cet attrape-gredin comprend-il exactement ce qui est attendu de lui ?

— Oui, Monseigneur, répondit Semper en retournant se placer près de la commode avec une paire de chaussures de cuir noir qu'il posa sur le tabouret tournant capitonné. J'ai communiqué vos instructions à la lettre à Mr...

— Non ! Pas de noms, l'interrompit Sir Antony en se détournant du miroir.

Il glissa ses grands pieds vêtus de bas dans ses chaussures à talons plats.

— Je ne veux pas connaître le nom de cet individu et je ne veux pas qu'il connaisse le mien. C'est une occasion où l'ignorance est recommandée. Si je ne le connais pas et qu'il ne me connaît pas, aucun de nous n'est compromis.

— Oui, Monseigneur. J'ai choisi les boucles en diamants ovales, si elles vous conviennent ?

Sir Antony regarda les boucles de chaussures dans la paume de la main de Semper et réfléchit. Elles étaient assorties aux boucles de ses genoux, mais pas aussi grandes que les boucles de diamants et de saphirs que Misha et Katya lui avaient offertes pour son trentième anniversaire. *Regardez, Tosha ! Les joyaux sont assortis à vos yeux*, s'était exclamée Katya d'un ton taquin, la lueur pétillante dans ses yeux bleus ne pouvant être décrite que comme une amitié aimante. Il se demanda si Caroline le regarderait un jour à nouveau de la sorte. Mais il désirait plus que de l'amitié, plus que ce qu'il était en droit d'espérer, puisqu'elle était à présent mariée à un autre... Il se passa une main sur la bouche et émergea de son abstraction, adressant un signe du menton à Semper, qui passa alors en silence les courroies à travers les boucles et les accrocha fermement. Quand son majordome se redressa, il dit :

— Et je n'ai nul besoin non plus de savoir à quoi ressemble cet attrape-gredin. Si je ne sais pas la moindre chose de lui, je serais bien incapable de le reconnaître dans une foule. Sans quoi, je serais constamment en train de regarder par-dessus mon épaule, et l'objet de la filature finira par découvrir la vérité. Nous avons affaire à une intelligence bien supérieure à la mienne, Semper, ne l'oubliez pas.

— Oui, Monseigneur, répondit le majordome, qui n'était cependant pas entièrement convaincu.

Il savait que Sir Antony avait un esprit remarquablement vif. Si Lady St. John possédait ne serait-ce que la moitié de l'acuité de son maître, elle serait en effet une adversaire formidable.

— J'ai souligné à Mr. T qu'il devra garder l'œil constamment.

— C'est bien. Et ce Mr… *T*, comprend-il qu'il doit se faire l'ombre de Madame à chaque fois qu'elle mettra le pied hors de cette demeure ?

— Oui, Monseigneur. Mr. T en a parfaitement conscience. Il sait aussi qu'il ne doit pas se faire voir. Et il a deux de ses associés pour l'aider afin que cette maison reste sous surveillance constante, tout comme Madame.

Semper toussa dans son poing avant d'ajouter d'un ton hésitant :

— Si Sa Seigneurie veut bien me le permettre, Mr. T m'a assuré que Lady St. John ne pourra utiliser le pot sans qu'il ne le sache.

— Vraiment ? Alors vous avez assurément engagé l'homme qu'il nous faut pour ce travail. Et il vous rendra un rapport tous les deux jours ?

— Tous les deux jours, Monseigneur, répéta Semper en brandissant une redingote ouverte en soie bleu ciel. Mr. T me retrouvera dans mon bureau sous l'escalier, où les servantes n'ont pas le droit d'entrer. Sauf s'il se passe quelque chose de suspect ; il m'en informera alors sans attendre. Il faut aussi que je dise à Votre Seigneurie que j'ai pris la liberté d'instruire les Russes que sous aucun prétexte, quelqu'un de cette demeure ou extérieur à nous devra être autorisé à pénétrer dans cette aile sans permission ; y compris Madame.

Sir Antony laissa Semper lui enfiler la redingote en soie et il regarda par-dessus son épaule le majordome qui ajustait les pans courts, lui confiant à voix basse :

— Vous comprenez que c'est pour son bien que je fais surveiller lady St. John, n'est-ce pas, Semper ?

— Oui, Monsieur, répondit le majordome d'une voix impassible en s'écartant afin que son maître puisse prendre sa tabatière, son étui et une montre de poche en or sur la commode ordonnée et les placer dans la grande poche de sa redingote. Lady St. John semble en bonne santé, mais son esprit est dérangé. Vous avez dit qu'elle est capable de faire du mal tant à elle-même qu'aux autres, et que nous devons garder une vigilance constante.

Sir Antony croisa carrément le regard de son majordome.

— C'est exact, Semper. Un peu comme vous devez me surveiller parce que je ne suis… *pas bien*. Mais nous devons surveiller lady St. John de plus près, car elle n'a pas conscience de sa maladie. Je me suis réconcilié avec ma dépendance parce que j'en connais la cause et je sais quoi faire. Mais elle ne le fait pas et ne le fera jamais, parce que c'est son esprit qui est brisé et qui ne peut être réparé.

— Oui, Monseigneur, je comprends parfaitement. Dois-je accrocher votre lorgnon ?

Sir Antony hésita. Il se demanda si Semper comprenait vraiment. Il ne lui avait pas confié toute l'histoire sordide des crimes meurtriers de sa sœur et de ses hideux méfaits, mais son majordome en savait à présent plus que quiconque, hormis le petit cercle d'initiés. Une chose était certaine : il aurait confié sa vie à Ralph Semper. Il tendit le lorgnon en or à ruban noir et laissa Semper le lui accrocher autour du cou avant de caler soigneusement le nœud autour de l'intérieur du col de sa redingote.

— Mrs. Semper est-elle au courant du voyage que vous devez entreprendre et de sa raison ?

— Elle le savait avant notre départ quitté Saint-Pétersbourg, Monseigneur. J'ai pensé qu'il était juste de lui dire, au cas où je ne serais resté que quelque temps ici avant de rentrer en Russie. Je ne lui ai pas dit pourquoi je devais rentrer, seulement que j'y étais tenu, et que je serai rentré à Londres dès que le travail serait terminé.

— Je m'excuse de vous donner davantage de soucis, Semper, mais on ne peut rien y faire. Vous n'aurez besoin que d'escorter ma sœur sous la garde des cinq Russes jusqu'à Lubeck, pas Saint-Pétersbourg. J'ai prévu qu'une escorte armée, en plus de votre contingent russe, l'emmène de là à sa destination finale. Les papiers qui octroient la liberté à toutes les personnes concernées – les vingt serfs qui se sont portés volontaires pour cette mission – doivent être confiés par vous au capitaine Vorlkonsy à Lubeck. Il s'assurera qu'une fois que ma sœur sera *installée* dans sa nouvelle résidence, ces hommes et leurs familles obtiennent leur liberté. N'êtes-vous pas d'accord ? ajouta-t-il, apercevant dans le miroir l'air sombre avec lequel son majordome acquiesçait.

— J'approuve votre plan, Monseigneur ; bien entendu. J'avais pensé me rendre jusqu'à la destination finale, répondit Semper avec une déception évidente dans la voix. Afin d'être absolument certain que cette mission est accomplie selon vos stipulations.

— Oh, ne vous méprenez pas ! répondit Sir Antony avec sincérité en se tournant vers Semper. J'ai parfaitement confiance en vos capacités, et je ne saurais vous dire à quel point je vous suis reconnaissant de votre désir de vous occuper en personne de ce désagréable épisode. J'ai simplement du mal à supporter de vous arracher à votre épouse pendant un temps aussi considérable. Si un château perdu au fin fond du pays de Galles n'a pas réussi à contenir ma sœur, je dois trouver un endroit qui le fera, et cela pour le reste de sa vie. Alors, je l'envoie à Beryozovo.

— Beryozovo…?

— Je ne suis pas surpris que vous n'en ayez pas entendu parler. Ce n'est pas un endroit dont on parle. Ou alors sur le ton de la confidence. Même ceux qui y sont envoyés par sa majesté impériale lisent ce nom avec incrédulité sur leurs ordres d'exil, et ils ne peuvent se résoudre à le prononcer. Dire ce nom tout haut rend leur destin tout ce qu'il a de plus réel et de définitif. C'est une *colonie* sur la rivière Ob en Sibérie.

Le visage du majordome devint blême à la mention d'une région au-delà des montagnes de l'Oural qui était si éloignée de toute civilisation qu'il n'en avait entendu parler qu'une seule fois, et, comme son maître venait de le dire, en confidence. Il comprenait à présent pourquoi il devait seulement se rendre au port prussien. Faire le voyage jusqu'à Beryozovo, même à cette époque de l'année, serait hasardeux, ardu et plus que dangereux ; ceux qui s'y rendaient ne revenaient jamais, et ce n'était pas faute d'essayer.

— Est-ce une colonie pour ceux qui sont condamnés au *katorga*, Monseigneur ?

— La servitude pénale ? Oui. Et elle se trouve presque aux limites du monde connu. Je l'ai entendue décrite comme d'un enfer gelé. Les gens meurent de froid dans les rues. Si d'ailleurs, ils ont des rues. Je n'en ai pas la moindre idée…

Sir Antony poussa un lourd soupir. Ce n'était pas un sort qu'il souhaitait à quiconque, mais il savait qu'il ne lui restait guère d'alternatives en ce qui concernait le futur de sa sœur, à part commettre un crime terrible pour lequel il serait pendu. Il se força à se reprendre, et dit avec un enthousiasme dont il était dénué :

— Quand cette histoire sera terminée, je me rattraperai auprès de vous… de vous *deux*, dit-il à son majordome. Vous pourrez emmener Mrs. Semper faire ce voyage de noces que vous avez dû annuler afin de me permettre, à moi et à mes affaires, de revenir ici au plus vite.

— Je vous remercie, Monseigneur.

— À mes frais, Semper. Où vous souhaitez vous rendre.

— C'est très généreux de votre part, Monseigneur.

— Pendant un mois.

— C'est trop généreux.

— Balivernes ! Savez-vous où vous voulez partir ?

— À Dublin, Monseigneur.

Sir Antony prit son lorgnon et regarda à travers le verre grossissant.

— Dublin ? Je ne savais pas que vous étiez irlandais, Semper.

— Ce n'est pas moi, Monseigneur. Nina… Mrs. Semper… Sa sœur a épousé un marchand de laine. Ils ont une petite propriété aux abords de Dublin, ainsi que deux enfants.

— Diantre, ces Russes voyagent beaucoup !

— Oui, Monsieur. Mais c'est Mr. Barry qui était parti faire des affaires en Russie et a rencontré Sylvia, la sœur de Mrs. Semper.

Semper suivit Sir Antony à travers le vestiaire et dans le salon où deux des serviteurs russes en livrée se tenaient de part et d'autre des doubles portes qui donnaient sur le couloir.

— Barry a acheté Mrs. Barry en pelotes de laine. Il a dit qu'il aurait payé le double de ce qu'on lui avait demandé pour elle.

Sir Antony s'immobilisa, plissant le front.

— Était-elle une serve comme sa sœur ? Possédée par les Yusupov ?

— Corps et âme, Monseigneur. La famille de Nina est l'esclave des princes Yusupov depuis des générations. Elle et sa sœur sont les premières de leur famille à avoir obtenu la liberté. Et pour cette seule raison, ma femme vous autoriserait à m'envoyer en Chine, s'il était besoin. Quant à vos serviteurs russes, ajouta-t-il en tendant à Sir Antony un mouchoir bordé de dentelle qu'il avait oublié de glisser dans l'une des grandes poches de sa redingote, vous ne serez pas surpris que vingt hommes se soient portés volontaires se rendre jusque dans l'enfer sur Terre ; la liberté vaut n'importe quel prix pour des esclaves.

— Je ne suis pas surpris, Semper. J'aurais simplement aimé qu'ils n'aient pas besoin d'aller jusqu'en enfer pour l'obtenir !

— Ne vous en inquiétez pas, Monseigneur, le rassura Semper, faisant signe aux valets en poste d'ouvrir grand les doubles portes qui menaient au couloir. Il existe beaucoup de serfs qui vivent en enfer, sans attendre de liberté ou quoi que ce soit d'autre de leurs maîtres. Nul besoin de vous dire, Monseigneur, que Nina et vos Russes vous considèrent comme leur sauveur sur cette Terre. Des cierges sont allumés tous les soirs pour recevoir des prières prononcées en votre honneur.

— Seigneur Dieu !

Sir Antony eut un frisson d'incrédulité et quitta la pièce.

Il avait à peine fait deux pas à l'intérieur du salon étrusque bondé qu'il surprit une bribe de la conversation de sa sœur qui se mêlait aux invités. Ses cheveux se hérissèrent sous sa perruque recherchée. Avait-il bien entendu ? Venait-elle réellement de dire : *Quand j'ai rendu visite à Antony à Saint-Pétersbourg…* ? Il s'inclina devant les invités parfumés et enrubannés alors que le majordome annonçait sa présence et fut immédiatement aspiré dans le tourbillon des mensonges de sa sœur.

CINQ

— Vous voilà enfin, Antony ! annonça avec joie Diana St. John, l'entraînant au sein du cercle de gentlemen emperruqués dont elle était le point de mire. Je parlais justement de l'usine anglaise à Saint-Pétersbourg. Vous souvenez-vous de cette soirée de gala ? Quel spectacle ! Je crois que je n'ai jamais vu autant de boucles d'oreilles en diamants que ce soir-là.

Elle se tourna pour inclure plusieurs dames qui restaient aux abords du petit groupe et leur sourit.

— Et il y avait une danse. Comment s'appelait-elle, Antony ? Country… *quelque chose*.

— Bumpkin. Country *Bumpkin*.

— C'est cela ! La Country Bumpkin est dansée par tout le monde. Antony et moi l'avons dansée, et avec tous les marchands, ce qui est en vogue. Il n'y a pas de différence entre les Anglais durant ces soirées, ce qui amuse énormément les Russes, poursuivit-elle, une main placée sur la manchette retournée de son frère.

D'ailleurs, elle avait saisi l'un des trois boutons brodés, comme si elle avait besoin de l'ancrer sur place.

— Contrairement aux cours de France et d'Autriche, nous ne possédons pas d'ambassade en Russie. Enfin, pas à Saint-Pétersbourg, qui est, à toutes fins utiles, la Russie, parce que c'est là que réside l'impératrice.

Elle sursauta légèrement, pressant son éventail peint contre son décolleté osé comme pour souligner sa révélation à venir. Les yeux écarquillés, balayant du regard son auditoire attentif, elle dit :

— Je n'ai jamais été plus surprise de découvrir que ce sont nos marchands qui sont perçus avec le plus de ferveur par les Russes, à cause de ce qu'ils peuvent apporter à leurs amis étrangers. Allons, mon pauvre frère que voilà était également traité comme s'il était l'un d'entre eux. Imaginez-vous ! Des marchands perçus avec autant de faveurs que le premier cousin du comte de Salt Hendon. N'est-ce pas vrai, Antony ?

— Oui, répondit-il d'un ton égal, car elle avait eu la ruse de lui poser une question à laquelle il pouvait répondre sans la contredire.

On entendit des murmures de surprise choquée à l'idée que les Russes puissent préférer des marchands sans liens familiaux notoires à des personnes de rang. Bien vite, Diana St. John répondit à de nombreuses questions qui étaient adressées à son frère, mais auxquelles elle était plus que disposée à répondre à sa place. Après tout, durant leur enfance et jusqu'à très tard dans l'âge adulte, d'ailleurs, elle avait été déterminée à l'éclipser, le dominer et montrer à leur père qu'elle était de loin le meilleur choix entre les deux enfants pour hériter du titre de baronnet, malgré le fait insurmontable qu'en tant que femme, cela restait impossible, malgré son intelligence supérieure. À l'époque, il avait été d'accord avec elle et regretté qu'elle ne soit pas née homme. À présent, à sa grande tristesse, il aurait voulu qu'elle ne soit pas née du tout.

Il écoutait ses réponses érudites et très divertissantes, les épaules légèrement détournées, levant son lorgnon et cherchant le visage qu'il espérait voir au-dessus de tant d'autres. Diana l'impressionnait et le troublait à égale mesure. Plus elle expliquait, plus elle donnait la conviction d'avoir réellement été à Saint-Pétersbourg. Sa capacité à se souvenir de détails sur des lieux et des gens qui lui étaient complètement inconnus était ahurissante. Qu'elle mente comme une arracheuse de dents et l'ait entraîné dans ses tromperies était odieux.

Il ne pouvait s'en prendre qu'à lui-même.

À Saint-Pétersbourg, assis devant le feu dans son appartement confortable qui donnait sur la rivière Neva, il avait écrit à Diana des lettres débordant de détails sur Saint-Pétersbourg et la vie qu'il y menait. Il lui avait parlé de ses habitants, de leurs coutumes, des endroits qu'il avait visités et de ce qui se passait à la Cour. Il lui avait même parlé de Misha et de Katya, et de tout ce qu'il espérait être en mesure d'adoucir les longues journées solitaires de sa captivité. Et avec ces lettres, il avait envoyé des cadeaux, dont elle faisait à présent l'étalage, comme cet éventail aux baguettes d'ivoire richement gravées et au corps peint d'une scène de la Neva en hiver. Il n'avait pas compté sur sa mémoire exceptionnellement fidèle. Cela dit, il n'aurait jamais pu s'imaginer qu'elle s'échapperait de son château gallois et qu'il se retrouverait à ses côtés alors qu'elle recevait dans son salon étrusque.

Il se calma en observant la mer de visages. Même après une absence prolongée de la société londonienne, il parvenait toujours à mettre un nom sur bon nombre des visages fardés à l'intérieur de cette pièce bondée et bruyante. Il avait interagi avec ces gens durant des bals, des récitals, des soirées ou d'autres événements où la bonne société se rassemblait en foule. À la différence que ceux qui se tenaient là à boire du champagne, manger des fraises enrobées de sucre et se murmurer les derniers potins derrière leurs éventails diaphanes n'étaient pas *ses* amis proches, mais ceux de sa sœur.

Pourquoi se serait-il attendu à ce qu'elle invite ses amis à lui ? Diana avait toujours pensé que son cercle social personnel était la meilleure compagnie possible et que les quelques connaissances de son frère n'avaient guère d'importance, hormis le comte de Salt Hendon. Il sourit discrètement. Quelle meilleure manière de proclamer son retour en société qu'avec une soirée sélecte pour ces chers amis qui allaient certainement tout dire de l'événement et de ce qui s'y était passé avant le petit-déjeuner du lendemain.

Elle était bien partie pour propager davantage son cercle social. Plus elle socialisait, plus son cercle devenait compliqué, et elle s'y tenait au centre comme une grosse araignée noire. Essayez de trancher un fil de sa toile ou même de le toucher, qu'elle ne manquerait pas de descendre pour passer à l'attaque. Plus large serait sa toile, plus la tâche de l'en retirer serait difficile ou pour le moins désagréable.

S'il éliminait Diana de sa toile, tous ceux qui y étaient pris le sauraient immédiatement et cela causerait le genre de scandale public que le comte abhorrait. Il ne voulait pas que les crimes de Diana soient révélés au monde. Alors que la carrière politique de Salt et sa réputation ne se remettraient jamais suffisamment pour qu'il devienne un jour premier lord du Trésor ou obtienne tout autre poste au sein du gouvernement, les ramifications pour la famille affecteraient les générations futures. Quand cela siérait au caprice d'un adversaire ou de la famille d'un prétendant éventuel, il suffirait de sortir de vieux journaux qui détaillaient les récits de la folie de Diana St. John, ses crimes et son incarcération, pour apporter la preuve de la démence de la famille tout entière. Il n'était pas étonnant que Salt l'ait fourrée dans une calèche et l'ait envoyée au pays de Galles sans donner la moindre explication à personne. Cependant, cette méthode qui avait permis d'éviter un scandale public quatre ans plus tôt les avait à présent entraînés au bord d'un autre, sans que Sir Antony ne connaisse les intentions maléfiques de sa sœur. C'est pourquoi retirer Diana de la bonne société ne requérait non seulement un soin particulier, mais également de trouver le bon moment.

— Vous serez contents d'apprendre que nos marchands résidant à Saint-Pétersbourg accordaient à Antony et à ceux de sa position dans le corps diplomatique les égards appropriés, disait Diana à son auditoire conquis. Ce qui est chose juste, même si les Russes ne ressentent pas le besoin de le faire. Ce qui, je peux vous le dire ici, même si je n'aurais jamais songé à le dire devant les Russes, témoigne d'un manque de bonnes manières indécent.

Elle regarda son frère tout en faisant signe à un valet proche qui portait un plateau d'argent de s'avancer et d'offrir du champagne à ceux qui n'en avaient pas.

— Vous étiez l'envoyé spécial de Buckingham, n'est-ce pas, Antony ?

— Un envoyé spécial ? répéta lady Dalrymple en braquant de grands yeux sur Sir Antony. Cela a l'air terriblement important, n'est-ce pas ?

Lady St. John regarda son frère continuer de balayer la pièce de son lorgnon et elle comprit qui il cherchait. Mais elle ne se proposa pas de lui révéler où se trouvait lady Caroline, répondant d'un ton enjoué :

— Ça l'est, je vous l'assure, ma chère lady Dalrymple. Un envoyé extraordinaire est un cran en dessous de l'ambassadeur et il remplit les devoirs de ce poste en l'absence de ce dernier. Lord Buckingham conserve le poste d'ambassadeur à la cour de Saint-Pétersbourg depuis 1765, mais bien entendu, tout le travail et toutes les négociations ont été laissés à la charge de ce pauvre Antony. Et à présent qu'il est rentré, nous ne savons absolument pas qui s'occupera des intérêts de l'Angleterre dans ce coin du monde.

— Mr. Hans Stanley a le poste…, commença Sir Antony avant de se faire interrompre par sa sœur.

— Stanley ? Mais *il* n'a pas encore quitté le sol anglais ! La cour de St. James peut certainement trouver mieux que Hans Stanley ?

Elle laissa son regard passer sur son auditoire et sourit avec douceur.

— Bien entendu, je n'ai pas besoin de vous dire que mon petit frère a accompli ses tâches avec tact et aplomb.

Elle poussa un petit soupir.

— Quel dommage que vous ayez été rappelé à la maison alors que vous commenciez à faire des progrès avec les Russes.

— Oui, c'est dommage, murmura-t-il, incapable une fois encore de la corriger ou de contredire un mot de ce que sa sœur disait.

Il maudit la précision et la fréquence de ses lettres.

Quand on lui mit un plateau de flutes de champagne en cristal sous le nez, il écarta le valet d'un geste de la main et laissa retomber son lorgnon au bout de son ruban de soie noire, cherchant son majordome du regard. Ce qu'il voulait était une bonne tasse de thé, et il était certain qu'une bonne demi-douzaine des veuves enturbannées présentes dans la pièce aurait également préféré du thé. Avant qu'il ne puisse poser la question, Diana lui fourra une coupe de champagne dans la main.

— Je ne peux pas porter un toast à votre retour si vous ne buvez pas un verre de champagne. D'ailleurs, vous n'avez rien bu depuis votre arrivée. Vous devez être assoiffé.

— Effectivement, j'ai envie d'une tasse de thé, répondit-il en regardant le verre qu'il tenait d'un regard noir.

Il voulut le reposer sur le plateau, mais Diana lui retint la main.

— J'insiste, nos invités insistent.

Elle se pencha vers lui et dit, comme s'il avait besoin qu'on le lui rappelle :

— Vous, l'homme le plus poli que je connaisse, n'auriez jamais le manque de correction de ne pas lever votre verre. Vous devez le faire, et imiter nos amis en buvant une gorgée ou deux à tout le moins.

Il eut envie de lui reprocher son interférence de grande sœur, mais se rappela immédiatement que l'esprit qui animait la magnifique apparence de sa sœur était un être entièrement différent, et qu'il ne devait pas se trahir. Heureusement, durant ce moment de tension, lady Dalrymple s'avança, son verre de champagne à la main puis, balayant l'assemblée du regard, elle dit avec sincérité :

— Je parle pour toutes les personnes présentes en disant que nous sommes très contents que notre chère amie lady St. John soit de retour de ses pérégrinations sur le Continent. Sa compagnie et celle de Sir Antony nous ont grandement manquées, et nous espérons qu'il n'ait plus jamais besoin de nous quitter.

Il y eut un murmure d'assentiment général et Sir Antony sourit sans rien ajouter.

On réclama le silence ; un léger claquement de lorgnons à la monture en or qui frappaient contre le cristal fit naître des tintements musicaux à travers la pièce. Les conversations s'estompèrent puis s'interrompirent. Toutes les coiffures et tous les visages poudrés se tournèrent vers l'endroit où Diana St. John se tenait au côté de son frère. Personne ne trouvait cela étrange que ce soit Diana et non son frère qui fasse un discours. Ses amis savaient qu'elle le dominait complètement. Elle avait convaincu la plupart des personnes présentes que son frère était un être inefficace sans grande importance. Avoir assisté à des épisodes d'ébriété durant le passé de Sir Antony ne faisait rien pour les désabuser.

Ainsi, quand cet Adonis, grand et le dos droit, avec des yeux bleus perçants, était entré dans la pièce, annoncé par le *butler*, plus d'un gentleman et la plupart des dames en étaient restés bouche bée. Les froids et cruels hivers russes n'avaient certainement pas fait de mal à son petit frère, aussi plusieurs invités murmurèrent leur approbation à Diana St. John. Un invité alla jusqu'à la féliciter d'avoir recommandé au comte de Salt Hendon qu'un poste à Saint-Pétersbourg ferait le plus grand bien à Sir Antony. Diana St. John avait accepté ce compliment d'une inclinaison de la tête et n'avait rien fait pour désabuser ses invités.

On leva les verres, porta un toast et but le champagne avec plaisir.

Sir Antony accompagna la foule et leva son verre d'une main ferme, mais il ne permit pas au rebord de toucher sa bouche. Ses narines frémirent quand la douceur amère tentante des bulles de champagne lui taquina les narines. Il inspira et déglutit fortement. Il avait envie de goûter le liquide doré sur sa langue et de sentir sa fraîcheur glisser dans sa gorge et lui réchauffer les sangs. Mais il garda la bouche fermée avant que la tentation ne supplante son bon sens et qu'il ne commette l'impensable.

Il n'y a pas de mal à prendre une petite gorgée. Bois et vois par toi-même que tu as le pouvoir de résister au verre tout entier, l'encouragea le démon de la tentation assis sur son épaule.

Le démon n'avait pas plus tôt posé la question que du coin de son œil, il aperçut l'un de ses serviteurs russes. L'homme se tenait droit et fier dans sa nouvelle livrée, mais son absence de barbe était étonnamment incongrue. Instantanément, le démon de la tentation disparut, remplacé par un souvenir et des paroles d'encouragement de son bon ami, le prince Mikhail, qui avait remarqué les signes d'une addiction à l'alcool bien avant que Sir Antony ne daigne admettre qu'il en souffrait.

D'une main tremblante, il reposa le verre sur le plateau sans y avoir touché. Il ne regarda pas sa sœur, même s'il savait parfaitement que son regard était resté braqué sur lui durant tout le temps qu'il avait tenu la flute de champagne. Au lieu de cela, il fit semblant de croiser, à l'autre bout de la pièce, le regard de quelqu'un qu'il salua en levant son lorgnon.

C'était une vieille ruse qu'il avait souvent employée durant des réunions d'ambassade ennuyeuses ou à la fin d'une longue soirée quand Misha, Katya et lui auraient voulu partir pour aller passer la nuit à jouer aux cartes et à discuter à bâtons rompus. S'esquivant en poussant un long soupir, il se fraya un chemin entre les groupes vêtus de soie tandis qu'ils dévoraient des huîtres, de délicates tourtes au poisson et des fruits de saison. Il sourit au passage à une douairière quadragénaire, répondit quelques mots à un *bienvenue* provenant d'un visage familier du club de White's, jusqu'à ce qu'il se retrouve devant la porte-fenêtre ouverte qui menait à un balcon donnant sur les orangers du jardin en contrebas. Là, entre les fenêtres, perché sur son chariot en bois de cerisier incrusté, se trouvait le spectacle accueillant de son samovar en argent gravé.

Deux valets montaient la garde de chaque côté du chariot, tandis que sous l'œil observateur du majordome, un des serviteurs russes remplissait d'eau chaude le tambour du samovar. Un autre Russe apporta un seau de braises brûlantes nécessaires pour remplir le tuyau vertical afin de conserver l'eau à la température adéquate pour boire le thé. Un troisième Russe tenait contre sa poitrine une grosse boîte en palissandre polie qui contenait trois coffrets à thé en argent décoré. Elle était fermée et la clé pendait à la chaine en or fixée à une poche du veston de Sir Antony, d'où pendait également un ensemble de breloques délicatement imprimées.

Boyle s'approcha de lui, chargé de deux théières et lui souffla à l'oreille en confidence :

— Malheureusement, Sir Antony, aucun de mes pairs ne sait que faire de cette urne, et Mr. Semper me dit que seuls les Russes ont le droit d'y toucher. J'aurais voulu leur demander de s'occuper plus tôt de l'eau et du charbon, avant l'arrivée des invités, mais Madame ignorait qu'il serait en usage.

— Ce n'est pas grave, Boyle, répondit Sir Antony en souriant, lui tendant la clé de la boîte de palissandre polie. Versez deux cuillerées du thé noir du coffret du milieu dans la théière en argent, puis couvrez simplement les feuilles d'eau chaude. Pour l'autre théière, remplissez-la d'eau chaude aux trois quarts. Disposez les tasses et je m'occuperai du reste. Je me demande si vous pouvez m'indiquer où se trouve lady Reanay ; on m'a dit qu'elle serait présente cet après-midi…

— Elle est assise derrière vous, Monseigneur. Lady Reanay, lady Caroline Aldershot et une certaine Miss Kitty Aldershot.

Sir Antony eut un léger sursaut de surprise et tourna instantanément les talons, sentant son visage rougir. Il se retrouva face à face avec trois femmes perchées sur un sofa de damas brun à feuilles dorées, assises le dos droit et silencieuses. Trois paires d'yeux se braquèrent sur sa haute silhouette, de jolis éventails peints à la gouache redirigeant la brise qui venait du balcon vers leurs décolletés. C'était la jeune femme à la coiffure blonde qu'il regarda en premier, alors qu'il se redressait après les avoir saluées d'une révérence.

Il avait beaucoup entendu parler de Miss Kitty Aldershot dans les lettres de Tom Allenby. Elle était jolie, mais pas à son goût, même s'il comprenait parfaitement le béguin que son camarade avait pour elle. Ensuite, il dirigea les yeux vers sa tante à l'autre bout du sofa, car il ne pouvait pas supporter de regarder Caroline. Il redoutait ce qu'il pourrait lire dans son expression. Et si ses yeux lui obéissaient, il ne parvint pas à empêcher son cœur de battre fort dans sa poitrine. Il eut soudain le vertige. Bien entendu, son malaise était peut-être dû au fait qu'il n'avait rien eu à manger ou à boire depuis des heures. D'esprit romantique, il préférait en faire le reproche à Caroline. Son regard lui désobéit et vint se braquer sur elle alors qu'elle se redressait avec ses compagnes après lui avoir rendu sa révérence.

Il ne fut pas déçu. Quatre années disparurent en un instant alors que ses yeux vert foncé se dirigèrent vers lui sans soutenir son regard. C'était la même Caroline qu'il avait laissée derrière lui. La même chevelure glorieusement auburn, la même bouche mutine qui appelait aux baisers. Son visage avait perdu de sa rondeur, mais la profusion des taches de rousseur sur ses joues et en travers de son nez était visible sous la fine couche de poudre, son unique fard.

Dressée devant lui, elle était une bonne tête et demie plus grande que dans ses souvenirs, et cela le poussa à se demander si elle avait grandi pendant son absence. Il coula un regard aux lattes polies du parquet et vit que de sous l'ourlet des couches légères de jupons superposés sortaient les pointes de chaussures de soie assorties. Voilà qui était nouveau ! Durant ses visites à Salt Hendon, elle était toujours dehors, à parcourir le domaine, faire du cheval, promener ses chiens ou prendre soin de sa ménagerie d'animaux, et ainsi portait toujours des bottines robustes. Songer que ses pieds couverts de bas étaient enfoncés dans des chaussures très féminines fit monter la chaleur à ses pommettes, et il dirigea rapidement ses pensées ailleurs.

Pourquoi avait-il eu la bêtise de penser qu'elle n'aurait pas chan-

gé ? Il était tout naturel qu'elle porte les derniers souliers à la mode !
C'était Londres, après tout, et elle était à présent une femme mariée.
Pourquoi était-elle incapable de le regarder dans les yeux ? Et où se
trouvait son mari ?

Cette dernière question le tira de sa rêverie et l'ancra fermement
dans la réalité de l'instant présent. Il regarda sa tante, mais avant qu'il
ne puisse construire une phrase de bienvenue cohérente, lady Reanay
tirait sur sa manchette, plissant un front confus.

— Antony ? Pourquoi Diana ne cesse-t-elle de parler de Saint-
Pétersbourg alors qu'elle n'y a jamais mis les pieds ?

SIX

— Au moins, le voyage de retour ne vous a pas trop affecté. Mais vous ne devez pas perdre davantage de poids. Ce n'est pas souhaitable pour un homme de votre taille et de votre carrure, poursuivit lady Reanay, ne laissant pas le temps à Sir Antony de répondre à sa première question, ce qui était tout aussi bien, car il ne savait pas quoi lui répondre à propos de Diana. Peut-être est-ce une ruse de votre tailleur. Ce bleu vous va ; il n'est pas exactement de la couleur de vos yeux, mais presque. Pourquoi Diana parle-t-elle de Saint-Pétersbourg ? Vous ne m'avez jamais dit qu'elle vous avait rendu visite. J'ai passé environ six mois avec vous et suis partie avant que l'hiver russe ne s'installe. Pour qu'elle ait eu le temps de voyager… Oh, mais non ! Voilà que je me comporte comme un moulin à paroles ! Caroline va me gronder. Embrassez votre chère tante, dit-elle, hissant sur la pointe des pieds toute la hauteur de son mètre cinquante-cinq pour lui présenter une joue fardée. C'est bon de vous avoir à la maison et de vous voir aussi bien portant, mon garçon. Nous sommes *toutes* contentes de vous voir.

Sir Antony déposa un léger baiser sur sa joue, prenant garde à éviter les plumes d'autruche teintes qui émergeaient de son turban de soie rouge, et avant qu'elle ne puisse poursuivre, il se tourna et s'inclina devant Kitty Aldershot.

— Je n'ai pas eu le plaisir de vous avoir été présenté, mais je suis certain que vous êtes Miss Aldershot ?

Kitty hocha la tête, fit joliment la révérence et se mordit la lèvre inférieure. Elle rougit de plaisir que Sir Antony ait choisi de se présenter. Il était encore plus beau vu de près que ce à quoi elle s'était attendue, mais ce qui lui avait coupé la parole était le timbre doux de sa voix profonde. Il lui donnait la chair de poule. Elle voulut parler, mais fut impoliment interrompue avant d'avoir pu prononcer une seule syllabe.

Lady Reanay, croyant l'hésitation de Kitty due à la timidité, dit :

— Dieu ! Oui ! Voici Kitty Aldershot, la sœur du pauvre Stephen et la pupille de Salt. Vous vous souvenez des Aldershot mieux que moi. Leur petit domaine était à quelques cinq miles à l'ouest de Hendon. Le père du pauvre Stephen allait à la chasse avec le papa de Salt. Je me souviens de *lui*, mais pas de la mère du pauvre Stephen. Diana le sait bien. Ce qui me ramène à sa visite à Saint-Pétersbourg...

— Du thé ? Je suis certain que nous aimerions tous une tasse, dit Sir Antony alors que sa tante reprenait sa respiration.

Il se força à regarder Caroline, son sourire entraîné de diplomate bien en place sur le visage.

— Comme c'est inconsidéré de la part de Boyle de ne pas s'être assuré que vous ayez une flute de champagne. Voulez-vous que j'aille vous en chercher une ? Lady Aldershot ? Miss Aldershot ?

— Je vous remercie, Sir Antony, je prendrai du champagne, énonça clairement Kitty Aldershot, retrouvant sa voix et son sourire éclatant.

— Nous prendrons *toutes* du thé, articula Caroline, jetant un rapide regard de semonce à Kitty avant de se tourner pour considérer Sir Antony.

Cependant, elle ne put se contraindre à lever le regard au-delà de son menton. Elle fixa l'épingle en or surmontée d'une perle lovée entre les plis de la dentelle délicate autour de sa gorge. C'était une dentelle si délicate, si blanche, si bien tissée et qui présentait un contraste si marqué avec la rudesse de son épais menton carré qui, même s'il avait été rasé plus tôt dans la journée, présentait déjà une teinte foncée. Il y avait quelque chose de profondément attirant dans la juxtaposition de cette dentelle féminine et de la masculinité de ce menton... Elle était certaine que s'il frottait sa peau contre la sienne, elle serait très rude, et que sa barbe légère lui ferait rougir. Il laisserait assurément sa marque...

Elle s'assit lourdement sur le sofa dans un frémissement de soie mauve et de jupons de gaze argentée, mortifiée. Avec sa mortification vint la réalisation qu'elle s'était menti pendant quatre ans. Elle n'était pas guérie de son désir. Elle désirait Sir Antony Templestowe tout autant qu'avant son exil. Cela lui fit dire nerveusement, oubliant qu'ils étaient en public :

— C'est lady *Caroline* Aldershot. Je suis toujours Caroline. Je n'ai pas changé le moins du monde !

— Oui, bien sûr, répondit Sir Antony d'un ton placide. Et non, c'est vrai.

Il s'inclina légèrement.

— Excusez-moi pendant que je vais m'occuper du thé.

Il tourna les épaules, son sourire s'élargissant alors qu'il entendit l'échange suivant :

— Il a une *si* belle voix. Caroline ? Vous avez le visage tout rouge. Allez-vous…

— *Chut*, Kitty !

— Vous êtes écervelée, Caroline ! Et on ne peut taire la vérité, énonça lady Reanay. Soyez gentille, Kitty, et éventez Caroline. Votre visage est d'une rougeur alarmante, ma chère. Une bonne tasse de thé calmera votre choc.

— Je ne suis pas… je ne suis *pas* choquée ! Je suis… j'étais… *surprise*.

— Le choc. La surprise. C'est la même chose. Je me souviens du choc que j'ai reçu quand j'étais à Constantinople et que j'ai été confrontée à un Turc splendide et torse nu. Mes genoux tremblants ont cédé et j'ai…

Sir Antony n'entendit pas le reste de l'étonnant monologue de sa tante. Une main lui serra le bras en guise de bienvenue et un gentleman élancé dans un costume de soie couleur raisin se jeta sur lui, un peu comme un chiot enthousiaste se jette sur son maître quand celui-ci franchit le seuil après une absence. Ce n'était pas seulement l'habit de ce gentleman qui présentait une teinte mauve délavée, mais également ses bas, un énorme ruban à son cou et le sac dans lequel sa canne était placée. Le seul article sur sa personne qui était moins provocant et moins coloré – ce qui, en soi, surprenait – était sa perruque. Elle était simple, propre et poudrée de blanc. Une telle perruque sur la tête du poète excentrique Hilary Wraxton était en effet étrange. Cela dit, à y regarder de plus près, Sir Antony revint sur sa position, car la perruque du poète était en réalité faite en plumes de colvert blanc, ou bien étaient-ce des plumes d'oie ?

— Antony ! Quelle chance de vous voir ici ! Eh bien, pas ici, pas vous voir *ici*, dans votre propre maison, mais *ici*, de retour en Angleterre.

— Quel plaisir de vous voir, cher camarade ! Je vous croyais implanté sur le Continent pendant quelque temps ?

Le poète perdit son sourire.

— Je l'étais. J'*étais* implanté là-bas. Et j'ai vraiment passé du bon temps, en plus. Paris. Berne. Rome. Florence.

Il suivit Sir Antony jusqu'au chariot de thé et le regarda triturer le samovar en argent et le service à thé, le collant de si près que Sir Antony lui demanda plusieurs fois poliment de se décaler alors qu'il accomplissait les étapes précises de son rituel du thé.

Ce rituel aidait Sir Antony à se distraire de la tentation et chassait le démon de son épaule, car à portée de main se trouvaient assez de bouteilles de champagne et de décanteurs de vin pour nourrir son addiction et le projeter dans un état d'abandon bienheureux. L'ivrogne en lui s'accrochait à l'argumentation convaincante, mais complètement fourvoyée, qu'il avait la volonté de boire un unique petit verre de champagne sans effet nocif. Toutefois, le buveur de thé en lui savait que c'était un mensonge. Être *guéri* de son addiction équivalait à croire aux fées ou penser que les poules pouvaient avoir des dents. Le prince Mikhail lui avait conseillé la chose suivante : chaque pas vers la tasse de thé parfaite l'éloignait du besoin compulsif de boire pour survivre à la journée.

— Du thé, Hilary ?

Le poète refusa d'un geste de sa main couverte d'un jabot.

— Vivre à Florence m'a plu ; c'était parfait pour la créativité. Puis cela s'est complètement délité.

— Comment cela ?

— Ah ! Je savais que vous comprendriez. Vous aviez toujours eu plus de sentiment que de malice.

— Je ne suis pas entièrement certain que cela soit un compliment. Mais je vous en prie, dites-le-moi avant que je ne vous interrompe impoliment afin d'aller apporter leur thé à trois dames assoiffées.

— Eh bien, je me régalais d'un bon verre de vin au soleil dans le Palazzo Saint Marco avec Mann – c'est Sir Horace Mann, notre représentant à Florence, mais je ne vous apprends rien…

— Non.

— Eh bien, Mann et moi prenions un verre quand Pascoe m'a abordé avec les nouvelles les plus épouvantables. Comme ça ! Sans prévenir. Rien. J'en suis resté complètement pantois. Pascoe a dit qu'il était temps de s'habituer à l'*intéressante condition* de Lizzie. Je n'imagine rien de plus hideux que Pascoe Church s'émerveillant devant un morveux. J'ai filé illico presto. Pas de morveux pleurnichards pour Hilary Wraxton !

— Êtes-vous en train de me dire que lady Church a donné naissance à un enfant et que Pascoe est à présent le père aimant d'un fils et d'un héritier ?

— Quelque chose comme cela. Non ! Pas *quelque chose. Précisément* cela. Quand on y pense, ce n'est pas ce que je voulais vous dire ! L'idée me trottait dans l'esprit de vous parler du morveux de Pascoe, mais ce n'est pas ce que je voulais vous dire, si vous saisissez.

Sir Antony retira la théière chaude du samovar et versa une quantité précise du thé noir corsé dans quatre tasses en porcelaine jaune citron, laissant de la place pour le thé plus léger de la seconde théière en argent. Il replaça la théière sur son socle tout en disant d'un ton détaché :

— Désolé, Hilary, mais vous vous éparpillez trop pour que je puisse y comprendre quoi que ce soit.

Le poète leva la tête vers Sir Antony, inclinant la tête sur le côté.

— Je peux me confier à vous, n'est-ce pas, Antony ?

Celui-ci pinça les lèvres pour contenir un sourire. Avec son absurde perruque en plumes blanches et ses petits yeux noirs qui le regardaient en clignant, Hilary Wraxton lui rappelait un pigeon curieux. Il s'attendait à moitié à ce que le poète picore un ou deux morceaux de sucre dans le sucrier en argent placé sur le chariot en chinoiserie noire laquée.

— Que souhaitez-vous me confier, Hilary… ?

— Je me suis arrêté au White Horse, à Hendon, afin de changer de chevaux. J'aurais préféré m'en abstenir. J'aurais préféré continuer jusqu'à la ville suivante. Mais je pense que les cloches y auraient aussi sonné. Votre cousin Salt possède la majeure partie du Wiltshire, alors il n'est que naturel que toutes les cloches de la région sonnent fort pour féliciter la comtesse d'avoir donné naissance à un deuxième fils en parfaite santé. Mais ces cloches ont suffi à me donner une migraine de tous les diables !

— Les cloches sonnaient parce que la comtesse de Salt Hendon venait de donner naissance à un fils en bonne santé ?

Quand le poète hocha la tête, Sir Antony fut incapable de dissimuler un large sourire.

— Beau travail, Jane, se murmura-t-il en aparté.

— J'ai vu lady St. John à Hendon…

Sir Antony sursauta.

— À *Hendon* ? Au White Horse ?

— Précisément. Elle attendait l'arrivée de la calèche Hendon-Londres avec sa compagne et une fille toute maigre.

Il frissonna de dégoût.

— Cette compagne… Elle a des épaules plus larges que les miennes. C'est déplaisant. *Effrayant.*

— Mrs. Smith ?

— Vraiment ? C'est une *Mrs.* Smith ? Je n'en suis pas convaincu. Absolument pas. Ce pourrait très bien être un homme en jupons. Je n'ai pas pu terminer mon steak et ma bière. Madame a dit qu'elle revenait de rendre visite à Salt…

— Diana était au domaine ?

Sir Antony avait l'air si incrédule que le poète fit un pas en arrière.

— Pardonnez-moi, Hilary. Poursuivez, ajouta-t-il d'une voix apaisante, ce qui ramena le poète à ses côtés.

— Je lui ai offert un siège dans ma calèche. La politesse l'exigeait. Je n'aurais pas voulu que Madame voyage avec la populace dans un transport en commun.

Il fronça les sourcils.

— Je ne comprends pas pourquoi Salt ne lui a pas offert l'une de ses voitures. Cela dit, j'ai été content de pouvoir me rendre utile. Il n'y avait pas de place pour cette Smith ou la fille à l'intérieur. Je les ai fait asseoir avec Parsons, mon cocher. Avec ses poignets, j'ai pensé que Smith pouvait lui proposer de prendre les rênes et de le soulager pendant le reste du trajet. C'est étrange…

— Étrange ? répéta Sir Antony, n'écoutant qu'à moitié les bavardages du poète.

Il arrangea le service à thé sur le plateau tel qu'il le souhaitait, congédiant l'un des valets d'un geste de la main quand celui-ci voulut faire ce qu'il considérait comme son travail, versa les tasses de thé moins corsées qui se trouvaient dans la seconde théière et tendit au poète une tasse sur sa soucoupe.

— Il y a du sucre sur le chariot.

Hilary Wraxton refit sa tête de pigeon et cette fois, Sir Antony sourit. L'homme pointa sa perruque en plumes en direction d'un valet.

— Les laquais ne savent pas faire le thé ?

— Je préfère le préparer moi-même.

— Vraiment ? Vous préférez ? marmonna le poète sans comprendre en buvant à petites gorgées le liquide chaud et laiteux.

Il reposa la tasse de porcelaine sur sa soucoupe délicate et suivit Sir Antony sur la courte distance qui les séparaient du sofa. Il ne cessait de parler et, pour une fois, sa conversation fut volontiers accueillie par les trois femmes installées sur le sofa qui, malgré les rires et les conversations qui emplissaient la pièce, étaient toutes silencieuses, mais pour des raisons très différentes.

Lady Reanay essayait de comprendre comment sa belle-fille Diana St. John avait réussi à se rendre à Saint-Pétersbourg et pourquoi Sir Antony ne lui en avait pas parlé.

Kitty Aldershot se demandait comment faire pour mettre les mains sur une flute de champagne et espérait que Sir Antony la regarde enfin assez longtemps pour apprécier à quel point elle était jolie dans sa robe de brocart à l'anglaise, avec des chaussures assorties et des rubans dans les cheveux. Après tout, c'était pour lui qu'elle avait fait des efforts.

Lady Caroline restait embarrassée qu'après une seule seconde passée en sa compagnie, elle désirait Sir Antony Templestowe comme une veuve frustrée dans une gravure de Hogarth. Et elle n'était plus la fille de dix-huit ans, naïve, qui avait toutes les raisons de croire qu'elle allait l'épouser ; elle avait parfaitement conscience que le désir pouvait la saisir. Cela dit, elle était certaine que lorsqu'il connaîtrait l'étendue de sa dépravation durant son absence d'Angleterre, il serait grandement soulagé de ne pas l'avoir épousée.

Conscient qu'elles étaient prises par leurs pensées et se demandant pourquoi elles faisaient soudain triste mine, Sir Antony leur fit calmement passer leurs tasses de thé en écoutant d'une oreille les bavardages de Hilary Wraxton.

— Il fallait que j'en parle à quelqu'un, que je *vous* le dise, expliqua le poète qui suivit Sir Antony en travers de la pièce alors qu'il offrait du thé, du lait et du sucre. Qu'est-il arrivé à cette serpillière ?

Sir Antony se tourna et tendit le plateau vide à un valet désapprobateur qui était aussi choqué que plusieurs des invités de voir son maître jouer au serviteur pour les trois dames installées sur le sofa. Le poète obtint enfin son attention exclusive, même s'il n'avait entendu qu'un tiers de ce qu'il avait dit.

— Quelle serpillière, Hilary ? Vous avez transporté une serpillière jusqu'à Londres ?

— Non ! Non ! *Pas* une serpillière. La fille qui ressemblait à une serpillière. Maigre comme on n'en fait pas et qui portait l'une de ces petites charlottes qui se rabattent sur le devant. J'ai remarqué qu'elle avait des cheveux frisés qui en émergeaient dans toutes les directions. On aurait dit quelque chose qu'on aurait pu retourner pour s'en servir à nettoyer le plancher.

— D'où l'expression « comme une serpillière », confirma Sir

Antony, qui était surpris que le poète ait la moindre idée de ce à quoi ressemble cet accessoire d'hygiène domestique, mais sans le contredire.

Peut-être avait-il remarqué un équipement d'entretien aussi banal à cause de son œil de poète aiguisé ? Il était connu, après tout, pour ses poèmes sur toutes sortes de sujets utilitaires, des calèches aux horloges en passant par les balayeurs des rues, alors pourquoi pas une ode aux serpillières ?

— Quel est le problème avec cette fille, Hilary ?

Le poète poussa un profond soupir.

— C'est ce que je voulais vous confier. Je savais que vous étiez attentif, Antony. La fille qui était avec Madame et cette Smith au White Horse a disparu ! Elle n'était plus avec nous quand nous avons atteint Londres.

— Que lui est-il arrivé ?

— C'est ce que j'aimerais savoir. Non que je porte un intérêt démesuré aux serviteurs, mais sanglée en haut d'une calèche… on a envie de savoir ce qui s'est passé quand cette personne disparaît. J'ai cru quand elle avait dû tomber du toit quand nous avons fait une embardée particulièrement violente alors que nous approchions de Westminster. Mais non ! J'ai paniqué pour rien.

Il se pencha contre l'épaule de Sir Antony, plissant les yeux.

— Cet homme en jupe de femme, cette *Mrs.* Smith, a tenté de me faire croire que cette fille n'avait jamais existé !

Il frappa l'arête de son long nez fin.

— Mais Monsieur Hilary Wraxton a les yeux d'un faucon et le cerveau qui va avec ! Je l'ai vue en leur compagnie et je lui ai proposé un siège en haut avec mon cocher. Alors elle existe !

— Je suis certain que oui, si vous le dites, Hilary.

— C'est bien ! Parce que je veux que *vous* découvriez ce qui lui est arrivé ! Je lui ai dédié un poème. Aussi dois-je connaître son prénom, ou bien à quoi servirait une dédicace, je vous le demande ? Le poème s'intitule *Ode à une femme-serpillière perdue*.

Sir Antony ravala une répartie, voulant lui dire qu'il n'était pas à un détective, et il s'apprêtait à suggérer que le poète aille quérir un tel individu pour retrouver cette mystérieuse femme-serpillière lorsque Hilary Wraxton secoua la dentelle à ses poignets et commença à réciter :

> *Dans une charlotte de mousseline blanche, dissimulée,*
> *Flop, flop, flop, la frange frisée point n'obéit !*
> *Ancillaire ; une masse de cheveux désordonnée ;*

Son destin malheureux et gris…

Plusieurs des invités gravitèrent des quatre coins du salon pour entendre Hilary Wraxton réciter son ode, tandis qu'une poignée était plus enthousiaste à l'idée de placer des paris sur la matière dont était faite la perruque du poète. Profitant de ce récital impromptu, Sir Antony tira une chaise à dos ajouré à côté de sa tante, et avec sa soucoupe et sa tasse délicates en équilibre sur la soie de son genou, il se pencha pour lui parler à l'oreille.

— Êtes-vous à la maison demain ? Puis-je vous rendre visite ?

— Dans la matinée. Nous aurons le temps de discuter. Les Salt Hendon doivent arriver dans l'après-midi, ce qui fera que la maison sera dans le chaos le plus total. J'aime tant voir les enfants courir partout. Je vous dirais bien de venir aussi à ce moment-là, mais Salt…

— … ne m'a pas pardonné ? Ou bien s'il l'a fait, il n'est pas encore prêt à me recevoir.

— Antony…

Il lui adressa un sourire triste et tint d'un geste réconfortant la main revêtue d'une mitaine qu'elle lui avait tendue.

— Ce n'est absolument pas grave, Tante Alice. Je comprends. Il changera quand cela lui conviendra.

— Eh bien pas moi ! grommela lady Reanay. Il s'est écoulé assez de temps pour que Salt oublie et pardonne. Quel homme obstiné ! Tout comme je ne comprends pas pourquoi il ne veut pas permettre à Diana de voir ses enfants. J'admets n'avoir jamais apprécié Diana, mais elle était mariée à mon fils, et est la mère de mes petits-enfants. Non ! Taisez-vous et écoutez-moi. Je sais ce que c'est que d'être banni d'une famille. St. John m'a été retiré lorsque je me suis enfuie avec Tobias, et même après notre mariage, il n'a jamais eu la permission de rendre visite à sa méchante mère de peur d'être corrompu. Seigneur Dieu ! *Corrompu.*

« Sans cette très chère Jane, Salt ne m'aurait jamais invitée à revenir en Angleterre. Que je puisse avoir un appartement dans la maison et voir mes petits-enfants régulièrement dépasse mes attentes les plus folles. Merry et Ron sont des enfants tellement *adorables*. Et parce que ce sont des enfants adorables, je crois qu'ils devraient voir leur mère, à présent qu'elle est revenue de *son* exil. Savez-vous, mon cher, qu'on ne lui a pas permis de contacter les jumeaux depuis leur neuvième anniversaire ? Ils ont douze ans et demi, Antony. Et de voir Salt avec ses propres enfants… Il est si bon père que je ne comprends tout simplement pas sa cruauté envers ses filleuls. Ils n'ont pas de père et l'on refuse à leur seul parent la permission de les voir ! Cela me brise le cœur.

— Tante Alice, je comprends parfaitement que vous, leur grand-mère, compatissez à la situation de Ron et de Merry. Au premier abord, tout le monde le ferait. Je suis certain que Diana a plaidé son cas avec éloquence et passion, mais les *circonstances* de ma sœur impliquent bien plus que ce que vous êtes en mesure d'imaginer.

Il pressa doucement la main de sa tante afin qu'elle braque à nouveau son attention sur lui et non sur la distraction soudaine de la récitation impromptue de Hilary Wraxton. Quand elle croisa son regard, il dit :

— J'aimerais vous en révéler davantage, mais avant d'avoir parlé à Salt, c'est tout bonnement impossible. Ce que je peux vous dire est que Diana ne se trouve pas à Londres sous les auspices de Salt. D'ailleurs, je suis quasiment certain qu'il ignore qu'elle s'y trouve.

Lady Reanay le regarda en clignant des paupières. Un tonnerre d'applaudissements dans le demi-cercle de personnes qui écoutaient le poète lui donna l'occasion de se tourner vers l'autre côté de la pièce, où Diana St. John amusait quelques gentlemen avec ce qui avait dû être une anecdote amusante, à en juger par leurs rires et leur animation. Elle était tellement belle dans ses jupons de brocart à la française que lady Reanay poussa un profond soupir de sympathie. À la grande frustration de Sir Antony, sa tante se méprit complètement sur son intention, disant tout en redressant l'échine et d'une voix pleine d'indignation :

— Mes compliments à Diana d'avoir eu le courage de défier Salt pour le bien de ses enfants. Je ne l'ai pas fait, et j'ai regretté ma lâcheté toute ma vie. Quatre années passées loin de ses enfants sont suffisantes, quelle qu'ait pu être son inconduite passée. Sur laquelle – je dois ajouter, Antony –, personne n'a voulu ou n'a été capable de me fournir la moindre explication, pas même Jane, qui me renvoie poliment à Salt si j'ose mentionner la mère des jumeaux ! Même Caroline ne connaît pas la raison de son bannissement. C'est terriblement irrégulier.

Ce fut au tour de lady Reanay de presser la main de son neveu.

— Je suis très contente que vous plaidiez la cause de Diana auprès de Salt. Quelqu'un doit le faire, et qui de mieux que son cher frère, l'oncle adoré de Ron et Merry ? Diana m'a confié que vous veillez sur elle en permanence...

— Vraiment ? l'interrompit-il avec un sourire ironique. C'est vrai.

— Vous êtes un frère si bon et si compréhensif.

— Allons…

— Elle m'a aussi dit que c'est *elle* qui est la cause de votre retour de Saint-Pétersbourg.

— Elle a toujours été la plus intelligente de nous deux. C'est également vrai.

Lady Reanay fit la moue et surprit son neveu en changeant abruptement de contenance.

— Faire des sacrifices pour votre sœur est particulièrement admirable chez un frère dévoué, Antony, mais pas si cela signifie détruire votre carrière ! J'avais espéré que Diana ne soit pas la seule raison de votre retour…

Elle s'arrêta, jetant un regard rapide par-dessus son épaule gauche pour voir si Caroline était toujours assise à côté d'elle. Elle ne l'était plus. Lady Caroline se tenait près de la porte-fenêtre, où elle s'éventait mollement, tournant à moitié le dos à la pièce, comme si elle appelait à la solitude que la fenêtre ouverte lui offrait. Lady Reanay réalisa immédiatement qu'elle s'était stratégiquement positionnée près de l'endroit où Kitty était en pleine conversation avec ce beau brun de Dacre Wraxton, un séducteur notoire dont l'œil torve s'attardait sur les demoiselles qui connaissaient leur première saison. Kitty montrait son éventail au Casanova, qui lui portait une attention toute particulière. Quand Caroline interrompit très vite le duo, lady Reanay respira plus facilement et se concentra à nouveau sur Sir Antony, qui avait fini son thé et tendait la tasse et la soucoupe à un valet.

Ce qu'elle lui dit alors n'aurait pas pu le choquer davantage que si elle l'avait giflé avec un poisson mouillé, si elle avait eu une telle chose sous la main. Le choc céda la place à l'incrédulité, qui le fit se redresser. L'incrédulité céda la place aux possibles. Un sentiment qu'il décrirait plus tard comme une explosion de soleil le consuma, et il oublia où il se trouvait dans l'urgence d'assurer sur-le-champ son avenir. À quoi servait-il de laisser trainer les choses alors qu'il savait exactement ce qu'il voulait et que c'était à sa portée, attendant simplement qu'il agisse ? Et ainsi, la possibilité céda le champ à l'impétuosité.

D'une façon qu'il réalisa plus tard rappelait son comportement enivré au récital qui avait causé son bannissement, mais qui cette fois, ne pouvait pas s'excuser par l'alcool, l'Histoire, étrangement, se répéta.

— Je suis peut-être une vieille folle romantique, mais j'avais espéré que ce soit Caroline qui vous ait fait revenir.

— Caroline ?

Sir Antony fronça les sourcils, coulant un regard à lady Caroline

Aldershot qui se tenait dans l'embrasure de la fenêtre, à présent en pleine conversation avec Mr. Dacre Wraxton. Sa gorge se dessécha.

— Pourquoi ? Pourquoi pensez-vous que Caroline soit le catalyseur de mon retour ?

— Vous n'en savez rien, n'est-ce pas ?

— Je vous demande pardon, ma tante. Apparemment pas.

— Je n'accepterai pas la responsabilité de votre ignorance, car cela s'est passé après que je vous eus quitté à Saint-Pétersbourg pour poursuivre mon voyage jusqu'à Helsinki. Et pour ma part, je ne l'ai pas découvert avant mon arrivée à Paris, où une lettre m'attendait. Au bout de tout ce temps, je pensais que vous l'auriez appris par les journaux anglais. Salt ne vous a pas écrit pour vous communiquer la nouvelle ?

Sir Antony secoua la tête.

— Salt, m'écrire ? À propos de *Caroline* ? Ses lettres occasionnelles ne l'ont jamais mentionnée. D'ailleurs, il semble n'avoir aucun mal à l'omettre de toute forme de correspondance. S'il est paru quoi que ce soit dans les journaux anglais, cela a dû être imprimé si petit ou relégué à une colonne si peu importante que je l'ai raté.

Lady Reanay haussa ses sourcils fardés.

— Vous ne lisez pas les avis de naissances, de décès et de mariages ? Même pas lorsque vous mourez d'ennui ?

Sir Antony s'esclaffa.

— Non. Les réclames pour les médicaments du Dr. James sont plus intéressantes que ces avis. Pas depuis que j'ai lu avec horreur que Caroline a épousé Aldershot. Vous me rendez nerveux.

Il se pencha pour qu'elle seule puisse l'entendre, un geste bien inutile, car la plupart des invités s'étaient déplacés de l'autre côté de la pièce afin d'assiéger le clavecin et la harpe pour un récital impromptu.

— Vous n'allez quand même pas me dire qu'elle va donner un petit à Aldershot ? Je n'ai pas encore accepté l'idée du mariage, alors d'autres nouvelles dans ce domaine ne pourraient que me détruire. D'ailleurs, où est Aldershot ? Ne devrait-il pas être aux côtés de sa femme ? Si elle était *ma* femme... Dieu ! Voilà de très bonnes dernières paroles ! Eh bien, si elle *l'était*, je ne voudrais certainement pas me trouver autre part qu'à ses côtés. Que se passe-t-il ? demanda-t-il, s'alarmant lorsque la main de sa tante se convulsa dans la sienne et que ses yeux se remplirent de larmes. Par dieu, Tante Alice, qu'ai-je dit pour vous mettre dans un tel état ?

Il voulut se lever pour aller lui chercher une autre tasse de thé, de l'eau, ou n'importe quoi qui puisse arrêter ses larmes, mais elle le retint, alors il se rassit et patienta.

Lady Reanay se dit qu'il était temps de tirer son neveu de son ignorance.

— Il y a douze mois et un peu plus de deux semaines, ce pauvre Stephen – Aldershot – a été tragiquement tué lors d'une chute de cheval. Il est mort presque instantanément. Enfin, il n'a plus rouvert les yeux. Il est mort avant qu'un docteur ne puisse plus l'examiner. Il n'avait que vingt-trois ans. Une tragédie.

Sir Antony déglutit douloureusement.

— Oui, une tragédie, répondit Sir Antony d'un ton sobre. Pauvre malheureux. Et si jeune… Que s'est-il passé ?

— Personne ne le sait exactement. On pense qu'il a essayé de sauter par-dessus un mur de pierre particulièrement haut et que sa monture a hésité au dernier moment. Il a été projeté par-dessus le mur. On a trouvé le cheval d'un côté du champ et Aldershot dans une ravine de l'autre, avec le mur entre eux.

— Où cela est-il arrivé ?

— À Salt Hendon.

Sir Antony hocha la tête.

— C'est bien. Pas bien qu'il soit mort. C'est bien que Caroline se soit trouvée à la maison, avec Salt et Jane, entourée par sa famille dans un tel moment.

Il passa une main sur sa bouche et secoua la tête.

— Diable, quelle histoire terrible, et elle n'était même pas mariée depuis deux ans… C'est tragique.

Il regarda Kitty Aldershot qui discutait avec Diana et lady Porter.

— Miss Aldershot était-elle la seule famille d'Aldershot ?

— Oui. Elle est devenue orpheline à la mort du pauvre Stephen. Salt a endossé la responsabilité d'être son gardien. C'est une enfant adorable, mais sans un sou. Je pense qu'il se verra contraint de lui fournir une dot adéquate quand elle recevra une demande en mariage.

Sir Antony songea aux lettres de Tom Allenby et à la façon dont il avait autrefois comparé la beauté blonde de Miss Katherine Aldershot, dite Kitty, à la déesse Aphrodite descendue parmi les simples mortels. Un sourire en coin étira ses lèvres.

— Oh, Miss Aldershot recevra au moins une excellente demande en mariage avant la fin de la saison, j'en suis certain…

— Espérons-le. Si c'est un homme digne et qu'elle l'accepte, ce sera un poids de moins pour Salt, ainsi que pour Caroline. Depuis qu'elle a quitté son deuil, elle chaperonne Kitty lors d'événements où, à mon âge, je me sentirais excessivement déplacée.

Une fois encore, Sir Antony hocha la tête et une lueur lointaine passa dans ses prunelles.

— Depuis qu'elle a quitté le deuil… Oui, bien sûr. C'est bien qu'elle accompagne Miss Aldershot à des bals, des fêtes et dans les endroits où l'on danse… Elle est trop jeune pour être veuve. Pour ma part, je ne me l'imagine pas dans des habits de deuil. Une tenue misérable ; une situation misérable, je suppose. Caroline aime danser…

— Mon garçon, je ne sais pas ce que l'on vous a raconté, lui confia-t-elle. Pour être honnête, je crois que l'on ne vous a pas dit grand-chose si vous pensez que Caroline est redevenue ce qu'elle était avant d'avoir épousé Aldershot. Elle n'est guère intéressée par les bals, les fêtes et la danse…

— Caroline qui ne danse *pas* ? Elle ne veut pas assister à des bals ?

Incrédule, Sir Antony regarda sa tante en clignant des paupières.

Lady Reanay se demanda si son neveu était sous l'effet du choc. Il était distrait et marmonnait comme s'il se parlait à lui-même. Sa réaction à la nouvelle que sa Caroline adorée était à présent une veuve n'était pas du tout ce à quoi elle s'était attendue. À présent que la période de deuil requise était passée, lady Caroline Aldershot était libre de se remarier – libre d'épouser Sir Antony, qui était libre de lui demander d'être sa femme. Ne le voyait-il pas ? Ne comprenait-il pas ce que cela signifiait pour lui et pour le futur de Caroline ?

— Comprenez-vous ce que cela signifie ? ajouta-t-elle en le scrutant. Caroline est veuve… Antony ?

Soudain, il comprit. Quand lady Reanay lui posa cette question, les nuages sombres qui enveloppaient sa vie privée s'écartèrent afin de lui offrir un moment d'ensoleillement glorieux. Il se redressa, tirant sur les pointes de son gilet et se brossant hâtivement les manches de sa redingote afin de se débarrasser de plis imaginaires. Il rajusta l'épingle à tête de perle de sa cravate et fit jouer les muscles de son cou pendant qu'il s'éclaircissait la gorge. Il prit poliment congé de sa tante avec une révérence, le visage blême comme s'il était pris d'un malaise soudain. Il se rendit vers les portes-fenêtres d'où lady Caroline admirait la vue.

Il était tellement concentré, si décidé, qu'il ne vit personne autour de lui et n'entendit pas son nom.

Les invités rassemblés autour du clavecin l'interpellèrent. Tout le monde savait que Sir Antony était un musicien accompli. Leurs cajoleries sonores ne reçurent aucune réaction. Lady St. John dit qu'elle allait le convaincre. Elle refusait de jouer de la harpe si son cher frère ne l'accompagnait pas au clavecin. Saisissant à pleines mains ses jupons brodés, Diana St. John traversa énergiquement la pièce, déterminée à obtenir l'attention de son frère. Elle implora Mr. Dacre Wraxton, qui venait de finir de parler à lady Caroline, afin qu'il ajoute ses suppliques aux siennes, ce qu'il fit volontiers. Elle lui tendit une main et il lui offrit son bras.

Tout le monde les regarda, dans l'expectative.

Sir Antony continuait d'ignorer sa sœur et son champion.

Sir Antony était parvenu derrière Caroline avant qu'elle ne sente une présence dans son dos. Elle avait entendu des appels et des suppliques de l'autre côté de la pièce, mais elle ignorait complètement la cause du remue-ménage. Tout ce qu'elle voulait était de quitter cette assemblée dès que possible. Sa conversation en privé avec Dacre Wraxton avait attiré une attention indue, et leur association ne faisait que souligner son indignité. Comment pouvait-elle garder la tête haute devant le regard bleu perçant de Sir Antony Templestowe, qui ignorait tout de son passé sordide ? Ou bien devant le sourire arrogant de sa cousine Diana ? Selon Dacre Wraxton, elle savait tout ce qu'il y avait à savoir sur leur aventure. Caroline ne doutait pas que sa cousine use de cette information à son avantage. Ce n'était qu'une question de temps avant que Diana ne confie ces nouvelles choquantes à Salt et, pire, à Sir Antony…

Deux heures passées à un thé clairement destiné à être une fête donnée par lady St. John en personne pour fêter son retour dans la société londonienne étaient largement suffisantes, et Caroline espérait que lady Reanay soit d'accord. Elle avait envie de retrouver la solitude de ses appartements dans le manoir de Grosvenor Square de son frère et la compagnie de sa ménagerie. Son assortiment d'animaux et d'oiseaux l'aimait de façon inconditionnelle. Ils ne la jugeaient pas et ne manquaient jamais de la mettre de bonne humeur.

Un raclement de gorge derrière elle empiéta sur ses réflexions. Présumant que c'était Drace Wraxton qui avait l'intention de poursuivre son jeu de séduction, elle tourna les talons, refermant brusquement son éventail, qu'elle plaqua alors en travers de la paume gantée de dentelle de sa main gauche, comme on l'aurait fait d'une massue. Puis elle dit avec un soupir exaspéré :

— Wraxton, il suffit avec vos jeux idiots. Je ne partagerai plus jamais votre lit, mariée ou pas, alors il est inutile de… Oh ! An… Antony ?

Celui-ci s'inclina formellement et s'éclaircit à nouveau la gorge.

Il était si pâle et les muscles de son visage si contractés qu'elle présuma immédiatement que lady Reanay était souffrante. Alors elle tendit une main, jetant un œil par-dessus son épaule pour vérifier que sa tante se porte parfaitement bien.

— Que… que se passe-t-il ?

Il lui prit la main et mit instantanément un genou en terre.

— Lady Caroline… Madame, voulez-vous bien me faire l'honneur suprême de devenir ma femme ?

SEPT

QUINZE MINUTES PLUS TÔT, AVANT LA DEMANDE EN MARIAGE
spontanée et extrêmement publique de Sir Antony, lady Caroline
Aldershot regardait l'enclos du jardin. Deux hommes robustes, sous les
ordres du jardinier en chef, étaient occupés à déplacer des jardinières
d'orangers au soleil. Mais elle tendait l'oreille à la conversation inepte
entre Kitty Aldershot et Dacre Wraxton. Les bavardages de Kitty ne
concernaient naturellement qu'elle. La description du temps qu'elle
avait passé dans son vestiaire pour s'assurer que tout, de ses boucles à
ses bas, qu'on ne voyait pas, soit parfaitement coordonné ne reçut que
des réponses monosyllabiques. Heureusement, Kitty était si naïve
qu'elle ne releva pas une seule des tentatives de flirt sérieux de Dacre
Wraxton. Elle répondit à toutes ses remarques honnêtement et directement. Quand il lui lança un commentaire lourd de sens qui lui passa
au-dessus de la tête, elle feignit d'avoir compris en répondant par
quelque chose d'idiot, achevant sa phrase par un gloussement. Quand
ses gloussements gagnèrent en intensité, Caroline devina que Kitty
devenait de plus en plus nerveuse et trouvait difficile de se sortir du
piège que lui avait posé l'attention exclusive Dacre Wraxton.

Caroline le savait parce que celui-ci, un Casanova débonnaire avait
joué au même jeu avec elle quand elle avait l'âge de Kitty. Elle avait
répondu à ses avances un peu de la même manière que Kitty était
présentement en train de le faire. Cela dit, alors que Kitty était hésitante et nerveuse, Caroline avait apprécié l'attention et s'était sentie
flattée d'être ciblée par un homme dangereusement beau. Elle avait
flirté avec son admirateur de façon outrageuse. Wraxton avait cherché

sa compagnie exclusive durant tous les événements publics. Caroline espérait alors que ses attentions éveillent la jalousie de Sir Antony Templestowe. Ce plan avait échoué.

Plus Wraxton et elle avaient flirté sous le nez remarquable de Sir Antony, plus *son Antony* l'ignorait. D'ailleurs, il avait fait tous les efforts possibles pour rester aveugle à son comportement. Être ignorée par le seul homme auquel elle tenait vraiment avait invoqué le pire en elle, et son flirt avec Dacre Wraxton entra dans une phase dangereuse. Son comportement était devenu si scandaleux que Salt s'apprêtait à la renvoyer à la campagne lorsqu'était survenue sa dispute très publique avec Antony au récital de Salt Hendon. Cela avait tout changé.

L'incident lui avait fait perdre tout contrôle, et sous l'influence d'un abus de verres de champagne, elle avait été assez courageuse et téméraire pour permettre à son histoire avec Dacre Wraxton de dépasser le simple flirt. Elle lui avait autorisé des libertés dont on ne pouvait pas se remettre. Son seul salut avait été d'avoir le comte de Salt Hendon pour frère. Elle doutait que même sa dot de trente mille livres soit parvenue à la sauver de la ruine si Salt n'était pas intervenu et l'avait mariée à Aldershot.

Elle était déterminée à ne pas voir cette histoire se répéter. Drace Wraxton ne devait pas être la ruine de Kitty. Non seulement celle-ci n'aurait-elle pas eu la force mentale pour se remettre d'une telle séduction, mais elle n'avait ni un comte pour frère ni une dot conséquente, les facteurs principaux qui avaient permis à Caroline d'éviter un scandale public et un opprobre qui l'aurait suivie toute sa vie.

Alors quand le moment se présenta, Caroline se détourna des portes-fenêtres et dit avec douceur et fermeté alors qu'elle renfilait son délicat gant de dentelle :

— Kitty, ma chère, voulez-vous avoir la gentillesse d'aller me chercher un verre d'orangeade ? L'air chaud du balcon m'a donné soif. Demandez au valet là-bas d'en ramener. Je crois que toutes les cruches sur la table sont vides.

Kitty referma immédiatement son éventail, adressa une petite révérence à Dacre Wraxton et s'en alla. Si son soupir de soulagement ne fut pas audible, la vitesse à laquelle elle les quitta suffit à exprimer sa libération. Dacre Wraxton remplit le vide qu'elle avait laissé et, s'appuyant d'une épaule contre l'encadrement peint de la fenêtre, il contempla Caroline avec un sourire attristé et une lueur au fond de ses yeux sombres.

— Votre pupille est très jolie, mais elle n'a pas votre mordant. J'espère qu'elle se trouvera un époux durant sa première année. Sa beauté blonde va se faner et elle deviendra assommante avant d'avoir acquis la beauté qui vient avec le silence. Elle finira ses jours sur l'étagère, à ramasser la poussière.

— Mieux vaut être une beauté assommante couverte de poussière que ce que vous aviez à l'esprit la concernant.

Dacre inclina la tête avec un soupçon de sourire et ses yeux noirs perdirent leur éclat cynique.

— Ma chère lady Caroline, je n'avais rien à l'esprit concernant Miss Aldershot à part un simple flirt éphémère. J'avais espéré qu'elle me distrairait un peu, ou au moins qu'elle me fasse oublier que mon idiot efféminé de frère se trouve dans la même pièce que moi, à déblatérer ses âneries politiques. J'applaudis lady St. John d'avoir orchestré cette réunion de famille. Je préférerais que vous me racontiez tout de la vôtre. La famille des autres est tellement plus divertissante que celle que l'on a.

— Il n'y a rien à dire.

Il la scruta de près.

— Rien ? Ah ! Vous feignez bien la nonchalance, mais vous ne m'aurez pas si facilement, ma chère. Votre baronet aux yeux bleus vous a mise dans tous vos états, n'est-ce pas ?

Quand elle ne contesta pas et ne leva pas non plus la tête vers lui, il se fendit d'un fin sourire.

— La proximité nous fait trembler tous les deux. Moi, de l'embarras d'avoir un tel frère et vous, d'un intérêt renouvelé pour votre baronet.

— Arrêtez, Dacre !

— C'est mieux. Appelez-moi par mon prénom. Je vous préfère vigoureuse et non mélancolique, même si c'est de colère. Cela sied si délicieusement à votre chevelure.

Quand il tendit la main, elle lui frappa légèrement les doigts de son éventail et il le lui prit, le déplia et le secoua comme l'aurait fait une femme.

— Ma chère, vous n'avez vraiment nul besoin d'avoir des scrupules, poursuivit-il. Je trouve que pour survivre aux rigueurs de la bonne société dans laquelle nous vivons, il vaut mieux – pardonnez-moi le cliché – enfermer sa conscience à double tour et jeter la clé.

À cela, elle leva les yeux vers lui, le visage rougi par l'embarras du souvenir.

— Alors vous admettez avoir une conscience. Comme c'est touchant !

L'espace d'un instant, il perdit sa contenance suave, ses sourcils sombres se contractant au-dessus de son nez fin.

— Si j'ai négligé vos besoins, à *n'importe quel* moment, Madame, j'en suis sincèrement désolé…

— Non, non. Vous n'avez pas besoin de vous excuser ni d'y songer, confessa-t-elle honnêtement avant de déglutir et de soutenir son regard avec bravade. Vous n'avez fait que ce que je vous ai demandé.

— Je peux à présent mourir heureux, dit-il d'une voix traînante en lui adressant une révérence élégante, les jabots de dentelle à ses poignets frôlant le plancher.

Quand il se redressa, elle tenta de lui reprendre son éventail.

— C'était mal avisé, Monsieur ! La moitié des invités nous regardent à présent.

Il regarda par-dessus son épaule, observant les murs joliment peints avec leurs motifs étrusques de personnages antiques drapés, de griffons dorés et d'urnes classiques dont émergeaient des feuilles de vigne, et il vit qu'effectivement, la plupart des yeux s'étaient tournés dans leur direction. Les invités se rassemblaient autour du clavecin doré, et des valets alignaient des chaises au dos ajouré sur deux rangées. Heureusement, son frère avait achevé sa récitation, et son ancienne maîtresse, lady Dalrymple, ne le contemplait plus avec tristesse. Il entendit Diana St. John l'interpeller, mais il choisit de l'ignorer, reportant son attention sur lady Caroline et ses courbes délicieuses, la seule étoile lumineuse au sein de cet événement si ennuyeux.

— La moitié seulement ? railla-t-il. Pauvre de moi. Je dois avoir perdu la main. J'avais escompté que ce serait tout le monde.

— Je vous en prie, soyez sérieux un moment.

— Y suis-je obligé ? Pourquoi devrais-je être sérieux, douces rondeurs ?

— Ne m'appelez *jamais* comme cela, lui ordonna-t-elle à voix basse, écarlate.

— Mais vous avez les plus jolies…

— *Wraxton*, siffla-t-elle, le visage aussi enflammé que sa chevelure. *Votre parole*. Vous m'avez donné votre parole que vous ne parleriez jamais de notre – de notre – *rencontre*.

— Rencontre ? questionna-t-il. Je préfère m'en souvenir comme d'une *liaison* particulièrement agréable.

— Je suis surprise que vous puissiez vous souvenir d'un souvenir précis en ce qui concerne les femmes !

Il émit un petit rire bas et amusé.

— Vous m'avez manquée, tête brûlée. Votre répartie me manque. De vous voir faire semblant d'être inconsolable à mon propos me change tellement de ces simplettes aux yeux de biche. Tête brûlée, vous et moi sommes faits du même bois imparfait. Nous nous méritons. Admettez-le ! À présent, le garçon est bel et bien froid dans sa tombe…

— Ne parlez pas d'Aldershot avec un tel manque de respect. Malgré tous ses défauts, il restait quand même mon époux.

— Des défauts ? C'était un chasseur de fortune malingre qui n'avait rien dans le ventre ! Il ne vous méritait pas. C'est bien que vous soyez débarrassée de lui, c'est la vérité et je la dirai, même si vous et les autres ne pouvez pas le faire.

Il inclina l'éventail vers son décolleté et en fit courir le bord plissé le long du petit ourlet de dentelle de son chemisier.

— Tout ce que je vous demande est de prendre en considération ma proposition sérieuse…

— Votre *proposition* ? Une année après vous avoir épousé – si j'ai la chance de recevoir vos attentions exclusives durant ce laps de temps –, vous reprendrez vos habitudes dissolues et je ne serai simplement qu'une parmi tant d'autres. Ou pire. Je serai l'épouse que vous avez abandonnée pour aller trouver d'autres femmes. Votre traitement insensible du sexe faible s'illustre dans l'effondrement de cette pauvre Jenny Dalrymple. Elle a peut-être été votre maîtresse, mais elle ne méritait pas de se faire congédier aussi sommairement. Je tremble rien que d'y penser ! Non, je vous remercie.

Il haussa les épaules, jetant un œil à Sir Antony et lady Reanay qui buvaient du thé. Le grand baronet écoutait la vieille femme comme si toutes ses paroles étaient enrobées d'or. Cela lui tira un sourire moqueur.

— Avec le retour de votre baronet aux yeux bleus, pensez-vous que j'aie vraiment le choix ? Ne vous laissez pas leurrer. Un tel homme a des *scrupules*. Il acceptera pour épouse une veuve vertueuse, mais lorsqu'il découvrira que vous avez un passé, il sera parfaitement en droit de vous rejeter avant de vous avoir épousée. Pardonnez-moi d'en parler, mais en tant que partie intéressée dans votre imbroglio romantique à venir, j'ai un intérêt particulier : comment croyez-vous qu'il réagira quand il apprendra la vérité ?

Caroline se sentit soudain défaillir.

— Vous ne vous abaisseriez pas à cela…

Il plongea dans son regard émeraude.

— Pour vous, je pourrai descendre jusqu'en enfer.

Caroline le croyait. Une déclaration aussi sincère de la part d'un gredin aussi diaboliquement beau aurait pu faire se pâmer à ses pieds les trois quarts des femmes de Londres. Cela la rendit tout simplement malade. *Il* la rendait malade. Elle détourna le visage et ce faisant, aperçut son beau et grand *gentleman*. Une tasse et une soucoupe délicates étaient posées en équilibre sur son genou et il écoutait poliment un des monologues de Tante Alice comme si elle était en train de lui relater les nouvelles les plus passionnantes. Il était plus que probable qu'elle soit en train de lui faire l'historique médical de son arthrite, et Antony l'écoutait avec toute l'assiduité d'un médecin en fonction.

Elle ravala ses larmes.

— Il a la réputation d'être un gentleman des plus chevaleresques et des plus honorables, dit Dacre Wraxton à voix basse près de son oreille, parce qu'on entendait quelqu'un appeler de l'autre côté de la pièce et que son nom était mentionné.

Il joua de son avantage avant d'être appelé ailleurs.

— Il y a quatre ans, vous aviez l'occasion d'avoir votre baronet, mais vous l'avez gâchée. Regardez la réalité en face, ma petite tête brûlée. Même lorsque vous n'étiez qu'une innocente naïve, vous saviez qu'il était trop bon et trop vertueux pour une fille comme vous. Quelle est la probabilité pour qu'il vous redemande en mariage une fois qu'il aura découvert la vérité ? Votre frère ne pourra avoir aucune objection à ce que je vous épouse ; pas après vous avoir mariée à un imbécile comme Aldershot. Un jour, j'hériterai d'un titre et d'une fortune. Je vous donne ma parole que je serai fidèle, à ma façon. Si je vais voir ailleurs, je serai discret…

— Discret ? Fidèle ? *Votre parole* ? C'est à *vous* de regarder la réalité en face, Wraxton ! répondit Caroline, incrédule. Ces belles paroles ne sont pas dans votre lexique.

Elle s'éloigna d'un pas et secoua ses jupons de soie, se reprenant suffisamment pour lui assener sans la moindre émotion :

— Je ne suis plus celle que j'étais à ce bal masqué. Ce que j'ai fait alors n'était dû qu'à la rancune. Mon mariage à Aldershot, notre… notre aventure *insignifiante*, m'ont seulement permis de mieux discerner ce qui est réellement important. Antony vaut cent fois… non, *mille* fois mieux que vous ! J'entrevois précisément ce que j'ai laissé filer. Mais vous vous trompez. Il ne m'a jamais demandé de l'épouser.

Dacre Wraxton sembla sincèrement surpris.

— Cela ne ressemble pas à lady St. John de se tromper sur un détail d'une telle importance…

— Lady St. John ? demanda Caroline en plissant les paupières. Comme c'est intéressant. Le temps qu'elle a passé loin de la société londonienne n'a pas enseigné à ma cousine Diana à ne pas mettre son nez dans les affaires des autres. Plus précisément, dans celles de ma famille !

Elle eut soudainement une pensée atroce.

— Vous n'avez certainement pas… vous ne… vous ne *lui* avez pas dit ?

Dacre Wraxton referma l'éventail d'un mouvement de la main et lui frappa légèrement le bout du nez avant de le lui rendre.

— Ma chère tête brûlée, j'admets être une véritable crapule et un briseur de cœurs, mais je ne trahis pas les confidences, particulièrement celles partagées dans le lit d'une femme.

Quand Caroline ferma les yeux, soulagée, il s'excusa.

— Je ne le lui ai pas dit, mais elle est au courant.

— Comment ? Comment est-elle au courant ?

Dacre Wraxton lui sourit avec sympathie quand il vit sa colère se transformer immédiatement en terreur face à cette révélation. Contrairement à la plupart de ses pairs, il ne se ravissait pas du retour de lady St. John à Londres. Ils partageaient un passé en la personne de son défunt mari Aubrey St. John. Il regarda Caroline dans les yeux et ne fut pas surpris d'y lire la peur. Diana St. John était une force de la nature. Elle avait dirigé la bonne société quatre ans auparavant par sa forte personnalité et les secrets qu'elle connaissait sur les autres. Et par ses incursions dans les salons de la bonne société au cours des dernières semaines, elle était bien partie pour retrouver son statut, et ce par tous les moyens à sa disposition.

— Je crois en la maxime que *les murs ont des oreilles*. Il y a des domestiques partout, mais nous ne les voyons nulle part. On ne peut que présumer qu'un membre du personnel a parlé.

Le regard de Caroline se fixa sur lady St. John qui se trouvait près du clavecin, au milieu de l'assemblée. Elle pensait sa cousine parfaitement capable de soudoyer des domestiques pour faire office d'espions.

— Un membre de mon personnel ou du vôtre ?

Il haussa une épaule, indifférent.

— Mes serviteurs ou les vôtres… quelle importance ? Avec votre cousine, je m'inquièterais plus du *pourquoi* que du comment. Elle engrange les secrets des autres mieux qu'un écureuil ne le fait avec ses glands pour l'hiver ! Pour ma part, c'est un fait que j'ai découvert bien trop tard et je lui obéis quand c'est requis. À présent, vous devez m'excuser. On m'appelle.

Par-dessus l'épaule de Caroline, il vit Sir Antony qui s'approchait rapidement et lui glissa à l'oreille :

— Quand vous aurez fini de jouer à des jeux imbéciles avec des hommes honorables, je serai là.

La demande en mariage de Sir Antony, un genou en terre, avait causé une telle cacophonie de cris d'encouragement positifs de la part des gentlemen et d'exclamations de joie et de soupirs de celle des dames que Caroline eut l'impression de se retrouver à la foire de St. Bartholomew, parmi les pauvres animaux exotiques criards et geignards du Pidcock's Wild Beast Show. Plusieurs femmes se précipitèrent en avant dans un bruissement de jupons afin de pouvoir entendre sa réponse à un geste aussi profondément romantique. Lady St. John, au bras de Mr. Dacre Wraxton, ainsi que lady Reanay et Kitty qui lui tenait la main, patientaient derrière Sir Antony, les yeux rivés sur le visage empourpré de Caroline.

Toujours bouleversée par la révélation que Diana St. John connaissait son passé, et se demandant ce que sa cousine avait l'intention de faire avec des informations aussi scandaleuses et nuisibles – en informer Salt fut sa première pensée –, Caroline ne put que regarder fixement sa main gantée qui reposait sur les doigts de Sir Antony. Quand elle leva enfin les yeux vers son visage pâle, la sincérité qu'elle lut dans ses yeux bleus lui noua la gorge et elle déglutit difficilement. Elle n'avait pas entendu ses paroles, mais le voir à genoux suffit à lui faire comprendre que sa question requérait une réponse. Elle avait attendu depuis tellement longtemps qu'il le lui demande et avait pratiquement rêvé de cet instant à de nombreuses reprises au fil de tant d'années, que le fait qu'il lui fasse une déclaration aussi capitale en public, qui plus est à un moment aussi mal choisi, la terrifia et lui coupa la chique.

De la joie. De l'euphorie. Un bonheur suprême. C'étaient les sentiments généralement associés à une demande en mariage. Cela dit, ses émotions étaient malheureusement embrouillées. Elle se trouvait indigne du geste follement romantique de Sir Antony. Cet homme magnifique agenouillé devant elle, qui lui avait ouvert son cœur si publiquement et sincèrement, méritait mieux que de l'avoir pour épouse. Il finirait lui aussi par le penser quand il aurait découvert qui elle était vraiment. Des larmes d'apitoiement lui montèrent aux yeux, qu'elle contint en clignant rapidement des paupières. Il ne servait à rien de pleurer sur son sort. Elle avait fait des choix et à présent, elle devait vivre avec. Antony avait fait pareil et à présent, il devait passer à autre chose, sans elle. Cela valait mieux. Lui aussi en serait convaincu quand il apprendrait enfin la vérité.

Elle se prépara mentalement à lui fournir la réponse qu'elle savait qu'il ne voulait pas entendre. Lui retirant sa main, elle inspira profondément et soutint courageusement son regard.

Mais elle dit et fit quelque chose de complètement différent. La faute en revenait à la lueur dans ses yeux, des yeux bleus qui reflétaient la sincérité de sa demande. Comment aurait-elle pu résister à tant d'honnêteté et d'adoration ? Sa résolution, les invités, le décor... tout s'estompa, les laissant seulement tous les deux à se sourire mutuellement comme s'ils étaient les deux seuls occupants de la pièce. Cela ne dura qu'un moment, pas même une minute, mais c'était suffisant. Au lieu de laisser sa main gantée retomber le long de son corps, elle la leva pour toucher doucement le visage d'Antony. Traçant les contours de sa mâchoire affirmée, ses doigts habillés de dentelle caressèrent la rudesse de sa barbe naissante de la joue au menton. Et quand il ferma brièvement les paupières, se tournant contre la paume de sa main, elle sentit les larmes lui brûler les paupières.

Sans que cela ne soit conscient, elle ravala ses larmes et murmura afin que lui seul puisse l'entendre :

— Pourquoi me posez-vous une telle question en public, ô, homme *contrariant* ?

Sir Antony lui répondit d'un sourire en coin, lui baisa la main et se redressa de toute sa hauteur. Il était blessé que sa réaction ne soit pas celle, spontanée, qu'il avait espérée, mais cela lui fit reprendre conscience de son environnement. Il réalisa qu'une fois de plus, il avait permis à ses sentiments pour Caroline de le submerger et ce faisant, il l'avait placée dans une position des plus embarrassantes, sans pouvoir mettre son impétuosité sur le compte de l'alcool ! Cela dit, elle ne l'avait pas explicitement rejeté, et cela lui donna de l'espoir.

Il n'avait pas lâché sa main gantée, et il fit un pas en avant et se pencha près de son oreille afin qu'elle soit la seule à pouvoir l'entendre. Pour ceux qui assistaient à la scène, on aurait dit qu'il l'embrassait sur la joue.

— Parce que je vous aime, Caro, répondit-il doucement. Je n'ai jamais cessé de vous aimer.

Bouleversée et dépassée par les événements, Caroline étouffa un sanglot et libéra sa main. Jetant un dernier regard vers son visage empourpré, elle saisit une poignée de ses jupons de soie et quitta la pièce, Kitty Aldershot lui emboîtant prestement le pas sous un tonnerre d'applaudissements.

LADY REANAY EMPÊCHA SIR ANTONY DE SUIVRE CAROLINE, l'agrippant par les pans brodés de sa redingote et s'y accrochant.

— Laissez-la, mon garçon. Elle est dépassée. Recevoir une demande de votre part est la dernière chose à laquelle elle se serait attendue. Il vaut mieux attendre qu'elle soit capable de formuler une phrase entière.

Elle sourit quand elle le vit froncer des sourcils confus et fut contente qu'il suive son conseil avec un hochement de tête et demeure près d'elle. Elle était également soulagée. Caroline était si déboussolée qu'il y avait toutes les chances pour qu'elle le rejette pour toutes sortes de raisons saugrenues, ce qu'elle regretterait amèrement par la suite.

— Passez nous rendre visite demain, afin que vous puissiez parler à Caroline à ce moment-là, ajouta-t-elle avec une légèreté forcée.

Et en lui pressant affectueusement le bras, elle se tourna pour prendre congé de sa belle-fille avant que son neveu ne puisse lui poser des questions indiscrètes.

Diana St. John étonna lady Reanay en passant affectueusement son bras dans le sien et en lui faisant traverser la pièce, sortant sur le palier. Elle surprit encore davantage la vieille femme quand elle se tourna vers elle, les larmes aux yeux.

— Merci d'avoir accepté mon invitation, Madame, dit Diana St. John avec un tremblement dans la voix. Nous ne nous sommes pas toujours bien entendues, mais mes quatre années passées avec mes seules pensées pour toute compagnie m'ont donné le temps de réfléchir à ce qui est important dans ma vie.

Elle toucha le bras de lady Reanay.

— Vous seule êtes en mesure de comprendre l'*agonie* que j'ai vécue, séparée de mes *chers* enfants. Me retrouver privée de leur compagnie… Ne pas voir leurs chers petits visages… Je me suis inquiétée de leur bien-être tous les jours. Je crains à présent qu'ils ne reconnaissent plus leur mère…

— Ce n'est pas vrai, ma chère, la rassura lady Reanay, embarrassée par les larmes mélancoliques de Diana St. John.

Elle ne l'avait jamais vue aussi troublée. Cela la changeait tellement de la personnalité qu'elle affichait en public. Elle ressentait une sympathie totale pour sa situation.

— Allons, l'autre jour à peine, Merry demandait si vous aviez reçu sa dernière lettre.

En réalité, cela faisait trois mois, mais compte tenu de ces circonstances, elle se dit qu'une certaine latitude était de rigueur afin d'apaiser la détresse d'une mère.

— C'est un tel trésor. Elle vous fait honneur, Diana.

Diana eut un hoquet de surprise.

— Une lettre ? Ma chère Magna m'a écrit une lettre ! Oh ! Si seulement je l'avais su pendant mon absence, cela m'aurait donné *tant* d'espoir.

— Pas simplement une lettre, ma chère, mais plusieurs. Merry est une correspondante très consciencieuse, que ce soit à votre égard ou celui de son oncle Tony. Elle chérit ses réponses et conserve toutes ses lettres attachées avec un ruban et dans une boîte spéciale qu'elle a décorée elle-même avec du tissu et des bandes de papier peint qu'elle a découpées pour faire des formes. C'est une création ravissante et l'endroit parfait pour y ranger ses trésors. Elle y garde un assortiment de coquillages de notre dernière visite à la mer, des fleurs séchées, et je crois qu'il y a aussi...

— Comme c'est charmant, l'interrompit Diana St. John que cela n'intéressait pas.

Elle se força à sourire et ouvrit grand ses yeux pleins de larmes, dans l'expectative.

— Est-ce là qu'elle garde mes lettres, aussi ?

Lady Reanay sembla perdue.

— Vos lettres ? Pardonnez mon grand âge, ma chère, mais je ne comprends pas.

— Les nombreuses lettres que j'ai écrites à mes enfants durant mon voyage sur le Continent, mentit Diana St. John.

Elle cligna des paupières devant l'air de confusion la plus totale de sa belle-mère et inclina la tête d'un geste interrogateur.

— J'ai écrit à mes chéris toutes les semaines. J'avais pris l'habitude de faire du mardi ma journée d'écriture. Peu importe l'endroit où je me trouvais, je trouvais toujours le temps d'écrire à mes deux petits. Je comprends que les lettres peuvent s'égarer et le font souvent... mais cela ne m'empêchait pas de leur écrire.

Elle pressa la main gantée de lady Reanay.

— Voyez-vous, je me rappelle que St. John m'avait dit une fois à quel point il chérissait les lettres que vous lui envoyiez quand vous étiez à l'étranger. Il avait dit qu'elles l'avaient fait se sentir proche de vous, même s'il savait qu'il n'aurait plus jamais l'opportunité de vous revoir.

Cela aussi était un mensonge qui avait rempli son objectif ; à la mention de son fils, les yeux de la vieille dame se remplirent de larmes. Diana poussa un soupir déchirant, tout en se félicitant intérieurement de ce qui était jusque-là sa meilleure performance.

— C'est une excuse que je me suis fournie : que les lettres qu'ils m'envoyaient s'étaient perdues et que c'est pour cela que je n'ai pas eu de leurs nouvelles une seule fois durant toute mon absence.

— Êtes-vous en train de me dire que vous n'avez jamais reçu une seule des lettres de Merry ou de Ron ? Pas une seule ?

Quand Diana hocha tristement la tête et baissa les yeux, lady Reanay fut consternée.

— Comment cela se peut-il ? Allons, alors même que Sir Tobias et moi étions littéralement à l'autre bout du monde à Oslo, je recevais toujours une lettre hebdomadaire d'Aubrey. Bien entendu, parfois, quatre lettres hebdomadaires arrivaient à la fois... Pas une seule ?

— Pas la moindre. J'ai cru... j'ai cru qu'ils voulaient m'oublier, répondit Diana d'une petite voix faible en se tapotant délicatement les yeux avec son mouchoir tout en reniflant. Bien entendu, ce n'est pas à moi d'en juger, mais peut-être que certaines personnes... certaines personnes voulaient que mes chéris oublient leur chère mère...

— Oh ! Je ne parviens pas à croire que Salt ait pu... que cette très chère Jane ait pu...

Elle secoua sa tête poudrée et ajouta, plus pour s'en convaincre elle-même que son interlocutrice :

— Non. Non. Ils n'ont pas pu dissimuler les lettres d'une mère à ses enfants... Pas les lettres que Ron et Merry vous ont écrites... Je n'arrive pas à y croire...

— Vraiment ? grogna Diana entre ses dents, incapable de s'en empêcher.

Elle se reprit instantanément, couvrant son accès involontaire d'un sanglot sans larmes, portant les mains à son visage, ayant toutes les apparences d'un parent triste qui dissimulait ses véritables sentiments et intentions. Elle leva les yeux quand la vieille dame posa une main gantée sur son bras.

— Vous êtes la grand-mère de Ron et de Merry, vous savez – au fond de vous –, vous savez que c'est la vérité. Tout comme c'est vrai que mes chéris ont été séparés de moi volontairement ! Et vous serez choquée quand je vous dirai, mais j'y suis contrainte, que la décision de Salt de les tenir éloignés de moi n'est pas la sienne...

Regardant au-dessus du turban à plume de sa belle-mère, elle aperçut un valet qui remontait les escaliers et elle ajouta avec un sourire tremblant :

— Je vous ai retenue bien trop longtemps, s'excusa-t-elle. Caroline et sa gentille compagne blonde vous attendent…

La vieille dame accepta le sourire triste de Diana en fronçant les sourcils.

— Mais Jane n'aurait jamais… Elle s'est montrée si gentille et bonne envers Ron et Merry… Je n'arrive pas à croire que… Ma chère, s'il y a quoi que ce soit que je puisse faire pour vous… ?

Diana hésita, se tordant les mains. Comme si elle n'avait guère d'espoir de voir ses vœux exaucés, elle dit d'une voix pesante :

— Je n'ose pas m'imposer à vos bonnes grâces et je crains que ce soit trop vous demander…

Cela poussa lady Reanay à lui prendre les deux mains.

— Vous *devez* me permettre de vous aider d'une quelconque façon, aussi infime soit-elle. Vous êtes la mère de mes petits-enfants et ils sont ce que j'ai de plus cher au monde, plus que n'importe quoi ou n'importe qui d'autre.

— Très bien alors, répondit Diana en détournant les yeux des mains gantées de la vieille femme qui avaient saisi les siennes. Mon souhait le plus cher est de serrer mes enfants dans mes bras. Cela fait tellement longtemps que je n'ai pas senti leur chaleur… que je les ai étreints… que j'ai su qu'ils étaient en bonne santé et heureux…

— C'est comme si c'était fait, ma chère, dit lady Reanay. Je vais organiser la chose. Le comte et la comtesse n'ont pas besoin de le savoir… Vous êtes la mère des jumeaux, après tout… À présent, vous devez retourner à vos invités, ma chère, ajouta-t-il, pressant rapidement les mains de Diana. Séchez vos larmes. Vous verrez vos chéris. Je vous le promets !

Sur cette assurance, lady Reanay descendit rapidement l'escalier Adam pour rejoindre Caroline et Kitty dans la calèche qui les ramènerait à la maison. Depuis le palier, Diana regarda avec un sourire de satisfaction sa crédule belle-mère disparaître dans la lumière de la fin de l'après-midi. Les larmes qu'elle avait versées étaient à bon escient. Elle était certaine que son fils et sa fille lui seraient rendus avant la fin de la semaine. Elle découvrirait alors par elle-même à quel point leur chère mère leur avait manqué. Elle ne doutait pas que la diablesse qui partageait le lit du comte leur ait corrompu l'esprit, mais elle les désabuserait rapidement de leurs idées fausses et corrigerait leurs erreurs.

C'était son devoir en tant que mère, et en tant qu'enfants, ils étaient tenus de lui obéir.

Elle retourna prestement vers ses invités qui l'attendaient toujours, stimulée par l'idée de voir ses plans se concrétiser. C'était un coup de chance, ou bien le sort avait-il décidé de lui accorder un coup de pouce, puisque Salt devait donner un bal masqué à la fin de la semaine. Le lendemain du bal, tous ses soucis seraient terminés. Le comte serait de nouveau exclusivement tout à elle. Il ne lui resterait plus rien pour le distraire de son objectif. Il serait capable de se concentrer exclusivement sur son ambition de devenir le premier lord du Trésor et elle serait à ses côtés, éclaboussée par sa gloire comme elle l'était autrefois.

Durant son incarcération dans sa prison galloise, elle s'était creusé les méninges pour trouver un moyen de retrouver le comte, un moyen qui le lierait à elle pour toujours. Tous les jours, elle rêvait d'être la comtesse de Salt Hendon, et tous les jours, elle permettait à des rustres ignorants de la considérer comme telle. Se pavaner autour de Harlech Castle comme si elle était véritablement lady Salt avait nourri son addiction et lui avait permis de concentrer ses pensées. Cela l'aidait à concevoir que son rêve n'était pas impossible. Un jour, elle deviendrait comtesse de Salt Hendon.

Puis, comme par providence divine, la réponse lui vint dans un rêve. La douleur. Pas simplement la tristesse, mais une douleur inimaginable. Ce n'est qu'à travers une douleur inimaginable que le comte de Salt Hendon lui appartiendrait à nouveau. Elle était réellement un génie.

Le décès de son mari dû à la variole lui avait montré le chemin susceptible de la tirer de sa situation.

Elle se souvenait de la dévastation du comte après avoir perdu, à cause de cette maladie, son plus proche cousin et son meilleur ami. Car son mari, Aubrey St. John, avait été le meilleur ami du comte. Loin d'être une veuve éplorée, elle s'était sentie soulagée par sa mort. Mais elle avait dissimulé son soulagement derrière un masque de tristesse afin de refléter la douleur éprouvée par Salt. Ils n'avaient jamais été aussi proches que lorsqu'ils avaient pleuré la mort d'Aubrey St. John. Ce n'était que dans un état de distraction marquée par la douleur que le comte avait apprécié pleinement ce qu'elle signifiait pour lui. Tout et tous dans sa vie étaient restés sans conséquence et inexistants. Seul l'instant présent avait compté ; *elle* avait compté. C'est ainsi qu'il en irait de nouveau entre eux.

Il n'y avait pas de meilleur moyen pour eux de former un lien qu'à travers l'inimaginable douleur du comte. Une tristesse et une perte mutuelles les uniraient ; pour toujours, cette fois. Il accepterait à bras ouverts son réconfort et ses conseils. Elle s'assurerait qu'il n'ait jamais la moindre chance qu'il s'en remette. Personne ne se remettait de la mort de sa famille tout entière. Il ne lui resterait plus d'espoir à part pour celui qu'elle lui offrirait. Il verrait que sa dévotion était constante et infatigable, et elle redeviendrait l'objet exclusif de son attention. Il aurait besoin d'elle pour le soutenir, pour lui montrer qu'il serait capable de surmonter sa perte pour le bien de tous. Pour être un grand homme, il devait oublier l'ordinaire ; des sacrifices seraient requis s'il devait être immortalisé. Personne n'entrait dans les pages de l'histoire du fait d'être un père de famille. Cette pensée était insensée, et il en viendrait à réaliser cela une fois qu'il aurait atteint son potentiel en tant que leader politique de son pays.

Son plan d'action était en place. Elle comptait les jours avec une joie à peine dissimulée. Ce qu'il lui restait à faire était de découvrir les profondeurs de l'ignorance de son frère, et de s'occuper de son cas en conséquence. Elle sourit discrètement. Un idiot au cœur tendre comme son frère était le cadet de ses soucis.

HUIT

Le bref trajet en calèche jusqu'à Grosvenor Square avait été accompli en silence. Lady Reanay et Kitty Aldershot, assises en face de lady Caroline, reçurent l'ordre lancé en pleurant de s'abstenir de commentaires. Alors elles demeurèrent silencieuses et s'échangèrent des regards sporadiques, tout en la regardant sans mot dire alors que Caroline détournait le visage, dévastée, les yeux brouillés par les larmes, ne voyant pas qu'elle tressaillait de désarroi.

Sa détresse était telle qu'à son retour à Salt House, elle ne remarqua pas la calèche éclaboussée de boue qui portait le blason de la famille sur ses portes laquées noires, stationnée dans la rue devant l'entrée principale. Une fois à l'intérieur, elle monta les escaliers à la hâte sans jeter un seul regard au bourdonnement d'activité qui accompagnait l'arrivée du maître de maison et de sa famille.

Lady Reanay et Kitty Aldershot prirent leur temps pour sortir de la voiture.

Malgré le chaos organisé dans le hall d'entrée, elles furent reçues avec toutes les courtoisies possibles par le majordome, qui parut surgir de nulle part pour les débarrasser de leurs pelisses et leur rapporter la bonne nouvelle que la comtesse et sa jeune famille étaient bien arrivés, et que tout le monde était en bonne santé et dans les meilleures dispositions.

Immédiatement, lady Reanay et Kitty se précipitèrent vers la nursery pour rencontrer le dernier membre de la famille, qu'elles trouvèrent paisiblement endormi dans son berceau. Une jeune nourrice poussait le berceau de Samuel Antony Hugh Sinclair, âgé de six semaines, et elle accéda à leur curiosité en écartant légèrement la douce couverture en laine afin qu'elles puissent mieux voir son petit visage potelé. Il y eut beaucoup d'émerveillements murmurés et lady Reanay déclara que le bébé était aussi beau que son papa dont il était le portrait craché. La nourrice leur expliqua que les enfants avaient dormi durant une bonne partie du trajet et qu'ils étaient bien trop excités pour aller se coucher. Ils se trouvaient de l'autre côté du couloir, dans la salle de jeu de la nursery, en compagnie de Madame et de Miss Merry.

Là, lady Reanay et Kitty Aldershot furent accueillies avec tant d'enthousiasme qu'elles en oublièrent le désarroi de lady Caroline pendant que tout le monde renouait connaissance autour d'une tasse de thé et de macarons. C'est-à-dire, jusqu'à ce que Miss Merry s'enquière de sa cousine, ce sur quoi lady Reanay alla s'entretenir dans un coin avec la comtesse, murmurant à Jane dans un murmure qu'il valait mieux qu'elle aille parler à Caroline directement. Elle ne lui en dirait pas plus. Elle laissait cela aux soins de Caroline. Si quelqu'un était en mesure de faire entendre raison à la pauvre jeune femme perdue, c'était bien Jane.

Ainsi, lady Caroline trouva sa désolation interrompue lorsque sa bonne personnelle, qui avait reçu l'ordre de n'ouvrir sa porte à personne, pas même si c'était lord Salt lui-même, ouvrit sans hésitation à la comtesse quand celle-ci y gratta doucement, mais avec insistance.

La comtesse fut introduite dans le ravissant salon, où elle découvrit Caroline prostrée sur une méridienne près du feu, encore vêtue de ses jupons mauves et argentés, portant toujours ses mitaines de dentelles et s'étant débarrassée de l'une de ses mules sur le tapis turc. Son visage était plaqué contre la douceur d'un coussin brodé, et en entendant des pas, elle murmura quelque chose d'incompréhensible dans son coussin. Ce n'est que lorsque Jane repoussa les couches de soie froissée afin de pouvoir s'installer sur la banquette de damas de la méridienne et posa une main sur la coiffure en désordre de sa belle-sœur, que Caroline réalisa qu'il ne s'agissait pas de sa servante, mais d'une visiteuse.

Jane n'attendit pas que Caroline décide de l'ignorer ou bien de satisfaire sa curiosité, et elle s'assit en disant d'un ton égal.

— La pauvre tante Alice ne comprend pas pourquoi vous êtes si malheureuse. C'est tout ce qu'elle a bien voulu me dire. Elle a dit que c'est vous qui deviez me communiquer les nouvelles. Alors me voilà. Bien entendu, vous n'avez pas à me dire quoi que ce soit si vous ne le souhaitez pas, mais si vous décidez de vous confier à une oreille sympathique, le plus tôt serait le mieux, car Sam voudra sa tétée dans une heure et il ne tolère pas que je sois en retard.

Elle poussa un petit soupir, ajoutant, alors que le visage maculé de larmes de Caroline se détournait lentement du coussin pour la considérer à travers le désordre de ses boucles rousses soyeuses :

— Et pendant que j'y suis, vous pourriez peut-être me conseiller quant à savoir si je suis égoïste d'employer une nourrice aussi tôt. Salt dit que j'aurais dû le faire voilà deux semaines ; Sam est un petit garçon tellement affamé, et il est plus grand que ne l'étaient Ned et Beth au même âge. Sans le bal masqué à venir et l'organisation que cela requiert, ainsi que l'événement en lui-même, j'avais l'intention de continuer pendant une semaine de plus, ne serait-ce que pour absoudre ma culpabilité. J'ai allaité Ned jusqu'à son premier anniversaire et Beth avait neuf mois avant que je ne la confie à Nourrice Browne. Le pauvre Sam doit se voir refuser un tel réconfort bien plus tôt que je ne l'avais anticipé… Dites-moi ce que cela signifie sur mes chances d'allaiter le quatrième bébé quand il arrivera ?

À cela, Caroline jeta le coussin de côté et se rassit pour se jeter dans les bras de Jane.

— Oh. Jane, comme si *vous* pouviez être égoïste ! J'aurais dû rester à Salt Hendon pour vous aider. J'aurais dû être là-bas au lieu de venir à Londres avant la famille. Si j'étais restée, j'aurais pu m'occuper de faire les bagages, assumer la surveillance des enfants, n'importe quoi… ou au moins offrir à Merry ma compagnie si cela avait pu vous soulager. Et j'aurais dit à Salt ce que je pense de ses *conseils*. Que sait-il des besoins d'un enfant ? Que savent les hommes à propos de… à propos de *tout* ? poursuivit Caroline, emportée par ses questions. Ce sont des créatures si égocentriques et égoïstes ! Ils s'attendent à ce que les femmes suivent *leurs* idées, comme s'ils savaient ce qu'il y a de mieux pour nous, alors qu'ils ne possèdent pas une once d'intuition. Ils disent et font des choses qui nous rendent impossible de ne pas accéder à leurs souhaits. Même lorsque c'est notre désir librement exprimé d'accepter ces idées, nous devrions avoir le… le *choix* de dire oui ou non de notre propre gré et lorsque cela nous convient. Ils ne devraient pas tenir notre choix pour acquis, n'est-ce pas ? Salt est égoïste et insensé. Il n'a aucun droit de *vous* tenir pour acquise, de s'attendre à ce que vous arrêtiez d'allaiter Sam afin que vous puissiez tomber enceinte de votre quatrième enfant le plus tôt possible, parce qu'*il* en désire une douzaine ! Et c'est ce que je lui dirai quand…

— Ma chère, je suis tombée enceinte alors que Beth tétait

toujours, dit calmement Jane, écartant avec douceur les cheveux de la joue rougie de Caroline, rougissant à son tour de partager une telle confidence.

Mais Caroline et elle avaient toujours été honnêtes l'une envers l'autre, alors elle n'allait certainement pas lui dissimuler une telle chose à présent. Elle soupçonnait également que la diatribe émotionnelle de Caroline ne concernait pas les hommes en général, son époux décédé ou Salt, mais un homme en particulier.

— Vous savez bien que votre frère ne m'a jamais tenue pour acquise… Quand je tomberai enceinte de notre quatrième enfant, ce sera une bénédiction, pas un fardeau, et c'est entièrement entre les mains de Dieu.

— Oui, oui, bien sûr, répondit Caroline qui se maîtrisait davantage.

Elle se rassit et accepta le mouchoir de lin propre que la servante personnelle de Caroline avait tendu à Jane, puis elle tapota son visage rougi et maculé de larmes. Elle moucha son petit nez et se sentit immédiatement mieux. Alors, avec le mouchoir froissé toujours dans sa main, elle soutint le regard bleu patient de Jane.

— Je n'aurais pas dû dire cela. Pardonnez-moi.

— Non, vous n'auriez pas dû, mais cela ne vous a jamais empêché de le faire par le passé ! lui rétorqua Jane en lui embrassant la joue quand sa belle-sœur écarquilla de grands yeux verts et fronça des sourcils mortifiés. Votre frère rougirait s'il entendait notre conversation. Ses oreilles sont probablement cramoisies à l'heure qu'il est. Mais j'aime que nous puissions être sincères l'une envers l'autre, toujours…

Elle marqua une pause, laissant à Caroline l'opportunité de se confier à elle, et fut récompensée quand sa belle-sœur prit une grande inspiration tremblante et acquiesça.

— C'est moi qui suis égoïste et insensée, confessa Caroline. Et je sais que je me rends malade sans raison. Je devrais être la femme la plus heureuse du monde. J'ai rêvé de ce moment pendant des années, puis quand j'ai épousé Aldershot, je n'ai plus jamais rêvé que cela puisse arriver. Enfin, comment cela aurait-il pu être ? Puis Aldershot et mort et, oh, Jane ! Me prendrez-vous pour la plus horrible des créatures sur cette terre si je vous disais que ma première pensée après avoir enterré Aldershot a été que j'étais libre, libre d'épouser Antony ! Et à présent qu'Antony m'a demandé de l'épouser, qu'ai-je dit ? Je lui ai demandé pourquoi il me le proposait.

— Antony ? Sir Antony vous a demandé de l'épouser ?

Jane cligna des paupières et redressa l'échine, incrédule.

Caroline saisit la main de Jane.

— Oh, Jane, je ne pourrais pas dire oui même si j'en avais envie. Mais je n'arrive pas non plus à me refuser à le rejeter alors que j'ai désespérément envie de dire oui ! Mais quand il découvrira la vérité… Quand Antony saura qui je suis vraiment, il ne voudra plus de cette Caroline-là, n'est-ce pas ? Il n'aimera pas cette Caroline. Le fera-t-il, Jane ? Le fera-t-il ?

Jane la dévisagea en clignant des paupières. C'était comme si l'Antony dont parlait Caroline n'était pas réel, mais un être créé de toutes pièces par son imagination. Ce n'était pas qu'elle ne croyait pas Caroline quand elle lui disait que Sir Antony Templestowe lui avait demandé de l'épouser, mais c'était le fait que le baronet soit revenu à Londres sans prévenir. Elle essaya de raffermir sa voix.

— Où l'avez-vous vu, Caro ? Quand ? Je le pensais…

— … à Saint-Pétersbourg ? l'interrompit Caroline. Nous aussi, jusqu'à hier, quand je l'ai vu par hasard. Nous remontions Audley Street, et qui vois-je sur le trottoir devant sa maison ? Antony ! J'étais aussi choquée que vous semblez l'être. J'ignorais tout de cela. Saviez-vous qu'il devait revenir ? Salt a dû recevoir une lettre. Ne vous en a-t-il pas parlé ? Et comme si ce n'était pas un choc suffisant, aujourd'hui Tante Alice, Kitty et moi avons assisté une fête de retour pour Antony *et* Diana…

— *Diana* ?

— Oui.

La façon dont Jane avait murmuré ce nom révéla à Caroline que le retour d'exil en terres étrangères de sa cousine Diana était également une surprise pour la comtesse. Son frère gardait-il tout pour lui ces derniers temps ? Elle informa sa belle-sœur.

— Je ne sais pas pourquoi elle nous a invitées avec Tante Alice, alors que la dernière fois que nous nous sommes trouvées dans la même pièce, j'avais envie de l'étrangler pour avoir la présomption de s'arroger le droit de gérer le service et la distribution des tasses de thé dans *votre* salon. Je la mets au défi de s'y essayer aujourd'hui !

— Une fête… ?

— Oui. Avec tous les invités liés au gouvernement et qui ont une importance politique assez conséquente pour que Diana les pense dignes d'attention.

Caroline leva les yeux au ciel, peu impressionnée.

— Salt les connaît certainement tous, bien entendu, et c'est pour cela que Diana les a invités, afin de renouer des liens avec les gens d'importance. Quelqu'un – et je parierais que c'est Dacre Wraxton –

doit lui avoir écrit pour l'informer de la décision de Salt de rendosser ses fonctions gouvernementales. Alors elle est revenue à la maison pour interférer et s'immiscer dans sa vie politique, comme elle le faisait toujours par le passé. Mais si elle pense qu'elle peut…

— Semblait-elle… semblait-elle *bien* ?

— Diana est toujours à son avantage quand elle est entourée de flagorneurs, geignit Caroline avant de s'excuser sur-le-champ. Pardonnez-moi. C'est bien peu charitable. Elle semblait très bien, en effet, et était aussi belle que d'ordinaire. Sa robe était magnifique, avec des fils d'argent et une broderie à sequins brillants sur le corsage et l'ourlet. Et elle portait une paire de mules assorties. Je crois qu'elle portait des diamants ou bien était-ce un collier de perles ? Ou bien peut-être les deux.

Caroline haussa une épaule et afficha un sourire en coin.

— Tante Alice saurait vous en dire plus. Vous me connaissez, Jane. Je préfère une redingote et une paire de bottines de marche confortables.

Elle tendit son pied gauche et glissa les orteils hors de sa mule afin de déchausser ses deux pieds, restant en bas de soie.

— Les talons me font mal à la plante des pieds. C'est étrange qu'il m'ait fallu trois saisons à Londres et deux douzaines de paires de chaussures à talons pour apprendre cette leçon !

— Et c'est durant cette fête que Sir Antony s'est déclaré… ?

Caroline hocha la tête.

— Devant Diana et les invités, il est venu directement vers moi et, sans prévenir, sans m'avoir dit plus de *deux* mots, voilà qu'il se donne en spectacle comme lui seul est capable de le faire, en mettant un genou en terre et me demandant de l'épouser ! Quel insensé ! Comme si j'allais dire oui, au pied levé !

— Et vous ne l'avez pas fait… ?

Jane était surprise.

— Comment pouvez-vous croire que je l'aie fait ? C'était un geste terriblement romantique, certes, mais… Jane, cela fait quatre ans qu'il est parti et tant de choses me sont arrivées… J'ai changé, et quand il découvrira à quel point j'ai changé, il sera soulagé que je n'aie pas accepté.

Elle fit la moue et regarda le mouchoir froissé qu'elle broyait dans sa main.

— Oh, je n'ai pas dit non, admit-elle à contrecœur. Je ne l'aurais pas déçu dans ces circonstances… Jane, j'ai tellement peur qu'il le découvre… peur de voir sa déception… Il ne voudra plus de moi. Il…

Caroline s'interrompit abruptement, réalisant que Jane ne l'écoutait pas. La comtesse avait une lueur lointaine dans le regard, mais plus déroutant encore, elle serrait ses mains si fort qu'on voyait du blanc à la jointure de ses doigts à travers sa peau transparente. Ce fut au tour de Caroline de tendre la main à la comtesse et elle s'alarme de découvrir non seulement ses doigts glacés, mais également ses mains tremblantes. D'ailleurs, Jane faisait de son mieux pour empêcher son corps tout entier de trembler.

— Jane ! Oh, Jane, pourquoi m'avez-vous laissée continuer de parler alors que vous vous trouvez mal ?

Caroline appela sa bonne.

— Elspeth ! Un cordial. Vite !

Quand il arriva, elle mit le verre entre les mains de Jane et la fit boire.

— Il faut qu'on vous mette au lit avec une tasse de lait chaud et vous passerez une bonne nuit de sommeil. Le voyage depuis Hendon vous a épuisée. Et je n'ai fait qu'ajouter à vos soucis. Boire davantage vous aiderait peut-être, et si en plus vous allaitez…

— Oui. Oui, ce doit être cela, murmura Jane en lui rendant le verre, n'ayant avalé que quelques gorgées de l'eau citronnée douce-amère.

Elle avait vraiment envie de boire une tasse de thé chaude dans son lit, et elle avait hâte de pouvoir le faire, mais d'abord, elle devait découvrir tout ce qu'il était possible d'apprendre sur le retour de Diana St. John. Elle attendit que sa servante ait posé le plateau sur la table basse près de la méridienne, s'incline devant elles et quitte la pièce, avant de se forcer à dire calmement :

— Alors Diana est revenue du Continent voilà deux semaines… ?

Caroline fronça les sourcils.

— Salt ne vous a-t-il pas dit qu'elle revenait ? Il a dû lui pardonner la jalousie atroce dont elle faisait preuve toutes ces années en arrière… Je ne sais pas comment il a pu le faire ! Je ne sais pas de quel argument persuasif elle a usé, mais Diana a toujours trouvé le moyen d'obtenir ce qu'elle veut, particulièrement avec mon frère. Vous n'avez qu'à voir la façon dont elle traite Antony, comme si c'était son laquais ! Quelle créature hideuse ! Mais je soupçonne qu'il lui permet d'agir à sa guise sur des sujets qui ne le touchent guère.

Elle regarda Jane.

— Le cordial vous a-t-il ravigotée ?

Elle ne fut pas convaincue quand la comtesse hocha la tête, mais elle demanda :

— Est-ce vraiment la première fois que vous entendez parler du retour de Diana ?

— Oh, je suis certaine que votre frère a dû me le dire, mais j'ai simplement oublié, répondit Jane d'un ton insouciant, se détestant pour ce mensonge.

Elle était malade à la pensée qu'une créature aussi diabolique que Diana St. John soit à nouveau en liberté, et pire ! Si près qu'elle vivait à une rue de là. Elle parvenait à peine à croire que c'était vrai. Salt lui avait assuré que sa cousine serait bannie pour toujours, qu'elle n'aurait plus jamais à s'inquiéter de sa sécurité, de celle de Salt ou de celle de ses enfants. Les jumeaux de Diana, Ron et Merry, seraient également à l'abri des méchancetés de leur mère. Elle n'avait jamais demandé où Diana était incarcérée ; elle ne voulait pas le savoir. Elle avait seulement demandé qu'elle soit traitée humainement, mais emprisonnée loin de la bonne société jusqu'à la fin de sa vie. Elle eut une envie irrésistible et légèrement irrationnelle de courir jusqu'à la nursery pour vérifier de ses propres yeux que ses trois enfants et Merry étaient tous sains et saufs et paisiblement endormis dans leurs lits. Au moins, puisque Ron était à Eton, il était loin de l'influence diabolique de sa mère.

Mais Caroline, ainsi que lady Reanay et la majeure partie de la bonne société, ignorait complètement la cause du bannissement de Diana, et le besoin ne s'était jamais fait sentir de les en informer. Jane ne croyait pas une seule seconde que Salt sanctionne la libération de sa cousine. Elle se demandait même s'il était au courant, et elle passerait une nuit d'insomnie à s'interroger, car il n'arriverait en ville que le lendemain, interrompant son voyage avec elle et les enfants pour accompagner Ron à Windsor et vérifier qu'il soit bien arrivé à Eton.

Elle jugula ses instincts, se forçant à rester calme, à attendre, à repousser dans un coin de son esprit ses folles fantaisies concernant Diana afin de pouvoir se concentrer sur les nouvelles de Caroline. Elle devait apprendre pourquoi sa belle-sœur hésitait à accepter la demande en mariage de Sir Antony Templestowe.

Le simple fait qu'Antony soit revenu à Londres était un réconfort et lui remontait grandement le moral. Comme le fait de savoir qu'il avait demandé à Caroline de l'épouser. Elle avait prié pour cette issue depuis que Caroline était devenue veuve. Elle aurait dû se réjouir que cela soit arrivé, pas se lamenter, et elle croyait savoir pourquoi sa belle-sœur était désespérée, mais elle avait besoin de le lui entendre dire avant de proposer une solution qu'elle accepterait, l'espérait-elle.

— Il se peut que Salt m'ait dit qu'Antony revenait à Londres, cela dit, je suis certaine que, malheureusement, j'ai oublié, expliqua-t-elle à Caroline, faisant de son mieux pour paraître désinvolte. J'étais certainement dans un autre monde pendant que Sam tétait. Ces six dernières semaines sont passées tellement vite, presque comme un éclair ; ce qui est souvent le cas pour la mère d'un nouveau-né.

Elle tapota la main de Caroline.

— Peu importe. Je vais demander à Salt de me répéter toute l'histoire demain. Il arrivera avant la collation.

Elle regarda Caroline en inclinant la tête.

— Mais je vous ai interrompue alors que vous me parliez d'Antony et de sa demande très romantique…

Caroline retira un fil de soie de la broderie délicate qui soulignait l'ourlet de ses jupons de soie.

— Une jeune femme n'aurait pas pu rêver mieux… Allons, je crois que j'avais rêvé qu'il se mette à genoux pour me demander de l'épouser ! Mais vous, plus que tout autre, savez pourquoi je dois refuser, pourquoi je ne peux l'épouser.

— Non, je n'en sais rien, dit Jane avec franchise. Pas si vous l'aimez…

— Mais vous le savez, Jane. *Vous savez* pourquoi je ne peux pas devenir sa femme.

Jane considéra sa belle-sœur avec un sourire attristé. Oui, elle savait à quoi elle faisait allusion, et elle comprenait la détresse de Caroline, mais elle avait une solution qui l'aiderait à apaiser sa conscience. Ce n'était pas quelque chose qu'elle aurait songé à suggérer avant son propre mariage, mais une union terriblement heureuse, et être à présent la mère de trois enfants vigoureux lui donnait toute latitude de se montrer plus pragmatique.

Elle savait très bien que Salt avait été obligé de marier sa sœur à un chasseur de fortune afin de préserver son honneur ainsi que celui de sa famille des commérages indésirables, mais son noble époux ignorait toujours tout de la véritable nature des événements qui s'étaient déroulés durant la nuit tragique du bal masqué, et dans l'esprit de Jane, ce n'était pas une si mauvaise chose. Elle doutait que Salt gère bien la vérité. Il n'avait pas bien accepté la fiction qu'on lui avait racontée sur ce qui s'était passé entre sa sœur et Stephen Aldershot, mais il était plus facile pour lui de croire que les deux jeunes gens avaient été tellement emportés par leur passion qu'ils s'étaient oubliés. Il n'avait jamais montré ses véritables sentiments concernant le mariage de sa sœur à personne sauf à elle, et Jane savait que cela l'avait dévasté. Elle savait également qu'il reprochait à Sir Antony Templestowe les événements qui avaient conduit au mariage de Caroline ainsi que cette union en elle-même, et Jane n'avait rien pu dire pour le convaincre du contraire.

— Vous n'avez pas besoin de parler à Antony de votre mariage ; en rien. Vous n'avez aucune raison de le faire.

Caroline regarda Jane en clignant des paupières, choquée.

— Jane ? Me dites-*vous* de… de *mentir* ? À *Antony* ?

— Pas du tout. Tout ce que je dis est que vous n'avez pas besoin de le lui dire. Il y a une différence.

— Et si je ne lui en parle pas, il ne le saura jamais ?

— Je ne l'ai jamais dit à Salt et puisque je ne le lui dirai jamais, il n'en saura jamais rien. Pourquoi devrait-il en aller autrement avec Antony ? Même s'il le découvre dans un futur éloigné, ou bien si vous vous sentez obligée de le lui dire quand vous fonderez votre propre famille – même si je ne vois pas pourquoi vous voudriez le faire après plusieurs années de mariage avec Antony –, croyez-vous que ce qui s'est passé avant que vous ne l'épousiez, avant que vous ne fassiez plus qu'un, aura la moindre importance pour lui s'il vous aime si chèrement ?

Voyant que Caroline ne se laissait pas convaincre, Jane lui prit la main avec un sourire de réconfort.

— Il y a de nombreuses années, avant que votre frère et moi ne nous mariions, alors que j'étais particulièrement déprimée, ma nourrice m'a donné un conseil extraordinaire. Elle m'a dit de toujours regarder vers l'avant, pas en arrière, de ne pas s'attarder sur le passé. Et c'est ce que vous devez faire, Caro, afin qu'Antony et vous puissiez avoir un futur ensemble.

— Votre nourrice était sage.

— Oui. Et si elle était encore parmi nous, elle vous dirait que si Antony se préoccupe du passé et non de son futur avec vous, alors il n'a jamais été l'homme qu'il vous faut. Bien entendu, je suis d'avis que dès qu'il a découvert que vous n'étiez plus mariée, il n'a songé qu'au futur, un futur qu'il peut partager avec vous.

Caroline lui adressa un sourire en coin.

— Vous êtes bien placée pour assigner aussi peu d'importance à la virginité d'une épouse, ma très chère Jane, alors que vous étiez aussi blanche et pure qu'un flocon de neige lors de votre nuit de noces.

— Je ne l'étais pas ! rétorqua Jane, plongeant Caroline dans une stupeur incrédule.

— Jane ! Non. Pas *vous*.

— Que j'aie été un… *flocon* ou pas n'a rien à voir avec votre situation, parvint à dire Jane en gardant la tête haute, même si sa gorge avait rougi de l'embarras provoqué par cette confession franche.

Elle ajouta rapidement, car sa belle-sœur la dévisageait comme si elle était devenue folle.

— Vous ne devez parler de cette révélation à personne, particulièrement pas à votre frère.

— Bien entendu, Jane. Jamais.

Caroline se rapprocha de Jane, ouvrant tout grand ses yeux verts.

— Était-ce votre nourrice qui vous a conseillé de n'en rien dire à Salt ?

Jane resta pantoise devant cette question, puis elle plaqua une main sur sa bouche pour étouffer un rire.

— Oh, Caro ! Non. Non. Que je suis bête ! Je me suis bien mal fait comprendre, ce dont je m'excuse. Il n'y a jamais eu d'autre homme que Magnus, alors bannissez ces mauvaises pensées à mon propos, ma sœur. Mais il serait terriblement embarrassé – et m'en voudrait beaucoup – s'il venait à découvrir que sa petite sœur sait que nous avons fait l'amour avant de passer devant le prêtre.

— C'est un vieux barbon ! feignit de se lamenter Caroline. Et il est devenu tellement guindé depuis qu'il vous a épousé qu'il est difficile de croire qu'il a eu une maîtresse par le passé, et encore moins des dizaines !

— Je vous remercie, Caro, mais je pense que je vais laisser le passé de mon mari là où il est.

— Oui, bien sûr, murmura Caroline, ne pouvant s'empêcher d'ajouter avec effronterie : mais j'ai toujours su qu'au fond, il est sentimental, et qu'en ce qui vous concerne, son cœur à toujours guidé sa tête guindée. Ce qui n'est pas une mauvaise chose.

Elle pressa la main de Jane.

— Merci de m'avoir fait cette confidence.

Jane sourit et pressa à son tour les doigts de Caroline.

— Je vous l'ai confiée afin de vous faire prendre conscience que vous n'êtes pas le seul membre de cette famille à avoir permis au désir de s'exprimer en dépit du bon sens...

— Mais vous et Salt êtes amoureux, argumenta Caroline. Ce qui s'est passé au bal n'avait rien à voir avec l'amour ! Et mon mariage absurde avec Aldershot...

— Quant à votre mariage à Aldershot, répéta Jane, interrompant Caroline avant qu'elle ne s'engouffre dans une autre spirale d'autorécrimination : vous êtes restés mariés pendant deux ans. Alors à moins qu'Antony ne soit benêt, il ne s'attend pas à ce que vous soyez blanche comme neige durant votre nuit de noces, n'est-ce pas ?

— Non, non, certes, murmura Caroline en rougissant, pas parce qu'elle n'y avait jamais songé, mais parce qu'il y avait une histoire plus sérieuse, qui la paralysait de culpabilité et la rendait si honteuse qu'elle n'aurait jamais été capable de se confier à Jane.

Elle se demandait ce que penserait Sir Antony si jamais il découvrait son secret honteux ? Lui pardonnerait-il ? Lui ferait-il un jour confiance ? Souhaiterait-il avoir une telle femme pour épouse ? Elle ne le pensait pas. Il valait mieux perdre son amour que son respect. Cette perspective la fit tressaillir.

— Alors vous n'avez rien à lui dire, n'est-ce pas ? raisonna Jane en se redressant et en secouant ses jupons en coton lustré.

— Non, non, certainement pas, murmura Caroline et se redressant.

Elle sourit, pas parce qu'elle se sentait mieux, mais parce qu'elle ne voulait pas que Jane s'inquiète davantage. À quoi cela servait-il de continuer à ruminer sur un futur avec Sir Antony si elle savait que c'était impossible ?

— À présent, il vous faut m'excuser, dit Jane en embrassant sa belle-sœur sur le front. Sam doit être en train de hurler et je n'ose pas le laisser avec sa nounou plus longtemps. C'est une jeune recrue dans la demeure. Salt terrifie cette pauvre fille.

— Il terrifie tout le monde, répondit Caroline avec bonhommie, la suivant jusqu'à la porte. Sans vous, ma très chère Jane, les serviteurs s'évanouiraient de peur à intervalles réguliers.

Les deux femmes se quittèrent avec un baiser affectueux, mais le sourire de Jane mourut dès que le valet en livrée referma la porte de l'appartement de Caroline. Elle regagna rapidement la nursery, une terreur déraisonnable lui pressant sur la poitrine. Avant d'avoir vu ses enfants bordés dans leurs petits lits et le bébé dans son berceau, les battements tonitruants de son cœur ne s'apaiseraient pas.

NEUF

Jane prit l'escalier qui raccordait ses appartements privés à la nursery située directement au-dessus au troisième étage. Elle trouva Nourrice Browne qui supervisait les nourrices occupées à ranger les jouets et les meubles de la salle de jeu, et elle traversa la pièce afin de se rendre vers la chambre à coucher spacieuse occupée par ses deux aînés. La pièce n'avait pas de porte, mais conservait sa chaleur grâce à un paravent placé devant le chambranle durant les heures de repos. Des brandons chauds brûlaient également en permanence dans l'âtre d'une immense cheminée. Sa lueur chaude et orange illuminait le dos en laiton poli d'un pare-étincelle en tapisserie qui offrait une lumière réconfortante au cas où les enfants se réveilleraient en pleine nuit.

Son cœur ralentit et se gonfla d'amour à la vue de Ned et de Beth profondément endormis dans leurs lits, leurs petits corps fatigués bordés sous des couvre-lits moelleux. Son fils serrait son jouet favori, un singe en tissu cousu par sa tante Caro qu'il adorait, tandis que sa fille avait jeté un bras potelé au-dessus de ses boucles noires fourrées dans un bonnet de dentelle, le visage posé sur l'oreiller en plume et tourné vers le papier peint. Satisfaite, elle poursuivit sa route vers la chambre du bébé. C'était là que son nouveau-né dormait durant la journée, surveillé par la nouvelle nounou. Il y passerait davantage de temps à présent qu'ils étaient à Londres et qu'elle était censée remplir ses devoirs de comtesse, donner des dîners ou y assister, chose qui deviendrait certainement une habitude puisque Salt reprenait ses fonctions gouvernementales. Un deuxième berceau demeurait dans sa chambre à coucher, et elle avait refusé de l'en retirer jusqu'à ce que l'allaiteuse soit installée. Que Caroline l'ait informée du retour d'exil de Diana la décida : Sam continuerait à passer ses nuits dans sa chambre jusqu'à ce qu'elle soit convaincue que ses enfants se trouvent à l'abri du danger.

Son expression devait avoir trahi son anxiété profonde, car la nouvelle nounou s'oublia au point de s'adresser à Jane avant que celle-ci ne lui adresse la parole, disant avec inquiétude alors qu'elle lui faisait la révérence :

— Pardonnez-moi, Madame. Je ne l'ai pris aux bras qu'une seule fois. Il s'agitait. Il a toujours tellement faim.

— Betsy ! Reprenez-vous ! dit une voix sévère dans le dos de la comtesse alors que Nourrice Browne s'avançait pour reprendre le bébé en pleurs des bras de la nounou. Madame ne s'est pas adressée à vous, et elle ne souhaite pas non plus entendre ce que vous avez à dire.

— Oh, mais si, Nourrice, si cela concerne mes enfants, dit Jane d'un ton plaisant, adressant un sourire à la nouvelle nounou qui avait baissé les yeux à terre dès l'instant où Nourrice Browne était entrée dans la pièce. Je ne suis pas surprise que Sam s'agite. Il doit avoir très faim à l'heure qu'il est. Mais Maman va très vite vous contenter, dit-elle d'une voix apaisante alors qu'elle baissait les yeux vers son fils en pleurs qui s'agitait dans les bras de Nourrice Brown. Si je ne gêne pas, je vais nourrir Sam ici même…

Immédiatement, le personnel entra en action. Un valet positionna le fauteuil et le repose-pied pas trop loin de la chaleur qui irradiait de la petite cheminée, puis il quitta promptement la pièce pour laisser une domestique aller chercher pour sa maîtresse une théière accompagnée d'une assiette de pain beurré. Samuel, qui hurlait à présent, fut rendu à la nouvelle nounou le temps que Nourrice Browne puisse aider Madame à défaire les rubans des deux côtés de son corsage matelassé. Une fois confortablement installée dans le fauteuil, Jane cala ses pieds sur le tabouret rembourré et plaça un coussin sous son coude, puis elle détacha promptement l'avant de son corsage de maternité, offrant à son nouveau-né l'accès à ce qu'il désirait le plus. Tout ceci fut accompli aussi rapidement que possible, et quelques minutes plus tard, le plus jeune fils de la comtesse s'était apaisé et la pièce avait retrouvé son calme.

— Venez, Betsy, ordonna Nourrice Browne à la nouvelle servante qui regardait la comtesse allaiter son bébé. Je vais vous trouver quelque chose à faire.

Jane s'arrêta un instant d'admirer son fils, qui serrait fort ses petits doigts potelés autour de son index.

— Nourrice, ayez la gentillesse de demander à une servante d'aller voir comment se porte Miss Merry. Elle a pris l'habitude de prendre Vicomte Quatre-Pattes dans son lit avec elle, mais puisque le Dr. Barlow nous dit que c'est sa fourrure qui lui donne des crises d'éternuement, cette noble boule de poils est reléguée dans son panier près de la cheminée de mon salon.

— Très bien, Madame.

Quand Nourrice Browne adressa un geste sec du menton à la nouvelle nounou, lui signalant de quitter la pièce avec elle, Jane dit :

— Si vous n'avez pas besoin de Betsy, je l'autorise rester là, et quand le thé arrivera, elle pourra se rendre utile.

La nourrice en chef referma la bouche, lui fit une autre révérence, et avec un regard de semonce à Betsy qui échappa à Jane, dont l'attention s'était reportée sur son l'enfant qu'elle allaitait, elle laissa la nouvelle nounou seule avec la comtesse de Salt Hendon.

ÊTRE SEULE AVEC MADAME ÉTAIT UNE EXPÉRIENCE NOUVELLE pour Betsy. Elle ne s'était jamais retrouvée seule dans la demeure du comte en compagnie de quelqu'un d'un rang plus élevé que celui d'intendant, et elle avait à peine été capable de former une phrase entière en présence du gentleman zélé. Ce qui était tout aussi bien, car si Mr. Willis avait creusé davantage lors de leur entretien, il aurait découvert que Betsy Smith n'était absolument pas ce qu'elle affirmait être et que ses références impressionnantes étaient un mensonge. Les seuls détails véridiques à propos de Betsy Smith étaient son nom et le fait qu'en tant qu'aînée de quatorze enfants, elle avait de l'expérience avec les bébés et les tout-petits. Betsy ignorait complètement ce que Madame pouvait avoir à lui dire, mais elle savait simplement que cette ravissante dame n'avait aucune idée de ce que le futur leur réservait, à elle et ses enfants.

Betsy n'avait pas d'idée précise non plus, mais elle avait au fond d'elle la sensation horrible que quoi que cela puisse être, c'était malfaisant. Tante Smith, qui n'était en réalité pas sa tante, mais une amie de longue date de la famille qui s'appelait pareil, lui avait confié que la femme qui se pavanait devant la haute société sous le nom de la comtesse de Salt Hendon n'était en réalité pas une comtesse – et ainsi pas la véritable épouse du comte –, mais sa courtisane qui avait dérobé le comte à sa véritable épouse. Celui-ci avait banni son épouse véritable et avait contracté un mariage contre-nature avec sa maîtresse. Tante Smith avait dit que le comte était enchanté par la beauté de la courtisane, chose qu'en la regardant allaiter son enfant, Betsy était parfaitement en mesure de comprendre. Tante Smith aidait la véritable comtesse à reconquérir ce qui lui revenait de droit, et si le père de Betsy souhaitait pouvoir repayer ses dettes et être libéré de la maison Bridewell sur Pinfold Street – une prison salle et surpeuplée de Birmingham où l'on enfermait les mauvais payeurs –, alors tout ce que George Smith avait à faire était de confier Betsy à Bertha Smith.

George Smith avait accepté sans se faire prier. Il fit même plus que cela. Il dit à Betsy de faire tout ce qui serait nécessaire pour aider Tante Smith, à part le meurtre, ce qui la ferait pendre, et à quoi lui servirait une fille morte ? Il ne serait alors certainement jamais relâché, et Betsy devait se rappeler de faire passer son père et ses treize frères et sœurs avant elle. C'était ce qu'aurait voulu sa mère décédée.

Betsy était une fille bonne et obéissante, aussi partit-elle avec Tante Smith, grimpant dans la calèche qui reliait Birmingham à Hendon. C'est dans la calèche que Tante Smith lui dit qu'elle allait être une nounou dans la demeure du comte de Salt Hendon, et quand elle en recevrait l'ordre, elle devait faire précisément ce que lui dirait Tante Smith. En plus de recevoir l'argent nécessaire à la libération de son père de Bridewell House, elle aiderait une grande dame à reconquérir ce qui lui revenait de droit, ce qui était assurément une bonne action.

Elle eut la grande surprise et l'appréhension, avant de monter dans la calèche pour faire le voyage jusqu'à Hendon, d'être présentée à la véritable comtesse de Salt Hendon. Elle n'avait encore jamais rencontré de femme noble, et elle avait tellement peur et était tant impressionnée par la grande dame dans sa magnifique robe de velours brodé qu'elle en fut malade. La véritable comtesse de Salt Hendon était le portrait qu'elle s'était fait d'une grande dame : belle, bien mise et froidement dédaigneuse de tous ceux qu'elle voyait.

Betsy ne fut pas surprise quand cette grande dame la considéra avec désapprobation, émit le commentaire que ses cheveux lui rappelaient un buisson de groseilles mal taillé, et elle renifla lorsque Tante Smith s'excusa du fait que Betsy ait souffert de la variole, mais n'était pas, comme l'avait espéré Madame, toujours souffrante de la maladie. Ce sur quoi la véritable Comtesse de Salt Hendon s'était lamentée. Il était dommage que Betsy ne souffre pas de la variole, car alors la contagion aurait été exactement ce dont elle aurait eu besoin afin d'éradiquer le fléau actuel au sein de la demeure du comte ; ce à quoi Tante Smith avait répondu « amen ».

Betsy avait reçu une nouvelle robe de lin propre, une paire de bas et des chaussures en cuir d'occasion qui lui pinçaient le petit orteil. On lui avait également donné une excellente référence d'une précédente employeuse dont elle n'avait jamais entendu parler, mais on lui avait assuré qu'une copie de la référence avait suffi à lui garantir le poste dans la demeure des Salt Hendon. Elle était tellement influente que Mr. Willis avait immédiatement employé Betsy. Rejoindre les rangs du bataillon de domestiques du comte n'aurait pu être plus aisé.

Ce qui était encore plus facile étaient ses tâches quotidiennes, songea Betsy avec un sourire. Elle avait un toit chaud au-dessus de la tête et le ventre-plein, et tout ce qu'elle avait à faire était de s'occuper du plus beau petit garçon qu'elle avait jamais vu. Il ne lui posait pas le moindre problème. Il ne criait que lorsqu'il avait faim, et qui aurait pu le lui reprocher ? Ses frères et sœurs l'avaient fait assez souvent, mais une fois qu'ils avaient été sevrés du sein de leur mère, ils avaient souvent connu la faim. Ce bébé ne connaîtrait jamais un jour de faim dans sa vie, et à la vitesse à laquelle il grandissait, Betsy se disait qu'il allait devenir un grand et beau jeune homme tout comme son noble père.

— Mr. Willis me dit que vous n'êtes pas du Wiltshire… Betsy ?

Celle-ci s'inclina et détourna le regard qu'elle avait braqué sur l'enfant au sein pour regarder le sol, rougissant que de telles pensées aient été interrompues par la fausse épouse de l'aristocrate.

— Non, Madame, de Birmingham.

— Vous avez le droit de me regarder, Betsy. D'ailleurs, je préférerais que vous le fassiez. Cela aide à rendre la conversation plus plaisante.

— Oui, Madame, murmura Betsy, priant pour que la conversation ne donne pas lieu à des questions sur son ancien emploi.

Sa prière ne fut pas exaucée.

— Votre position avant celle-ci était dans la nursery de lady Elizabeth Sedley… ? Durant son séjour à Bath… ?

— Oui, Madame, mentit Betsy. Mais je n'ai jamais vu Madame.

Ce qui était vrai, et en voyant l'air interrogateur de la comtesse, elle mentit à nouveau pour la mesure.

— Elle ne se rendait jamais à la nursery.

Connaissant bien son amie et sachant également qu'elle était une mère très présente tout comme elle, Jane en fut surprise, mais elle ne contredit pas la jeune femme. Avant de mettre son fils repu à son autre sein, elle le colla contre son épaule pour laisser le temps à son estomac de s'apaiser, ajoutant tout en lui caressant doucement le dos :

— Je sais que quelques mois seulement se sont écoulés depuis que vous avez travaillé dans la nursery des Sedley, alors vous serez contente d'apprendre que vous aurez l'occasion de retrouver les bébés Sedley. Lady Elizabeth et ses trois enfants viendront un après-midi de la semaine prochaine, pour prendre le thé et jouer. Ils sont tous très impatients de faire la connaissance de Sam. Et toi, mon amour, dit-elle en levant son fils qui gargouillait vers son visage souriant et en frottant son nez contre le sien avant d'embrasser sa joue potelée, tu te comporteras comme un ange. Contrairement à ton frère, qui se pavane terriblement, et à Beth, qui se sent moins spéciale puisqu'elle n'est plus le bébé de la famille et qui mettra certainement à l'épreuve la patience de Maman avec ses exigences.

Elle transféra le coussin à l'autre accoudoir du fauteuil, Betsy lui venant prestement en aide, et une fois son bébé à nouveau niché contre son sein, elle leva la tête en souriant.

— Nous devrions peut-être vêtir Beth de nouveaux jupons et de rubans pour ses cheveux afin qu'elle se sente spéciale pour nos invités. Qu'en pensez-vous, Betsy ?

Surprise de s'entendre demander son opinion, la jeune fille acquiesça. Puis, lorsqu'une servante arriva avec le plateau à thé, elle fut soulagée de pouvoir s'occuper les mains, espérant que cela empêche la fausse épouse du comte de poursuivre son interrogatoire.

Ayant versé le thé dans lequel elle ajouta du sucre et une rondelle de citron, puis ayant disposé la tasse et l'assiette de tranches de pain beurré à portée de la comtesse, Betsy se retira pour aller se placer près du berceau, où elle s'affaira à replacer les draps et la couverture. N'importe quelle tâche était bonne plutôt que de devoir subir des questions auxquelles elle n'aurait pas su répondre. Cela fonctionna un moment, mais une fois que Sam fut rassasié, Jane demanda à Betsy de le bercer pendant qu'elle rajustait ses vêtements.

— Quand vous lui aurez passé des linges propres et une chemise de nuit, descendez-le dans ma chambre, je vous prie.

Betsy écarquilla les yeux, et dans sa panique, elle s'oublia au point d'être malpolie sans le vouloir.

— Je n'ai jamais été en bas ! Je ne saurai pas où trouver…

— Demandez à Nourrice de vous montrer. Vous avez besoin de savoir où Sam dort quand il n'est pas avec vous. De cette façon, si j'ai besoin de vous, ou si Sam a besoin de moi, vous saurez où vous rendre.

Voyant que Betsy fronçait toujours les sourcils, même si elle lui fit la révérence et hocha la tête pour dire qu'elle avait compris, Jane s'approcha d'elle.

— Je suis certaine que Mr. Willis et Nourrice vous ont tous les deux expliqué tout ce que vous avez besoin de savoir sur votre position au sein de la demeure de sa seigneurie… ?

— Oui, Madame, ils l'ont fait.

— C'est bien. Et si vous avez la moindre question ou avez besoin d'aide, vous devez aller trouver Nourrice sans la moindre hésitation.

— Oui, Madame. Nourrice Browne me traite correctement.

— Cela me fait plaisir de l'entendre, Betsy.

— J'aime mon travail, Madame, laissa échapper Betsy en faisant une autre révérence, baissant les yeux vers l'enfant qui dormait dans ses bras. Sam est un beau bébé… Je veux dire… Je prie Madame de m'excuser… Samuel.

— Je préfère Sam, Betsy. Appelons-le Sam.

— Oui, Madame.

— Je voulais vous parler en personne, parce qu'à présent que nous sommes à Londres, je resterai plus souvent loin de mon bébé, ce qui signifie qu'il passera plus de temps avec vous. Nourrice me dit que vous vous occupez très bien de Sam et êtes aussi très patiente avec Ned et Beth, qui vous aiment bien tous les deux. Rien n'est plus important pour sa seigneurie et pour moi-même que nos enfants, Betsy. Cela signifie que savoir qui s'occupe d'eux et la façon dont on les traite est d'une importance capitale. Comprenez-vous ?

Impressionnée par les mots de sa maîtresse, Betsy hocha la tête. Selon elle, elle parlait exactement comme elle s'imaginait qu'une grande dame le faisait, et elle se comportait également de la sorte. Et elle était très jolie et portait les vêtements les plus ravissants, des satins et des soies aux broderies merveilleuses. Et elle était gentille. Quand on y pensait, au cours des six semaines qu'elle avait passées au sein de la demeure des Salt Hendon, pas un domestique n'avait eu une seule parole négative pour Madame. Les autres nourrices n'avaient que du bien à dire de la fausse épouse du comte, et quand Nourrice Browne mentionnait Madame, c'était comme si elle vénérait le sol sur lequel elle marchait ! Elle ne ressemblait pas et ne se comportait pas non plus comme la mauvaise personne que Tante Smith affirmait qu'elle était. Pour la première fois depuis qu'elle avait rejoint la demeure des Salt Hendon, Betsy se dit que Tante Smith lui avait peut-être raconté un tissu de mensonges. Mais comment cela se pouvait-il, et dans quel but ? Cela dit, en regardant la fausse épouse du comte allaiter son enfant, elle se dit qu'une vraie dame, une comtesse, ne s'abaisserait à nourrir son bébé. Une véritable femme d'aristocrate confiait son enfant à une allaiteuse ; tout le monde le savait.

Comme si elle lisait dans son esprit, la comtesse dit :

— Parce que je vais passer du temps loin de mon bébé, c'est à mon grand regret que je suis forcée d'employer une allaiteuse pour s'occuper de Sam.

Madame sourit à son fils dans les bras de Betsy et caressa doucement son front lisse d'un doigt effilé.

— Mais je ne veux pas que son arrivée vous empêche de faire beaucoup de câlins à mon cher fils. C'est ce dont il a le plus besoin quand je ne suis pas avec lui, dit-elle en regardant la servante. Je veux que vous continuiez à le prendre dans vos bras à votre guise. On ne peut pas trop gâter un bébé. Me comprenez-vous, Betsy ?

— Oui, Madame.

— Je suis contente que nous nous comprenions. Le berceau est dans ma chambre. Dicken – vous connaissez ma bonne personnelle – vous fera entrer si je suis indisposée. Et si je ne suis pas là, je vous prie de m'attendre. Sam ne doit jamais être laissé seul, Betsy. Jamais.

Betsy avala sa salive à grand bruit, mais au lieu que cela mette Madame en colère, Jane pouffa derrière sa main, se remémorant ce que Caroline lui avait raconté sur Salt qui faisait une peur bleue au personnel.

— Vous n'avez rien à craindre en descendant dans nos chambres, lui assura-t-elle. Je vous confie volontiers Sam, Betsy. Je *vous* fais confiance. Et si je vous fais confiance, lord Salt aussi.

— Je vous remercie, Madame, dit Betsy dans un murmure impressionné, serrant plus fort son précieux fardeau enveloppé dans sa douce couverture d'enfant.

Personne dans sa jeune vie ne lui avait jamais confié quelque chose ni ne lui avait parlé avec autant de gentillesse.

Posséder la confiance de Madame lui donnait l'impression que sa vie était importante, après tout ; qu'elle avait un but et qu'il était important ; qu'*elle* était importante. Peu importait que si elle obéissait aux ordres de Tante Smith, son père serait relâché de Bridewell House et que ses frères et sœurs ne se verraient pas forcés de faire la manche. Elle était tenue d'aider sa famille, sous peine de rétribution si elle leur faisait défaut – ce qui comportait au moins une bonne raclée par son père impitoyable. Au fond d'elle, Betsy voulait tellement croire que cette belle femme gentille était en réalité la véritable comtesse. Elle aurait également voulu pouvoir l'aider à éviter ce que Tante Smith avait dit qu'elle méritait pour avoir eu la malfaisance de dérober le comte à son épouse véritable.

Elle ne savait pas quelle vengeance était prévue pour la fausse épouse du comte, et même si elle l'avait su, qu'aurait-elle pu faire, elle, simple nourrice, pour empêcher que cela n'arrive ?

Ce n'était pas le spectre de la colère de Tante Smith qui tenait Betsy au silence et la faisait obéir ; c'était l'image de la véritable comtesse de Salt Hendon. Elle ne serait peut-être pas capable d'arrêter ce qui était prévu contre sa fausse épouse, mais il y avait une chose qu'elle savait pouvoir faire. Elle jura de toutes les fibres de son être de ne laisser arriver aucun mal au bébé qu'elle tenait dans ses bras. Et comme s'il entendit sa promesse silencieuse, Samuel Antony Hugh Sinclair, second fils d'un comté centenaire, enfonça sa tête contre la chaleur du corps de la servante et, repu, poussa un soupir de contentement.

DIX

Après s'être assurée que lady Reanay eut bien quitté la maison, Diana St. John regagna le salon avec un sourire suffisant. Elle se dirigea droit vers son frère, assailli par les félicitations concernant ses fiançailles avec lady Caroline Aldershot, et elle l'entraîna vers le clavecin, prétextant vouloir lui adresser un mot en privé. En réalité, elle était contrariée que l'accent de sa petite réunion soit passé de son retour réussi au sein de la société à la demande en mariage larmoyante et particulièrement publique de son sentimental de frère.

Toujours engourdi et ayant l'impression d'avoir vécu un rêve, Sir Antony accepta la requête de sa sœur, n'entendant pas la moitié des bons vœux que lui adressaient les invités. Il était toujours ébloui par l'excentricité de ce qu'il venait de faire, vu ce qu'il s'était déroulé la dernière fois que lady Caroline et lui s'étaient retrouvés ensemble en public, et parce que Caroline avait hésité à répondre oui. Il avait espéré – quoiqu'avec le recul, c'était peut-être naïf – qu'elle serait tellement ravie qu'il lui ait enfin fait sa demande qu'elle aurait accepté sans hésitation. Après tout, c'était ce qu'ils désiraient tous les deux, n'est-ce pas ?

Quand il avait réalisé que Diana l'avait entraîné devant le clavecin, il chassa Caroline de ses pensées. Il ne conviendrait pas d'avoir les idées floues en présence de sa sœur. Avec un effort de volonté suprême, il braqua toute son attention sur elle.

Diana s'assit à côté de lui sur le banc matelassé, tournant le dos aux touches d'ivoire, et elle dit avec un sourire crispé :

— Eh bien, mon cher frère, vous avez réussi l'impossible ! Vous m'avez surprise. Deux fois en deux jours, d'ailleurs.

— Comment cela ? demanda-t-il d'un ton tempéré, posant la partition sur le support et ne la regardant pas, se perdant sur les croches devant lui.

Il espérait que sa voix exprime une note de désintérêt.

— Je n'aurais jamais cru *vous* voir si mince et sobre.

Elle inclina la tête, étudiant son profil.

— Je ne sais pas encore si je trouve que cela vous va…

— Quand vous vous serez décidée, je suis certain que vous me le ferez savoir.

Elle poussa un éclat de rire cruel.

— Certainement !

— Et le second point ?

— Votre demande impétueuse à Caroline.

— Impétueuse ?

— Allons, Antony, je sais qu'elle s'était entichée de vous dans sa jeunesse et que vous l'aviez laissée faire, mais aller jusqu'à lui offrir votre nom… ?

Elle se pencha contre son épaule.

— Mais peut-être l'ignorez-vous vraiment, ou bien avez-vous accepté de vous laisser leurrer ? C'est dommage que votre déclaration ait été aussi publique ; impossible de revenir sur votre demande…

Il fallut qu'il invoque toute la maîtrise qu'il avait de lui-même pour ne pas se dégager de sa proximité. Pourtant, l'espace d'un moment, il s'autorisa à croire sa sœur capable d'une émotion humaine et il baissa la garde.

— J'aime Caroline. J'ai toujours voulu l'épouser, d'aussi loin que remontent mes souvenirs. Voilà tout, Di.

— Vous l'aimez ? Comme c'est charmant, répondit-elle d'un ton plein de dédain et en poussant un soupir résigné. Mais vous avez toujours été romantique, et c'est pour cela que vous n'atteindrez jamais les hauteurs du Bureau du Conseil. Contrairement à Salt, vous êtes incapable de vous détacher de vos sentiments quand vous prenez une décision. En politique comme à la guerre, la fin justifie toujours les moyens. Connaissez-vous le gentleman assis à discuter avec Mr. Wraxton ?

Sir Antony n'était pas d'humeur à écouter une autre des tirades de Diana sur son manque de flair politique, et il ne savait pas non plus où elle voulait en venir, mais il la contenta en regardant par-dessus le clavecin, juste derrière la harpe, là où s'alignait une rangée de chaises pour le récital. Mr. Dacre Wraxton était en pleine conversation avec un gentleman d'âge moyen et à l'échine rigide, vêtue d'une livrée militaire au coloris aussi vif que son expression était sombre. Il ne connaissait pas cet homme personnellement, mais il savait que Sir Jeffrey Amherst avait été en poste dans les colonies américaines pendant plusieurs années. Lady Reanay le lui avait confié en buvant le thé, ajoutant que Sir Jeffrey s'était récemment marié pour la seconde fois à une femme bien plus jeune, la fille d'un général dont Sir Antony n'avait pas pris la peine de se remémorer le nom.

— C'est Amherst. Je ne l'ai jamais salué, d'ailleurs. Les militaires ne m'intéressent guère. Tante Alice m'a dit qu'il avait récemment épousé la fille d'un camarade de régiment…

Diana émit un reniflement dédaigneux.

— Votre réponse illustre mon propos ! Vous vous remémorez ce qui n'a aucune espèce d'importance, alors que d'autres – *Salt* – seraient capables de vous relater, tout comme moi, tout ce qu'il y a à savoir sur l'illustre carrière militaire de Sir Jeffrey. Nous correspondons depuis des années, l'informa-t-elle avec un sourire suffisant et en faisant la grimace. Et quelle importance à ce second mariage pour vous, si vous ne savez pas que l'épouse d'Amherst est la fille du général Cary ; c'est la seule raison pour laquelle un homme tel qu'Amherst s'est intéressé à une créature aussi insipide !

« Ce que vous avez besoin de savoir et dont vous devez vous souvenir est que ce sont ces militaires qui nous permettent de mener des existences civilisées. Amherst a participé à la guerre en France et en Inde et a joué un rôle primordial, non seulement pour vaincre ces sauvages qui se battaient pour le compte des Français, mais il a également ment réussi à éradiquer de la surface de la Terre ces brutes indigènes et leurs tribus.

— Je vous demande pardon ? Il a fait *quoi* ?

Diana St. John se méprit sur l'humeur de son frère, prenant son horreur effarée pour une stupeur appréciative.

— Les colons ont toujours été tourmentés par les sauvages ; ceux aux frontières encore plus. Que faire d'eux a été un dilemme constant pour l'administration coloniale et le gouvernement anglais. Je ne saurais vous dire si c'est Amherst qui a eu cette idée géniale ou l'un de ses subordonnés. Quoi qu'il en soit, cela n'a aucune espèce d'importance. Ce qui compte est que ce cher Sir Jeffrey a approuvé ce plan.

— Quel plan ?

— Il leur a transmis la variole.

— Il leur a transmis *quoi* ?

— Oh, écoutez-moi, Antony ! La variole. Pas personnellement.

Elle poussa un soupir irrité devant le manque de compréhension absolu de son frère, ajoutant d'une voix qu'elle aurait utilisée avec un petit enfant :

— Quand les sauvages sont venus pour parlementer, les soldats de notre fort leur ont donné des couvertures qui provenaient d'un hôpital militaire pour la variole. Les couvertures étaient contaminées, et quand les sauvages les ont ramenées à leur camp, ils ne se sont pas seulement infectés eux-mêmes, mais également toute la tribu et tous ceux avec qui ils sont entrés en contact.

Sir Antony eut la nausée et il osa demander, même s'il était certain de connaître la réponse :

— Les hommes, les femmes *et* les enfants ?

Diana St. John parvint à peine à contenir son enthousiasme.

— Bien entendu ; les hommes, les femmes et les enfants. Cela a décimé leur tribu toute entière ; toute cette bande de sauvages. Vous devez bien admettre, ajouta-t-elle avec joie, qu'Amherst est un génie. Se débarrasser d'un ennemi sans que cet ennemi ne se rende compte de ce qu'il lui arrive et sans avoir eu besoin de verser la moindre goutte de sang anglais mérite une médaille !

Sir Antony sentit son estomac se retourner et il aurait souhaité se trouver à des milliers de kilomètres de sa sœur. Il dévisagea Sir Jeffrey Amherst avec un dégoût non dissimulé.

— Un homme capable d'infliger de telles souffrances à des êtres sans défense et des enfants n'est qu'un monstre, et sa méthode est monstrueuse. Je ne vous écouterai pas chanter ses louanges. D'ailleurs, je ne veux pas de lui dans mon salon ! gronda Sir Antony en se décollant du banc de piano.

Diana St. John le fit se rasseoir en lui appuyant sur l'épaule d'un coude qu'elle y laissa posé.

— Rappelez-vous, petit frère, que nous ne sommes pas seuls, le mit-elle en garde en faisant bouffer ses jupons d'un geste dramatique, adressant un regard circulaire et un sourire figé à ses invités qui s'amusaient à échanger des paris sur la date probable des noces de Sir Antony et Lady Caroline.

Elle posa à nouveau les yeux sur son cadet, disant d'un ton détaché :

— Vous avez toujours laissé vos émotions l'emporter sur le bon sens. Amherst a fait ce qu'il avait à faire pour le bien du royaume. Rien de moins, rien de plus. À la guerre, toutes les actions sont justifiables.

— Toutes les actions peuvent être justifiées, mais cela ne les rend pas éthiques ni… ni *justes*. Assassiner des femmes et des enfants n'est jamais justifiable, à la guerre ou ailleurs ! Je ne le tolèrerai pas, Di !

— Et je ne vais pas vous laisser mettre en travers de mon plan pour le retour en grâce politique de Salt.

Sir Antony cligna des paupières. La mention du comte de Salt Hendon lui fit reprendre ses esprits. Il aurait pu se gifler pour avoir ainsi baissé sa garde. À quoi cela servait-il d'argumenter avec sa sœur ? Elle n'était pas un être humain rationnel. L'empathie lui faisait défaut et elle n'avait aucune conscience, ce qui était démontré par son admiration pour Amherst. Pourquoi avait-il eu la stupidité de croire qu'il pouvait lui faire comprendre son point de vue ? Se modérant, il lui demanda à voix basse :

— Quels sont vos plans, Di ?

— Je suis revenue à Londres à temps pour que Salt regagne l'arène politique, répondit-elle avec un sourire confiant. Il est en route pour Londres et doit arriver en ville demain pour cette raison exacte. Les journaux débordent de spéculations sur les intentions de Salt. Le gouvernement est dans le chaos le plus total. Ni Grafton ni Newcastle ni Bute ne parviennent à s'accorder sur les mesures appropriées, et la Chambre reste paralysée par la division. C'est le scénario parfait pour que Salt se propose de prendre le contrôle, et je suis ici pour m'assurer qu'il accomplisse enfin son potentiel politique.

Sir Antony hésita à réagir. Il savait sans l'ombre d'un doute qu'elle pensait véritablement ce qu'elle venait de dire ; une preuve supplémentaire de son esprit dérangé. Il se demanda comment elle était au courant des déplacements du comte, mais Tante Alice avait pu le lui rapporter. Ou c'était peut-être Dacre Wraxton, en tant que membre du Parlement et supporter de la faction de Salt, qui avait trahi la nouvelle au fil de la conversation. Pour le moment, il décida de jouer le jeu et faire semblant d'accepter les illusions de sa sœur. Ce pourrait peut-être s'avérer être le seul moyen de découvrir ce qu'elle avait exactement en tête pour aider Salt à atteindre ses ambitions politiques.

Gardant cela à l'esprit, il se tourna vers elle et se força à lui prendre la main. Il pria simplement pour que sa voix reste aussi ferme que ses doigts.

— Je ne voudrais pas m'immiscer dans les plans que vous entretenez pour Salt, alors il serait peut-être sage de m'informer de vos intentions… Je serais peut-être en mesure de vous aider ?

Diana sourit en voyant les longs doigts de son frère enroulés autour de sa main, puis elle leva le regard vers ses yeux bleus, son visage ne laissant rien transparaître. Sir Antony espérait que ses propres traits restent composés, même si son cœur martelait dans sa poitrine et qu'il s'attendait à moitié à ce que le démon qui habitait sa sœur s'échappe de sa ravissante silhouette et ne le saisisse à la gorge. Cela n'arriva pas et elle se maîtrisa, même s'il détecta une lueur dans ses prunelles quand elle lui répondit d'une voix de velours :

— Toujours si bon. Toujours honorable. Mais que vous ont apporté la bonté et l'honneur, Antony ? Vous avez trente ans et vous n'êtes toujours pas ambassadeur. Quoique… Mr. Wraxton m'a confié surprenant un détail à votre sujet, qui me donne l'espoir que vous parveniez un jour à devenir quelque chose dont je pourrai enfin être fière. Mais je ne vous dirai pas lequel. Non ! Ne me le demandez pas. C'est à Salt de vous le dire, pas à moi, exigea-t-elle quand il ouvrit la bouche pour parler, posant un index sur ses lèvres.

Quand il referma la bouche, elle retira son doigt pour tapoter sa joue bien rasée d'un air irrité.

— Vous avez été le seul à montrer de la sollicitude ; le seul à écrire ; le seul que je vais épargner… Venez ! Nous avons suffisamment négligé nos invités et à présent, nous ne devons plus parler politique, mais musique, insista-t-elle, reprenant conscience de son environnement et du bruit des discussions incontrôlées des invités nerveux qui attendaient que le concert commence.

Elle avait quitté le banc et se serait dirigée vers la harpe si Sir Antony ne lui avait pas saisi le poignet. Il savait que ses efforts seraient vains – car comment faire entendre raison à un serpent sans cœur ? –, mais il devait tout de même essayer et atteindre les tréfonds de l'esprit de sa sœur pour y dénicher ce petit bout d'humanité qui, il l'espérait, y réside toujours.

— Di ! *Écoutez.* Je me soucie de vous. Vraiment. J'ai *envie* de vous aider. Je *peux* vous aider, si vous me laissez faire.

— M'aider ? répéta-t-elle, momentanément prise au dépourvu. Comment pouvez-vous m'aider ?

— Je sais ce que c'est d'être tant consumé par quelque chose ou quelqu'un que plus rien ou personne n'a d'importance.

— Je ne sais pas…

— C'est forcé. Nous sommes frère et sœur. Nous partageons plus qu'un lien. Le même sang court dans nos veines. Nous avons aussi le même démon…

— Un démon ?

Espérant être parvenu à toucher son esprit rationnel, il hocha la tête.

— Oui. C'est la vérité, Di. Je lutte contre ce démon tous les jours. Vous pouvez également le faire. C'est une obsession, une compulsion que nous...

— Une obsession ? Une compulsion ? Vraiment, Antony, je ne sais absolument pas de quoi vous parlez !

— *Écoutez-moi*, Di. Si vous laissez le démon vous contrôler, il vous tuera...

— Me tuer ? Comment ?

— La seule façon de contrôler le démon est de demeurer à l'écart de Salt. Vous *devez* demeurer loin de lui et de sa comtesse.

À la mention de la comtesse de Salt Hendon, Diana St. John libéra son poignet en grognant, le voile de rationalité qui la faisait agir en sœur aînée prévenante et hôtesse gracieuse glissant pendant une infime seconde avant d'être remis en place avec un rire forcé et un battement de son éventail. Elle donna une tape taquine sur le poignet de son frère et dit assez fort pour que les autres puissent l'entendre :

— Bien sûr que vous êtes capable de jouer ce morceau, Antony ! Personne ne vous en voudra si vous faites une ou deux fausses notes. Pour vous porter chance, ajouta-t-elle en se penchant pour déposer un baiser sur sa joue.

— Votre retour à Londres n'amènera rien de bon, Di, s'empressa de lui murmurer Sir Antony.

Elle l'embrassa sur la joue et lui dit à l'oreille :

— J'ai l'intention de vous épargner, très cher frère, mais j'insiste pour que *vous* restiez hors de *ma* route.

— Et Ron et Merry ? Seront-ils épargnés eux aussi ?

— Ron et Merry ? dit Diana St. John sans comprendre, clignant des paupières. Pourquoi évoquez-vous leurs noms ?

— Ce sont vos enfants, Di. Ils...

— ... me seront rendus, n'ayez aucune crainte ! cracha-t-elle. *Elle* me les a pris ! *Elle* leur a retourné la tête contre moi. Ils ont été envoûtés par cette *diablesse* pour me *haïr*, mais j'en ferai à nouveau des enfants bons et obéissants.

— Foutaises. Ron et Merry restent vos enfants. Ils vous aimeront toujours. Vous serez toujours leur mère. Cela étant, vous ne souhaitez certainement pas qu'ils connaissent une existence placée sous le signe du ridicule et de la honte ? C'est précisément ce qui leur arrivera si vous n'abandonnez pas ces projets et ces plans pendant qu'il en est encore temps...

— *Imbécile*. Mes plans étaient déjà bien avancés avant même que je n'arrive à Londres !

Elle affichait un sourire supérieur. Quand cette nouvelle inattendue fit ouvrir de grands yeux à son frère, elle se pencha vers lui, comme pour redresser les partitions sur le support. En réalité, elle glissa une main entre la doublure en soie de sa redingote et l'extérieur brodé de son gilet, à l'endroit où, sur son cœur, il conservait épinglée la petite broche dorée qui contenait la miniature de lady Caroline, encadrée d'une minuscule mèche de ses cheveux blond vénitien.

Sir Antony se demanda ce qu'elle faisait lorsqu'elle pressa la paume contre sa poitrine, et il se dit que si elle souhaitait mesurer réellement son anxiété, elle l'aurait découverte dans le rythme emporté des battements de son cœur. Ce qu'elle fit alors fut si vicieux que cela le glaça. Ses doigts trouvèrent l'accroche de la broche. Elle l'ouvrit et l'arracha de son gilet. Tenant le bijou dans son poing, elle passa la main à travers une fente ouverte entre les couches de ses jupons superposés et le plaça dans la cette poche secrète. Cela s'était déroulé si vite que Sir Antony n'eut pas le temps de réagir à ce vol.

— C'est moi qui conserverai votre souvenir plein de dévotion pour le moment, mon cher frère. Sa perte vous rappellera de ne pas vous immiscer dans mes plans, sans quoi vous risqueriez de perdre ce que vous chérissez le plus.

ONZE

Le lendemain matin, Sir Antony passa plus de temps que nécessaire dans son vestiaire, à se demander ce qu'il allait porter. En fait, ce n'étaient pas ses vêtements qui le tracassaient, mais sa sœur et ses machinations. Avec une certitude déprimante, il savait qu'elle avait eu largement le temps de mettre un certain nombre de plans en action depuis qu'elle s'était échappée de sa prison. Quant à savoir ce qu'ils étaient, il n'en avait aucune idée.

À la regarder toucher de la harpe durant leur récital impromptu de la veille, puis jouer les hôtesses pour quelques convives durant le dîner, il s'était extasié devant sa capacité à maintenir les apparences d'une hôtesse aux manières irréprochables sans révéler le démon qui l'habitait. Il s'était senti obligé de la tenir à l'œil et d'attendre qu'elle commette un impair, ou bien que quelque chose ou quelqu'un – car elle n'agissait certainement pas seule – la trahisse. Il espérait que cela arrive rapidement, particulièrement avec le retour des Salt Hendon à Londres.

Après le dîner, on avait joué aux cartes et aux charades dans son salon de lecture jusqu'aux petites heures du matin, et il s'était forcé à demeurer jusqu'à ce que le dernier des invités – Mr. Dacre Wraxton – prenne congé. Ce gentleman lui avait serré la main en partant, le félicitant de ses fiançailles avec la ravissante lady Caroline, qu'il avait appelée *un joyau rare et fascinant*. Sir Antony ne savait pas ce qu'il détestait le plus : la note de dérision méprisante dans le ton de cet homme, ou bien son utilisation du mot *fascinant* pour décrire Caroline, avec toutes les nuances qu'impliquait ce mot. Cela l'avait mis mal à l'aise et il avait été soulagé que cet homme s'en aille.

Durant le dîner, il s'était émerveillé du sang-froid immense qu'avait montré ce gentleman en ignorant sa maîtresse rejetée, ne regardant pas une seule fois dans sa direction, alors même que la pauvre femme faisait tous les efforts du monde pour attirer son attention. Mais ce qui lui fit remonter la bile dans la gorge était l'indifférence impitoyable de Diana envers les sentiments de Jenny Dalrymple. Elle avait offert à cette femme un sanctuaire en sa demeure, mais durant tout le dîner et plus tard, ayant gagné la bibliothèque, sa sœur avait outrageusement flirté avec l'ancien amant de Jenny Dalrymple sous le regard baigné de larmes de cette dernière.

L'indifférence cruelle de Diana ne l'avait pas surpris, et puisqu'elle ne faisait jamais rien sans une bonne raison, avoir recueilli Jenny Dalrymple devait lui avoir servi à quelque chose. Il comprit ce que c'était durant le dîner quand il commença à lui faire la conversation pour la distraire de sa tristesse. Dans ce qu'il considérait être une tête jolie, mais relativement vide, elle avait engrangé une source infinie de détails sur les gens, les lieux et les événements. Tout au long des douze plats, elle l'avait diverti avec un véritable compte-rendu de ce qui s'était déroulé en société durant son absence de Londres. Tout comme Diana avait mémorisé le contenu des lettres qu'il lui avait envoyées de Russie pour l'utiliser à son avantage en racontant à tout un chacun qu'elle lui avait rendu visite à Saint-Pétersbourg, il était certain qu'elle avait profité de tous les racontars que lui avait fournis Jenny Dalrymple et les avait utilisés pour faire progresser ses plans.

Alors qu'il savourait lentement son thé et la regardait jouer aux charades avec ses invités, il observa ses vêtements et ses accessoires. Sa sœur avait toujours eu un goût pour des mises exquises et luxueuses. Il remarqua le ras-de-cou en perles et en diamants autour de sa gorge gracile, le bracelet à trois rangées de perles assorti à son poignet, et sa coiffure dans laquelle brillaient des épingles dorées et des nœuds de satin, et il se demanda – sans grande surprise – où elle avait trouvé des robes et des bijoux aussi somptueux. Il était certain que Salt ne lui avait pas fourni une bourse assez conséquente pour se procurer une telle magnificence durant son enfermement, et elle n'en aurait pas non plus eu besoin, enfermée dans un château isolé. Il spécula sur la façon dont sa sœur avait financé son train de vie depuis son évasion : cela concernait non seulement les vêtements qu'elle portait, mais également ment un cheval et une calèche pour se déplacer, son logement, la rémunération de sa suivante, sans parler des articles quotidiens comme la nourriture, les articles de toilette et l'emploi de domestiques. Il n'eut pas besoin de laisser le sommeil lui souffler la réponse, car il la reçut lorsqu'une fois la porte d'entrée fermée et verrouillée sur un petit matin froid et sombre, Diana le ramena vers la bibliothèque, vers le bureau couvert de cuir près du feu.

Elle se délecta absolument de lui montrer quatre piles bien nettes de factures, attachées avec un ruban noir. Elle lui dit avec satisfaction qu'elles étaient toutes classées et qu'elles restaient impayées. Elle ignorait complètement le montant exact auquel se montaient tous les billets de crédit, les factures des commerçants, les fabricants de robes, les chapeliers, les cordonniers et le reste, mais elle était certaine que cela ne pouvait pas être plus de deux mille livres. Il aurait dû être content qu'elle ait accumulé la plupart des factures à Birmingham, là où les marchandises étaient bien moins chères qu'à Londres. Elle lui conseilla, pour sauvegarder l'honneur de sa famille et sa réputation, de payer ses dettes rapidement. La plupart des billets dataient de trente jours ou plus. Salt acceptait peut-être de payer ses factures en retard, s'il le faisait, d'ailleurs – leur cousin germain était un noble et ainsi exempté d'être enfermé pour dettes –, mais en tant que baronet, Sir Antony n'en était pas exempté. Elle était certaine que Salt n'approuverait pas les fiançailles de sa sœur à un détenu de la prison de Fleet Street, ou peut-être serait-il placé à la prison des endettés de Birmingham. Il vaudrait mieux qu'il règle ses dettes tout de suite. Oh, et ce n'était pas tout…

Deux *mille* livres.

En deux mois, sa sœur avait dépensé plus qu'il ne l'aurait fait en un an pour entretenir une demeure toute entière : des serviteurs, des calèches et des chevaux, des bougies et d'autres dépenses courantes ! La somme avait résonné dans son esprit et il avait gardé le contrôle de ses pensées et de ses sentiments alors que Diana lui souhaitait bonne nuit et lui disait d'une voix légère de ne pas l'attendre pour le petit-déjeuner. Jenny Dalrymple et elle iraient passer la journée à la ravissante retraite gothique de Horace Walpole, Strawberry Hill, mais elles seraient rentrées à temps pour le dîner. Sir Antony ne doutait pas qu'elle lui dise la vérité, mais que cet attrape-gredin la colle comme son ombre le réconfortait étrangement, sans pourtant le satisfaire. Il pourrait au moins effectuer sa visite à la demeure des Salt Hendon sans se préoccuper de savoir où elle se trouvait.

Deux *mille* livres.

Cette somme le hanta dans son sommeil, laissant présager d'une migraine lorsqu'il s'éveilla. Elle battait toujours derrière ses paupières alors qu'il s'assit à sa commode avec un banian de soie cuivrée passé sur sa chemise et ses sous-vêtements, pendant que Semper et deux assistants allaient et venaient avec des tenues appropriées. Enfin, deux ensembles en soie parmi une longue série de redingotes brodées, de gilets et de paires de culottes furent considérés puis refusés pour sa visite imminente à Salt House, sur Grosvenor Square.

Semper regagna la penderie, ses traits ne trahissant pas sa frustration croissante. Il n'avait pas vu son maître aussi préoccupé depuis qu'il l'avait habillé pour une audience en privé avec l'Impératrice de Russie. Il revint avec une redingote et un gilet assortis en soie rayée contrastante dans des tons de lavande et de prune et un léger drapé aux pans, avec des culottes en soie crème unie.

C'est ainsi vêtu que Sir Antony pénétra dans Salt House et confia son pardessus, son chapeau, ses gants en cuir et son épée gravée à un valet.

L'anticipation le rendant nerveux, il fit pivoter la tête sur son cou en suivant le sous-majordome à travers le vaste vestibule aux carreaux de marbre noir et blanc, une entrée magnifique empreinte d'une immense fortune et d'une élégance tout en retenue. Depuis le double escalier de style Robert Adam qui s'incurvait vers les cieux dévoilés par le vitrail de l'oculus auquel était suspendu un énorme lustre de cristal taillé, le bois brillait et le cristal étincelait, poli pour briller de mille feux pour le retour du comte et de la comtesse.

Un entretien avec le noble propriétaire d'une demeure aussi magnifique pousserait un non-initié à trembler dans ses bas et ses chaussures, se dit Sir Antony qui, en tant que cousin privilégié et autrefois visiteur régulier en ces lieux, n'avait pas songé une seule seconde au décor. En disgrâce et après une absence de plusieurs années, ses yeux s'étaient rouverts à la signification symbolique qu'une maison aussi grande et son objectif devaient avoir sur le commun des mortels, particulièrement lorsqu'ils cherchaient à obtenir les faveurs du comte.

— Pauvres misérables, se marmonna-t-il, alors que le sous-majordome s'arrêtait devant une double porte flanquée de deux valets en livrée qui faisaient le pied de grue.

Quand le serviteur se tourna vers lui, il lui dit d'une voix audible :

— Vous êtes nouveau, n'est-ce pas ?

— Nouveau depuis quatre ans, Monseigneur.

— Et Jenkins ? Où se tapit-il ?

Le sous-majordome afficha un léger sourire, réagissant à la légère nervosité dans la voix de ce grand visiteur avenant et non à l'implication qu'un des domestiques du comte puisse se tapir. Il ne connaissait personnellement pas l'ancien majordome, seulement de réputation, et c'est ce qu'il répondit en ajoutant :

— Mr. Miller a été majordome de sa seigneurie pendant aussi longtemps que j'ai été son sous-majordome, Monseigneur. Se sentant un peu trop âgé pour continuer à gérer un établissement aussi vaste, Mr. Jenkins a endossé le poste de majordome à la demeure d'Arlington Street.

— Sa seigneurie utilise toujours cette adresse ?

À la surprise de Sir Antony, le sous-majordome répondit avec emphase :

— Oui, Monseigneur, à l'occasion, durant les sessions parlementaires. Mais à présent que cette maison est rouverte, je suppose que…

— Vos spéculations n'intéressent personne, Pratt, dit une voix profonde et menaçante qui referma immédiatement la bouche du sous-majordome et le fit s'incliner.

— Pardonnez-moi mon absence, Sir Antony, dit Miller en tournant les yeux vers le dos du sous-majordome alors que le serviteur traversait rapidement le vestibule. Sa seigneurie est généralement à la maison le mardi, mais puisque c'est le premier mardi et que la famille de sa seigneurie vient à peine de revenir en ville tard dans la journée d'hier, la maison ne reçoit personne pour le moment. C'est pourquoi je vous prie respectueusement de pardonner son erreur à Pratt, et que je vous demande poliment de revenir…

— Miller, n'est-ce pas ? Eh bien, Miller, sa seigneurie va me recevoir parce que je ne suis pas un visiteur, je suis un membre de la famille. Que vous m'annonciez ou non, j'ai l'intention de voir sa seigneurie aujourd'hui même.

Le majordome se figea et balaya longuement Sir Antony du regard. La richesse et la coupe du tissu, sans parler des exquises broderies qui ornaient son ensemble, sautaient aux yeux, et les joyaux des boucles de ses chaussures étaient probablement de vrais diamants et non du toc. Son maintien, sa voix profonde et douce, et son beau regard bleu fixe affirmaient qu'il était un gentleman et non un parvenu. Par ailleurs, le majordome se rendit compte qu'il ne pouvait pas se permettre d'offenser ou bien ce gentleman, s'il était réellement un parent du comte, ou alors son noble employeur en congédiant un membre de sa famille, même s'il ne l'avait jamais vu auparavant. Les explications de Sir Antony l'aidèrent à se décider.

— Je viens de rentrer d'un poste à Saint-Pétersbourg et les quatre caisses dans le hall d'entrée sont remplies de cadeaux. Assurez-vous que le personnel manie la plus grande avec un soin particulier, car elle est destinée à Madame et contient un service à thé en porcelaine de la manufacture impériale russe. Je préférerais que vous la remisiez avec les trois autres avant que Miss Merry, Master Ron et les enfants ne les voient et exigent d'en voir le contenu. Je ne voudrais pas leur renier leurs cadeaux, mais ce serait peut-être mieux que lady Salt décide elle-même du moment de distribuer mes largesses ? Qu'en pensez-vous, Miller ?

— Oui, Monsieur, bien sûr. Je vais m'assurer immédiatement que les caisses soient consignées en lieu sûr jusqu'à ce que Madame me donne ses instructions.

Il fit signe aux valets d'ouvrir les doubles portes puis en envoya un monter la garde auprès des caisses de Sir Antony jusqu'à ce qu'il puisse arranger et superviser leur déplacement attentif à son office de majordome.

— Veuillez passer dans l'antichambre et y patienter pendant que j'informe sa seigneurie de votre arrivée. Je m'excuse pour le feu…

— Ah ! Pas besoin de vous excuser, Miller, répondit gaiement Sir Antony, qui frissonna pourtant comme s'il se retrouvait soudainement confronté à un vent glacial. Si je me souviens bien, la température dans l'antichambre pourrait transformer l'eau en glace !

Sir Antony se souvenait très bien de l'antichambre de la bibliothèque du comte sous un jour plutôt négatif, précisément parce qu'elle n'avait jamais de feu dans l'âtre et était ainsi toujours glaciale. Le sol de marbre, l'absence d'ameublement confortable et les murs peints en bleu sans décorations ajoutaient à sa froideur peu accueillante. Même lorsqu'elle était pleine d'inconnus armés de pétitions, de propositions et de documents cherchant le patronage du comte de Salt Hendon pour une chose, l'autre et toutes sortes de raisons imaginables, la température de la pièce restait toujours glaciale. C'était un stratagème pour s'assurer que seuls les solliciteurs les plus décidés cherchent à obtenir une audience auprès de sa seigneurie ; les moins robustes et les indécis avaient tendance à s'éclipser avant que leurs os ne soient transis de froid et bien avant que leur nom n'ait été appelé pour les cinq précieuses minutes que voulait bien leur octroyer le comte. Cela dit, Sir Antony considérait de telles mesures comme draconiennes, et il avait toujours vibré de sympathie pour les pauvres êtres glacés à chaque fois qu'il s'était glissé dans la chaleur de la bibliothèque – une des rares personnes à avoir le privilège d'y posséder un accès illimité.

Il soupira tristement en se disant que les temps avaient changé. À présent, lui aussi requérait la permission de voir son cousin germain et ancien meilleur ami. Ne regardant ni à gauche ni à droite, mais le regard braqué entre les omoplates du majordome, il suivit le serviteur à travers l'antichambre vers deux autres portes doubles flanquées d'un autre duo de valets en livrée postés comme des sentinelles.

— Si vous voulez bien rester ici, Sir Antony, je vais demander à lord Salt s'il est à la maison pour… hum… la famille.

Le majordome osa lui adresser l'ombre d'un sourire et lui dit avant de disparaître dans la bibliothèque :

— Si vous avez froid, Monseigneur, un des valets vous aidera en demandant à une bonne de placer plus de charbon dans l'âtre pour aviver les flammes.

C'est seulement lorsque la porte se fut refermée derrière le majordome que Sir Antony se rendit compte qu'il n'avait absolument pas froid. Un regard vers la grande cheminée avec son feu intense le fit reculer d'un pas. Mais ce qui le laissa bouche bée et le fit regarder autour de lui avec étonnement fut l'antichambre en elle-même. Sa première pensée fut que Miller l'avait emmené dans la mauvaise pièce, mais les portes-fenêtres qui donnaient sur le vaste square et, sur le mur opposé, la grande cheminée avec son manteau sculpté, étaient familières. Tout le reste avait changé, en mieux.

Les murs avaient été repeints en jaune pâle et le plafond avec ses moulures de plâtre était d'un blanc immaculé. Un immense miroir dans un cadre en or travaillé était suspendu au-dessus du manteau, reflétant la lumière des fenêtres de plain-pied de l'autre côté. Encadré par des rideaux de damas bleu et doré noués par une épaisse corde dorée et bleu foncé, le soleil du milieu de la matinée s'étendait à travers les deux rangées parfaites de chaises aux dossiers à barreaux alignées face aux portes doubles de la bibliothèque du comte. Une console en bois de noisetier était placée entre les fenêtres, sur laquelle étaient posés deux grandes aiguières en argent et des candélabres assortis. Au-dessus de la console était accroché un tableau, et c'était celui-ci que Sir Antony admirait quand Mr. Arthur Ellis, le secrétaire du comte, entra dans la pièce.

Il s'agissait un portrait en pied de la comtesse de Salt Hendon, vêtue d'une amazone en velours bleu foncé, la couche extérieure de ses jupes retroussée pour dévoiler un jupon brodé et un bref aperçu d'une botte d'équitation. Sa veste, qui avait des petites fleurs brodées jaunes et bleues au niveau des poches et des revers, présentait une coupe masculine qui moulait le haut de son torse et ses longs bras élancés. Ses cheveux d'un noir de jais étaient relevés à la dernière mode et un chapeau à bord étroit y était posé à un angle audacieux. Elle portait dans sa main gantée une cravache, tandis que l'autre tenait les rênes de sa monture, un cheval bai profilé à la pointe des oreilles blanches. Au fond se trouvait le palais jacobin de Salt Hall, la demeure ancestrale des comtes de Salt Hendon.

Sir Antony se pencha plus près pour voir le nom du peintre qui était parvenu, par ses coups de pinceau habiles, à capturer l'image de la ravissante comtesse, et la réponse lui fut fournir.

— C'est d'un nouveau peintre, un certain George Romney. Vous conviendrez qu'il est doué, Sir Antony.

Celui-ci sursauta légèrement quand sa rêverie fut brisée si abruptement, mais il se reprit sur-le-champ, ravi de voir un visage familier. Il tendit la main en guise de salut.

— Mr. Ellis ! Comme c'est bon de vous voir ! dit-il en secouant vigoureusement la main du jeune homme. Oui, doué, mais avec un tel sujet, des efforts ne sont pas vraiment requis. Je vois que vous êtes prêt à batailler avec les pétitionnaires, ajouta-t-il en jetant un regard au livre de rendez-vous familier, relié de cuir noir, qu'Arthur Ellis plaquait contre l'avant de son gilet de laine fine à la manière un bouclier.

Certaines choses ne changeaient jamais et c'était réconfortant.

— Heureusement, pas aujourd'hui, répondit le secrétaire avec un sourire, serrant un peu plus fort l'agenda du comte. Cette pièce a dû vous surprendre, Monsieur.

— Me surprendre ? Ah ! C'est peu dire. J'ai cru qu'on m'avait introduit au mauvais endroit.

Sir Antony leva les yeux vers le portrait.

— Nul besoin de parier à quelle influence est dû l'aspect bien plus agréable de cette antichambre, n'est-ce pas, Ellis ?

— C'est très vrai, Monsieur, dit le secrétaire avant d'ajouter avec un ton d'excuse attristée : vous verrez qu'il y a eu beaucoup de changements au sein de la demeure de lord Salt depuis votre départ précipité…

— Entièrement en mieux, j'en suis certain, répondit Sir Antony avec un sourire éclatant, dissimulant la tristesse qu'il ressentait à l'idée que la vie se soit poursuivie sans lui dans cette noble demeure, mais ne voulant pas creuser la question plus loin, malgré la sympathie apparente du secrétaire à son égard.

Quelque chose d'inhabituel accrocha son regard et il le désigna du doigt pour changer de sujet :

— Qu'y a-t-il là-dessous, Ellis ? demanda-t-il en se rendant vers l'angle opposé à la cheminée. On dirait une cage. Quelle sorte d'animal se dissimule sous le tissu ? À poils ou à plumes ?

Laissant son carnet de rendez-vous sur la console, Arthur Ellis rejoignit Sir Antony près de la grande cage carrée posée sur un piédestal et recouverte d'un drap.

— À plumes, Monseigneur.

Le secrétaire tira sa montre à gousset, lut l'heure et la replaça dans la poche de son gilet.

— En fait, continua-t-il, je suis surpris de voir la cage couverte aussi tard. Mais avec le charivari du déménagement, c'était peut-être mieux. Il est l'heure de donner son fruit à Peter, mais la couverture restera en place jusqu'à l'arrivée de Miss Aldershot, ou bien ses croassements signeront sa perte.

Il afficha un sourire penaud.

— Lord Salt n'est malheureusement pas très féru de l'oiseau et il a, à plusieurs reprises, menacé de faire empailler et monter ce pauvre Peter. Il dit que cela ferait tout autant plaisir aux pétitionnaires qui attendent une audience avec sa seigneurie que de voir un ara vivant. Oh ! Je n'ai pas mentionné que Miss Aldershot est la pupille de sa seigneurie et... Ah ! La voilà qui arrive, ajouta-t-il avec un sourire nerveux, faisant signe aux deux valets de venir retirer le drap qui recouvrait la cage.

— Miss Aldershot et moi avons été présentés, dit Sir Antony en réprimant un sourire quand le secrétaire se contenta de hocher la tête d'un air absent, ayant manifestement perdu la capacité d'entendre quoi que ce soit alors que Kitty Aldershot se trouvait dans la pièce.

Celle-ci traversa l'antichambre, portant un grand bol de porcelaine couvert d'une serviette en lin. Elle était vêtue d'une ravissante robe à l'anglaise aux motifs roses, avec un ruban assorti autour de sa gorge et plusieurs autres dans sa chevelure claire. Elle se fredonnait un air et, retirant la serviette de lin, observa le contenu du bol, ignorant la présence des gentlemen qui se tenaient près de la cage... du moins jusqu'à ce qu'un des deux valets qui tenaient le drap entre eux ne heurte la cage, la faisant osciller sur son piédestal en laiton sculpté, et que son occupant ne proteste d'un cri sonore.

Le secrétaire s'avança pour lui retirer le bol, aussi Kitty l'aperçut-elle en premier.

— Peter s'est-il mal comporté, Mr. Ellis ? demanda-t-elle avec un large sourire qui fit s'étrangler Arthur Ellis sur sa réponse lorsqu'il se vit l'objet d'une telle attention. J'ai ici ses fruits et ses noix, si vous voulez bien m'aider à le nourrir… Sir Antony ! Oh ! Quel plaisir de vous revoir aussi vite, Monsieur ! s'exclama-t-elle, fourrant le bol de fruits dans les mains du secrétaire et faisant une révérence rapide en époussetant le tablier de lin transparent noué autour de sa taille. Je veux dire… C'est *très* agréable de vous revoir ! Voici Mr. Ellis, le secrétaire de sa seigneurie. Mais vous le savez probablement…

Elle émit un petit rire nerveux et se tourna vers le secrétaire, s'attendant à ce qu'il dise quelque chose. Mais Arthur Ellis gardait les yeux braqués sur le bol, essayant de reprendre le contrôle de son expression, ne souhaitant pas alerter Sir Antony quant à la véritable nature de ses sentiments pour Kitty Aldershot.

C'était trop tard, se dit Sir Antony. Il savait également pourquoi Arthur Ellis, comme par hasard, s'était glissé dans l'antichambre alors qu'il n'y aurait aucun pétitionnaire ce jour-là et aurait dû être occupé par ailleurs. Tous trois furent soulagés quand Peter l'Ara leur fit savoir ce qu'il pensait de se laisser ignorer par un battement de plumes dramatiques suivi par un cri sonore qui aurait sûrement provoqué une crise cardiaque chez un pétitionnaire senior.

— Cela suffit, Peter ! le gronda affectueusement Kitty Aldershot, sélectionnant un quartier d'orange dans son bol qu'elle lui fit passer entre deux des barreaux en laiton de la cage. Sois gentil et tu pourras peut-être avoir le droit de prendre l'air quand Madame arrivera.

Sir Antony s'approcha de la cage sculptée en laiton poli afin de mieux observer le grand animal. Son plumage arborait des couleurs magnifiques, avec des ailes d'un bleu vivace et une longue queue luxuriante, une poitrine et un ventre jaune doré et un bec noir puissant. Le front de l'ara était couvert de plumes d'un vert lumineux, son menton présentait des plumes du bleu le plus profond et ses larges griffes étaient aussi noires que son bec. Et comme si ses couleurs ne suffisaient pas à attirer l'attention, des marques noires et blanches fascinantes encerclaient ses petits yeux inquisiteurs.

Sir Antony avait vu des illustrations de ces créatures exotiques et s'était retrouvé en présence d'un perroquet écarlate, mais ce n'était rien comparé au fait d'être aussi près de cette magnifique créature qui le saluait à présent en dansant de haut en bas sur son perchoir solide.

L'ara se balançait d'avant en arrière quand on lui parlait, et dès qu'on passait un morceau de fruit à travers les barreaux en laiton, il le prenait dans sa griffe, presque avec précaution, et savourait délicatement le fruit succulent. Quand Arthur Ellis tendit une noix à Peter pour qu'il la brise, l'oiseau saisit la noix dans sa griffe et rompit la dure coquille de son bec puissant, émettant un gargouillis quasiment suffisant devant sa propre intelligence qui lui avait permis de révéler l'intérieur malléable de la noix. Sir Antony eut la certitude que Peter avait parfaitement conscience d'être une attraction importante et chouchoutée, et ne serait que trop heureux de danser sur son perchoir et grimper le long des barreaux de sa cage tant qu'on lui donnerait des morceaux goûteux à dévorer.

— Quelle créature extraordinaire, s'exclama Sir Antony, exprimant son ravissement. M'accordez-vous le droit d'offrir un fruit à Peter ?

Kitty Aldershot lui tendit une grande tranche de pomme à donner à l'ara, ce qu'il fit timidement. Cela dit, il fit passer le deuxième morceau de pomme à travers les barreaux et dans les griffes de Peter avec plus de confiance et fut récompensé par quelque chose qui sonnait comme un *merci* confus en langue française.

— Vient-il de dire « merci beaucoup » ? souffla-t-il.

Puis quand Kitty hocha la tête, il rit et s'adressa à l'oiseau.

— Paradeur, va !

— Exactement, Sir Antony, en convint Arthur Ellis, se disant qu'il devait dire quelque chose afin de recapturer l'attention de Miss Aldershot, qui levait les yeux vers Sir Antony avec ce qui ne pouvait être décrit, malheureusement, que comme de la vénération. Et plus le public est important, plus Peters aime à se donner en spectacle. N'est-ce pas, Miss Aldershot ? Je me souviens de la fois où cette pièce débordait de pétitionnaires et que Peter était en grande forme, dansant de haut en bas sur son perchoir jusqu'à ce qu'une femme ait l'aplomb d'engager la conversation avec lui. Vous en souvenez-vous, Miss Aldershot ? Malheureusement, elle a commis l'erreur de se pencher trop près de la cage et son chapeau est passé à travers les barreaux et...

— ... Peter lui a arraché le chapeau de la tête avec son bec et l'a déchiré en quelques secondes à peine ! Oh, oui ! Je m'en souviens, Mr. Ellis.

Elle leva les yeux vers Sir Antony, dont l'attention restait braquée sur Peter.

— Il était en paille blonde avec une petite couronne et un large rebord, avec un ruban vert ravissant...

— Pas une fois que Peter en a eu fini, plaisanta Arthur Ellis.

Kitty Aldershot pouffa et Arthur Ellis éclata de rire, tandis que Sir Antony, se sentant comme un intrus, offrit à l'ara une des deux noix qu'il tenait durant le silence embarrassé qui s'ensuivit une fois que le rire du couple se fut évanoui. Tous trois n'avaient pas conscience d'être observés depuis l'encadrement de la porte.

— Peter sait-il dire autre chose en français ? demanda Sir Antony d'un ton détaché durant l'instant de silence, s'adressant à l'oiseau.

Il regarda le couple.

— Pourquoi Peter ? Pourquoi pas Pierre ? Ou bien François ? C'est un nom étrange, ou plutôt devrais-je dire *spécifique*, pour un oiseau, n'est-ce pas ? Peter...

— En cela, vous devrez demander à lady Caroline, à qui cet ara appartient, l'informa le secrétaire.

Il haussa les épaules et en déféra à Kitty Aldershot. Miss Aldershot connait peut-être l'origine du nom de Peter ?

— Certainement, Mr. Ellis, se proposa-t-elle avec enthousiasme et un sourire lumineux, se rapprochant de Sir Antony afin de placer une main sur les broderies de sa manchette.

Elle lui sourit et baissa la voix.

— Si je vous le dis, vous devrez promettre de ne pas le répéter...

Elle prit le silence renfrogné de Sir Antony pour un signe d'assentiment, ne se rendant pas compte que la familiarité de sa main sur son bras ne l'avait pas seulement déstabilisé lui, mais également Arthur Ellis.

— Moi aussi, j'ai pensé que c'était un nom étrange pour un oiseau. Et une fois, j'ai surpris lady Caroline seule avec Peter, occupée à lui parler en français. Je ne savais pas que les oiseaux pouvaient parler ! Alors imaginez ma surprise quand Peter l'a fait, et en français, en plus, avec toutes les langues qui existent sur cette Terre. Il dit aussi bien davantage que « merci beaucoup », mais il faut connaitre la bonne phrase et la prononcer en français pour que Peter réponde...

Elle se pencha vers Sir Antony, son enthousiasme à l'idée de ce qu'elle savait et la hâte de voir sa réaction lui coupant légèrement la respiration. Délibérément, Sir Antony s'écarta tandis qu'Arthur Ellis se penchait inconsciemment vers elle.

— C'est Peter pour Saint-Pétersbourg. Je suis certaine qu'elle a nommé l'oiseau à cause de...

La révélation resta en suspens alors que Kitty faisait un bond effrayé, car l'ara avait commencé à crier et à battre frénétiquement de ses ailes colorées, excité d'avoir reconnu lady Caroline qui s'avança plus avant dans la pièce et dans la ligne de mire de l'animal.

— Je vous remercie d'avoir nourri Peter, Kitty. Ned n'a pas voulu que je quitte la nursery avant d'avoir fait une partie de quilles, et Beth était déterminée à participer. Comment allez-vous, Sir Antony ?

Elle avait prononcé ces paroles en se dirigeant vers eux, les trois compères rassemblés autour de la cage s'écartant pour lui permettre d'accéder à son animal de compagnie déchaîné. Elle ne croisa pas le regard de Sir Antony, et ne prêta guère d'attention non plus aux visages écarlates de Kitty et d'Arthur Ellis.

L'attention de lady Caroline restait braquée sur l'ara.

DOUZE

Lady Caroline ouvrit un étui accroché à un lourd crochet doré et émaillé à sa ceinture, et qui contenait des pincettes, des ciseaux et la clé de laiton ouvrant la porte de la volière. Elle referma l'étui et laissa le crochet retomber sur sa chaîne contre les plis délicats de sa robe à la française au tissu floral. Elle ouvrit alors en grand la porte de la cage, sans cesser de prononcer de douces paroles en français, ce sur quoi l'ara se calma rapidement et la regarda avec attention.

Quatre valets en livrée suivirent lady Caroline dans l'antichambre. L'un deux portait un grand perchoir gravé en bois gravé qui présentait des barreaux fixés à intervalles réguliers, qu'il plaça près de la deuxième fenêtre sur un carré de tapis disposé sur les lattes polies du parquet par un deuxième valet. Un troisième fixa une chaîne à la perche la plus proche du sol. Un bol de porcelaine contenant de l'eau fraîche fut placé sur le carré de tapis, puis les quatre valets se retirèrent en silence, laissant lady Caroline faire sortir Peter de sa cage, l'oiseau montant sur le côté de la main qu'elle lui tendait.

Se sentant en sécurité, l'ara lova sa tête contre l'épaule de lady Caroline. Quand il entendait ses encouragements murmurés, Peter devenait la créature la plus docile du monde, acceptant parfaitement les caresses et les paroles de sa maîtresse qui, ignorant les trois autres occupants de la pièce, la traversa sur toute sa longueur, se dirigeant vers les fenêtres sans rideau par lesquelles le soleil filtrait en travers du carré de tapis. C'est là qu'elle resta, près du perchoir de Peter.

Le secrétaire du comte reprit conscience de ce qui l'entourait, et quand il réalisa qu'il venait grandement de manquer à ses devoirs, il adressa une petite révérence à Sir Antony et Miss Aldershot. Sans jeter un seul regard à la jolie Kitty, il s'excusa à voix basse, reprit son carnet de rendez-vous sur la console et quitta d'un pas vif l'antichambre afin de regagner le couloir et non la bibliothèque, comme l'aurait présumé Sir Antony. Kitty Aldershot, les joues rouges de culpabilité d'avoir été surprise à partager des confidences aussi près de Sir Antony, fit la révérence dans le dos de lady Caroline, bafouilla l'excuse d'être attendue autre part et décampa. Sir Antony était à présent seul, hormis pour les deux valets au visage fermé qui gardaient l'entrée de la bibliothèque du comte et lady Caroline de l'autre côté de l'antichambre, qui continuait à fredonner pour Peter l'Ara.

Inexplicablement, pour la première fois de sa vie, il fut saisi d'appréhension et de gêne en compagnie de Caroline. Même durant son enfance et jusqu'à ce qu'elle se mue en une ravissante jeune femme, il n'avait jamais ressenti une gêne et une maladresse aussi intense que présentement. Ses grands pieds se fixèrent sur les lattes polies du parquet et le forcèrent à rester près de la cage vide. Il avait à présent l'opportunité de fondre sur Caroline, de la prendre dans ses bras, de l'embrasser et de lui dire que si elle acceptait sa demande en mariage, non seulement cela ferait de lui le plus heureux des hommes, mais qu'il s'efforcerait également de la rendre heureuse jusqu'à la fin de ses jours. Mais il n'en fit rien. Il fut incapable de bouger et ne dit rien. Il était juste l'idiot le mieux habillé de tout Londres !

Il ne lui fallut guère de temps pour comprendre pourquoi il était ridiculement gauche en compagnie de Caroline. Quand il y songea, il se dit que son cas n'était pas si isolé que cela. De nombreux hommes qui s'apprêtaient à se fiancer ou se marier devaient ressentir la même chose que lui. C'était simplement qu'il n'avait jamais songé que cela aurait pu lui arriver, d'être paralysé par l'incertitude que la femme avec laquelle il avait choisi de passer le reste de sa vie ne l'aimait peut-être pas aussi de façon aussi immuable que lui.

Quand elle avait quinze ans, Caroline lui avait affirmé avec toute l'assurance naïve de la jeunesse qu'elle l'aimait et avait l'intention de l'épouser lorsqu'elle serait en âge de le faire. Il avait été choqué et même incrédule, mais quelques heures plus tard, il avait pris conscience qu'il lui rendait ses sentiments. Depuis ce jour, il n'avait pas souhaité avoir d'autre épouse qu'elle. Il avait attendu qu'elle ne soit plus une fille, se contentant de partager des intérêts similaires : l'amour des animaux, de la danse et de la musique, ainsi qu'une haine de la chasse et du tir. Pour ce dernier point, il ne l'avait confié à nul autre qu'à elle, et elle avait promis de ne jamais en parler au comte, car il était particulièrement peu viril d'avoir une aversion pour les sports sanglants. Sir Antony ressentait de la sympathie pour le renard, admirant sa ruse et sa détermination envers et contre tout, et il ne voyait pas ce qu'il y avait de juste à dénicher des faisans d'un buisson et les faire sortir à découvert seulement pour les tuer.

Avant ce jour-là, plus précisément avant la nuit dernière quand il lui avait demandé de l'épouser, il avait continué à considérer Caroline comme la petite sœur de son meilleur ami. Une créature à admirer de loin, interdite jusqu'à ce qu'elle ait l'âge requis et que le comte approuve leur mariage. Et voilà qu'elle avait à présent vingt-deux ans, était une jeune veuve et quasiment sa fiancée. Alors pourquoi ne parvenait-il pas à décoller les pieds, aller vers elle et lui dire ce qu'il ressentait ?

Quel idiot fini !

Enfin, Peter l'Ara fut placé sur son perchoir doré aux gravures élaborées devant la fenêtre, Caroline lui adressant quelques mots alors qu'elle fixait à l'anneau doré autour de sa patte gauche une longue chaîne lui permettant de monter et de descendre librement le long des barreaux de son perchoir. Caroline caressa alors avec amour la tête de Peter et l'oiseau réagit en se frottant contre son doigt. Sir Antony se prit à sourire en les voyant jouer ainsi, et il aurait aimé que ce soit sa joue qu'elle caresse.

— Une fois par semaine, j'emmène Peter au court de courte paume pour qu'il puisse avoir un endroit où voler librement, dit Caroline sur le ton de la conversation en se détournant de l'ara pour regarder Sir Antony.

Elle conserva toutefois une distance entre eux en demeurant près de la fenêtre, où le soleil réchauffait l'ourlet de ses jupons de soie.

— J'aimerais le ramener dans son habitat naturel, mais ce n'est pas possible. Alors il n'y a que le terrain de courte paume de Salt, où il vole partout, s'installe sur le rebord d'une des hautes fenêtres et refuse de se laisser rattraper jusqu'à ce qu'il ait faim.

Ce souvenir la fit sourire alors qu'elle écartait inconsciemment une longue mèche blonde de sa joue rosie.

— Peter perçoit la désapprobation de Salt et y réagit en conséquence. Salt ne peut pas entrer dans une pièce sans que Peter ne se mette à piailler sans discontinuer en signe de protestation. Mais il plait aux pétitionnaires. Cela leur donne quelque chose sur lequel se concentrer pendant qu'ils gâchent leur temps à attendre le bon plaisir de Salt. Jane est d'accord, alors que peut y faire Salt ?

Antony se dit sombrement que le comte avait un certain nombre d'actions à sa disposition si l'oiseau l'ennuyait vraiment, mais il n'en dit rien. Cette conversation naturelle lui avait redonné le contrôle de ses jambes et il entra lentement dans la pièce.

— D'où a-t-il été secouru ? D'un bazar à animaux grouillants de puces, je présume ?

— De la ménagerie de Murdoch. Un endroit horrible.

Elle frissonna involontairement à ce souvenir qui avait toujours le pouvoir de lui faire monter les larmes aux yeux.

— La plupart des bêtes étaient affamées, et les seuls animaux exotiques encore vivants étaient un chat-tigre qui avait la gale et un marmouset qui est mort peu de temps après que je l'ai pris sous mon aile, pauvre petite créature. Tous les oiseaux chanteurs étaient infectés, avaient perdu des plumes et étaient au seuil de la mort. Le pauvre Peter était gardé dans une cage bien trop petite pour lui qui restait constamment sous une bâche, alors il voyait rarement la lumière. J'ai exigé que Salt fasse fermer cet endroit et que Murdoch soit poursuivi.

— Je n'en doute pas.

Elle inclina la tête.

— Comment avez-vous deviné que j'avais secouru Peter ?

— Vous avez dit vous-même que vous préféreriez qu'il soit dans son habitat naturel plutôt que dans une cage. Et depuis que je vous connais, vous avez soigné les animaux blessés du domaine, avez libéré des animaux de leurs cages – notamment le précieux faucon crécerelle de Salt, une année – et avez clairement communiqué à Salt votre opinion sur la chasse aux faisans.

Ce souvenir le fit sourire.

— Je crois que vous avez utilisé les mots *carnage absolu*, si je ne me trompe pas.

Il jeta un coup d'œil à Peter perché sur le rebord du bol de porcelaine, se penchant pour boire l'eau fraîche, puis il se plongea dans les yeux verts de Caroline.

— C'est un oiseau extrêmement chanceux et je suis honoré de vous avoir inspiré son nom.

Pendant une fraction de seconde, elle songea à dénier la vérité, mais à quoi cela aurait-il servi ? Elle avait effectivement nommé l'ara en son honneur, pas à cause de son magnifique plumage coloré ou de la façon dont son agitation tapait sur les nerfs de son frère ; non, c'était la lueur dans le regard de l'ara. C'était difficile à expliquer et elle n'osa pas le dire à haute voix, mais l'oiseau la regardait avec un amour inconditionnel, comme le faisait Sir Antony à l'instant même. Elle ne méritait pas d'être tant aimée, pas par l'ara, parce qu'elle ne pouvait pas le libérer de sa captivité, ni par Sir Antony, parce que son comportement pendant son exil en Russie l'avait rendue complètement indigne de lui. Elle avait besoin qu'il s'en rende compte, besoin qu'il sache qu'elle n'était plus celle dont il était tombé amoureux toutes ces années auparavant.

Elle fit un pas vers lui et lui demanda avec un froncement de sourcils :

— Pourquoi ? Pourquoi m'avez-vous demandé de vous épouser ?

— Pour la même raison que vous allez répondre oui, répondit-il calmement, toute sa maladresse et ses incertitudes s'évaporant devant sa question inquiète. Parce que nous nous aimons. Nous sommes amis depuis plus d'une douzaine d'années et nous sommes aimés pendant au moins la moitié d'entre elles et… le mariage est une chose que nous désirons tous les deux, n'est-ce pas ? Vous me l'avez dit vous-même quand vous aviez quinze ans.

— Oui. Oui, je m'en souviens. Mais… même si je souhaitais toujours vous épouser… ma vie… ma vie est bien différente à présent de ce qu'elle était autrefois.

Elle déglutit et leva le regard vers ses yeux bleus, des yeux qui étaient pleins de confiance et d'amour, et qui reflétaient la confiance qu'il avait en ses propres émotions en souhaitant l'épouser. Et elle savait qu'à cause de leur amitié et de l'amour qu'elle lui portait, elle ne pouvait pas le laisser dans l'ignorance de son passé et l'épouser en toute bonne conscience, malgré les sages conseils de Jane.

— Tout a changé quand vous êtes parti, ajouta-t-elle à voix basse. Avant même que je n'épouse Aldershot.

— C'était ma faute.

— Non. Non, ce n'est pas vrai !

— Merci de me dire cela, mais vous savez que c'est à moi que revient la faute, dit-il doucement. Mon comportement à votre récital d'introduction était répréhensible. Je n'ai aucune excuse et j'aurais dû m'en abstenir. J'étais saoul au-delà de toute mesure et cela m'a fait dire des choses, des choses profondément regrettables…

Il baissa le menton dans les plis en dentelle de sa cravate.

— J'ai ruiné votre introduction et je crains d'avoir ruiné votre vie après cela…

— Je vous en prie. Je n'ai pas envie de revivre cette nuit, l'implora Caroline. Ce n'est pas comme si je ne l'avais pas déjà fait une centaine de fois ! C'est simplement que j'ai réalisé il y a longtemps que souhaiter que les choses se soient terminées différemment ne changera rien. Nous nous sommes tous les deux comportés de façon terrible. Mais je n'étais guère plus qu'une enfant…

Elle parvint à soutenir son regard.

— Alors si vous voulez endosser la responsabilité d'avoir détruit ce qui aurait dû être une soirée parfaitement idyllique pour tous les deux, je vous en prie.

— Je vous remercie.

— Mais je ne vous permettrai pas d'endosser la responsabilité de ce qui s'est passé une fois que vous êtes parti pour le continent. Pour ce que j'ai fait… Je suis la seule à devoir porter le poids des conséquences. Salt serait d'accord avec moi. Mon mariage avec Aldershot est l'exemple parfait de ma folie.

Elle baissa les yeux vers ses mains crispées l'une contre l'autre avant de relever la tête vers lui.

— Je suis une triste déception pour mon frère. Imaginez-vous ! Il m'a tenue à l'écart de la société londonienne jusqu'à mon dix-huitième anniversaire, craignant que je ne parte avec le premier chasseur de fortune qui m'aurait fait la cour, et qu'ai-je fait ? J'ai fini par en épouser un !

— Si j'avais été là pour vous protéger, rien de tout cela ne serait arrivé.

— Non. Vous avez tort, répondit-elle simplement. Quatre ans auparavant, je n'appréciais pas ce que j'avais. J'étais une jeune fille bête, une enfant gâtée qui croyait que le monde – et vous – était à mes pieds, et je me comportais de la sorte. Est-ce que je regrette ce que j'ai fait ? Oui. Est-ce que j'aurais préféré ne m'être jamais mariée ? Oui. Mais on ne peut pas revenir sur ce qui est fait, dit-elle en soupirant. L'amour ne suffira pas pour vous, *pour nous*, quand vous aurez tout appris… *tout*.

— Je n'ai pas besoin de *tout* savoir, Caroline, répondit-il calmement.

Cela lui aurait parfaitement convenu de garder le jeune homme mort et enterré et de ne pas poser de questions, si c'était ce qu'elle désirait. Mais il ne comprenait pas pourquoi elle pensait que son premier mariage décevant le dérangerait ni pourquoi il aurait représenté un obstacle à leur bonheur conjugal. Enfin, *ce dernier point* le dérangeait. Cela dit, il parvint à sourire et ajouta avec douceur :

— Cela me convient parfaitement de faire débuter nos vies aujourd'hui, d'avancer et de ne pas regarder en arrière.

Caroline savait que Jane dirait que ceci était précisément la réponse qu'elle attendait de lui, et qu'elle devrait accepter son offre et partir avec lui vers le futur, refermant la porte sur son passé. Et pourtant, une fois encore, la conscience de Caroline la jugulait et la porte sur son passé restait grand ouverte, invitant à la confession, la poussant à tout lui révéler sous peine de ne plus pouvoir se regarder dans la glace, et particulièrement pas en tant qu'épouse de Sir Antony Templestowe.

— C'est ce que vous dites maintenant, contra-t-elle, hésitant entre l'indécision et la confession. Mais si jamais vous le découvriez... Si quelqu'un d'autre que moi vous le disait...

— Alors, dites-moi ce que vous avez à me dire quand le moment vous conviendra... ou pas du tout.

— Pourquoi devez-vous *toujours* être si... si *conciliant* ? demanda-t-elle, une légère frustration lui faisant serrer ses jupons de soie dans ses poings. Pourquoi êtes-vous toujours si... si *affable* ?

— Pas toujours.

Prise dans la tourmente de son indécision, elle n'entendit pas la tension dans sa voix.

— Eh bien, je doute fortement que vous puissiez rester affable si vous découvriez que des gens ragotent dans votre dos au sujet de votre épouse !

— Non. Je ne serais pas *affable*, loin de là.

— Nous sommes d'accord, énonça-t-elle comme si c'était le cas.

Ouvrant les poings, elle lâcha ses jupons avec un soupir de satisfaction.

Mais puisqu'elle ne lui avait pas confié ce qui la dérangeait, le problème, quel qu'il soit, était loin d'être réglé. Il se demanda si elle se sentirait plus à l'aise s'il lui faisait part d'une confidence. C'en était une qu'il avait parfaitement l'intention de révéler, mais il ne s'était pas attendu à le faire dans une antichambre alors qu'il s'apprêtait à avoir ce qui promettait d'être un entretien particulièrement désagréable avec son frère. Mais avant qu'il ne puisse lui faire part de ces pensées, elle lui avait saisi la main et l'avait entraîné de l'autre côté de la pièce, dans l'allée qui divisait les chaises alignées, loin des doubles portes et hors de portée de voix des deux valets, qui gardaient le visage figé et regardaient dans le vague, mais qui ne pouvaient que tendre l'oreille.

Sir Antony se demanda ce qu'il lui prenait jusqu'à ce qu'il la voie tourner un regard d'alerte vers les doubles portes. Cela lui fit reprendre conscience de son environnement et il réalisa que les serviteurs comprenaient le moindre mot de leur conversation, contrairement à la Russie, où leurs homologues étaient considérés comme faisant partie du mobilier et étaient ainsi devenus invisibles au fil du temps. Comme pour souligner qu'en Angleterre, les serviteurs étaient des êtres vivants, Caroline baissa la voix, ce qui ajouta également de l'emphase à son argument.

— Et si ces murmures atteignent les oreilles d'hommes importants au sein du gouvernement, des hommes d'influence capable de décider de qui s'élève au titre d'ambassadeur ou pas ? Avoir une femme qui fait l'objet de ragots – qui a un *passé* – pourrait affecter vos chances de devenir un jour ambassadeur, n'est-ce pas ?

— Caro, *ma chère*, la plupart des ministres du Département des Affaires étrangères commencent à s'inquiéter lorsque *personne* ne parle de leurs carrières.

Caroline ne vit pas l'humour dans sa répartie. Les réponses joviales d'Antony, loin de la mettre à l'aise, ne faisaient qu'accroître son anxiété et l'assurance qu'elle ne méritait pas d'être son épouse. Elle lui lâcha la main pour joindre les siennes, entrelaçant fort les doigts.

— Mais il s'agit de murmures à l'encontre de leurs femmes... Aucun homme ne souhaite que sa femme fasse l'objet de ragots, qu'autrui pense qu'il est *cocu*, même si ce ne sont que des paroles. Les rumeurs n'ont pas à être vraies pour que l'opprobre s'impose, n'est-ce pas ?

Le sourire de Sir Antony s'estompa. Il voyait qu'elle était au bord des larmes et que tout son réconfort n'avait fait qu'accroître son appréhension. Une lutte monumentale se déroulait à l'intérieur de sa ravissante tête, et il se sentait comme un imbécile d'avoir minimisé son anxiété. Il n'y avait qu'une seule façon d'apaiser ses doutes et de l'aider à franchir l'abîme de son indécision, alors il dit avec prévenance :

— Que voulez-vous que je fasse, Caro ? Il vous suffit de me le demander et je le ferai, quoi que ce soit. Mais il y a une chose que je ne ferai jamais, et c'est manquer à ma détermination de vous épouser.

— Ne dites pas à Salt que vous m'avez demandée en mariage. Ne lui demandez rien. Pas aujourd'hui. Je vous en prie.

Il fut aussi surpris par sa franchise abrupte que par cette demande. Mais il garda son calme et inclina la tête.

— Très bien. Je repousserai la formalité de chercher à obtenir la permission de Salt pour vous épouser, si c'est votre souhait.

Quand elle poussa un soupir de satisfaction visible, il se sentit blessé. Il n'était pas certain de savoir si elle souhaitait repousser cela pour ses propres raisons pour bien si elle n'avait pas assez confiance en sa compétence à convaincre Salt de lui accorder la permission. Il feignit de prêter intérêt à son lorgnon, polissant le verre avec les plis de dentelle délicate à son poignet, même si son attention ne dévia pas d'elle pendant une seule seconde.

— Savez-vous quand ce sera le bon moment pour que j'aborde la question de nos fiançailles avec votre frère ? demanda-t-il calmement. Ou bien quelque chose est-il requis de moi avant que je ne puisse le faire ?

— Oh, je savais que vous comprendriez ! déclara Caroline avec un sourire de soulagement tandis que le nuage qui assombrissait son front se dissipait.

Il lui rendit son sourire, ne sachant pas davantage de quoi elle voulait parler, mais se sentant reconnaissant de cette petite grâce, car c'était la première fois qu'elle lui avait souri depuis qu'ils s'étaient retrouvés face à face la veille, à la soirée de Diana. Il laissa son lorgnon retomber au bout de son ruban et s'inclina en une révérence majestueuse.

— Demandez-moi ce que vous voudrez, Madame, dit-il avec une grandiloquence enjouée, et je ferai mon possible pour vous satisfaire. Je marcherais à reculons jusqu'à Bristol, j'enfoncerais les portes d'une ménagerie mal gérée, je prendrai le parti de Peter, au grand dam de Salt. Tout ce que vous souhaitez. Tout ce que je demande est que vous soyez à mes côtés.

Ce qu'elle lui proposa alors le choqua, et même si Caroline avait toujours été honnête et franche dans les opinions qu'elle avait de lui, il n'aurait jamais imaginé que la Caroline qu'il connaissait avant son exil en Russie aurait pu émettre une suggestion aussi outrageuse. En fin de compte, ce fut son discours ému fait de phrases hésitantes et à moitié finies menant à sa requête, un discours empli d'une honnêteté brute et pétri de doutes, ainsi que ce qu'elle requérait de lui avant qu'elle ne soit disposée à l'épouser, qui lui donna le vertige et le fit se raccrocher au dossier de la chaise la plus proche.

TREIZE

C'est dans ce petit instant d'hésitation avant de lui faire sa requête que Caroline le vit véritablement pour ce qu'il était pour la première fois depuis qu'elle l'avait surpris durant sa plaisante conversation avec Kitty et Mr. Ellis. Elle n'avait pas vraiment remarqué son costume, ni le fait qu'il portait sa couleur préférée, ou rien d'autre de sa personne. Elle avait été trop irritée de voir Kitty poser la main sur le poignet tout proche d'Antony. Cela avait suffi à l'aveugler à toute autre considération, ce qui était une réaction enfantine. Si elle était honnête avec elle-même, cela n'avait rien à voir avec son innocente belle-sœur et découlait seulement de ses sentiments pour Sir Antony.

Avec sa demande sur le bout de la langue et ses mains serrées plaquées contre sa bouche dans l'attente de sa réaction, elle laissa ses yeux verts parcourir les contours élancés de son visage avenant, de son menton carré affirmé jusqu'aux muscles durcis de ses épais mollets vêtus de bas de soie blanche. Et pour la millième fois depuis qu'elle l'avait aperçu devant sa demeure, elle se demanda à quoi ressemblait une masculinité si bien exercée sous les couches de soie si délicatement brodées.

La pensée de le voir nu n'était pas nouvelle. Quand elle était jeune fille, elle avait souvent songé à ce que cela ferait de partager la couche de Sir Antony Templestowe. Ce qui était nouveau était l'incertitude et la terreur qui accompagnaient cette spéculation, car à vingt-deux ans, elle savait à présent parfaitement ce que cela faisait d'être désirée et ignorée à égale mesure.

Elle se demandait si Antony la désirerait toujours sans la carapace de féminité de ses couches de jupons, son corsage en bougran et sa camisole informe. Trouverait-il ses seins arrondis et ses cuisses veloutées à son goût, ou bien ses courbes féminines dans leur glorieuse nudité ne l'exciteraient-elles pas, comme cela s'était passé avec son mari indifférent ? Elle n'était pas une nymphe svelte, pas une beauté sylphide comme Jane, Jane, qu'Antony avait élevée – ou plutôt lui avait lancée au visage – au rang d'épitome de la beauté féminine, alors qu'il était saoul durant ce récital désastreux.

C'était ce besoin de savoir et sa détermination à ce qu'Antony prenne entièrement conscience de sa honte qui la faisaient hésiter à accepter sa demande en mariage. Dacre Wraxton avait raison. Antony était un homme pétri de scrupules, ce qui ne faisait qu'accroître l'admiration qu'elle lui vouait, mais cela signifiait aussi qu'il n'allait probablement pas accepter autre chose qu'une veuve vertueuse pour épouse. Malgré les conseils de Jane, elle était convaincue qu'elle devait lui exprimer son passé. Alors seulement n'y aurait-il plus de surprises ou de déceptions et aurait-elle pu épouser Antony la conscience tranquille...

Gardant cela à l'esprit, elle inspira profondément et laissa les peurs et les doutes qui tourbillonnaient dans son esprit se déverser, sans songer aux effets qu'ils auraient sur l'homme qui l'écoutait attentivement.

— J'ai failli ne pas vous reconnaître dans la rue hier. Vous avez beaucoup changé. Oh, je vous apprécie beaucoup maintenant, mais je tiens à ce que vous sachiez que cela ne m'aurait absolument pas dérangé si vous étiez revenu pareil. Et il y a quelque chose, quelque chose en vous qui a changé ici, ajouta-t-elle en plaquant la paume de sa main contre son gilet de soie à l'endroit où battait son cœur. Mais quand je vous regarde dans les yeux, c'est vous que je vois – l'ami de mon enfance. Et c'est un tel soulagement de savoir que vous êtes toujours *vous-même*. J'aimerais simplement...

Ses yeux s'embrumèrent et elle plaça les mains derrière son dos.

— Quand je songe à tout ce qui m'est arrivé depuis que vous êtes parti... Je craignais que vous ne découvriez mon mariage... Que je n'étais plus...

Elle regimba devant le mot *vierge*, le disant dans sa tête. Elle était nerveuse à chaque fois qu'elle ruminait ce que serait sa réaction quand il découvrirait comment elle avait perdu sa virginité, exactement. Et pourtant, cela ne concernait pas seulement le fait qu'il découvre les circonstances de cette nuit tragique, c'était également ce qu'il penserait d'elle et s'il voudrait toujours d'elle.

— Bien entendu, je réalise que vous avez conscience que je ne suis plus une innocente. J'étais mariée pendant deux ans.

Elle croisa les yeux bleus fixes de Sir Antony en affichant un léger sourire.

— Je suis certain qu'on vous a dit, ou que vous avez deviné, que ce n'était absolument pas un mariage heureux. En vérité, nous étions tous les deux terriblement malheureux. Il... il n'avait aucun sentiment pour moi sur ce point-là, confessa-t-elle. J'ai pensé que quelque chose ne tournait pas rond chez moi. Mais on m'a montré différemment, alors je sais comment les choses doivent se dérouler quand un couple est... est *intime physiquement*...

Elle se redressa quand il s'accrocha au dossier de la chaise la plus proche, comme pour s'empêcher de tomber, se disant que cette admission surprenante suffisait pour le moment. Elle inspira profondément.

— Ce qui m'amène à ma requête... Je pense qu'il est prudent – d'ailleurs, c'est d'une importance capitale pour moi – que nous partagions un lit *avant* de nous marier. Certes, vous dites que vous m'aimez, mais si nous ne partageons pas un lit avant d'être mariés, nous ne saurons pas... nous ne *saurons* pas si nous sommes... *compatibles* l'un avec l'autre *de cette façon-là*. Si nous devons passer le reste de notre vie ensemble, nous avons besoin d'être physiquement compatibles, n'êtes-vous pas d'accord ?

Il y eut un moment de silence complet entre eux, le seul son dans la pièce étant le tintement de la chaîne de Peter l'Ara. Elle cliquetait contre le piédestal sculpté tandis que l'oiseau grimpait d'un barreau à un autre à la chaleur du soleil.

Sir Antony tenta de s'éclaircir la gorge, levant le poing contre sa bouche fermée, ne lâchant toutefois pas le dossier de la chaise.

— Je trouve votre raisonnement juste, Caro, parvint-il à dire d'un ton qu'il espérait neutre.

Mentalement, il se demandait frénétiquement ce qu'elle avait subi dans le lit partagé avec son époux pour qu'elle exige une confirmation physique de sa capacité à la contenter dans la chambre à coucher avant qu'elle ne puisse accepter sa demande en mariage. Et qu'avait-elle voulu dire quand elle avait dit qu'on lui avait *montré différemment*, et à qui faisait-elle référence ? Il décida de revenir sur cette étonnante révélation un autre jour et poursuivit d'une voix qui ne trahissait pas ses pensées frénétiques :

— La compatibilité physique est extrêmement importante dans un mariage basé sur l'amour, je vous l'accorde, poursuivit-il d'un ton égal. Ce serait un mensonge que de dire le contraire. Et même si je n'ai aucune expérience personnelle de l'institution du mariage, qu'il soit arrangé ou d'amour, l'ingrédient le plus important pour moi est l'amour. On peut s'arranger pour le reste. L'amitié, un respect mutuel et des intérêts partagés ; tout cela est également très important. Mais je me détesterais jusqu'à la fin de mes jours si je pensais que vous m'aviez épousé avec des doutes non résolus, quels qu'ils soient. Alors j'ai l'intention d'accepter votre proposition de partager un lit avant le mariage. Je comprends que c'est la seule façon de vous assurer que je suis un amant adéquat, que je suis plus que capable de vous *satisfaire*.

— Oh ! Vous ne devez pas penser que je doute de vous ! laissa-t-elle échapper, se sentant soudain timide et maladroite sous son regard fixe. Je ne doute pas que vous soyez capable de me satisfaire… *excessivement*. Vous avez de l'expérience. Tous les hommes doivent… non, c'est une supposition *naïve*. Mais je sais que vous avez eu votre… votre *lot* d'aventures. Vous avez probablement eu une maîtresse ou deux en Russie…

— Une, confessa-t-il avec l'impression soudaine que sa cravate était inexplicablement serrée. J'ai eu une maîtresse en Russie. Ce n'était pas une aventure sordide, Caro. Comprenez-moi. Quand j'ai découvert que vous étiez mariée, j'ai perdu tout espoir. Votre époux était un très jeune homme. On pouvait s'attendre à ce que votre mariage dure au moins vingt, voire trente ans. Il fallait que je poursuive mon existence pour m'empêcher de devenir fou. Je me suis autorisé à avoir des sentiments – des sentiments très profonds – pour Katya…

— Katya ?

— La princesse Ekaterina Naryshkina Knyazhevy-Yusupova.

— Une princesse ?

— Oui ?

— Une princesse russe ?

— Oui.

Sir Antony entendit le stress dans sa voix et n'aurait pu se ravir davantage de sa jalousie. Il réprima un sourire, ajoutant d'un ton sérieux :

— Katya est la sœur de Misha, formellement connu sous le nom du prince Mikhail Ivan Knyazhevy-Yusupov, le ministre russe du Commerce. Katya et son frère Misha ont été – et restent – de très bons amis. Sans eux, je ne crois pas que je serais l'homme qui se tient présentement devant vous.

— La sœur était votre maîtresse, et le frère et sa sœur étaient vos amis proches ?

Caroline fronça les sourcils quand il acquiesça. Cet arrangement ne lui plaisait pas du tout.

— Ce prince Mikhail savait-il que vous couchiez avec sa sœur ?

— Katya et moi ne serions pas devenus amants si cette situation avait déplu à son frère.

— Naturellement, murmura Caroline qui trouvait les coutumes de la noblesse russe bien étranges, sachant que Salt n'aurait jamais toléré une telle situation.

Pour une raison inexplicable, une entente aussi civilisée entre un frère, une sœur et un amant ne fit qu'accroître sa jalousie envers cette princesse qu'elle ne connaissait pas, comme l'air offensé de Sir Antony quand elle avait osé suggérer qu'il commette une action déshonorable. Bien entendu, il a demandé la permission de son frère, se dit Caroline avec une certaine irritation. Elle ne doutait pas que lui et le prince soient parvenus à une sorte d'entente entre gentlemen. Cela ne l'aurait pas surprise d'apprendre qu'Antony n'avait pas touché à un seul cheveu de cette précieuse princesse avant que son frère ne lui donne son consentement. Elle savait qu'il n'était pas dans sa nature d'être trompeur. Toute la déception et la ruse qui existait au sein de la famille étaient allées à Diana.

Sachant tout cela, elle se demanda pourquoi elle était blessée qu'il ait mené cette aventure, comme il le faisait pour tout dans sa vie, comme un gentleman ? Pourquoi ses sentiments n'auraient-ils pas été meurtris s'il s'était ébattu dans le lit d'un nombre certain de femmes russes sans songer à leurs frères, ou même à leurs maris ?

Elle n'avait pas besoin de creuser pour trouver la réponse. Elle savait. Il l'avait dit lui-même. Il avait des sentiments profonds pour cette princesse russe et leur aventure avait été menée honorablement, si de telles unions pouvaient être appelées de la sorte. D'un autre côté, son propre comportement avant et après son mariage avait été tout sauf honorable. Elle était certaine qu'elle connaissait la réponse à la question qu'elle s'apprêtait à poser, mais elle le fit quand même.

— Ressentez-vous... ressentez-vous toujours des sentiments *profonds* pour votre princesse russe ?

Il ne pouvait pas lui mentir. Ce n'était pas une bonne base pour reprendre leur relation.

— Oui. Mais pas comme vous le pensez, ajouta-t-il rapidement avec un sourire en coin quand il vit ses joues de porcelaine s'empourprer. Vous avez dit vous-même que l'amour ne sera pas suffisant, ni pour moi ni pour nous, quand je connaitrai toute la vérité. Je crois que vous avez tort. Moi non plus, je ne veux rien vous cacher. Vous avez besoin de savoir que dès que j'ai appris que vous étiez veuve, mon espoir est revenu. Je veux que nous nous mariions et passions le reste de notre vie, jusqu'à la vieillesse, *ensemble*… Comprenez-vous, Caro ? Juste nous deux. Je n'ai plus de maîtresse et c'est mon souhait le plus profond de ne plus jamais en avoir. Mais cela dépend de vous…

— Oh ? Oh !

Caroline ne parvint pas à contenir son ravissement face à cette confession emphatique, et elle rougit, baissant rapidement les cils quand il arqua un sourcil comme pour étouffer les doutes qu'elle aurait pu entretenir quant à sa sincérité. Enfin, elle releva la tête pour le regarder.

— Vous aussi devez être certain que je sois en mesure de vous satisfaire. Après tout, il n'est que justice que nous devions nous satisfaire mutuellement ?

— Oui. Mais je ne comprends pas pourquoi vous pensez pouvoir me décevoir d'une quelconque façon.

Caroline se rapprocha tant que ses jupons frôlèrent ses longues jambes, alors il se raidit et lâcha le dossier de la chaise.

— C'est parce que j'ai une expérience personnelle de l'institution du mariage… pas un mariage d'amour, mais un mariage tout de même, expliqua-t-elle, que j'ai particulièrement conscience qu'il existe des attentes de part et d'autre. Si le mari n'assure pas… si la femme n'est pas ce à quoi le mari s'attend… alors il y aura des déceptions. Je ne crois pas que mes *sentiments* pour vous aient changé et je suis la même en apparence. Celle que vous voyez devant vous est la Caroline que vous avez connue. Je ne suis ni plus grande, ni plus jolie, et j'ai toujours cette même chevelure rousse et ces taches de rousseur horribles que j'ai toujours eues. Sans cette carapace de vêtements, je ne suis pas différente non plus. Mais comment pourriez-vous le savoir ? Cependant, *j'ai changé*, Antony. À l'intérieur, je ne suis plus celle que vous avez connue avant de partir pour Saint-Pétersbourg. Et parce que je ne suis plus la même, je crains que lorsque vous connaitrez mieux celle que je suis à présent, vous ne me désiriez plus comme vous le faisiez autrefois…

Devant son silence, elle poussa un petit soupir de défaite et joua avec les chaînes dorées de sa ceinture avant de relever la tête vers lui.

— Et je ne sais absolument pas si vous me désiriez *de la sorte* avant de partir pour Saint-Pétersbourg ! Vous dites que vous m'aimez, que vous m'avez toujours aimée, mais vous n'avez jamais, durant toutes les années depuis notre rencontre, essayé de m'embrasser. Alors comment pourrais-je savoir que vous me *désirez* vraiment ? Et je ne compte pas ces baisers sur la joue pour les anniversaires et à la Noël !

— Ne pas vous désirer ? répéta-t-il dans un murmure. Ne pas *vouloir* vous embrasser ?

Plus tard, il se demanda ce qui l'avait poussé à agir : si c'était la bravoure avec laquelle elle l'avait regardé directement dans les yeux tandis qu'elle exprimait ses doutes quant au désir qu'il ressentait pour elle ou bien le cri sonore de Peter l'Ara qui quémandait l'attention. Quoi que cela puisse être, cela avait invoqué quelque chose de profond en lui et lui avait donné la force et la résolution de franchir ce haut mur mental, construit des voilà de nombreuses années afin de maintenir prisonnier son désir le temps que Caroline devienne adulte. Il suffit d'un mot – *désir* – pour que ce mur s'écroule.

Une seconde, elle lui expliquait ses sentiments pour lui alors qu'il l'écoutait patiemment, une main dans la poche de sa redingote en soie lavande et l'autre jouant avec le lorgnon à cercle d'or qui pendait autour de son cou au bout d'un ruban de soie ; et l'instant d'après, il avait poussé une chaise si violemment qu'elle en heurta une autre et se renversa, et avait pris Caroline dans ses bras pour presser sa bouche contre la sienne, étouffant ses paroles et balayant des années passées dans le purgatoire de la circonspection.

— Vous désirer ? Comment pouvez-vous en douter ? demanda-t-il d'une voix rauque, la gardant entre ses bras, le visage baissé vers elle.

Ses yeux verts le regardaient sans fourberie et il y avait là un éclat, quelque chose qu'il n'avait jamais vu ou bien qui lui avait échappé parce qu'il n'avait jamais pris la liberté de la prendre dans ses bras auparavant : du *désir*. Il vit qu'elle le désirait autant que lui avait envie d'elle, et il aurait voulu la soulever et la faire tourner dans ses bras en guise de célébration.

— J'ai hâte de vous montrer à quel point j'ai envie de vous, ma beauté hésitante. Pour être honnête, j'ai eu envie de vous embrasser depuis vos quinze ans, quand vous avez affirmé avec tant d'assurance que vous m'épouseriez le jour de vos dix-huit ans. J'ai eu envie de vous embrasser partout ; sur la moindre mèche de votre glorieuse chevelure flamboyante, sur vos courbes alléchantes, *absolument partout.*

Ses paroles étaient merveilleusement rassurantes, tout comme son baiser. La longue ligne de son corps dur était pressée contre elle et la touche masculine de son eau de Cologne au bois de santal, ainsi que la rudesse de sa peau quand il lui prit la bouche étaient intoxicantes. *Il* était intoxicant. Elle s'accrochait fort à l'avant ouvert de sa redingote comme si elle craignait de se noyer. Car elle se noyait, désirant qu'il lui en donne davantage. Elle avait *besoin* de plus. Elle avait besoin d'un baiser digne de ce nom, un baiser qui effacerait pour toujours les souvenirs d'un mari puéril et les attentions d'un amant qui ne lui avait fait ressentir qu'un regret amer. Elle avait besoin d'un baiser aimant et généreux de celui qui l'aimait véritablement.

Alors quand il fit suivre le doux baiser qu'il lui avait donné de mots rassurants, avant de l'embrasser sur le front et de s'excuser d'avoir pris cette liberté, déroulant les bras de sa taille dans le même geste, Caroline ne parvint pas à le lâcher. Elle avait passé trop de nuits d'insomnie pour pouvoir les compter, se représentant ce moment et se demandant s'il allait un jour se produire. À présent, alors que ces doutes étaient éparpillés comme de la poussière aux quatre vents, elle n'allait pas laisser cela se terminer avant d'être satisfaite. Elle passa les bras autour de ses larges épaules et se raccrocha à lui. Sur la pointe des pieds, elle l'embrassa sur la bouche, laissant alors une de ses mules en soie glisser de son pied. La chaussure tinta contre le plancher poli, et c'est ce qui poussa Antony à passer à nouveau les bras autour de sa taille, la croyant en train de tomber.

Et quand la bouche de Caroline frôla la sienne, quand le doux coussin de ses lèvres pulpeuses et son souffle chaud caressèrent sa bouche comme une invitation, comment aurait-il pu lui refuser quoi que ce soit ? C'était un contact à peine perceptible, mais cela avait suffi à ranimer ses sens, et quand elle murmura les mots *un vrai baiser* et qu'elle glissa les bras autour de son cou et ouvrit sa bouche contre la sienne, il n'eut pas besoin d'autre permission pour se pencher et l'embrasser sans retenue.

Ils se perdirent dans un long baiser persistant empli d'un désir mutuel et d'une promesse fiévreuse. Un baiser qui menaçait de les engouffrer dans l'impropriété sans la faible conscience du monde que leur offraient les appels intermittents de Peter l'Ara et un bruit – Antony ne savait pas ce que c'était et n'en avait cure – qui ressemblait au son dérangeant d'un tissu que l'on aurait déchiré en deux. La détresse de l'oiseau battait dans ses oreilles, mais il ne voulait pas que le baiser s'arrête. Il avait attendu pendant tellement longtemps d'embrasser Caroline qu'il serait damné s'il permettait à ce diable à plumes jaloux et enragé d'interrompre le plaisir exquis de goûter à la douce moiteur de sa bouche. Sans avoir conscience de ce qu'ils faisaient, le couple avait éparpillé des chaises dans leur sillage alors qu'ils s'accrochaient l'un à l'autre, abîmés dans ce moment passionné.

Peter l'Ara criait comme si on l'attaquait, perdu dans les plis soyeux d'un rideau de damas déchiré, et les deux valets qui montaient la garde près des doubles portes de la bibliothèque avaient tellement perdu contenance en voyant la sœur de leur noble employeur embrasser passionnément un parfait inconnu qu'ils avaient parcouru la moitié de la pièce à pas de loups, se demandant s'il leur fallait prendre les choses en main ou bien quitter la pièce à la hâte, feignant l'ignorance.

C'est au beau milieu de cette scène dramatique qu'entra le majordome.

Miller, venant du couloir, pénétra dans l'antichambre d'un pas vif, étant sorti de la bibliothèque par un couloir de service interne. Il venait de franchir le seuil et s'excusait auprès d'Antony du fait que sa seigneurie ne soit pas en mesure d'accéder à sa requête et de lui accorder un entretien quand il prit conscience du spectacle qui se déroulait dans l'antichambre. Les cris d'alarme sonores de Peter l'Ara lui firent tourner la tête en direction des fenêtres, et le gros oiseau avait grimpé jusqu'à la moitié du rideau, battant de ses plumes bleu vif et s'accrochant de ses griffes noires aux restes en lambeaux du damas de soie que dans sa malice, il avait déchiré de son grand bec noir. À en juger par l'étendue des dégâts, Peter avait été laissé sans surveillance pendant un certain temps.

Si cela ne suffisait pas à faire trembler de choc et d'indignation la lèvre inférieure du majordome, voir les deux valets, non pas à leur poste, mais ébahis au milieu de la pièce comme deux compagnons figés, suffit à lui faire perdre complètement contenance. Il en oublia son éducation. Il oublia sa position exaltée dans une grande et noble demeure. Et il s'oublia assez pour crier, suffisamment pour que sa voix tonitruante en sus des demandes d'attention criées de Peter l'Ara pénètre les doubles portes dorées qui menaient à la bibliothèque.

Son excuse polie à Sir Antony fut engloutie tout entière par son explosion de rage.

— Dieu tout-puissant ! Je tordrai moi-même le cou de ce satané animal, si sa seigneurie ne fracasse pas ces portes pour s'en occuper en personne ! Et je vous tordrai le cou à vous aussi ! À quoi diable jouez-vous, hein ? Vous voulez aller nettoyer les étables ? Vous ! Allez quérir deux des gars dans le couloir. Et vous ! Trouvez lady Caroline. Personne ne peut s'approcher à moins d'un pas de ce satané animal sans y perdre un doigt. Et c'est bien dommage ! Sans quoi je lui aurais tordu le cou moi-même. Quoi ? Eh bien ! Ne restez pas tous les deux plantés là à me regarder comme si vous aviez vu un fantôme ! Mademoiselle ne va pas se matérialiser comme une apparition !

— Je suis ici, Miller, répondit lady Caroline aussi calmement qu'elle le put, le visage rouge et portant la main à ses cheveux décoiffés, se tenant dans le dos du majordome.

Elle ne put réprimer un sourire quand les pieds de Miller se décollèrent du sol et qu'il virevolta vers elle avec un air terrifié comme si elle était réellement un fantôme.

— Je n'aurai pas besoin d'aide avec Peter, je vous remercie. Il vaut mieux vous occuper de ces chaises et vous assurer que les portes de la bibliothèque resteront fermées. Lord Salt et Sir Antony ne doivent pas être dérangés.

Le regard de Miller fila en direction de la bibliothèque du comte. Un des battants était grand ouvert, permettant l'accès. Il grimaça. Le choc céda la place à la frustration. Il avait failli à sa mission. Au milieu du brouhaha, les cris incessants de l'ara et sa propre explosion de colère avaient involontairement permis à Sir Antony Templestowe de se glisser en silence dans le sanctuaire de la bibliothèque du comte de Salt Hendon, sans y avoir été ni annoncé ni invité.

QUATORZE

La dernière fois que Sir Antony s'était trouvé dans la sompueuse bibliothèque du comte de Salt Hendon, il avait été saoul, à peine capable de tenir debout, et il avait subi un savon impitoyable de la part de son noble cousin – à raison, d'ailleurs. Cela avait immédiatement suivi son comportement scandaleux durant le récital, où il n'était pas seulement passé pour un imbécile fini, avait brisé le cœur de Caroline, choqué et embarrassé la comtesse qui s'apprêtait à donner naissance à son premier enfant, ainsi que toutes les personnes présentes, mais également perdu le respect et l'amitié du comte. À l'époque, trop affecté par l'alcool et se dissimulant dans la haine de lui-même, il n'avait pas compris pleinement comment son comportement avait affecté les gens qu'il aimait le plus sur cette Terre. Son temps de sobriété et de sombres réflexions en Russie lui avait permis de mesurer les effets dévastateurs que ses propos avaient dû produire sur le comte et la comtesse, et il réalisait, le cœur lourd, que son cousin n'aurait certainement plus jamais une bonne opinion de lui.

Au récital de Salt House quatre ans auparavant, en pleine dispute emportée avec Caroline, il avait révélé avoir visité en seul à seule le boudoir de la comtesse, alors qu'elle ne portait guère plus que sa camisole. Bien sûr, il n'avait pas mentionné qu'il s'y était rendu sans invitation, voulant que la comtesse le rassure que Caroline n'était pas fiancé à un autre homme. Souffreteux après une nuit d'ivresse, il était allongé inanimé sur la méridienne, la tête palpitante et les yeux fermés pour se protéger de la lumière du matin, tandis que la comtesse restait assise à sa commode, lui offrant conseil et réconfort. C'était parfaitement innocent et semblable aux actions d'un frère qui aurait cherché conseil auprès de sa sœur lors d'une discussion privée. Mais il n'avait pas dit cela. Il n'avait pas non plus mentionné que le comte savait non seulement tout de son intrusion, mais qu'il lui avait également pardonné une fois qu'il avait eu vent de toutes les circonstances, même s'il avait été furieux sur le coup de le trouver dans le boudoir de son épouse.

Sir Antony avait brandi cette visite dans le boudoir de la comtesse contre Caroline comme un bouclier, afin de contrer les flèches de sa vantardise enfantine concernant ses fiançailles à venir avec le capitaine Beresford aux grandes bottes, disant que le héros de guerre de la campagne de Hanovre était un homme tel qu'il n'en serait jamais. Ce qui, quand il y réfléchit, une fois sobre, n'était pas une accusation injuste si l'on considérait qu'un effet secondaire de son ébriété constante dans les mois qui avaient suivi l'incarcération de sa sœur était l'impotence. Cela avait touché la corde sensible et il avait contré en haussant la comtesse au rang d'épitome de la perfection féminine, ce qu'il était bien placé pour le savoir – en plus de son mari –, car il avait eu le privilège de la voir dans sa camisole.

Une révélation aussi surprenante et terriblement choquante faite en présence de cinquante personnes avait alimenté à l'envi l'enthousiasme des colporteurs de ragots. Ce morceau de choix fut gobé, sans songer une seconde à son authenticité et sans songer aux circonstances dans lesquelles il avait été prononcé. Dès le matin suivant, la bonne société avait transformé ce morceau en un banquet à trois services de luxure, d'ébats furtifs et d'autopréservation d'une dynastie. Ce qui avait été murmuré derrière le battement d'éventails et marmonné derrière des journaux ouverts par les ennemis politiques du comte – mais que la majorité tenait pourtant pour de la diffamation – était devenu un fait dès le matin, après les révélations choquantes et très publiques de Sir Antony. Les groupes de femmes de la bonne société en avaient discuté ouvertement avec leurs proches en consommant leur pain beurré et leur chocolat, tandis que les hommes avaient échangé des ricanements à la table où ils préféraient prendre le café.

La grossesse de lady Salt si tôt après leur mariage, l'attitude nonchalante de son mari envers l'amitié proche de sa ravissante épouse avec son cousin Sir Antony, et enfin le départ surprise de Diana St. John pour le continent quasiment le jour même où l'on avait annoncé que la comtesse de Salt Hendon attendait le premier enfant du comte, étaient des preuves suffisantes pour confirmer la rumeur que Diana St. John avait déniée sans enthousiasme – comme toute sœur loyale l'aurait fait – juste avant son départ pour l'étranger.

La rumeur que tout le monde avait entendue, mais que personne n'osait dire à voix haute était que c'était Sir Antony Templestowe et non le comte de Salt Hendon qui avait engendré l'enfant que portait la comtesse : un héritier pour le comté.

La confession incroyable de Sir Antony prenait tout son sens !

Qu'un aristocrate de trente-quatre ans – dont la capacité à engendrer donnait lieu à White's à des paris de cent contre un, car une chute de cheval l'avait laissé infertile – parvienne ensuite à mettre sa comtesse enceinte le soir de leurs noces avait été comme un éclair qui avait frappé la bonne société. Comment cela se pouvait-il, alors qu'il était de notoriété publique que le comte ne pouvait même pas engrosser une cocotte, sans que cela soit faute d'essayer ? La question continua de traverser les salons comme une vague de fond alors que la grossesse de la comtesse se prolongeait. Puis à deux mois seulement de la naissance d'un héritier, l'emportement de Sir Antony avait offert à la société la confirmation de ce qu'ils croyaient être la réponse : Sir Antony Templestowe était le père de l'enfant à naître de la comtesse.

Enfin, c'était là un amour de cousin ! Qui n'aurait pas voulu proposer ses services pour offrir un fils au comte si cela signifiait partager la couche de Jane, comtesse de Salt Hendon, à la beauté réputée ? Était-il surprenant que Sir Antony se soit rebiffé contre les sous-entendus de lady Caroline concernant sa masculinité alors qu'il avait culbuté une comtesse et l'avait mise enceinte du premier coup ! On se demandait comment le comte tolérait de partager son épouse avec quelqu'un d'autre. Et pourtant, tous savaient que le comte était un homme politique rusé, déterminé et froid quand il s'agissait de prendre des décisions pour le bien du royaume. Il était donc compréhensible qu'il agisse de même pour son propre titre. Son comté avait besoin d'un héritier et, s'il ne pouvait en produire un, alors que son parent le plus proche lui en fasse un !

Il n'était alors pas étonnant que Diana St. John soit partie pour le continent. Il était de notoriété publique que Diana était amoureuse du comte. Elle était également profondément impliquée dans sa vie politique, alors il ne fallait pas faire preuve de beaucoup d'imagination pour la croire essentielle à la poursuite des ambitions dynastiques du comte en offrant son frère comme étalon pour la jument poulinière de Salt. Jalouse de la comtesse et en sachant trop, elle avait peut-être menacé le comte de révéler son secret inavoué au grand jour ? On avait donc fait disparaître Diana St. John. Pour sa santé, avait-on dit, mais qui avait cru en cette ruse ?

Soulignant pourquoi sa sœur avait dû disparaître de la bonne société, à cause de son comportement sordide au récital qui avait brisé le cœur de lady Caroline et révélé le linge sale de la famille au grand jour, Sir Antony Templestowe avait été banni par le comte dans le désert glacé du service diplomatique : Saint-Pétersbourg.

S'il existait un marasme pour la carrière d'un diplomate anglais, c'était bien la cour impériale de Russie. Que Sir Antony ait été envoyé dans un tel bourbier diplomatique, le lieu de stagnation sociale du département des Affaires étrangères, suffisait à indiquer qu'il ne parlait plus à son noble cousin. Et alors que ses services d'étalon n'étaient plus requis, sa présence à Londres n'aurait représenté qu'une source d'embarras pour le noble couple, ainsi qu'un rappel constant de l'impossibilité du comte d'accomplir son devoir dynastique envers la maison Sinclair et le comté de Salt Hendon.

Que le comte et la comtesse aient ensuite eu deux autres enfants en pleine santé en succession rapide après la naissance d'un fils et héritier tant attendu ne fut pas considéré comme pertinent par les gens crédules et les ennemis politiques du comte. Deux enfants supplémentaires aidèrent à étouffer tout doute qui aurait pu demeurer quant à l'identité de leur véritable père, mais ce qui comptait, et là où la fange était restée collée comme de la paille mouillée sous le talon rouge d'une noble chaussure à boucles, étaient les circonstances incertaines de la conception de son premier-né. Et cela, Sir Antony savait qu'on ne le lui pardonnerait jamais.

Enivré par le baiser passionné qu'il avait échangé avec Caroline, il bascula la tête contre les panneaux de la porte fermée de la bibliothèque afin de rassembler ses esprits et de reprendre sa respiration. Il y avait eu quelque chose d'indéfinissable dans leur baiser qui lui avait donné le vertige. Après quelques inspirations profondes, il traversa en silence la longueur de la pièce aux murs couverts de livres, s'imaginant qu'il ressemblait à un mutin s'avançant vers sa mort jusqu'à l'extrémité de la planche de supplice d'un bateau. Il longea les étagères, gardant les yeux braqués sur l'immense double bureau en acajou, avec ses porteplumes en or élaboré, son coffret à sable, son encre et ses crayons, ainsi que toute sa surface couverte de piles bien ordonnées de documents.

Le comte était assis à son bureau, pris par la lecture d'un document.

À l'occasion, il plaçait la liasse de papiers sur la surface de son bureau, prenait sa plume, la plongeait dans l'encre et ajoutait ses remarques dans la marge de gauche. Un peu moins souvent, son attention s'égarait loin du document et il baissait le menton pour regarder la deuxième cheminée par-dessus ses lunettes à monture dorée. C'est là qu'une transformation se produisait et que Sir Antony revoyait son ami d'autrefois. Les traits du comte s'adoucissaient, la profonde ride entre ses sourcils s'estompait et le pli qui raidissait sa bouche disparaissait, remplacé par un sourire qui lui éclairait le visage. Son sourire s'attardait dans cette direction en une sorte d'ébahissement confus. Puis comme s'il se remémorait sa tâche, son regard revenait vers le bureau et il poursuivait sa lecture.

Quand le comte sourit, Antony l'imita. Il n'avait jamais vu son ami aussi bien portant et plus content de vivre. Physiquement, il avait toujours la même carrure d'ours que quatre ans auparavant, était toujours aussi vigoureux et, sans aucun doute, aussi bien entraîné que d'ordinaire. Il était le même que le jour où il l'avait répudié, à part pour sa tenue vestimentaire.

À une telle heure, Sir Antony fut surpris de découvrir le comte dévêtu. Tenant toujours à adopter une tenue correcte aux horaires appropriés, que ce soit chez lui ou à l'extérieur, Salt était toujours mis de façon immaculée, arborant souvent une redingote, un gilet et des pantalons assortis et richement brodés, qui n'auraient pas été déplacés à l'Opéra. Et il portait toujours de la poudre quand il était en ville. Son cousin avait peut-être employé un nouveau valet ? Mais cela n'aurait pas expliqué l'absence de poudre dans ses cheveux mi-longs cendrés retenus par un ruban noir ni le banian de soie bleue jeté négligemment sur une chemise et une cravate d'un blanc éclatant. Ses pieds étaient sans nul doute passés dans des mules en cuir du Maroc rouge, qui apporteraient la touche finale à la tenue d'intérieur du comte. Ainsi dévêtu, Sir Antony savait parfaitement que son cousin n'était pas disposé à recevoir des visiteurs, et qu'ainsi personne d'autre que des parents proches ne serait autorisé à se trouver en sa présence.

La tenue informelle du comte ne présageait rien de bon en ce qui concernait l'intrusion de Sir Antony. Il n'était pas étonnant que les portes de la bibliothèque soient restées fermées. Avec un soupir déprimant, il l'avait pris comme un signe qu'il n'était plus considéré comme un membre de la famille, et qu'ainsi un entretien était hors de question. Toutefois, cela ne le dissuada pas de son but et il plaça sa confiance dans le sourire du comte. C'était la seule indication de la bonne disposition de son noble cousin. Cela dit, l'humeur du comte et l'opinion qu'il avait de lui n'avaient guère d'importance. Ce qui comptait était de s'entendre sur la meilleure façon de gérer l'incarcération de Diana tout en minimisant le scandale et en évitant une tragédie. Gardant ces pensées à l'esprit, il se dirigea directement devant l'immense bureau en acajou et s'inclina respectueusement devant son noble cousin.

Le comte sentit une présence, mais ne leva pas la tête.

— J'ai dit non, Miller, dit-il d'un ton plat, mettant de côté la page qu'il lisait et retirant ses lunettes.

Il aplatit la main sur la pile de papiers qui composaient le document.

— Amenez cela à Mr. Ellis. Dites-lui de lire mes annotations puis de venir me voir dans… à peu près une heure. Placez le plateau de thé sur la table basse. Vous pouvez laisser la bouteille de claret ici.

— Salt.

Le comte leva brusquement la tête. Ses yeux sombres s'écarquillèrent de surprise et l'aristocrate se releva à moitié de sa chaise, un sourire de reconnaissance adoucissant son visage avenant. Sir Antony le lui rendit son sourire, le soulagement parcourant ses veines, et il tendit la main en guise de salut. Il s'apprêtait à dire à son cousin qu'il semblait en bonne santé et qu'il était ravi de le voir, quand la lumière mourut dans les yeux sombres du comte et son sourire s'effaça, remplacé par un froncement de sourcils léger mais intransigeant, avant qu'il ne se rasseye sur sa chaise, serrant davantage le banian autour de ses épaules. La réaction avait cédé le pas au souvenir et avec un petit soupir, Sir Antony laissa retomber sa main pour saisir le ruban passé autour de son cou qui retenait son lorgnon.

— Vous semblez bien portant, dit le comte.

Il joua avec ses lunettes, mais garda les yeux braqués sur le visage de Sir Antony.

— Je ne peux pas vous recevoir à présent. Miller ne vous a-t-il pas dit…

— Vous semblez bien, vous aussi, l'interrompit Sir Antony, gardant une maîtrise absolue sur ses sentiments.

— À présent que les mondanités sont effectuées, ayez la décence de mettre un terme à votre intrusion et sortez…

— Miller n'a pas eu l'occasion de me dire quoi que ce soit ; il avait les mains occupées par un oiseau récalcitrant. Je n'empièterai guère sur votre temps, mais il faut que nous parlions de…

— Cela peut attendre.

Alors c'était là qu'ils en étaient arrivés : à se parler comme s'ils n'étaient que de simples connaissances. Il y avait une époque où il ne s'écoulait pas une seule journée sans qu'ils n'en passent une partie en compagnie l'un de l'autre. Sir Antony remarqua que le comte s'agitait et cela lui permit d'entrevoir que son extérieur de granite recelait un cœur plus doux.

— Non. Cela ne peut pas attendre. Vous savez que c'est vrai. La raison de mon intrusion ; la raison pour laquelle je me trouve en Angleterre et non à Saint-Pétersbourg. C'est la raison pour laquelle j'ai besoin de vous parler de…

— Pas maintenant, dit Salt entre ses dents.

Sir Antony fronça les sourcils. À en juger par la réaction du comte de lui couper la parole avant même qu'il n'ait pu prononcer le nom de sa sœur, il était évident qu'il savait parfaitement que Diana s'était échappée de sa prison. Était-il aussi insensible, aussi opposé à entendre la vérité prononcée à haute voix ? Espérait-il qu'en l'ignorant, elle disparaitrait ? Il n'y croyait pas une seconde. Ou peut-être son cousin avait-il l'intention de ne pas lui révéler la façon dont il s'occuperait de sa sœur aliénée ? Il ne le permettrait pas. Si le manque d'enthousiasme de Salt devant cette réunion forcée avait meurtri ses sentiments, son arrogance inexplicable l'irritait tant qu'il en montra une rudesse sarcastique.

— Je ne quitterai pas cette pièce avant que nous n'ayons discuté de mesures à prendre. Vous avez peut-être déjà décidé de vos intentions, ce qui ne me surprendrait guère ! Mais j'ai le droit de savoir et celui d'être consulté. Peu me chaut que vous soyez assis ici à moitié habillé au beau milieu de la journée. Qu'est-ce que cela peut faire, tout bien considéré ? Cela ne m'aurait pas plus dérangé de vous interrompre pendant que vous preniez votre bain ! Peut-être que vous surprendre dans votre baignoire aurait été plus pratique, parce que vous auriez été un interlocuteur captif, forcé de tolérer ma conversation !

Il inspira, leva une main et la laissa lourdement retomber.

— Ce n'est pas la réunion que j'avais envisagée avec vous et avec… avec Jane. Et je l'appellerai *Jane* en privé avec vous, pas lady Salt, parce que c'est une amie chère et l'épouse de mon cousin le plus proche.

Quand le comte haussa les sourcils sans répondre, il ajouta avec un soupir exaspéré :

— Oh, par Dieu, Salt ! J'admets que notre dernière rencontre n'a pas été mon moment de gloire, mais de l'eau a coulé sous les ponts depuis, alors la moindre des choses serait de ne pas rester là, le visage dur et le nez pincé, comme si la sainteté de votre bibliothèque avait été souillée par la présence d'un balayeur ! Et je ne m'excuserai pas de mon manque de servilité et je ne m'inclinerai pas devant le chef de famille. Le voyage pour rentrer à la maison aussi vite que possible a vraiment été déplaisant… et sans même avoir pris congé ; alors je pense avoir coupé des ponts à Saint-Pétersbourg. Mais cela n'a pas d'importance. Rien n'en a. Si cela me coûte ma position au département des Affaires étrangères, si cela signifie que notre amitié est irréparable, si c'est pour le bien général, qu'il en soit ainsi. Je veux dire que je n'ai pas de regrets. Mais s'il y a une chose que je ne vais pas faire est quitter cette pièce avant de vous avoir expliqué les mesures que j'ai mises en place à propos de ma sœ…

— Miller avait reçu la consigne de vous demander d'attendre une heure que lady Reanay se présente, puis de revenir ici, l'interrompit Salt d'un ton égal, croisant les bras devant sa large poitrine afin de dévisager Sir Antony en plissant à demi les paupières. Si c'est ainsi que vous avez mené vos affaires diplomatiques à Saint-Pétersbourg, avec un battage passionné, je suis surpris que vous soyez aussi bien considéré. Mais les Russes préfèrent peut-être une approche plus directe, ou bien votre incapacité – certains diront *témérité* – à accepter qu'on vous dise non. Je ne vois pas d'autre raison pour être honoré comme vous…

— Honoré ?

Sir Antony fronça les sourcils et fit un pas en avant, écartant les doigts qui s'étaient refermés autour de la poignée de son lorgnon. Il s'autorisa à se détendre. Le mot *honoré* lui avait fait perdre complètement son argumentation, et Salt le savait parfaitement.

— Ils n'ont peut-être également aucun problème à ce que les interrompe quand ils parlent, marmonna le comte, ajoutant avec l'ombre d'un sourire alors qu'il se penchait en avant : oui. Honoré. Malgré votre départ inexplicable de la cour impériale, l'Impératrice a gracieusement accepté de vous pardonner, non seulement d'être parti sans lui adresser vos adieux en bonne et due forme, mais également de ne pas être présent afin qu'elle puisse vous décerner l'ordre de Sainte-Anne. Avez-vous déjà entendu parler de cet ordre ?

Sir Antony secoua la tête.

— Jamais.

— C'est l'ordre le plus élevé que l'on puisse conférer à un étranger. Je souligne d'ailleurs que je ne suis pas entièrement certain qu'il ait été conféré à une personne qui ne soit pas russe. Vous êtes peut-être le premier et instaurerez ainsi un précédent. Il est généralement octroyé aux aristocrates russes pour services exceptionnels rendus à la bureaucratie d'État ou pour bravoure sur le champ de bataille. Il y a quatre grades dans cet ordre, et vous, mon cher cousin, vous êtes vu décerner le plus élevé.

— Vraiment ? C'est extraordinaire ! dit Sir Antony en fronçant les sourcils. Et que cela signifie-t-il, précisément ?

Le comte ne put réprimer un éclat de rire.

— Un cauchemar diplomatique pour sa majesté, et par la même logique, pour moi. Le Roi a requis que je trouve une solution au dilemme, et cela avant la signature du traité commercial avec les Russes.

— Je n'avais pas l'intention de vous créer des problèmes, ni à sa majesté, ni à vous, répondit Sir Antony d'une petite voix. Je vais écrire à l'Impératrice pour refuser cet honneur…

— Vous n'en ferez rien ! lui ordonna le comte, toute trace d'hilarité dissipée. La signature du traité commercial et l'accord de l'Ordre de Sainte-Anne vont de pair. Vous savez tout aussi bien que moi que les Russes importent plus de marchandises anglaises que françaises. Et nous ne voudrions pas que les Français proposent à Catherine des termes plus favorables. Il est impératif que l'accord de commerce entre nos deux nations soit signé, scellé et livré, et si une partie de l'accord vous oblige à porter une écharpe rouge et l'étoile de nos amis russes, qu'il en soit ainsi. Vous accepterez l'honneur et le traité sera signé.

— Et le dilemme ?

— L'Ordre de Sainte-Anne, premier grade, implique un titre de noblesse héréditaire.

— Seigneur Dieu !

Le comte fit la grimace.

— Exactement, murmura-t-il en ajoutant de façon audible : le dilemme est qu'en tant qu'Anglais, vous ne pouvez pas recevoir de titre de noblesse russe. Cependant, les Russes s'attendent à ce que vous soyez récompensé par votre propre souverain à la mesure possible de l'honneur qui vous est conféré. Ne pas le faire remettrait leur jugement en question. Cela signerait les prémisses d'un cauchemar diplomatique. Il faut simplement sauver la face.

— Vous avez trouvé une solution à ce dilemme.

— En effet. Et cela ne satisfera pas seulement les Russes, mais sera également acceptable pour sa majesté.

— Naturellement.

L'expression du comte resta impassible.

— J'admets que vos répliques m'ont manquées. Vous avez toujours été le maître de la litote.

En entendant un tel compliment de la part de son ancien mentor, Sir Antony ne put s'empêcher de sourire comme un écolier. Ce que lui dit ensuite le comte le laissa bouche-bée.

— J'ai le privilège de vous informer que puisque vous avez reçu l'Ordre de Sainte-Anne de la part de sa majesté l'Impératrice Catherine, sa majesté vous élève au noble titre de vicomte. Vous connaissez les formalités et les lettres patentes. Vous deviendrez le vicomte Temple et Baron Stowe, premier du nom, et l'on s'adressera à vous en tant que lord Temple. Votre héritier sera connu sous le nom de lord Stowe. Félicitations.

Sir Antony s'apprêtait à répondre à ces félicitations avec son humilité naturelle quand la remarque en passant du comte teinta alors le sentiment d'ébahissement qu'il avait ressenti à recevoir des nouvelles aussi remarquables et écorna son plaisir.

— Votre rôle dans les négociations commerciales entre nos deux pays a dû être remarquable, dit Salt avec âpreté. D'après les lettres que j'ai lues et le fait de conférer un honneur aussi important à un étranger, l'Impératrice a dû être particulièrement impressionnée par vos… *capacités*…

Quand le comte laissa sa phrase en suspens, Sir Antony garda le regard fixe, même si ses joues glabres s'échauffèrent à ce sous-entendu. Il était de notoriété publique à la Cour de Russie et ailleurs que l'Impératrice Catherine avait ses favoris masculins, et que ses amants étaient récompensés pour leurs services par toutes sortes d'honneurs et de cadeaux. Sir Antony était parvenu à éviter de rejoindre la longue liste des conquêtes de Caroline grâce à des manœuvres prudentes et pleines de tact, et l'aide de son mentor et ami le prince Mikhail. Que l'Impératrice lui ait accordé cet immense honneur avait pu confondre son cousin, mais celui-ci n'avait aucun droit d'insinuer quoi que ce soit.

— Je suis flatté que Son Altesse Impériale ait vu bon de récompenser mes efforts. Mais vous savez aussi bien que moi que de semblables honneurs sont souvent accordés sur recommandation.

— Oui. Le prince Mikhail Knyazhevy-Yusupov a une très haute estime de vous. Tout comme la princesse, sa sœur…

Sir Antony serra les dents.

— Je ne m'excuserai pas pour la vie que je me suis créée à Saint-Pétersbourg. Pas alors que tous les espoirs concernant la vie que j'avais envisagée avaient été détruits.

— C'est la vie que vous avez l'intention de vous créer à présent que vous êtes revenu qui me préoccupe davantage.

Sir Antony afficha un fin sourire.

— Oh, j'ai vraiment envie d'en discuter avec vous, mais pas maintenant, pas aujourd'hui. Il y a un problème bien plus sérieux, pressant et personnel que vous et moi devons aborder avant que je ne puisse songer au futur, titre ou non, pour avoir véritablement la sensation qu'il m'appartient. Mon seul regret en ce qui concerne Saint-Pétersbourg est que je suis incapable de présenter aux Knyazhevy-Yusupov en personne mes humbles remerciements.

Il s'interrompit alors quand, pour la seconde fois depuis qu'il avait tenté d'aborder avec lui le sujet de l'évasion de Diana de sa prison, le comte détourna le regard, distrait par quelqu'un ou quelque chose dans le dos de Sir Antony. Celui-ci n'eut pas l'impolitesse de regarder par-dessus son épaule droite pour voir qui ou ce que c'était, mais cela le fit se hérisser et il se demanda s'il s'agissait du majordome et de deux valets, prêts à l'éjecter au moindre signal de leur noble employeur.

— Vous ne pourrez peut-être pas dire merci aux Knyazhevy-Yusupov en personne, répondit le comte en tournant à nouveau le regard vers les yeux bleus de Sir Antony, mais vous pouvez remercier le cousin du prince Mikhail, Ivan Yusupov, qui est arrivé à Londres la semaine dernière, amenant avec lui votre ruban et votre étoile.

Sir Antony fit un pas en avant, posant la main sur le bureau d'acajou. Il connaissait très bien le prince Ivan ; ils avaient pratiqué l'escrime ensemble et avaient été partenaires lors de parties de courte paume, mais il n'interrompit pas le comte.

— Son Altesse le prince Ivan est à la tête de la délégation agricole russe, expliqua le comte. L'Impératrice Catherine a l'intention de poursuivre la politique établie par son prédécesseur, Pierre, en envoyant des membres de la cour impériale en Angleterre pour des questions d'édification et d'échange culturel. J'ai la tâche enviable de jouer les hôtes pour le prince Ivan, qui sera l'invité d'honneur de mon bal masqué. Le mois prochain, un petit bataillon de bureaucrates russes issus de leur ministère de l'Agriculture viendra visiter Salt Hendon. Ils souhaitent observer et questionner en personne les pratiques agricoles d'un domaine anglais. Rufus Willis a hâte de jouer aux guides.

Il plaça la paume sur le document dont il avait interrompu la lecture.

— Ici se trouvent les termes et les conditions de l'accord entre nos deux nations. Je ne sais pas ce qui est le plus fastidieux : déchiffrer deux cents pages de ce document, ou enfiler un masque de plumes pour papillonner dans une salle de bal pleine de Russes. Ah, les vicissitudes que l'on doit endurer en tant qu'humble serviteur de la Couronne !

Sir Antony était en train de digérer cette information quand la remarque du comte sur un masque à plumes et son service à la Couronne fut soulignée avec une emphase particulière par le tintement d'un rire féminin.

Loin de s'offenser qu'on se moque de lui, le comte laissa son expression austère céder la place à un large sourire. Il repoussa sa chaise et se redressa, enfonçant profondément les mains dans les poches de son banian de soie, le regard braqué sur la deuxième cheminée.

— Arrêtez de taquiner Antony, le gronda gentiment la comtesse. Vous vous êtes trahi en faisant semblant de trouver votre retour à la politique fastidieux. Admettez-le, Monseigneur. La pensée de recevoir une salle de bal pleine de Russes, sans parler du fait de parader votre cousin nouvellement ennobli, avec son écharpe et son étoile russe qui attiseront la jalousie de vos opposants politiques, vous donne envie de vous frotter les mains de joie.

Le comte rit doucement et fit le tour de son bureau. Il s'immobilisa et tendit la main vers Sir Antony.

— Ravi de vous accueillir dans nos hautes cimes, dit-il comme il avait l'habitude de saluer son cousin avant qu'il ne soit banni.

Il secoua chaleureusement la main de Sir Antony et agrippa brièvement son épaule.

— Veuillez m'excuser pour avoir calomnié vos compétences, Antony, mais cela me fait plaisir d'entendre que vous avez remporté cet honneur par votre travail et non votre sujétion à Catherine. Quoi que ma femme puisse dire de mes capacités de mentor, dit-il en se tournant vers la deuxième cheminée, je ne m'en crois pas responsable ! Et je ne suis pas non plus d'accord avec ce que vous proposez à propos de la mascarade à venir, Madame. Ma joie personnelle sera parce que tout le monde au bal sera jaloux que vous soyez à mes côtés et non aux leurs.

Sir Antony fit volte-face sur la pointe de ses chaussures de cuir noir et perdit l'équilibre. Heureusement, il se trouvait à proximité du bureau du comte, ce qui lui permit de garder une main sur la surface polie afin de rester debout. Son retour à Londres lui promettait apparemment une surprise étonnante à chaque heure de la journée. S'il avait été superstitieux, il aurait fait porter la faute à la perte de son talisman, qui était à présent en possession de sa sœur. Mais sa vie avait été complètement chamboulée et retournée longtemps avant que Diana n'ait arraché ce médaillon doré de l'avant de son gilet brodé.

En l'espace d'un jour, il avait découvert sa maison commandée par sa sœur instable, qui se dissimulait à la vue de tous. Il s'était aussi vu débiteur d'une somme de deux mille livres. Il avait ensuite accepté la demande étonnante de Caroline de partager un lit avant le mariage. Et que dire du spectacle qu'il avait donné aux serviteurs et à cette bête à plumes enragée, en partageant avec elle un baiser des plus extraordinaires ? Enfin, il avait déboulé dans la bibliothèque du comte, exigeant des choses sans réfléchir à ce qui pouvait se trouver de l'autre côté de la porte… et à présent, cela !

Être honoré par les Russes et se faire élever jusqu'à la Chambre et au titre de vicomte par sa majesté aurait suffi pour une vie entière, et d'autant plus lors d'une visite matinale à son noble cousin.

Il s'embrasa de gêne à la vision qui lui fut présentée au niveau de l'arrangement des meubles près de la deuxième cheminée. Il grimaça mentalement d'avoir été assez stupide pour ne pas se rendre compte que le comte n'était pas seul. Pas étonnant que la bibliothèque lui soit fermée, que le comte ait été distrait, qu'il ait continuellement détourné la conversation de Diana, que ses réactions aient été plus civiles qu'il ne l'avait anticipé, qu'il n'ait pas haussé le ton une seule fois quand Sir Antony lui avait quasiment crié dessus.

Si quelqu'un ne lui donnait pas immédiatement une bonne tasse de café, il se dit qu'il existait une forte possibilité pour qu'il s'évanouisse, non pas de soif, mais d'embarras.

QUINZE

Comme pour répondre à la prière silencieuse de Sir Antony, le majordome et deux valets descendirent d'un pas léger la longueur de la bibliothèque. Un valet déposa un plateau à thé en argent sur la table basse au centre du groupe de chaises où était installée la comtesse, un autre posa sur le bureau du comte un plateau laqué à la japonaise sur lequel se trouvaient une bouteille de claret et des verres en cristal. Le majordome, une fois qu'il eut positionné le pot en argent sur son socle et allumé le chauffe-plat, versa une tasse de thé à la comtesse et plaça la délicate tasse en porcelaine de Sèvres et sa soucoupe sur un socle en bois satiné à portée de main.

Quand le comte offrit à Sir Antony un verre de claret et que celui-ci déclina, préférant une tasse de thé, il exprima sa surprise en haussant légèrement les sourcils, mais il ne dit rien, échangeant un regard avec son épouse en allant la rejoindre près de la cheminée. Les serviteurs sortirent en silence, Miller demeurant près de la théière jusqu'à ce que le comte lui donne congé d'un geste.

La comtesse était confortablement assise dans un fauteuil à oreilles, sa jupe en coton peint arrangée autour d'elle et ses pantoufles de soie crème calées sur un repose-pied. Sa chevelure noire brillante n'était pas coiffée, empilée mollement au-dessus de sa tête et filetée de rubans rose pâle noués de perles, dont le poids retombait sur son épaule droite. Sa ravissante veste de maternité matelassée couleur nacre était dénouée et ouverte.

Jane tenait son bébé au sein quand Sir Antony avait fait irruption dans la paix et la tranquillité de la bibliothèque. Avec l'aide de la nourrice, un châle de soie diaphane avait été stratégiquement drapé sur le devant de sa robe, protégeant l'enfant qui tétait des regards avant que l'intrus ne réalise que le comte n'était pas seul. Cela étant, ces arrangements destinés à protéger la personne non-initiée – car un homme célibataire et étranger aux besoins primaires d'un enfant devait certainement être mis mal à l'aise par un spectacle aussi saisissant – furent vains. Alors que sa mère parlait, le nourrisson agrippa l'ourlet brodé du châle dans son petit poing et tira, protestant sans doute de n'être pas en mesure de voir clairement le seul visage au monde qui comptait.

— Je vous présente les excuses de Sam, Antony, mais les bébés n'ont aucune notion du temps ni des bonnes manières, dit Jane d'un ton familier, espérant adoucir le choc et l'inconfort que ressentait Sir Antony de la voir allaiter son fils de six semaines. C'est pourquoi vous me trouvez à m'occuper de Sam ici dans la bibliothèque de Salt et non dans la nursery. Ned et Beth font leur sieste du matin, ce qui signifie que Salt et moi pourrons peut-être avoir une heure ou deux seuls, ce qui est rare ces derniers temps. Et si cela nécessite que je m'impose durant des affaires d'État, qu'il en soit ainsi.

Elle sourit à son époux.

— Je ne suis pas entièrement convaincue qu'être appelée une « distraction bienvenue » soit un compliment. Qu'en pensez-vous, Antony ?

Quand Sir Antony jeta un coup d'œil rapide au comte, elle rit.

— Oh, pardonnez-moi ! Je ne devrais pas vous faire choisir un camp si tôt après votre retour. Vous pouvez avoir un répit pour aujourd'hui, mais pas pour demain.

— Petite intrigante ! rétorqua le comte avec amour, posant son verre de claret sur le manteau délicatement sculpté. Antony n'a pas franchi le seuil depuis cinq minutes que vous l'avez déjà choisi comme votre champion. Ron avait raison. Il y a trop de femmes dans cette maison. Et puisque Ron est à présent à Eton, il n'est que juste que les parents masculins qui restent soient dûment ralliés à ma cause. Ne suis-je pas seigneur et maître en toutes choses ?

— Bien entendu, très cher, répondit Jane d'une voix douce avant d'ajouter avec un petit sourire : c'est ce que nous disons tous… en votre présence.

Cela fit rire le noble couple qui partageait une plaisanterie personnelle, et Sir Antony se sentit étrangement mélancolique, car fut un temps, lui aussi aurait participé à leur rire. À présent, il se sentait étrangement mal à l'aise, et il regarda partout sauf en direction de la comtesse. Jane le perçut et elle tendit son nourrisson repu à sa nounou pour qu'elle lui frotte le dos afin d'apaiser son estomac, tandis qu'elle ajustait ses vêtements derrière un paravent en cuir laqué perpendiculaire au divan.

— Je vous en prie, servez-vous une tasse de thé, Antony, pendant que je me rends présentable. Je vous présenterai ensuite au nouveau membre de notre famille qui, j'en suis convaincue, deviendra un jour plus grand et plus costaud que son papa.

Elle réapparut quelques minutes plus tard, sa veste de maternité matelassée refermée, les rubans rose pâle noués et aplatissant sa jupe en coton peint aux jupons mousseux pour qu'elle tombe correctement. Si elle avait remarqué le silence pesant entre les deux hommes robustes de la pièce, tandis que le comte restait près de la cheminée, son fils dans les bras, et que Sir Antony était toujours près du bureau à observer son cousin, elle l'ignora et fit de son mieux pour dire d'un ton familier :

— Je dois vous présenter nos excuses pour notre tenue informelle. Salt est seulement arrivé en ville voilà quelques heures, après s'être assuré que Ron soit bien accueilli à Eton par ses camarades. C'est pourquoi il n'a pas eu le temps de faire autre chose que de se baigner, se changer et lire ce maudit document.

Elle sourit quand le comte fit la grimace.

— Ce n'est pas entièrement vrai. Si les enfants avaient été réveillés à l'arrivée de Papa, il aurait été impossible que le document reçoive la moindre attention du comte, exclusive ou pas ! Nous nous serions retrouvés dans la nursery. D'ailleurs, elle est toujours peinte en bleue, même si les tapis turcs sont à présent bien usés. Les petits garçons *courent* partout.

Elle franchit l'espace entre le sofa et le bureau du comte, tendant une main en guise de bienvenue, et elle sourit quand Sir Antony traversa la pièce avec précaution pour venir à sa rencontre. Quand il se pencha au-dessus de ses doigts, comme l'exigeait son rang de comtesse, elle l'attira près d'elle pour l'embrasser sur la joue.

— Pas besoin de cérémonie en famille, sourit-elle avec une boule dans la gorge et des larmes dans ses yeux bleus. Vous n'êtes plus à Saint-Pétersbourg à présent. J'espère que le Département des Affaires étrangères vous permettra de rester ici pendant quelque temps et ne vous enverra pas à Constantinople, à Kyoto ou à Oslo, qui ne voit pas le soleil pendant la moitié de l'année, m'a rapporté Tante Alice.

Elle n'avait pu s'empêcher de parler, car elle avait craint d'éclater en sanglots sous le coup de la joie de retrouver le plus proche cousin de son mari et – à l'époque de son mariage – son ami le plus cher. Elle n'avait pas réalisé à quel point sa compagnie lui avait manquée jusqu'à ce moment. Trois enfants et la gestion d'une noble demeure l'avaient tenue bien trop occupée. À présent qu'Antony était revenu, elle aurait tant voulu croire que tout allait bien dans son monde. Mais elle savait pourquoi il avait quitté Saint-Pétersbourg si précipitamment et cela éclipsait sa joie, le regard dans ses yeux ne servant qu'à accroître son appréhension concernant la sécurité de sa jeune famille.

— Jane… C'est fantastique d'être de retour… J'aurais simplement aimé que les circonstances… Pardonnez-moi. Je suis tellement sentimental, s'excusa Sir Antony en essuyant rapidement une larme au coin de ses yeux bleus et en lui souriant. Vous semblez vraiment très bien portante. La vie de famille vous sied.

Par-dessus la masse de ses cheveux noirs, il jeta un regard au comte qui admirait son nourrisson blotti au creux de son bras.

— À tous les deux.

— Laissez-moi vous présenter Sam, dit Jane d'un ton enjoué, le prenant par le bras pour le mener jusqu'à la cheminée.

Le comte tourna son bras replié pour permettre à Sir Antony de mieux voir les joues roses et très potelées de son fils, dont les cheveux aussi noirs que ceux de Jane émergeaient d'un bonnet de lin blanc brodé.

— Voici Samuel Antony Hugh Sinclair, et nous serions honorés si vous acceptiez d'être le parrain de cet enfant qui porte votre nom.

— Ne me reprochez pas de vous avoir confié le bien-être spirituel de notre fils, lança le comte quand le regard écarquillé de Sir Antony se posa immédiatement sur lui, comme s'il avait besoin d'une confirmation des déclarations de la comtesse. C'était entièrement l'idée de sa mère, et comment aurais-je pu lui dire non alors que Madame m'a offert trois enfants en bonne santé, dont deux sont de parfaits héritiers ?

Il sourit à son cousin.

— Vous feriez mieux d'accepter. Ce chérubin est particulièrement beau, comme l'étaient son frère et sa sœur avant lui, et ce n'est pas seulement mon opinion biaisée.

Quand Jane lui serra affectueusement le bras, il perdit son sourire canaille et dit à Sir Antony d'un air de confiance, pour la taquiner :

— Le prochain pourrait parfaitement ne pas mériter qu'on lui tire le portrait. Vous souvenez-vous du cousin Félix ? On ne lui aurait certainement pas fait une toile à l'huile ou même à l'aquarelle. Une tête bizarrement faite ; un front immense.

La comtesse poussa un petit cri.

— Magnus ! Comment pouvez-vous dire cela ? *Tous* nos enfants seront beaux.

Le comte lui sourit et lui adressa un clin d'œil.

— Avec une même comme vous ? Assurément.

— Seigneur Dieu ! Je n'avais pas pensé à cet horrible Félix depuis des années, dit Sir Antony en plissant le front. N'est-ce pas son portrait qui est accroché dans la galerie à côté de Bonamy le fou ?

— Bonamy le fou… ? lui fit écho Jane, son regard interrogateur passant de Sir Antony à son mari.

Sir Antony se reprocha d'avoir mentionné Bonamy Sinclair, et à en juger par le regard noir que lui décocha le comte, il n'était pas le seul. Salt mit un moment à répondre à sa femme.

— Fou parce que le pauvre vieux Bonamy a perdu l'esprit et ne s'en est jamais remis. Père ne voulait pas qu'on envoie un Sinclair à l'hôpital Bethlem, alors il a envoyé Bonamy dans un asile privé du Northumberland. Il a tout simplement disparu. Nous ne devions jamais parler de lui, sous peine d'être punis. Mère a refusé de faire retirer son portrait de la galerie, alors il y est resté à côté de celui de son frère Félix. Mère a toujours soutenu que Bonamy a perdu l'esprit quand son cœur a été brisé. La femme dans laquelle il avait investi tous ses sentiments et qu'il espérait épouser a refusé sa demande et en a épousé un autre. Le pauvre homme ne s'en est jamais remis. Il était fou, mais également inoffensif…

Il y eut un silence embarrassé. Le parallèle avec la situation de Diana St. John était criant. Elle avait investi toute son énergie émotionnelle dans le comte depuis son jeune âge. Elle s'était attendue à ce que le comte l'épouse. Quand il n'en avait rien fait, quand elle avait enfin réalisé que le comte aimait Jane, elle avait perdu toute notion du bien et du mal dans sa quête de devenir l'objet exclusif de la dévotion du comte. Ils n'eurent pas besoin de le dire à haute voix, mais tous les trois, Salt, Jane et Sir Antony, savaient parfaitement que contrairement à Bonamy Sinclair, Diana était loin d'être inoffensive.

Enfin, Sir Antony reprit la parole et apaisa l'atmosphère, disant avec une inclinaison formelle de la tête en direction du noble couple :

— Je serais très honoré d'être le parrain de Samuel.

— Sam. Nous insistons pour l'appeler Sam.

Sir Antony sourit et hocha la tête.

— Je serais très honoré d'être le parrain de *Sam*. Je vous en remercie… tous les deux.

Jane l'embrassa sur la joue et Salt lui serra la main. Sir Antony baissa les yeux vers son filleul qui dormait tout son content dans les bras puissants de son père, et il s'émerveilla devant une nouvelle vie si merveilleuse. Submergé par un instinct écrasant de protection, il fut également saisi par l'urgence de voir la malveillance de sa sœur contenue avant que le moindre mal ne puisse arriver à cet enfant, son frère et sa sœur. Ces pensées le firent se précipiter vers le chariot à thé avant que Jane ne parvienne à apercevoir son visage, qui ne pouvait que refléter l'appréhension qu'il ressentait pour elle.

— Sam doit retourner à la nursery, où je suis certaine que son frère et sa sœur endormis se réveilleront bientôt et réclameront leur père, annonça Jane d'un ton guilleret alors que Salt plaçait leur nourrisson dans les bras tendus de la nourrice.

Jane remonta la couverture de Sam et, distraite, dit à la nourrice en fronçant les sourcils :

— Betsy, avez-vous vu le hochet de Sam en forme de licorne ? Il était accroché à sa couverture ce matin…

Quand Jane dut répéter sa question, la fille émergea de son état de transe, mais fut incapable de s'exprimer, détournant rapidement le regard de l'invité avenant qui avait pris la théière en argent pour se verser du thé, et elle regarda l'enfant endormi qu'elle tenait dans ses bras. Elle secoua la tête si vigoureusement que le rebord lâche de son bonnet blanc battit autour de son visage rougi, ce qui tira à Jane un sourire compréhensif. La pauvre créature n'avait plus de repères dans la bibliothèque de sa seigneurie et elle ne retrouverait pas ses esprits avant d'avoir regagné l'environnement familier de la nursery. Retrouver le hochet en argent de Sam pouvait attendre. Elle avait des affaires bien plus importantes à aborder avec son cher lord et le cousin de ce dernier. Alors elle laissa Betsy partir en premier et se tourna vers le comte qui dégustait son claret, puis vers Sir Antony qui touillait du sucre dans son thé, et elle aborda le sujet qui était au centre de leurs pensées, mais dont ils hésitaient à parler en sa présence.

Savoir que Diana s'était échappée de sa prison et se dissimulait en pleine lumière lui avait donné la clé de certains détails qui l'avaient troublée au cours des deux derniers mois. Avec les heures d'inactivité que lui offraient le fait d'avoir un enfant accroché à son sein, elle avait eu tout le loisir de ruminer : les nuits d'insomnie de son mari, les cauchemars intermittents, les regards furtifs de profonde inquiétude que lui jetaient Rufus Willis et son épouse quand ils pensaient qu'elle ne les voyait pas, l'augmentation du nombre, mais également de la carrure des valets à Salt Hendon et à présent là, dans leur maison de Londres – qui faisait qu'elle trébuchait littéralement sur de grands serviteurs costauds dans les couloirs –, le retour étonnant et subit de Sir Antony de Saint-Pétersbourg. Cela prenait à présent tout son sens.

Il était également sensé qu'elle soit présente durant toute discussion concernant ce qui devait être fait pour capturer à nouveau cette créature qui menaçait l'existence même de sa famille, et elle déplorait les efforts de son mari – avec la coopération de Mr. Willis et certainement celle de Sir Antony – de la maintenir dans l'ombre. Même si elle comprenait que ses efforts galants pour la protéger du choc de l'évasion de Diana avaient découlé des meilleures intentions du monde, puisque la sécurité et le bonheur de sa famille étaient en jeu, elle était prête à se battre contre n'importe quel monstre ou bien un démon ayant revêtu l'apparence humaine de la belle Diana, lady St. John.

— Ned et Beth devront attendre avant d'avoir le plaisir de retrouver leur papa, dit-elle en s'adressant au comte et coulant un regard à Sir Antony, car quelque chose de bien plus impérieux requiert notre attention, n'est-ce pas ? Je soupçonne Antony de s'être rongé les sangs durant tout le voyage depuis Saint-Pétersbourg, pour la même raison que vous, très cher lord, vous êtes rongé les sangs durant votre sommeil au cours des deux derniers mois ou plus.

Elle regarda les deux visages étonnés tandis que les deux hommes s'échangeaient un regard qui, s'il n'avait pas confirmé ses soupçons, l'aurait fait sourire. Il était comique de voir ces deux hommes immenses arborer la même expression de petit garçon surpris à placer une grenouille dans le dos du corsage de leur sœur. Mais elle ne sourit pas. D'ailleurs, elle se sentit nauséeuse et glacée d'appréhension rien qu'à prononcer le nom que peu de gens avaient formulé en sa présence au cours des quatre années précédentes.

— Magnus. Antony. Quelque chose doit être fait, et sans attendre, à propos de Diana.

— Vous feriez mieux de lui laisser voir qui elle veut, dit la gouvernante d'un ton sec, son regard passant de Nourrice Browne à Betsy Smith, la nounou dont le menton pointait à terre. Même si je ne vois pas pourquoi votre tante a besoin de vous voir une troisième fois alors que vous n'êtes en ville que depuis cinq minutes.

— Betsy a passé ses six premières semaines auprès de nous dans le Wiltshire, Mrs. McIntyre, rappela Nourrice Browne à la gouvernante. Et c'est sa première fois à Londres. Cette tante est gentille de vouloir s'assurer que sa nièce soit bien installée.

Mrs. McIntyre tira lourdement sa chaise en soufflant. Elle n'était pas convaincue.

— Trop bien installée, si vous voulez mon avis, Nourrice Browne. Elle ne fait partie du personnel que depuis cinq minutes et Madame pense déjà que Betsy est la panacée ! Si cela ne tenait qu'à moi, vous n'auriez pas le droit de vous approcher de la chambre de Madame à moins de dix pas, Betsy Smith. Vous resteriez dans la nursery, où se trouve votre place. C'est d'ailleurs très bien que Dicken puisse vous avoir à l'œil.

— Et la bonne personnelle de Madame n'a que du bien à dire d'elle, rappela Nourrice Browne à la gouvernante.

Après tout, Betsy se trouvait sous sa juridiction. Certes, elle devait répondre à Mrs. McIntyre, mais toutes les nounous étaient sous sa responsabilité. Quant à Sally Dicken, la bonne personnelle de la comtesse, l'opinion de Nourrice Browne à son sujet n'était pas aussi positive que Dicken aurait pu le croire, mais elle était une bonne compétente, alors Nourrice respectait son jugement. Elle poussa légèrement le bras de Betsy et lui dit :

— Rentrez bien tous vos cheveux sous cette charlotte, Betsy, et rajustez votre jupe. Je veux que votre tante comprenne la chance que vous avez d'être employée dans cette noble maison.

— Rappelez à Mrs. Smith qu'il y a des centaines de filles dans le coin qui donneraient un bras pour être à votre place. Rappelez-lui que vous avez du travail à faire et qu'elle pourra vous voir durant votre demi-journée de congé tous les quinze jours. Que Mr. Willis ait vu bon d'employer une étrangère de Birmingham me dépasse. Mais Mr. Willis est l'intendant et pas moi, alors je n'ai rien à y redire. N'est-ce pas, ma fille ? Faites comme vous le dit Nourrice et arrangez vos cheveux et vos jupons !

La gouvernante attendit que Betsy rajuste à la hâte son jupon, tire sur son corsage puis fourre une poignée de boucles souples sous son bonnet de lin d'un blanc éclatant, refaisant le nœud afin que la charlotte tienne bien. Quand la fille redressa l'échine, les mains nouées devant elle et qu'elle fit une révérence, baissant respectueusement le regard, la gouvernante fut satisfaite et elle adressa un signe du menton à Nourrice Browne.

— Une heure, Betsy, la prévint cette dernière. Si vous n'êtes pas revenue dans une heure, j'enverrai un des gars vous tirer de cette calèche, tante ou pas tante !

Ayant reçu congé, Betsy fila hors du bureau de la gouvernante et le long du couloir de service vers la porte qui donnait dans la cour de la cuisine et ce qu'il y avait au-delà. Il y avait un serviteur à tous les coins, deux valets devant toutes les portes et dehors, dans la cour de la cuisine avec ses potagers et ses jardins de plantes aromatiques, des hommes et des femmes s'affairaient. S'ils l'avaient vue, ils ne levèrent pas la tête, mais elle les avait remarqués. Elle nota également la présence des jardiniers qui s'occupaient des parterres de fleurs formels et ratissaient les chemins de gravier qui menaient à un grand carré de gazon d'un vert éclatant. Au centre se trouvait une fontaine où de l'eau cascadait d'une urne dans un étang rempli de carpes. C'est là que, supervisés par les nourrices et sous l'œil attentif d'une demi-douzaine de valets, les enfants de sa seigneurie avaient le droit de jouer quand le ciel était bleu et ensoleillé.

Près de la lourde porte de bois engoncée dans la pierre épaisse du haut mur du jardin qui donnait accès au monde extérieur se tenaient deux autres valets. Ils étaient plus grands et plus larges que ceux qu'elle avait croisés à l'intérieur et les genoux de Betsy tremblèrent de culpabilité quand ils baissèrent la tête vers elle et lui demandèrent où elle se rendait. Satisfaits, ils tirèrent les verrous, mais avant de la laisser sortir dans l'allée, ils lui montrèrent le panneau coulissant sur la porte qui leur permettait de voir à l'extérieur sans avoir besoin de l'ouvrir. Si elle ne levait pas la tête afin qu'ils puissent voir son visage sous le bonnet, la porte demeurerait fermée. Avait-elle compris ? Ayant docilement hoché la tête, Betsy se retrouva dans l'allée de Blackburn qui longeait le haut mur du jardin puis s'incurvait autour du bâtiment rectangulaire aux hautes parois qui abritait le terrain de courte paume de sa seigneurie.

C'était derrière le terrain, dans une allée pas plus large qu'un véhicule, que sa tante l'attendait. La voyant faire les cent pas, Betsy devina qu'elle était en retard et ses genoux se remirent à trembler.

— Ne perdez pas de temps à m'expliquer pourquoi ! Montez ! lui ordonna Mrs. Smith en lui ouvrant toute large la porte de la calèche.

Betsy y grimpa et c'est alors qu'elle se rendit compte que la calèche était occupée. Elle huma le parfum capiteux de Madame avant même de la voir, assise immobile et silencieuse dans un coin sombre. De la lumière passait à travers une fente entre les rideaux tirés et tombait sur la soie de sa jupe où une main dénudée serrait un gant de cuir et où un joyau brillait au bracelet de perles et de diamants qu'elle portait au poignet.

— Dis-moi ce que tu sais, ronronna l'aristocrate.

Betsy mit un instant à rassembler ses idées. Ce fut un instant de trop. Mrs. Smith la frappa sur l'oreille et lui ordonna d'être plus rapide.

— Je… je ne sais pas grand-chose, Madame. Simplement qu'il est difficile de pénétrer dans la maison ou le jardin.

— Difficile ?

— Il n'y a aucun moyen d'entrer sans qu'ils ne s'en rendent compte ; il y a… il y a des hommes *partout*. Et ils sont costauds, en plus. Voilà pourquoi j'étais en retard. C'est aussi difficile de sortir que d'entrer. Il y a toujours quelqu'un qui vous demande si vous n'êtes pas là où vous ne devriez pas vous trouver, et cela, simplement quand on se déplace d'un endroit à l'autre dans la maison. Un intrus ne pourrait jamais entrer dans le jardin et encore moins dans la maison.

— Tu m'as amené ce que je t'ai demandé ?

Betsy retira rapidement son bonnet et tira avec précaution de son épaisse chevelure un minuscule bracelet en argent, adapté à la taille du poignet potelé d'un nourrisson. Une breloque en forme de licorne et trois clochettes d'argent pendaient à la chaînette.

— C'était un cadeau de Mr. Willis, expliqua inutilement Betsy.

Diana St. John le tint entre son pouce et son index puis fronça les sourcils comme si l'objet était contaminé.

— Sam ne l'a pas mis dans sa bouche, lui assura Betsy. Il est toujours épinglé à sa couverture ou à son vêtement. Nourrice Browne dit que les cloches repoussent les mauvais esprits.

Diana St. John secoua légèrement le bracelet pour les faire tinter, échangeant un regard avec Mrs. Smith.

— Oh, non, Mrs. Smith ! dit-elle avec une emphase mélodramatique. À présent que j'ai le bracelet, qu'est-ce qui protègera le pauvre enfant quand les mauvais esprits arriveront ?

Betsy sembla troublée, mais avant qu'elle ne puisse parler, Diana St. John continua d'une voix complètement différente :

— Cela suffira. Et l'autre morveux ? Son frère ? Que m'as-tu amené qui lui appartienne ?

— Ned ne possède rien que je pouvais dissimuler sous mon bonnet, Madame. Il existe un singe en tissu qu'il emporte partout, et il dort aussi avec. Mais il est presque aussi grand que Sam. Et si je le prenais, il déchirerait la maison de ses cris et il faudrait la retourner jusqu'à ce qu'on le retrouve !

— Vous feriez mieux de vous assurer que le singe est à portée de main quand on fera sortir l'enfant de cette maison, sourit Diana. Nous ne voulons pas que ce petit chérubin réclame son singe à grands cris, n'est-ce pas ?

— Ce n'est certainement pas désirable, Madame, lui accorda Mrs. Smith. Plus ce petit bâtard est silencieux, mieux c'est.

Les deux femmes ricanèrent.

— Vous n'avez pas l'intention de faire du mal aux enfants, n'est-ce pas ? demanda Betsy d'une voix fébrile, son regard passant d'un visage hautain à l'autre. Ils n'ont rien fait de mal. Ce sont juste des bébés.

— Comme ils ont de la chance. Plus ils sont petits, mieux c'est. Plus faciles à attraper.

— Et à fourrer dans un sac, lui fit écho Mrs. Smith.

— Puis à jeter dans la rivière.

— Facile à dire.

— Facile à faire.

Les deux femmes éclatèrent de rire.

Betsy était horrifiée. L'incrédulité attisa un instant sa bravoure.

— Les bébés ne devraient pas être punis pour la méchanceté de leur mère. Pas même les enfants nés hors des liens sacrés du mariage ! Ce n'est pas leur faute si sa seigneurie aime leur mère… Aïe !

— L'*amour* ? Que connais-tu de l'*amour* ? gronda Diana St. John.

D'un mouvement fluide, elle avait saisi la fille par le poignet pour la tirer de son siège et collé son visage contre le sien.

— Espèce de bête de somme sans cervelle ! Il n'aime pas plus cette catin maigrichonne qu'il aimerait un cheval de trait bon pour l'équarrisseur !

— Aïe ! Aïe ! hurla Betsy, jetant un regard à Tante Smith qui demeurait passivement sur son siège, avant de plonger les yeux sombres et fixes de Diana St. John qui lui serrait le poignet si fort qu'elle craignait qu'il ne se brise. Mon poignet ! Vous me faites mal !

— Contentez-vous de vous occuper de votre propre famille, Betsy Smith, lui conseilla Mrs. Smith. Ce qui arrivera à ces morveux bâtards conçus dans la sorcellerie ne vous regarde pas !

— Mais j'ai vu la façon dont il la regarde, se défendit Betsy, la lèvre tremblante, sans quitter sa tante des yeux. Ce n'est pas de la sorcellerie quand *il* la regarde sans qu'*elle* ne le sache, n'est-ce pas ? Il n'est pas envoûté alors, n'est-ce pas ? Il ne peut pas s'en empêcher ! Il la regarde avec tant… avec tant… *d'amour*… Et il aime ses enfants…

Une douleur fulgurante dans son poignet lui coupa le souffle. C'était comme si sa main était en feu, et elle poussa alors un glapissement, ses yeux se remplissant de larmes. Diana la lâcha tout en la repoussant et Betsy s'écroula sur son siège en gémissant, tenant son poignet endolori et palpitant.

— Espèce d'imbécile stupide et ignorante ! Je n'ai nul besoin de ton opinion sans valeur !

Diana St. John écarta le rideau pour regarder par la fenêtre. Elle discernait à peine le coin du mur élevé du court de courte paume. Fut un temps, elle occupait la place d'honneur dans les loges des spectateurs pour regarder le comte jouer au tennis avec ses compagnons. L'athlète qu'il était l'emportait toujours, puis elle présidait à un dîner pour les joueurs et leurs épouses… C'était avant qu'il n'ouvre sa demeure et son lit à cette catin maigrichonne du Wiltshire. Pourquoi ne s'était-il pas déjà lassé d'elle ?

Elle avait espéré que durant ses quatre années passées loin de Londres, Salt se soit lassé de cette dévotion singulière, qu'il aurait eu une nouvelle maîtresse ou deux ou même une liaison occasionnelle ; toute aventure aurait été bonne. Arriver à Hendon alors même que ces satanées cloches proclamaient la naissance d'un deuxième fils – le troisième enfant du comte – l'avait rendue malade, tout comme d'apprendre qu'il était le plus fidèle des maris et le plus dévoué des pères. Elle ne comprenait pas. Fidélité. Dévotion. Sentimentalité. C'étaient des caractéristiques qui appartenaient à des hommes faibles et à des couards. Son frère montrait de telles tendances, mais il n'était qu'un vulgaire homme politique, contrairement à Salt. Ce ne pouvait être que sorcellerie ; le comte était envoûté.

Sa robuste compagne convenait que c'était la seule raison plausible pour laquelle un tel aristocrate contenait ses tendances naturelles, et elle était prête à faire tout ce que Diana lui aurait demandé pour s'assurer que le comte soit libéré du sortilège. Diana se félicita d'avoir reconnu les tendances flagorneuses de Bertha Smith et sa faible fibre morale. Depuis leur première rencontre, quand cette femme était arrivée au château pour endosser la position de servante personnelle, Mrs. Smith avait été à égale mesure fascinée par la beauté de Diana St. John et sa noblesse. En moins de quinze jours, elle n'avait plus cru aux paroles du gardien ; à l'issue du premier mois, Mrs. Smith était devenue l'esclave de Diana, prête à faire tout ce qu'on exigeait d'elle.

Il était dommage de perdre une servante aussi dévouée sur l'échafaud. Mais quelqu'un devrait payer le prix de la mort des morveux de Salt. La nièce de Mrs. Smith aussi serait impliquée. Cette fille était une idiote, certes, mais même les idiotes étaient pendues à Tyburn pour leurs crimes. L'exécution publique à Tyburn d'une tante et de sa nièce offrirait certainement à Salt une certaine réparation pour la tragédie d'avoir perdu sa famille. Elle ne croyait toutefois pas qu'il se préoccupe de savoir qui serait pendu. Il serait mort de chagrin, si frappé qu'il lui serait éternellement reconnaissant de ramasser les morceaux de sa vie et de le remettre sur le chemin de la grandeur politique – c'était ce qui comptait vraiment.

Diana afficha un sourire de satisfaction et laissa le rideau retomber, tournant à nouveau son attention vers Mrs. Smith et la nourrice ; il était tellement difficile de nos jours de trouver des serviteurs malléables et crédules…

— C'est du désir. Pas autre chose, Betsy, Diana St. John entendit Mrs. Smith dire à son imbécile de nièce. La créature qui a pris la place de Madame est une sorcière qui a envoûté sa seigneurie. Si vous n'y prenez pas garde, elle vous envoûtera vous aussi ! Je ne serais pas surprise qu'elle y soit déjà parvenue. C'est pour cela que vous êtes si bêtement entêtée. C'est pour cela que vous ne pensez pas à votre père emprisonné pour dettes ni à vos frères et sœurs vêtus de haillons et à moitié morts de faim. C'est cela qui est important, Betsy. Ils sont votre famille.

Betsy gémit. Elle regarda son poignet torturé. Du sang coulait des trois blessures en demi-lune là où les ongles de Diana St. John s'étaient profondément enfoncés dans sa chair. Quelque part, voir ces blessures rendait les palpitations encore plus douloureuses. Elle ne parvenait pas à croire qu'une dame aussi raffinée puisse infliger autant de douleur. Tante Smith était peut-être convaincue que cette femme était la véritable comtesse de Salt Hendon, mais avec son poignet qui la lançait, Betsy se demandait si, peut-être, ce n'était pas Tante Smith qui avait été envoûtée et poussée par cette femme ravissante au cœur noir – si elle en avait un – à vouloir faire du mal aux innocents.

Elle était jeune, mais elle savait faire la différence entre le bien et le mal. Elle avait vu assez de brutalité, avait connu la faim et avait vu son père se faire rapiner ses économies par des partenaires en affaires malhonnêtes qui avaient plongé sa famille dans la ruine. Les six dernières semaines passées dans la demeure du comte de Salt Hendon avaient été les plus heureuses de ses misérables quinze années d'existence, et elle commençait à comprendre pourquoi sa seigneurie avait rejeté cette femme en faveur de sa maîtresse. Même si à présent, Betsy s'interrogeait.

Elle se dit que peut-être, la belle et gentille dame qui vivait avec le comte était en réalité la véritable comtesse. Cela sonnait juste. Après tout, c'était elle qui vivait dans la demeure avec ses trois enfants, tandis que cette belle dame que Tante Smith avait affirmé être la vraie comtesse demeurait à l'extérieur de l'épaisse et haute enclosure du jardin. Pourquoi, si elle était réellement la véritable épouse du comte ?

La tante Smith était-il si crédule ? Et pourquoi cette femme souhaitait-elle faire du mal aux enfants ? Rien de tout cela n'avait de sens pour Betsy. Elle avait hâte de retrouver la sécurité du manoir de Grosvenor Square et elle y resterait. Elle aurait souhaité de tout son cœur pouvoir confier sa situation à Nourrice Browne... ou alors la mère de Sam écouterait peut-être son histoire...

Diana St. John secoua le hochet en argent du bébé sous le nez de Betsy.

— Écoute-moi ! Sais-tu ce qui arrive à ceux qui volent ?

Betsy hocha la tête, coulant un regard à Tante Smith.

— Eh bien ? Que se passe-t-il ?

— On se fait pendre à une corde jusqu'à ce qu'on meure.

— C'est cela. On pend à une corde qui vous étouffe jusqu'à ce que mort s'ensuive, répéta Diana St. John avec un sarcasme appuyé. Et c'est ce qui t'arrivera si lord Salt découvre que tu as dérobé ce bijou en argent dans sa demeure. On pend des enfants pour moins que cela.

Betsy en resta bouche bée.

— Mais... mais je l'ai seulement pris parce que Tante Smith me l'a demandé !

— Mrs. Smith ne se rappelle pas t'avoir ordonné une telle chose. Sa seigneurie ne te croira jamais. Tu seras pendue et toute ta famille mourra de faim.

— Faites ce qu'on attend de vous. C'est tout simple, ajouta Mrs. Smith d'un ton détaché. Vous ne voulez pas être pendue comme une voleuse et vous ne voulez pas que votre famille meure de faim, n'est-ce pas ?

Quand Betsy secoua la tête, faisant de son mieux pour contenir ses larmes, elle ajouta avec un sourire :

— Très bien. Alors il est temps de retourner à votre poste et de prendre ceci avec vous.

Mrs. Smith lui tendit un petit paquet plat noué avec une corde. Quand Betsy hésita, elle dit avec un soupir irrité :

— Cela ne va pas vous mordre, ma fille ! C'est pour le bébé.

Betsy coula un regard à Diana St. John qui lui ordonna d'un geste impatient de prendre le paquet.

— Qu'est-ce que c'est ?

— Une chemise, lui dit Mrs. Smith. Elle est ravissante, avec des bords échancrés et un joli ourlet en dentelle. Assurez-vous de l'en vêtir dès l'instant où vous rentrerez, pour qu'elle soit directement sur sa peau, sous sa robe.

— Pourquoi ?

— Petite impertinente ! Contente-toi de faire ce qu'on te demande ! exigea Diana St. John.

Quand Betsy tira sur la corde comme pour défaire le nœud, les deux femmes lui crièrent à l'unisson d'arrêter.

— Laissez-le fermé jusqu'à ce que vous soyez parvenue à l'intérieur. Vous ne voulez pas avoir à le remballer et on risquerait de vous demander pourquoi vous avez ouvert un paquet qui ne vous est pas destiné, argumenta Mrs. Smith, qui poussa un soupir audible lorsque Betsy lâcha la corde.

— Si je découvre que tu n'as pas fait ce qu'on t'a demandé, sa seigneurie apprendra que tu es une voleuse ! siffla Diana St. John.

Betsy hocha vigoureusement la tête face à la menace de l'aristocrate, mais elle trouvait la situation très étrange. Une seconde, sa tante et Madame plaisantaient de jeter les enfants du comte dans la rivière, et l'instant d'après, elles offraient un cadeau au petit Sam. Elle ne comprit rien, mais elle n'ajouta pas un mot. Elle descendit de la calèche et, avec le paquet sous le bras et le cœur qui battait fort, elle courut jusqu'à la porte de bois dans le mur du jardin sans regarder en arrière.

<h1 style="text-align:center">SEIZE</h1>

Une fois parvenue dans les confins de la noble demeure sur Grosvenor Square, Betsy se rendit directement dans la nursery, même si elle avait soif et avait besoin de faire laver et bander son poignet blessé. La seule chose qui la préoccupait était de s'assurer que le bébé aille bien.

Elle trouva Sam en pleurs. Une des autres nounous, Sukie, s'efforçait de l'endormir en berçant son couffin, mais sans succès. Son petit visage rouge était plissé et il contractait les bras, indiquant que cela faisait un petit moment qu'il était en détresse. Betsy oublia son poignet blessé, jeta le paquet sur une chaise, fit s'écarter Sukie et prit Sam dans ses bras. Elle le tint contre lui, une main soutenant l'arrière de sa tête afin de maintenir son bonnet de lin en place. Elle murmura des mots apaisants et rassurants, disant que sa Betsy était revenue, qu'il était en sécurité et le serait toujours. Rapidement, les pleurs agités de Sam s'éteignirent et il se blottit contre son cou, restant immobile dans ses bras. Elle le berça et lui chanta une berceuse alors qu'elle faisait les cent pas à la chaleur du feu, les battements de son propre cœur ralentissant à chaque pas.

— Qu'est-ce que c'est ? demanda Sukie en tenant le paquet oublié. Dois-je l'ouvrir ?

— Laisse-le, répondit Betsy en plissant le front.

Puis en voyant l'air sombre de Sukie, elle ajouta d'un ton plus conciliant :

— Ce n'est rien de spécial, juste une autre robe pour Sam.

— Comme s'il n'en avait pas déjà une bonne douzaine ou plus !

répondit Sukie, se désintéressant immédiatement du contenu du paquet qu'elle laissa retomber sur la chaise. D'où est-ce que cela vient ? demanda-t-elle en montrant du doigt les gouttes de sang frais au dos du petit châle dans lequel Sam était enroulé et qui étaient devenues visibles quand Betsy avait déplacé l'enfant dans ses bras. Elles n'étaient pas là avant, je le jure !

Betsy leva le bras et vit que la blessure infligée par les ongles de Diana St. John avait cessé de saigner, mais était toujours à vif. Elle montra son poignet à Sukie.

— C'est moi. Regarde. C'est mon sang. Je viens de m'égratigner le poignet sur le mur du jardin, à l'instant.

Sukie afficha un sourire en coin. Les marques sur le poignet de Betsy ne ressemblaient pas à une égratignure. Dans son esprit, on aurait dit les marques laissées par des ongles qui s'étaient enfoncés. Elle les connaissait parfaitement ; sa sœur aînée lui avait fait très souvent pareil quand elle voulait qu'elle lui obéisse. Mais elle ne corrigea pourtant pas la jeune fille.

— Il ne faut pas que cela s'infecte, dit-elle avec un sourire. Je vais chercher un bandage et un baume et le panser pour toi, si tu veux ?

Betsy sourit et hocha la tête.

— Allons. Donne-moi ce châle et je l'emmènerai vite fait à la buanderie, la conseilla Sukie près de l'armoire à vêtements, avant que Nourrice ne puisse voir les traces de sang et ne commence à poser toutes sortes de questions. Tu ne veux pas qu'elle pense que c'est celui du bébé, n'est-ce pas ? Tu aurais beau assurer le contraire, tu perdrais ton emploi. Ne t'inquiète pas. Je ne dirai rien.

Betsy défit le châle avec précaution et le tendit à Sukie, qui lui en donna un propre dans lequel enrouler Sam bien confortablement.

— Je ferai mieux d'aller chercher ce bandage avant que tu ne recommences à saigner.

— Merci, Sukie. Je vais juste bercer Sam jusqu'à ce qu'il s'endorme…

Sukie hocha la tête, regardant la jeune nourrice d'un air pensif.

— Betsy… un conseil : ne va pas raconter des mensonges à Nourrice Browne. Elle déteste les menteurs autant qu'elle déteste les voleurs, et les choses iraient mal pour toi si tu étais ou l'un, ou l'autre, ou bien les deux…

Sur ce conseil cryptique, Sukie s'en alla et Betsy se détourna afin d'accorder toute son attention à Samuel. Sam leva vers elle de grands yeux bleus sous des paupières alourdies par la fatigue et elle sourit de ses efforts pour rester éveillé. Mais plus elle le berçait délicatement dans ses bras, plus ses paupières devenaient lourdes. En cet instant, regardant l'enfant dans ses bras, Betsy ne craignait pas de perdre l'estime de Nourrice Browne. À présent revenue dans l'environnement réconfortant de la nursery, elle se sentait bien plus courageuse que dans la calèche et se préoccupait encore moins des menaces de Tante Smith et de l'aristocrate. Tout ce qui comptait était la petite vie qu'elle tenait dans ses bras.

Elle regarda le paquet oublié, avec sa corde grossière, posé sur la tapisserie compliquée du coussin du fauteuil. Qui offrirait à un fils de comte un cadeau aussi mal empaqueté ? On aurait dit qu'il venait d'une maison de charité. Elle se disait que l'aristocrate voulait se moquer d'elle, ou du moins, habiller ce bébé de haillons pour montrer son mépris envers sa mère.

Enfin, une fois que Sam eut fermé les yeux, elle s'assit avec lui dans le fauteuil près de la cheminée et regarda le paquet noué avec de la ficelle. Elle se demanda quoi en faire...

Quand le comte et Sir Antony restèrent sans voix à la mention du nom de Diana St. John, Jane se dirigea vers son mari, lui prit les doigts et embrassa le revers de sa main avant de lever la tête pour plonger dans son regard brun troublé.

— Cela résout au moins la question de savoir pourquoi vous avez eu du mal à dormir, dit-elle à voix basse afin que lui seul puisse l'entendre. Depuis que nous avons partagé un lit, vous avez toujours dormi comme un homme à moitié mort.

— Ce n'est pas ma faute, Jane.

Elle rougit et baissa les cils, disant dans un marmonnement :

— Ce n'est guère l'occasion de plaisanter.

— Non, c'est vrai, dit-il d'une voix douce en lui prenant le visage entre les mains, son pouce lui caressant doucement la joue. Mais cela reste votre faute.

— Alors je suis particulièrement offensée que ce soit une autre femme qui vous tienne éveillé ! rétorqua Jane sans emportement.

Le comte rit malgré lui. Mais il ne riait pas quand il dit :

— Ce qui me réveillait au beau milieu de la nuit était la pensée de vous perdre, vous et les enfants, d'être à nouveau seul au monde ; que peut-être ces quatre dernières années – des années merveilleuses – n'ont réellement été qu'un rêve après tout.

— Mon cher homme, pourquoi ne vous êtes-vous pas confié à

moi ? Pourquoi avoir gardé un tel poids pour vous ? Nos vœux de mariage ne disent-ils pas « dans la maladie et la santé, pour le meilleur et pour le pire » ? C'est la force que nous trouvons l'un dans l'autre qui nous a permis de surmonter n'importe quel dilemme.

Son utilisation du mot « dilemme » fit sourire Salt, comme si éradiquer Diana St. John de leur existence serait aussi facile que de débroussailler un pâturage mangé par les ronces. Ou peut-être était-ce simplement l'impression qu'elle souhaitait donner afin d'apaiser son esprit et sa conscience, car sa conscience était alourdie par la culpabilité. Il s'était montré trop complaisant en pensant qu'un château perdu au pays de Galles aurait pu retenir Diana éternellement. Il aurait dû la faire transporter aux colonies ou bien sur une île isolée des Hébrides, ou alors aussi loin qu'il était possible pour un bateau d'aller sans dégringoler par-dessus le rebord du monde connu. Mais il se rendait également compte que cela ne l'aurait pas arrêtée et ne l'aurait pas empêché de s'inquiéter.

— Vous êtes toujours une optimiste pratique, ma chère Jane, et je vous aime un millier de fois juste pour ce point. Oui, nous surmonterons ce dilemme, pour toujours, dit-il d'un ton résolu. J'y suis déterminé.

Il l'embrassa sur le front, jetant un regard par-dessus ses cheveux noirs à son cousin qui s'était aventuré un peu plus loin dans la bibliothèque afin d'octroyer au couple un peu d'intimité.

— Je ne doute pas qu'Antony souhaite me gronder pour mon manque de franchise à propos de l'évasion de sa sœur, mais je pense qu'il a appris cette circonstance bien avant Willis et moi.

Sir Antony buvait son thé près de la fenêtre sans rideau qui donnait sur les jardins dont les parterres de fleurs présentaient des couleurs éclatantes. Il prenait délibérément garde à ne pas écouter, mais s'imaginait les enfants qui couraient le long des chemins de gravier et à travers les étendues de pelouse verte, riant sans le moindre souci, le haut mur de pierre bloquant le bruit, l'activité et les fléaux d'une ville qui ne dormait jamais.

Il était en train de se dire qu'une paroi élevée et une armée de serviteurs ne suffiraient jamais à empêcher sa sœur d'interférer dans la vie du comte, lorsqu'une jeune servante maigrichonne passa dans sa ligne de vision, la tête baissée, le visage et les cheveux dissimulés par un grand bonnet blanc. Elle descendait un chemin de gravier qui menait au mur d'enceinte du jardin. Il y avait en elle quelque chose d'étrangement familier. C'était peut-être la charlotte, particulièrement le grand ourlet volant qui battait de bas en haut quand elle marchait.

Quelqu'un lui avait raconté quelque chose à propos d'une fille qui portait un bonnet exactement comme celui-ci. Mais là, dans la bibliothèque, il venait de voir une nourrice indéfinissable et discrète avec un bonnet similaire qui s'était occupée du nourrisson de Jane, son filleul. Cela pouvait expliquer l'impression de familiarité…

La perspective d'être parrain lui plaisait et son visage se fendit d'un sourire quand il entendit Salt mentionner son nom. Il se reprit et se détourna de la fenêtre, posant sa tasse sur sa soucoupe et oubliant la servante.

Quand le comte répéta ce qu'il avait dit, Sir Antony alla droit au but.

— Non. Comme vous, je ne savais absolument pas qu'elle s'était échappée. Alors quand c'est arrivé, j'étais choqué, mais pas surpris. Je suis certain qu'elle avait prévu et organisé son évasion depuis le premier jour de son incarcération.

Il coula un regard à Jane avant de s'adresser franchement à son cousin.

— Diana a raconté qu'elle vient de revenir de l'étranger. Personne ne doute de son histoire. Pourquoi le ferait-on ? C'est la même histoire dont nous avons convenu quand elle a été incarcérée. Vous, Tom Allenby, Rufus Willis, Arthur Ellis et moi – nous avons prêté serment de ne jamais divulguer la vérité sur les méchantes actions de Diana. Je ne vois aucune raison de rompre ce serment. Je ne veux certainement pas que la tante Alice et Caroline apprennent que mon unique sœur est une meurtrière. Imaginez leur horreur et leur incrédulité. Caroline serait aussi furieuse qu'une abeille prisonnière d'une bouteille, et Tante Alice s'est déjà alignée sur la cause de Diana…

— Je vous demande pardon, l'interrompit Salt avec un regard noir. De quelle cause parlez-vous ?

Jane et Sir Antony échangèrent un regard entendu et il lui laissa le soin d'expliquer.

— Tante Alice ne s'est jamais entièrement remise de s'être vu enlever la garde de St. John quand il était petit. Aucune mère ne l'aurait fait ; alors elle compatit avec Diana qui a perdu Ron et Merry. Enfin… elle ne connait pas la raison véritable pour laquelle les enfants ont été retirés à leur mère, alors il n'est que naturel qu'elle ressente cela. À première vue, elle a toutes les raisons d'être sympathique au sort de Diana.

Quand le comte poussa un soupir de contrariété, mais ne dit rien, Sir Antony poursuivit :

— Et comme nous ne voulons pas que Tante Alice, Caroline et

tout le monde apprennent la vérité, nous devons corroborer la version de Diana ; pour le moment. Nous ne pouvons pas agir – ce serait une bêtise – avant d'avoir appris son intention…

— Son *intention* est de détruire ma famille !

— Dans son esprit obsédé, son intention est d'utiliser n'importe quel moyen pour que vous deveniez premier lord du Trésor, répondit poliment Sir Antony à l'explosion du comte. Tout ce qui lui importe est de parvenir à ce résultat. Si cela signifie que des gens devront être balayés hors de sa route et de la vôtre, alors elle le voit simplement comme un problème à résoudre, rien de plus. Votre famille est un frein à votre montée en puissance. Elle l'avait dit elle-même dans le salon de Jane.

Il regarda alors la comtesse et inclina la tête.

— Pardonnez-moi de vous rappeler un épisode aussi douloureux, mais c'est nécessaire, Madame.

Il braqua à nouveau son regard bleu sur le comte.

— Afin d'atteindre cet objectif de vous voir atteindre le pinacle, elle doit d'abord vous faire reprendre vos esprits. Je pense qu'elle vous croit sous l'effet d'un sort jeté par votre ravissante épouse et pense que votre famille est un frein. Et puisque son esprit est dérangé et qu'elle n'a aucun sens moral, Diana a l'intention de détruire votre famille, sans aucune hésitation et sans mauvaise conscience.

— Seigneur Dieu, dit Jane en plaquant la tête contre la poitrine de son époux.

— Si vous savez où elle se dissimule…

— Se dissimule ? dit Antony avec un rire amer. Salt ? Vous connaissez pourtant Diana ! Quand a-t-elle jamais reculé devant quoi ou qui que ce soit ? Elle est une parfaite Machiavel faite femme !

— Elle réside à moins d'une rue de distance, chez Antony, Jane informa son époux en frissonnant. C'est très intelligent de sa part… de se dissimuler en pleine lumière…

Le comte la regarda d'un air surpris avant de fusiller son cousin du regard avec incrédulité.

— Oui, elle est intelligente, en convint Sir Antony. Quel meilleur moyen pour la société de croire que son cousin lord Salt lui a pardonné et qu'elle est de nouveau acceptée au sein de sa famille, que d'élire résidence chez moi ? Elle avait même anticipé que je reviendrai tambour battant de Saint-Pétersbourg dès l'instant où je découvrirais que son gardien était mort et qu'elle était libre !

— Comment… comment son gardien est-il mort ? demanda Jane.

Sir Antony laissa le soin à son cousin de répondre, mais le comte était pris par ses pensées, et à en juger par le pli sombre de sa bouche et de ses poings serrés, elles n'étaient guère plaisantes.

— J'aurais dû lui tordre le cou quand j'en ai eu l'occasion, marmonna-t-il, s'écartant de sa femme pour faire les cent pas sur le tapis turc disposé devant l'écran de cheminée en tapisserie.

Frustré, il frappa le manteau du côté du poing, dérangeant les cartes d'invitation appuyées contre un vase de Sèvres et le rythme de l'horloge en similor.

— J'aurais dû me rendre au pays de Galles et la jeter par-dessus un parapet sans que personne ne le sache. Ou du moins, embaucher un voyou pour l'empoisonner !

Il braqua un regard noir sur Sir Antony.

— Si vous croyez que je vais demeurer les bras croisés à présent que je sais où elle se terre… alors que je sais qu'elle veut trancher la gorge de mes enfants…

— *Magnus*.

La comtesse tituba et ce fut Sir Antony qui la rattrapa pour l'empêcher de tomber, l'aidant à s'asseoir dans le fauteuil le plus proche de la chaleur du feu. Une fois Jane installée, il se dirigea rapidement vers le chariot à thé et lui en versa une tasse. Le comte continuait de faire les cent pas comme un lion en cage récemment arraché à son habitat naturel.

— Je m'assurerai de la voir périr de ma propre main, pas plus tard que ce soir. Elle cessera d'exister. Nous pourrons tous respirer…

— Je ne vous laisserai pas faire cela, l'interrompit calmement Sir Antony, touillant du sucre dans une autre tasse de thé qu'il donna alors à Jane.

Mais puisqu'elle agrippait toujours les accoudoirs, comme si elle forçait son corps à se calmer, il posa la tasse et sa soucoupe sur le dessous de verre, s'accroupit et lui prit les deux mains.

— Nous n'en arriverons pas là. Vos enfants sont en sécurité ; votre mari aussi. Il ne leur arrivera aucun mal, ni à vous non plus. Je vous le jure solennellement de tout mon cœur. Buvez à présent, ajouta-t-il doucement, plaçant la tasse de thé entre ses mains et l'y maintenant jusqu'à ce qu'elle hoche la tête. Cela aidera à apaiser vos nerfs, ajouta-t-il avec un sourire et un clin d'œil. J'ai déjà trouvé le cadeau parfait pour les vingt-et-un ans de Sam, mais je n'ai aucune idée de quoi lui offrir pour son baptême ! Vous devez trouver quelque chose pour moi…

Le comte s'en prit à son cousin, insulté, les mots de Sir Antony pénétrant enfin sa conscience.

— Que voulez-vous dire ? *Vous* ne le permettrez pas ? Pour qui vous prenez-vous, dites-moi ? Vous l'avez laissée entrer chez vous, vous mangez à sa table, vous partagez sa conversation comme si tout allait bien sur cette terre…

— Oh, au nom de Dieu, Salt ! l'interrompit Sir Antony, exaspéré. Vous n'avez jamais été capable de penser de façon rationnelle en ce qui concerne Diana ! Vous ne l'aimiez pas avant qu'elle épouse St. John. Vous l'avez haïe quand elle était sa femme et vous la détestiez en tant que veuve ! Et depuis qu'elle était enfermée dans ce château, vos rêves – vos *cauchemars* – ont été habités de différents moyens de l'effacer de la surface de cette planète ! Elle a déjà remporté la moitié de la bataille si vous la laissez vous consumer de la sorte. Si nous voulons la vaincre à son propre jeu, nous devons découvrir…

— Jeu ? Un *jeu* ? Ceci n'est pas un jeu ! Ce n'est pas un problème diplomatique sur lequel vous pouvez vous penser sur un verre de porto au club ! Il s'agit de *ma vie* ; la vie de ma femme et de mes enfants est en jeu. Vous savez, *vous savez* de quoi cette créature est capable, ce qu'elle a fait à Jane, à notre… à notre enfant à naître ! Vous savez qu'elle a failli tuer son propre fils dans l'espoir de capturer mon attention exclusive. Elle a tué des innocents, a procuré des produits abortifs à d'autres. C'est une… une *diablesse* qui, si elle avait un couteau et l'occasion de le faire, assassinerait volontairement trois petits enfants ! Vous n'avez pas de sentiments, aucune compréhension de…

— Il suffit ! gronda Sir Antony, furieux. Ne prononcez pas une seule syllabe de plus avant d'avoir pris la mesure de ce que vous venez de dire. Je vous accorde d'avoir réellement peur pour votre femme et vos enfants, mais ne remettez jamais – *jamais* – en question mes sentiments ou ma loyauté !

L'aristocrate avait besoin d'une bonne dose de bon sens et Sir Antony s'apprêtait à la lui donner, qu'il le veuille ou non. À cette fin, il commit l'impensable, une chose tellement contraire à la personnalité d'un homme qui se voulait être un gentleman aux manières irréprochables que le comte fut trop choqué pour présenter la moindre résistance.

Alors que Salt le regardait, bouche bée, entêté et immobile, ébahi d'un accès si peu caractéristique, Sir Antony saisit dans son poing le banian de soie de son cousin et le tira en avant. Et une fois que le comte remua les pieds, il l'attrapa par le biceps et l'entraîna vers le coin le plus éloigné de la bibliothèque, se plaçant derrière une échelle. Ils étaient dans la ligne de mire de la comtesse si jamais elle se tournait dans son fauteuil pour regarder par-dessus son épaule – ce qu'elle fit –, mais tant qu'ils parlaient à voix basse, elle ne pourrait pas entendre la moindre de leur parole.

Salt était si peu accoutumé à ce qu'on touche sa personne impeccable – personne ne s'y était jamais tenté – et que l'on interrompe aussi brusquement sa conversation, particulièrement si c'était Sir Antony, rien que cela, toujours si poli, que lorsque ce dernier le lâcha et lui présenta son argument, il se contenta de rester planté là, silencieux, incrédule, mais tout ouïe.

— Entendez-vous ce que vous dites, Salt ! *Réfléchissez* avant de dire de telles choses devant la mère de vos enfants. Nous savons tous ce que Diana a fait et ce qu'elle est toujours capable de faire. Nous savons que c'est le diable incarné, descendu parmi nous, qui ne s'arrêtera à rien, à *rien*, afin de pouvoir être avec vous. Elle n'a pas de sentiments, pas d'âme à sauver. Jane est courageuse devant vous, espèce d'imbécile. À l'intérieur, elle doit être terrifiée et prête à s'effondrer. Elle a trois petits à protéger – tous en bonne santé et prospères ; vos enfants. Et comment réagissez-vous devant sa loyauté et sa bravoure ? Vous proposez le meurtre !

Sir Antony leva la main et la laissa retomber, rassemblant ses pensées, soulagé que son cousin garde le silence, les mains enfoncées dans les poches de son banian, le visage serré, mais tout de même attentif.

— Mon besoin de justice, de chasser Diana hors de votre vie et de la mienne pour toujours, est aussi grand que le vôtre, poursuivit-il. Si je n'avais pas de conscience, si j'avais possédé un soupçon de la malveillance de ma sœur, je serais resté à Saint-Pétersbourg où je m'étais accoutumé à mon sort. Que vous osiez remettre en question mes sentiments, et ainsi ma loyauté, me blesse profondément. Mais je comprends ce qui vous a motivé, et je vais donc laisser passer. Vous n'êtes pas seul dans cette histoire. Vous avez des amis et de la famille qui se feront un plaisir de vous soutenir ; ceux d'entre nous qui avons promis. Mais d'abord, vous devez cesser de vous montrer aussi sanglant et émotif à propos de Diana. Et vous devez mobiliser le soutien de ceux qui peuvent vous aider à battre Diana à son propre jeu.

Le comte arqua un sourcil sceptique.

— Alors me contenter de l'étrangler ne résoudra pas mes problèmes ?

— Je ne doute pas que vous puissiez le faire et le fassiez à l'occasion. Vous y étiez presque parvenu voilà quatre ans, répondit Sir

Antony. Cela offre une solution et une certaine satisfaction... pour environ cinq minutes...

Quand le comte fronça les sourcils, perdu, il sourit, mais expliqua d'un ton neutre :

— Et vous pourriez peut-être vous en tirer. Diana serait morte, et Jane et les enfants en sécurité. Mais vous ne pourriez plus jamais poser la tête sur l'oreiller sans que vos rêves ne vous consument de l'image de vos actes et leurs implications. Vous êtes trop honorable. Vous vous rendriez bientôt compte que vous aussi êtes un meurtrier et que vous ne valez ainsi pas mieux que la meurtrière que vous auriez tuée. Et vos journées seraient consumées par l'anxiété qu'un jour, vos enfants, ainsi que Ron et Merry, découvrent ce que leur Papa a fait et ce qu'il est devenu. Vous vous rongeriez les sangs à vous demander si Jane vous aimerait comme elle le faisait avant que vous ne deveniez un meurtrier...

— D'accord, très bien ! J'ai cette image fermement implantée dans la tête, merci bien ! grommela Salt en courbant les épaules, tournant un instant le visage vers les étagères.

Devant son silence, Sir Antony poursuivit :

— Et si vous ne vous en tiriez pas, si vous étiez arrêté et jugé pour le meurtre de Diana...

Le regard du comte revint brusquement sur Sir Antony, et si ses joues bien rasées avaient été empourprées par l'embarras de la véracité de l'image qu'avait peinte son cousin de ce que serait sa vie s'il assassinait Diana St. John, elles devinrent violettes de rage à cause de cette autre suggestion qu'il trouvait outrageante.

— Personne n'oserait !

Sir Antony inclina la tête, observant son cousin avec un petit sourire, pas surpris qu'un aristocrate de son rang et de sa fortune se rebiffe devant un tel scénario, et pourtant ébahi que son arrogance suprême le rende aussi naïf face à la mentalité du reste du monde.

— Vous croyez cela ? Certes, je doute que personne de notre rang n'ose vous accuser de meurtre, répondit calmement Sir Antony. Je réalise que vous ne pouvez être jugé en justice que par vos pairs. Mais il n'existe que quelques personnes qui savent que Diana est une meurtrière, alors vous pensez que le peuple ne se rebellerait pas pour voir justice rendue à une femme, votre parente, tuée de votre propre main ? Votre nom, votre rang, votre position ; tout jouerait en votre défaveur. Que vous vous soyez marié par amour à l'une des plus belles femmes du royaume, qui a un nourrisson et deux autres marmots, et que Diana détestait au point d'en être folle... cela nourrirait la presse.

Vous ne pourriez pas tenir les foules à l'écart d'un tel procès. Et cela même si le juge et le jury sont exclusivement composés de vos pairs. Le peuple se ravirait d'entendre que Magnus Vernon Templestowe Sinclair, cinquième comte de Salt Hendon, est par la présente condamné pour l'homicide volontaire de... Vous voyez ce que je veux dire.

— Oui, merci bien !

— Alors vous comprenez certainement qu'il y a plus de choses en jeu que la préservation de l'honneur de votre famille. Durant ce type de procès, votre avocat tentera de vous faire acquitter par tous les moyens possibles. Je ne doute pas qu'il joue la carte de la folie. Il n'hésitera pas à rendre publics tous les mauvais actes de Diana. Vous et moi savons qu'il existe des femmes de notre classe qui ont eu recours aux services de Diana afin d'obtenir des préparations quand elles se sont retrouvées confrontées à une grossesse indésirable. Quelles que soient leurs raisons pour se débarrasser d'un enfant non désiré, le fait est qu'elles ont accepté que Diana les aide à y mettre un terme. Des preuves aussi sensationnelles vous aideraient à remporter la sympathie du tribunal, mais vous aliéneraient de vos pairs ; ils penseraient leur confiance trahie.

« Vous seriez acquitté par preuve de son insanité, mais resteriez un paria aux yeux de la haute société. Il y aurait également un petit soupçon de doute dans l'esprit de vos parents et de vos amis – s'il vous en restait, d'ailleurs – que vous êtes peut-être, mais peut-être, fou. Jane et les enfants seraient vilipendés, votre sang et votre souvenir maculés pendant des générations. Votre portrait ne serait plus accroché dans la galerie de vos ancêtres. Personne ne prononcerait votre nom. Est-ce l'héritage que vous envisagez pour votre fils et héritier quand il héritera de votre titre ?

Le comte secoua la tête, les yeux braqués sur la comtesse qui buvait sa tasse de thé, la tête détournée vers les flammes qui bondissaient dans l'âtre. Il poussa un profond soupir, comme s'il était vaincu par les paroles de son cousin, et qu'il lui fallait un moment pour digérer les conséquences de ce qui lui était suggéré. Enfin, il arracha son regard de Jane.

— Que suggérez-vous ?

— Vous devez inclure Jane dans nos délibérations, lui dit Sir Antony, éludant momentanément la question.

Prenant son cousin par le bras, il le ramena vers la cheminée où il souleva la théière en argent du chauffe-plat. Il y restait assez de breuvage pour éviter d'appeler le majordome pour qu'il en ramène.

— Du thé ? demanda-t-il au noble couple.

Quand ceux-ci refusèrent, il se versa une autre tasse.

Salt remplit son verre de vin de claret, arquant un sourcil en direction de son cousin.

— Cette abstinence retrouvée et votre préférence pour le thé… Serait-ce une influence de Saint-Pétersbourg ?

— Ah ! Vous avez découvert mon secret !

Sir Antony avala une gorgée de son thé, qui était convenable, mais pas à la mesure de ce que son palais sensible qui demandait à présent dans un thé, et il ajouta avec un sourire triste :

— Quand cette affaire avec Diana sera derrière nous, j'avouerai tout… Caroline a le droit de l'apprendre en premier…

Le comte et son épouse échangèrent un regard, et quand Jane adressa un sourire entendu à son époux, il eut à nouveau la sensation que lorsque cette affaire serait réglée entre Caroline et Sir Antony, il serait le dernier à savoir. N'ayant aucun désir pour le moment de discuter de leur histoire volatile, il dirigea à nouveau la conversation vers la question de Diana, prêt à entendre ce que son cousin s'apprêtait à suggérer, ne songeant qu'au meurtre.

— Je veux que vous fassiez quérir Tom Allenby et Rufus Willis. Tom devra rester non loin de Jane et des enfants ; Willis devra surveiller les allées et venues dans la demeure. Leur arrivée ne semblera pas sortir de l'ordinaire, particulièrement avec votre bal masqué à la fin de la semaine, expliqua Sir Antony. Vous devez tous les deux poursuivre votre vie quotidienne comme si Diana n'existait pas. Vous le devez à votre famille et vos enfants, mais plus important encore : tout changement dans votre routine alerterait Diana et elle serait à même de modifier ses plans en conséquence.

— Connaissez-vous ses plans ? demanda Jane.

Sir Antony secoua la tête.

— Pas encore. J'espère le découvrir grâce à l'aide d'autrui. J'ai demandé à un attrape-gredin de la prendre en filature. Elle ne pourra pas faire le moindre mouvement sans que cela me soit rapporté. Mais Diana est intelligente. Bien plus que moi, et c'est là qu'est ma force, dit-il avec un sourire amer. Elle a toujours été la plus intelligente des deux. Depuis l'enfance, elle ne m'a jamais laissé l'oublier. Et c'est pour cela que son assurance signera sa perte. Tant qu'en sa présence, je reste le petit frère convenablement stupide, elle ne soupçonnera pas et ne me pensera pas capable de comprendre ses machinations…

— Ce n'est pas vrai que vous n'êtes pas intelligent ! contra Jane, irritée par son autocritique. Vous avez toujours compris les gens rapidement. Vous êtes très sensible à ce que les gens *ressentent,* ce qui est à mon sens un attribut bien supérieur que de posséder un intellect capable d'émettre des hypothèses, des stratégies et des vantardises, mais qui ne songe jamais aux souhaits et au bien-être des autres.

— Il est inutile de débattre avec Madame, dit le comte quand Sir Antony rosit de plaisir devant la défense emportée de la comtesse. La façon de penser de Jane est toujours bien fondée. Comme la vôtre. Je vais faire venir Rufus Willis en ville immédiatement. Tom a accepté son invitation pour le bal masqué, dit Salt avec un léger sourire. Il ne manquerait pour rien au monde de vous voir vous tortiller sous le poids de votre nouveau titre et de votre écharpe. Cela ne vient pas de moi ; je le cite ! D'ailleurs, il a dit qu'il voulait avoir l'opportunité de vous battre à une partie de courte paume. Même si...

Il dévisagea Sir Antony des pieds à la tête.

— Je crois que Tom perdra et que je perdrai aussi cinquante livres.

— Magnus ! Vous n'avez pas parié qu'Antony allait perdre ?

— C'est votre frère qui en ressort gagnant, rétorqua le comte d'un ton bonhomme.

Il haussa les épaules et resta penaud un instant.

— Je m'en serais abstenu si j'avais eu l'avantage de voir Antony avant de placer mon pari.

— Alors je vous donnerai la chance de récupérer vos cinquante livres sur le court de tennis avant l'arrivée de Tom. J'ai besoin de m'entraîner, dit Sir Antony avec bonhomie, ajoutant doucement en jetant un regard à Jane : Salt, quand Willis arrivera, dites-lui d'enquêter sur votre demeure. Diana s'est arrêtée à Hendon le jour de la naissance de Sam, en route vers Londres. Et comme Diana est toujours animée d'une bonne raison, il doit y avoir une raison pour laquelle elle rôdait aussi près du domaine.

Il replaça sa tasse vide et sa soucoupe sur le plateau à thé puis s'adressa au comte.

— Ce n'est pas facile de vous demander cela, alors je vais y aller franchement. Je veux que vous invitiez Diana au bal masqué.

DIX-SEPT

— Antony, comment pouvez-vous émettre une telle requête ? demanda Jane, paniquée. Vous savez que je ne peux pas inviter dans ma *maison* une femme dont le seul objectif est de *nuire* à mes enfants !

Salt prit Jane dans ses bras, et quand elle blottit la tête contre son épaule en frémissant, il la serra plus fort et pointa le menton vers son cousin.

— Vous avez votre réponse.

Sir Antony soupira intérieurement. Il ne comprenait que trop bien que ce qu'il leur demandait était extrêmement pénible, mais il était également convaincu que le plan d'action dont il avait décidé était le bon, et la seule façon dont ils parviendraient à découvrir les plans maléfiques de sa sœur.

— La faiblesse de Diana est sa vanité, expliqua patiemment Sir Antony. Elle acceptera votre invitation, car cela donnera de la légitimité à son affirmation qu'elle est revenue du continent, car vous lui avez pardonné, et aussi parce qu'une telle invitation est une preuve évidente que vous souhaitez l'avoir ici. Elle sera tant consumée par cette idée et le fait qu'elle a remporté une petite victoire sur Jane, qu'elle baissera la garde ce soir-là dans ses efforts de vous montrer à quel point il est nécessaire à votre vie et votre succès politique.

— Ce n'est pas une raison nécessaire pour permettre à cette créature de pénétrer dans l'orbite de ma femme et de ma famille. Et si c'est la meilleure idée que vous proposez pour nous occuper de...

Sir Antony croisa le regard de son cousin sans ciller.

— Si vous ne l'invitez pas, vous créerez la sorte de scandale que vous abhorrez. La société l'a réintégrée à bras ouverts. Tous s'attendront à ce qu'elle soit présente à l'événement social de l'année. Elle est votre cousine. Plus particulièrement, son frère, nouvellement devenu vicomte, doit se voir honoré par les Russes. Son absence suscitera plus d'interrogations et de commérages inutiles que vous êtes disposés à gérer.

— Bon sang, marmonna Salt, les dents serrées, baissant les yeux vers sa femme. Antony a raison…

Jane hocha la tête. Elle s'adressa à Sir Antony.

— Pourquoi ? Pourquoi maintenant ?

— Pourquoi Diana a-t-elle choisi de s'échapper de sa prison maintenant et pas avant ?

— Oui, répondit-elle. Pourquoi venir à Londres ? Pourquoi ne pas s'enfuir, partir à l'étranger ? N'importe quel endroit est meilleur qu'ici, où elle doit sûrement se rendre compte que ce n'est qu'une affaire de temps avant qu'elle ne soit recapturée et réincarcérée ?

— Partir pour le continent pour vivre librement et dans le luxe n'a aucun sens pour Diana. Son seul objectif sur cette terre est de se réchauffer à la lumière du succès politique de votre mari…

— Seigneur Dieu ! cracha Salt avec une grimace. Cela me donne vraiment envie de vomir !

— Je ne doute pas que vos adversaires politiques ressentent la même envie de se purger à cause de l'adoration pure du comte de Salt Hendon, lança Sir Antony avec irrévérence, ce à quoi la comtesse plaqua une main sur sa bouche pour étouffer un éclat de rire.

Il perdit son sourire et poursuivit :

— Diana est parfaitement convaincue que votre montée en puissance ne pourra s'effectuer sans son assistance. C'est pourquoi, pendant que vous étiez en retraite dans le Wiltshire, elle aussi s'était retirée dans son château gallois, à planifier et à attendre. Puis par un moyen quelconque – probablement les journaux –, elle a eu vent de votre intention de retourner sur la scène politique…

— Oui, les journaux ! l'interrompit Jane dans un hoquet, regardant successivement son mari et Sir Antony. La spéculation qu'un « lord S-H est suceptible de revenir dans l'arène politique » a été mentionnée dans plusieurs articles dans *The Gentleman's Magazine* avant la Noël. Puis quand Salt est venu en ville pour la réouverture du Parlement, cela aussi a été mentionné.

— Exactement, en convint Sir Antony avant de poursuivre. Je crois que dès que Diana a lu dans les journaux que lord S-H allait retrouver la vie politique, elle a décidé qu'il était temps de s'évader de sa prison. Avec le retour de Salt en politique, son intellect et ses talents particuliers en tant qu'hôtesse seraient nécessaires et loués.

— C'est très bien et je ne débattrai pas de votre raisonnement, dit le comte d'un ton neutre. Mais quelle issue possible espérez-vous atteindre, si ce n'est de faire taire les commérages, en lui ouvrant l'accès à ma maison le soir du bal masqué, causant ainsi une grande détresse auprès de mon épouse ?

— Il vaut mieux qu'elle soit là, sous votre toit et sous la surveillance attentive de vos amis et de vos serviteurs, qu'à rôder dans les parages, attendant de passer à l'attaque, raisonna Sir Antony. Et elle frappera la nuit du bal, je n'en doute pas. C'est précisément le genre d'occasion importante qui se prête aux machinations de Diana. Pour les personnes présentes, cela ne sera guère différent des bals et des soirées auxquels elle présidait avant votre mariage. D'ailleurs, elle l'avait fait aussi durant les premiers mois après vos noces.

— Alors elle va assister au bal et me coller comme une ombre comme elle avait l'intention de le faire... Dieu sait si je pourrai tourner la tête dans l'apercevoir du coin de l'œil ! Et alors quoi ? Que peut-elle faire au milieu de trois-cents personnes et d'une douzaine de diplomates russes ?

— Je prédis qu'elle ne s'approchera pas de vous tant que vous resterez dans l'orbite du contingent russe. Cela risquerait d'exposer le mensonge de sa visite à Saint-Pétersbourg, et elle ne le souhaite pas. Et pendant qu'elle fait le tour de la pièce en racontant à qui veut l'entendre qu'elle vous a aidé à orchestrer votre retour dans l'arène politique, elle ne pensera qu'à garder un œil sur vous, attendant l'opportunité de se présenter, convaincue qu'une fois que vous la verrez, une fois que vous serez entouré de vos alliés politiques, et compte tenu de l'ampleur de l'occasion, vous l'accueillerez à bras ouverts.

Ce fut au tour du comte de frissonner de dégoût.

— Y suis-je tenu ? Je ne trouve rien à redire au portrait que vous faites de Diana, mais dois-je l'accueillir à bras ouverts ?

— Si vous le faisiez, ce serait bien la première fois de votre vie, et elle comprendrait votre ruse ! dit Sir Antony. Vous devez la traiter comme vous l'avez toujours fait en de telles occasions, avec froideur et dédain.

— Alors vous allez rester sur votre piédestal toute la soirée, dit Jane en déposant un baiser rapide sur la joue empourprée de son mari.

Cela ne sera pas difficile ; la froideur et le dédain sont comme une seconde nature pour sa seigneurie.

— Et c'est avec grand plaisir que j'y resterai, mais seulement si vous y êtes à mes côtés, et nulle part ailleurs, répondit Salt avant de couler un regard à son cousin. Cela me convient parfaitement de laisser Antony gérer cette créature, tant que j'ai l'assurance que vous et les enfants soyez en sécurité…

Jane s'apprêtait à demander ce que Sir Antony avait l'intention de faire exactement avec Diana St. John, quand le majordome entra discrètement dans la pièce par le couloir de service. Derrière lui se trouvait Nourrice Browne, ce qui signifiait que quelque chose ou un petit enfant requérait l'attention de la comtesse dans la nursery. Elle s'excusa.

Une fois qu'elle eut le dos tourné et ne put plus les entendre, Sir Antony posa la main sur la manche du comte pour attirer son attention et souffla dans un murmure :

— Salt, je vous donne ma parole qu'à la fin du bal masqué, vous et votre famille ne serez plus troublés par ma sœur. Plus jamais.

Salt inspira profondément.

— J'ai fait la même promesse à Jane voilà quatre ans. Mais voilà où nous en sommes…

— Et j'ai fait la promesse solennelle avant de quitter Saint-Pétersbourg que je ferai le nécessaire pour assurer votre sécurité, à vous et votre famille. C'est mon intention et je n'y dérogerai pas, quoi qu'il m'en coûte…

Le comte ravala son émotion et se fendit d'un demi-sourire.

— Qu'avez-vous l'intention de faire ?

— Des plans ont été mis en place et j'ai des hommes qui attendent sur le continent. C'est tout ce que vous avez besoin de savoir pour le moment. Vous ne devez songer qu'à protéger Jane et les enfants.

— Et ici, en Angleterre ? Quels plans avez-vous pour elle ?

Quand Sir Antony hésita, le comte sourit. Il n'était ni amusé, ni convaincu.

— Vous n'en avez aucune idée, n'est-ce pas ?

— De comment l'extraire de la société le plus discrètement possible et sans scandale ? Non, pas encore, confessa Sir Antony. Mais il reste trois jours avant le bal…

— Et pour le reste de sa longue vie, puisqu'un château isolé dans le pays de Galles n'a pas pu la retenir… ?

— Ce point-là, dit Sir Antony avec conviction, a été arrêté avant que je ne quitte Saint-Pétersbourg.

— Semper, vous allez rayonner de bonheur en apprenant que l'on me donne un titre, dit Sir Antony, informant son majordome dans l'eau chaude aromatisée de sa « baignoire à réflexion ».

C'était Ralph Semper qui avait baptisé « baignoire à réflexion » cette petite cuve de cuivre bordée de lin ramenée de Saint-Pétersbourg. Étendu et immergé jusqu'aux épaules dans l'eau chaude et parfumée, son maître passait du temps dans ses pensées. C'était là le seul but qu'elle remplissait ; les ablutions quotidiennes étaient effectuées dans la baignoire sabot près de la chaleur de la cheminée avant d'entrer dans la baignoire à réflexion.

Semper abordait avec sérieux ces rituels dans le vestiaire, tout comme celui de la cérémonie du thé de son maître. Le samovar en argent et le bain de cuivre avaient été introduits sur les conseils du prince Mikhail. Et si de tels objets et leurs rituels empêchaient son maître de céder à la tentation de la bouteille, Semper n'était pas contre.

Toutefois, il fut surpris lorsque Sir Antony s'adressa à lui depuis la baignoire à réflexion. Généralement, c'était un moment où Semper et les autres serviteurs parcouraient le vestiaire sur la pointe des pieds afin de ne pas déranger leur maître qui, sans perruque, était calé sur un coussin, les yeux fermés, des rideaux de soie diaphane tirés autour du bain pour empêcher la chaleur de s'échapper et le couper du monde. Mais les rideaux restèrent aplatis contre le mur peint de la niche et ainsi, le majordome s'immobilisa au milieu du tapis d'Aubusson, la perruque de Sir Antony à la main. Il s'était apprêté à se rendre au cagibi et n'avait entendu qu'un seul mot dans ce que venait de lui annoncer Sir Antony.

— Vous souhaitez… monter, Monseigneur ?

— J'ai reçu un titre.

Semper s'approcha un petit peu plus de la baignoire à réflexion.

— Je vous demande pardon, Monseigneur ?

Sir Antony n'ouvrit pas les yeux. Il leva le bras, le coude reposant sur le rebord de la baignoire, et leva l'index vers le plafond.

— Je monte en grade, Semper, jusque chez les lords. Vicomte Temple et Baron Stowe. Lord Temple.

— Félicitations, Monseigneur. Ce sont en effet de *très* bonnes nouvelles. Et cela vous sied, si je puis me permettre.

Sir Antony ouvrit un œil.

— Je vous le permets *maintenant*, Semper. Tout ce que cela signifie est que vous pouvez me donner du *Monseigneur* en toute bonne conscience, ce que vous vous êtes entêté à faire depuis que nous avons remonté la Neva. Non ! Ne me dites pas que c'était parce que les Russes croyaient qu'un baronet anglais avec un penchant pour les soies brodées et les galons dorés était forcément un lord.

— Je vous demande pardon, Monseigneur, je n'allais pas vous le dire, dit Semper sérieusement. Mais je vous donnais du *Monseigneur* parce que leurs altesses le prince Mikhail et la princesse Ekaterina insistaient pour que je le fasse ; alors j'ai obéi.

Les épaules de Sir Antony se haussèrent légèrement de surprise.

— Vraiment ?

Il se cala à nouveau et ferma les yeux avec un soupir résigné.

— Leur compagnie me manque…

Semper demeura inerte, attendant de voir si son maître avait l'intention de lui faire part d'autres opinions, mais quand le bras de Sir Antony retomba mollement le long du côté de la baignoire, il se dépêcha d'aller reposer la perruque de son maître. Il s'exécuta à la hâte, car un vacarme tel lui provenait de l'autre côté des doubles portes fermées qu'il en oublia de tirer les rideaux du bain.

S'il ne se trompait pas, un tintamarre se déroulait dans le salon, et à en juger par le ton qui montait, les serviteurs russes étaient impliqués… et il y avait une femme, ce qui expliquait l'ardeur de l'échange. Cette personne était une intruse, et puisque les Russes savaient que les femmes n'avaient pas droit d'entrée dans l'aile nord, ils faisaient de leur mieux pour s'assurer qu'elle parte. Semper priait pour que cette femme ne soit pas lady St. John.

Le majordome sortit du vestiaire pour se glisser dans le salon avec toute la discrétion d'un serpent qui se faufile secrètement à travers les hautes herbes. Mais il regarda droit devant lui et non vers le parquet poli et ne vit ainsi pas, et n'eut donc pas conscience, de l'intrus à quatre pattes qui, dès l'instant où la porte fut ouverte, fila dans le vestiaire alors que Semper refermait lentement la porte derrière lui.

L'intrus à quatre pattes galopa à travers le vestiaire spacieux avec toute la confiance et l'énergie sans borne de la jeunesse. Ses petites jambes trapues grattèrent le parquet poli puis le tapis épais en direction de la cheminée où la baignoire sabot demeurait pleine d'eau. Après avoir reniflé avec intérêt puis lapé une éclaboussure sur les lattes du parquet, et enfin reniflé la pile de serviettes mouillées, il poussa du nez puis attaqua une paire de pantalons de soie abandonnés là comme s'il s'agissait d'un ennemi. À grands efforts, l'intrus à quatre pattes rapprocha un peu plus les pantalons du feu avant d'y perdre tout intérêt, trouvant dans un bas de soie un adversaire plus à sa taille. Après avoir secoué l'accessoire de droite à gauche pour s'assurer qu'il était bien mort, et serrant fermement sa proie entre ses mâchoires, l'intrus à quatre pattes trotta alors vers une niche décorée d'une peinture, avec ses deux tabourets classiques disposés de part et d'autre d'une immense baignoire. C'est là qu'il déposa le bas comme une offrande et remua la queue devant la main qui terminait le bras humain qui pendait inerte contre la paroi de la baignoire.

Quand la main ne fit aucun effort pour caresser l'intrus à quatre pattes pour le récompenser de sa bonne conduite et d'avoir eu le courage de défaire un ennemi aussi terrible, il ne resta plus à l'animal qu'une seule façon d'attirer son attention, ce qui produisit des résultats immédiats.

Sir Antony commençait à s'endormir, étiré dans l'eau chaude avec sa couverture de bulles, et il s'apprêtait à chasser ses soucis de son esprit, plus particulièrement la façon dont il parviendrait à incarcérer sa sœur sans trop de peine et avec une explication plausible, quand sa main fut touchée par quelque chose de mouillé et de froid. Quand ses doigts furent léchés et mordillés, il se rassit, si rapidement qu'une grande vague d'eau éclaboussa le pied de la baignoire près de ses orteils et cascada sur le côté, se répandant à terre.

Il ne savait absolument pas ce qui venait de lui attaquer la main et ne se risqua pas émettre une hypothèse, préférant couler un regard par-dessus le rebord de la baignoire, les deux bras à présent immergés dans l'eau chaude parfumée. Mais ce qu'il vit apaisa son cœur et le fit sourire. Il tendit à nouveau le bras par-dessus le rebord de la baignoire et tendit le revers de sa main dégoulinante d'eau en guise de salut.

— Eh bien, mon petit ami, où est ton maître ?

Le « petit ami » était un carlin noir et fauve, juste un chiot, d'ailleurs, et ses grands yeux bruns saillants le regardaient avec adoration au milieu d'un visage noir plissé. Le carlin reconnut un ami dans le timbre de voix doux et profond de Sir Antony et la grosse main qu'il lui offrait à lécher, aussi se dressa-t-il sur ses petites pattes arrière trapues, appuyant celles de devant contre la baignoire. La queue légèrement incurvée battit follement et quand Sir Antony le gratta affectueusement derrière les oreilles, le carlin lui lécha le poignet pour le remercier.

— Oh, et tu m'as apporté un cadeau ! dit Sir Antony au carlin comme s'il s'adressait à un enfant, ramassant le bas oublié.

Il émit un petit rire quand l'animal réagit en remuant la queue, puis il prit un air triste, ajoutant avec un soupir :

— Je te remercie beaucoup, mais malheureusement, je n'ai pas d'os à t'offrir en échange de tes efforts.

Il roula le bas en boule et le jeta en direction de la cheminée où ses habits étaient à présent répandus. Il manqua terriblement sa cible. Il n'avait pas eu l'intention d'en faire un jeu, mais le carlin avait d'autres idées. Il fila vers le bas. Mais parvenu à la moitié du tapis, le bas perdit tout intérêt et l'animal recommença à renifler les serviettes mouillées. Enfin, il trotta à nouveau vers la baignoire devant laquelle il s'assit docilement et regarda Sir Antony avec l'adoration que seul un chien peut offrir à un humain.

— Tu es un gentil petit animal, mais je n'ai toujours pas d'os à te donner. Quand Semper reviendra, je lui demanderai d'aller en demander à la cuisine…

Sir Antony n'eut pas le temps de finir sa phrase et le carlin cessa de l'écouter dès l'instant où une voix féminine, adorée tant par l'homme que par l'animal, se fit entendre par-dessus le vacarme qui accompagna son intrusion dans le vestiaire. L'homme et l'animal réagirent de façons catégoriquement opposées. Le chien se précipita vers elle ; Sir Antony inspira profondément et plongea sous l'eau pour dissimuler sa déconfiture sous un écran de bulles.

DIX-HUIT

— Vous pouvez bien me le demander, brute impertinente, mais je ne vous dirai pas mon nom ! Cela ne vous regarde pas ! À présent, demandez à ce rustre à barbe de me reposer à terre avant que je ne le fasse arrêter pour agression !

Semper n'était pas seulement ébahi, il ne savait pas quoi dire. Jamais, durant toutes ses années au service d'un gentleman, il n'avait vu une femme prendre d'assaut le bastion des appartements d'un homme célibataire. À l'occasion, la princesse s'était introduite dans les lieux privés, mais toujours lorsque le maître portait quelques vêtements. Et puisqu'avec son statut de princesse russe, elle percevait donc les serviteurs comme de simples pièces d'ameublement, c'était quelque part moins déconcertant.

Cette femme, qui avait été découverte par l'un des Russes à errer dans les appartements de Sir Antony vêtue d'une cape rouge à capuche sur pas grand-chose d'autre n'avait pas, quand on l'avait découverte, exprimé la moindre once de remords pour son intrusion. Certes, ses joues étaient devenues aussi rouges que sa cape bordée de fourrure, mais quand on lui avait demandé poliment de décliner son nom et ses intentions, elle avait réagi avec indignation et avait exigé d'être immédiatement introduite auprès de Sir Antony.

Entendant son ton impérieux, même s'il ne comprenait pas ses paroles, et parce qu'elle avait essayé de contourner le majordome, le valet russe l'avait ceinturée pour la retenir. C'est lorsque sa capuche était retombée en arrière, révélant une masse de cheveux blonds vénitiens, que le Russe se remémora quelque chose. Il l'avait déjà vue à la soirée ; une invitée vêtue de soies resplendissantes. On ne pouvait facilement oublier sa chevelure de feu ni le fait que son maître s'était agenouillé devant elle. Sans adresser un mot à Semper, le Russe traversa l'appartement et entra dans le vestiaire afin de présenter cette femme à son maître, le majordome sur ses talons.

Lady Caroline n'avait pas plus tôt proféré sa menace que le Russe la posa, s'inclina avec une grande courtoisie et quitta la pièce, désertant Semper qui ne savait pas quoi dire. Il était démuni dans une situation aussi nouvelle. Son instinct lui disait d'imiter le Russe et de prendre le large, mais une partie de lui se sentait tenue de rester afin de prêter assistance à Sir Antony si celui-ci perdait connaissance ; son maître demeurait en effet submergé sous les bulles de l'eau de son bain.

— Te voilà, vilain !

Lady Caroline gronda son carlin d'un ton enjoué. Elle le prit dans ses bras et le frotta du nez.

— Quel héros tu fais, à me laisser me débrouiller seule contre ces méchants messieurs !

Elle jeta un regard noir à Semper en disant cela, ajoutant en ne détournant pas les yeux du majordome :

— Une écuelle d'eau fraîche et quelque chose à ronger seraient très appréciables.

Semper était déchiré par l'indécision. Un grand bruit et un halètement en provenance de la baignoire, suivi par le jappement excité du carlin, le décidèrent. Pour la première fois depuis qu'il avait été employé comme valet par Sir Antony, il ignora les vêtements et les serviettes en désordre, les laissant où ils avaient été abandonnés. Il s'inclina devant lady Caroline, et sans se tourner pour vérifier que Sir Antony respire toujours, il quitta la pièce à la recherche d'une écuelle d'eau fraîche et d'un os à ronger.

Lady Caroline déposa le chiot à terre et, jetant un regard aux vêtements masculins répandus sur le tapis, elle enjamba avec précaution une paire de pantalons de soie et un bas solitaire pour se rendre vers la cheminée. Du coin de l'œil, elle aperçut une baignoire sabot et une pile de serviettes mouillées, tandis que sur sa droite trônait une immense baignoire, dans laquelle se trouvait l'homme avec qui elle était venue passer la nuit.

Devant la cheminée, elle ôta ses gants de cuir rouge, les plaçant sur le manteau avant de tendre les mains vers la chaleur des braises ardentes. Elle portait une cape de laine, certes, mais avec pas grand-chose en dessous, juste des bas blancs et une fine chemise de nuit blanche, car sa décision de venir rendre visite à Sir Antony sous couvert de l'obscurité avait été impromptue. Elle avait passé la journée à se ronger les sangs en anticipant sa réaction quand lui avouerait tout, et plus tard, elle s'était tournée et retournée dans son lit une fois la nuit tombée, incapable de dormir à cause de son baiser. Plus vite elle se confesserait et ils partageraient un lit, plus vite ils seraient capables d'avancer dans l'existence et elle pourrait recommencer à dormir paisiblement.

Décidée, elle avait exécuté son plan, malgré le cri d'horreur de sa servante personnelle quant à l'heure tardive, le manque de vêtements convenables de sa maîtresse et le fait qu'elle se rende dans la demeure d'un homme célibataire, sous couvert de l'obscurité. Selon elle, cela ne pouvait mener qu'au désastre. Lady Caroline lui avait qu'elle n'était pas d'accord, lui avait fait jurer de garder le secret et s'était glissée hors de son lit. Enfilant sa cape de laine, elle avait pris le chiot avec elle pour faire le trajet. Quelque part, avoir le nouveau membre de sa ménagerie pour compagnon raffermit sa résolution de se confesser.

L'heure et le chiot firent que les porteurs étonnés se grattèrent mentalement la tête sous leur perruque quand la sœur du comte grimpa dans la chaise des Salt Hendon qui était stationnée dans le vestibule, son compagnon à quatre pattes venant joyeusement s'asseoir sur ses genoux. Ils n'étaient pas en position d'émettre de commentaire. Si la sœur de sa seigneurie souhaitait partir en visite en plein milieu de la nuit, ils ne pouvaient pas refuser.

La portière de la chaise, ornée du blason des Salt Hendon, se referma, les longues barres furent enclenchées et fixées des deux côtés du véhicule, un porteur devant, un porteur derrière, et alors qu'ils avaient tous deux passé les lanières de cuir autour de leurs épaules, la chaise à porteurs s'éleva du sol et partit dans l'air de la nuit. Mademoiselle fut transportée le long du court voyage à travers un Grosvenor Square déserté, le long de South Audley Street, en haut des deux petites marches et jusque dans le vestibule spacieux de l'hôtel particulier de Sir Antony Templestowe, un jeune valet offrant la clarté d'une bougie éclairée le temps de ce trajet lors d'une nuit sans lune.

À présent, Caroline se tenait devant la cheminée, regardant les flammes, mais particulièrement centrée sur le fait qu'Antony se trouvait à sa droite, dans sa baignoire. Elle ne put s'empêcher de sourire. Son anxiété lui avait fait battre le cœur durant le court trajet dans la chaise à porteurs puis quand elle avait remis en question ses actions scandaleuses et avait demandé à ses porteurs patients de s'arrêter, de changer de direction, de s'arrêter à nouveau, de reprendre les barres et de continuer. Cela s'était dissipé, mais son cœur battait toujours aussi vite. Mais ce n'était pas l'anxiété qui faisait que les battements se réverbéraient dans ses oreilles. C'était l'excitation audacieuse, non seulement d'être parvenue jusqu'au vestiaire d'Antony, mais aussi de savoir qu'il n'était qu'à quelques pas de là, nu dans sa baignoire.

Depuis le temps qu'ils se connaissaient, elle ne l'avait jamais vu ne serait-ce que sans sa cravate, et certainement jamais en bras de chemise. Il était toujours parfaitement vêtu, que ce soit pour jouer à la courte paume ou bien se reposer à la campagne. À la campagne, même son illustre frère avait cultivé une barbe. Pas Antony, qui maintenait les mêmes standards vestimentaires, quel que soit le lieu. Elle se demanda s'il portait sa perruque dans sa baignoire, et c'était une pensée tellement absurde qu'elle lui donna le courage de se tourner face à lui ; cela et le fait que son compagnon à quatre pattes tirait sur l'ourlet de sa cape avec ses petites dents.

Elle reprit le chiot, repoussant encore l'inévitable, mais elle leva enfin les yeux vers la baignoire. Ce qu'elle découvrit lui fit cligner des paupières, son visage dénué de toute pensée pendant assez de temps pour que l'occupant de la baignoire se dise qu'il aurait aimé pouvoir posséder des branchies afin de rester indéfiniment sous l'eau. Enfin, quand elle courba les épaules et sourit, portant un poing à sa bouche comme pour contenir un fou rire de jeune fille, les branchies perdirent tout intérêt ; se noyer était sa seule option.

Bravement, Sir Antony resta debout, les coudes reposant de chaque côté du bain, sa vaste poitrine dénudée, ses épaules larges, son visage barbu et sa tête nue offerts en spectacle au regard joyeusement inquisiteur de lady Caroline. Ce n'est que lorsqu'elle garda les yeux braqués sur son épaisse chevelure auburn coupée courte qu'il sentit sa chaleur s'intensifier et lui picoter, non pas le visage, mais le cuir chevelu. Son crâne fourmillait, comme si le moindre de ses cheveux irradiait d'embarras. Et quand elle s'approcha de la baignoire avec précaution, la tête inclinée sur le côté, le contemplant en silence, ne détournant pas les yeux de ses cheveux, il déglutit avec difficulté et dit après s'être éclairci la gorge :

— J'espère que vous réalisez à quel point cette situation est injuste, Caro ! Je me demande quelle réaction vous auriez, si les rôles étaient inversés.

— Vos cheveux sont de la même couleur que ceux de Merry, remarqua-t-elle avec surprise, ignorant sa remarque et son inconfort. Ils seraient probablement tout aussi ondulés si vous les laissiez pousser...

— Probablement ! Voulez-vous bien arrêter de regarder ma tête comme si elle était difforme ?

Elle sourit devant sa maladresse.

— Vous êtes bête. Je suis bien obligée de regarder votre tête, parce que je ne vous ai jamais vu – *jamais* – sans votre perruque, dit-elle en fronçant les sourcils. Quand on y pense, je n'ai jamais vu aucun gentleman de ma connaissance qui en porte sans sa perruque…

— J'espère bien !

— Dans *toutes* les situations, ajouta-t-elle en haussant les sourcils.

Et quand il détourna la tête, elle vit qu'il avait compris. Elle se retira jusqu'au tabouret positionné au pied de la baignoire, le chiot sur les genoux.

— Non qu'Aldershot ait eu la moindre occasion de retirer sa perruque…

— Caroline…

— Écoutez-moi, Antony, je vous en prie. Je ne savais pas comment j'allais vous parler d'Aldershot et de moi ; quand nous serions assez à l'aise pour le faire. J'ai été misérable toute la journée depuis que vous m'avez embrassée. Non que le baiser ait été misérable, ajouta-t-elle hâtivement. Le baiser était parfaitement merveilleux, et c'est pourquoi j'étais incapable de dormir cette nuit, réfléchissant à ce baiser et me demandant si, une fois que je vous aurais tout raconté, vous auriez encore envie de m'embrasser. Alors je me suis dit : pourquoi ne pas venir vous voir sur-le-champ pour en finir avec cette terrible confession ? Le plus tôt sera le mieux, n'est-ce pas ?

Elle sourit, prise d'une timidité soudaine :

— Que vous vous trouviez dans votre baignoire facilite ma confession.

— Vraiment ? Eh bien, je ne veux pas que vous vous rongiez les sangs à ne pas pouvoir dormir, confessa-t-il, tout aussi mal à l'aise, mais quelque peu apaisé d'avoir ainsi vu son intimité violée par l'aveu qu'elle avait apprécié leur baiser autant que lui.

— Merci. Je savais que vous comprendriez.

— Vous n'avez pas à me confesser quoi que ce soit. Je vous l'ai dit plus tôt. Mais si cela apaise votre conscience…

— Oui. J'y suis contrainte et oui, cela apaisera mon esprit. Mais ce n'est pas la seule raison de ma présence ici ce soir…, rougit-elle.

Il sourit puis poussa un soupir, comme s'il était déçu, et il secoua la tête.

— Oh, non ! Et à présent que vous m'avez vu sans ma perruque, vous y songez à deux fois. *Bon sang.*

Il y eut un silence puis ils éclatèrent de rire tous les deux en même temps. Ce moment contribua à les détendre et pourtant, ils se sentaient soudainement maladroits en compagnie l'un de l'autre.

— C'est plutôt le contraire, confessa Caroline à voix basse. La perruque vous donne de la présence, mais sans, vous êtes un homme extraordinairement beau…

— Caro ! C'est…

— … un compliment, alors acceptez-le, dit-elle, achevant la phrase à sa place, ajoutant rapidement avant qu'il ne puisse à nouveau l'interrompre. À présent, laissez-moi vous raconter comment je me suis retrouvée mariée à Stephen Aldershot.

— Très bien. J'écouterai sans faire de commentaire, répondit-il en rabattant les épaules contre la baignoire, bien au chaud sous son écran de bulles.

Caroline se raffermit mentalement et dit d'un ton neutre :

— J'ai fait quelque chose de très choquant lors d'un bal masqué… J'étais plus que grisée. J'étais *saoule*.

Elle s'interrompit et inspira à nouveau profondément avant de poursuivre tout caressant le chiot d'une main, ce qui avait un effet apaisant sur elle. Elle regarda bravement dans les yeux bleus de Tony et dit carrément :

— J'étais tellement en colère contre vous, après ce que vous aviez dit et fait au récital. Je ne me préoccupais plus de rien. Je voulais juste perdre mon innocence. Je me suis laissé séduire. J'ai donné ma… ma virginité au premier venu. Sur le moment, je n'ai rien regretté. Ce n'était pas une expérience déplaisante, du peu que je m'en souvienne. Et peu m'importe si cela avait été terrible. Je voulais simplement… vous faire du *mal*. Quelle imbécile j'ai été ; je n'ai pas vu que la seule personne à qui je faisais du mal était moi-même !

— Caro… ma chère…

— Je vous en prie… Laissez-moi terminer. Aldershot a été témoin de tout l'épisode. Ce *rat*. Il s'en est servi pour me *persuader* de l'épouser. Il a accepté de ne parler à personne de ce que j'avais fait si je devenais sa femme et leur offrais une maison, à lui et à sa sœur. Si j'avais refusé, dit-elle en haussant les épaules, il a menacé d'aller tout raconter à Salt. Mon propre sort m'importait peu. Je ne m'en préoccupais plus. Je m'étais ruinée exprès et vous aviez été exilé à Saint-Pétersbourg pour toujours, pour autant que j'en savais. Mais j'avais peur de ce que ma disgrâce ferait à Salt et à Jane. Et je craignais également que si Salt découvrait qui m'avait ruinée, il n'insiste pour que j'épouse cet homme-là et non Aldershot. Un mariage avec mon séducteur n'aurait pas été si mal. Il doit hériter d'un titre et est un parlementaire respecté par mon frère, mais en tant que mari ? frissonna-t-elle. Jamais ! Sa moralité est on ne peut plus contestable, quels que soient ses talents en tant qu'amant. Alors j'avais le choix entre épouser un vaurien sans conscience ou bien un chasseur de fortune doublé d'un maître chanteur qui n'avait pas la moindre intention de se comporter en homme. Tout le contraire, d'ailleurs. Dieu ! Quelle pagaille !

Elle s'interrompit et poussa un profond soupir involontaire. Antony n'avait pas détourné le regard de son visage.

— Je ne pouvais supporter que Salt découvre la vérité. S'il avait su que j'étais saoule au-delà de toute mesure et que je m'étais laissée séduire… S'il avait appris l'identité de l'homme qui avait profité de moi… Quels que fussent leur lien et la bonne opinion qu'ils pouvaient avoir l'un de l'autre, mon pauvre frère aurait été tenu de défendre mon honneur et de défier mon séducteur en duel. Il aurait très bien pu le forcer à m'épouser ! Je ne pouvais pas laisser cela arriver…

— Alors vous avez choisi le moindre mal ?

— Oui. Oui, je suppose. Nous – Aldershot et moi – avons laissé Salt croire que nous avions été tellement emportés par le moment que nous en avions oublié toute décence. Remarquablement, Salt nous a crus, même si plus tard, il s'est demandé si Aldershot était capable d'être véritablement un mari, et pas seulement dans la chambre ! Il n'était rien de plus qu'un garçon imbécile…

— Alors vous avez épousé Aldershot.

— Oui, je l'ai épousé, dit-elle en déglutissant. Mais pas pour la raison que vous croyez. Pas parce que j'ai cédé à ses menaces. Bien entendu, cela faisait partie de la raison, mais… je l'ai épousé parce qu'il allait mourir.

— Une autre manigance ?

— Non ! Il souffrait de tuberculose. Il était très malade. Il me l'avait révélé, non pour susciter ma pitié, mais pour me convaincre de l'épouser. Il avait dit que ce mariage ne durerait que quelques années, puis que je serai alors libre de me remarier. Il voulait que sa sœur Kitty ait une maison. Il voulait que ses dettes soient couvertes. Il voulait que les années qu'il lui restait se passent sans devoir s'inquiéter pour sa sœur ou finir ses jours dans une prison pour mauvais payeurs. Je pouvais lui offrir tout ceci et lui m'aurait offert la respectabilité, car si jamais j'étais tombée enceinte de mon séducteur, l'enfant serait né dans les liens du mariage. Bien entendu, je me suis détestée à nouveau, car s'il n'avait pas été mourant, j'aurais très bien pu le bluffer avec ma solution imbécile...

Quand Antony ne posa pas la question évidente, un silence s'étira entre eux. Les seuls sons étaient le tic toc de l'horloge sur le manteau de la cheminée et les flammes qui crachotaient et crépitaient dans l'âtre. Enfin, Caroline trouva le courage de poursuivre sa confession.

— J'ai eu cette idée imbécile que si je vous écrivais pour vous parler de mon dilemme, vous me sauveriez. Tous mes problèmes disparaîtraient magiquement. Vous rentreriez à la maison, vaincriez mon séducteur, donneriez de l'argent à Aldershot pour le faire disparaître, et puis vous m'épouseriez, même si je portais l'enfant d'un autre. L'enfant gâtée que j'étais voulait vraiment croire que ce conte de fées pouvait devenir réalité, et c'est ce que j'ai cru pendant une journée entière. Puis lorsque mes larmes se sont taries et que j'ai cessé de m'apitoyer sur mon sort, je vous en ai opportunément fait porter le chapeau. Si seulement vous étiez resté en Angleterre. Si seulement vous n'aviez pas été saoul le soir du récital. Si seulement ! Si seulement ! Si seulement ! Je vous *détestais* tellement !

— Vous aviez de bonnes raisons de me détester...

Caroline secoua la tête.

— Pas pour ce qui s'est passé durant le bal masqué. Pas pour les conséquences de mes actes cette nuit-là ni pour Aldershot, ou pour le chaos qu'était mon existence, et tout cela dans les six mois qui ont suivi mon dix-huitième anniversaire ! Tout cela n'avait *rien* à voir avec vous. Ce n'était pas de votre responsabilité ; c'était la mienne...

— J'aurais aimé que vous m'ayez écrit. Je serais revenu.

Caroline le regarda en clignant des yeux et ses épaules s'affaissèrent. Elle ne regarda pas dans sa direction, mais vers le chiot sur ses genoux, roulé en boule dans les plis de sa cape de laine rouge, endormi, et les larmes lui vinrent, de grosses gouttes qui éclaboussèrent la fourrure fauve de l'animal. Elle hocha la tête et dit avec un sanglot déchirant tout en se séchant les yeux :

— Oui. Oui, je le sais *à présent*... mais je ne le savais pas *à l'époque*. Je ne savais absolument pas ce que vous pensiez de moi après notre querelle durant le récital. Vous aviez dit que j'étais une enfant gâtée, qu'il fallait encore que je grandisse avant que vous ne puissiez envisager de m'épouser...

— Caro, je vous ai jeté au visage beaucoup d'idioties que je regrette à présent...

— Mais vous aviez raison à ce sujet ! Vous savez que c'est la vérité. J'étais gâtée et puérile. Je vous provoquais terriblement en flirtant avec d'autres hommes de moindre conséquence, rien que pour attirer votre attention. Pire encore ! J'essayais de vous rendre jaloux. C'était un acte particulièrement enfantin, parce que n'ai réussi qu'à vous repousser. Je sais ce que c'est que d'être avec un être enfantin, sans considération et égoïste. Stephen Aldershot était pareil et son comportement m'a épuisée. Il savait que je me préoccupais de lui comme d'une guigne, et il n'avait certainement pas le moindre intérêt à être un mari *digne de ce nom*. Et pourtant, il exigeait tout le temps mon attention, comme un enfant gâté l'exige de parents trop laxistes. Il détestait ma ménagerie. Il ne supportait pas d'avoir mes animaux près de lui. Il était jaloux du temps que je passais avec eux et il avait même menacé de les faire tuer. Futilement, puisque nous vivions sous le toit de mon frère. Cela dit, cela ne l'a pas empêché d'être méchant et de faire preuve d'une jalousie mesquine.

Ses yeux verts s'écarquillèrent d'incompréhension. Cela la déroutait toujours.

— Imaginez-vous être jaloux du pauvre chiot Penny, de Peter l'Ara ou de Daniel l'Épagneul ?

Il lui adressa un sourire entendu.

— Non, impossible. Ils font autant partie de votre famille que votre frère, Jane et les enfants.

— Précisément ! C'est ce que j'ai essayé de lui expliquer, mais il a refusé d'écouter. Et il était tout aussi jaloux du temps que je passais avec autrui qu'avec ma famille d'animaux. Même Kitty, sa jeune sœur, n'était pas épargnée par ses sautes d'humeur. Elle est tellement gentille, aime les animaux presque autant que moi et est tellement aux antipodes de son frère en tous points qu'on ne dirait pas qu'ils sont frère et sœur. De la même façon que vous et Diana êtes aussi différents que le soleil et la lune. Oh ! Je vous prie de m'excuser. C'était impoli de ma part, mais vous savez que je n'ai jamais apprécié votre sœur.

— Vous parliez des sautes d'humeur d'Aldershot… ?

— Il avait un accès de colère si j'osais avoir une conversation avec un gentleman en société, mais il montrait rarement sa véritable nature à Salt. En présence de mon frère, il se comportait bien et avait peur de lui. J'ai eu des pensées très peu chrétiennes durant mon mariage à cet horrible garçon ! C'est simplement le fait qu'il était réellement en train de mourir de tuberculose et était parfois trop faible pour sortir du lit qui m'a empêchée de le jeter par une fenêtre ! C'est vrai ! soutint-elle avec un sourire larmoyant quand Antony ricana. Et puis, ce qui a rendu les choses cent fois pires est que le matin de sa mort, nous avons eu une dispute terrible. Il avait découvert que je lui avais été…

infidèle. Mais comment peut-on être fidèle dans un mariage qui n'en a jamais réellement été un ? Alors je le lui ai dit. Mais ce qui lui a provoqué un de ses emportements au point qu'il en a eu une crise d'apoplexie était l'identité de mon… de mon amant…

Elle détourna le regard, incapable de soutenir le regard fixe d'Antony, un regard qui ne trahissait pas la moindre de ses pensées. Il restait tellement immobile dans son bain sous l'écran des bulles qu'il avait l'air d'avoir pris racine. Mais ses yeux bleus ne quittèrent pas un instant le visage de Caroline. Elle les sentit sur elle et rougit, se demandant ce qu'il pensait réellement d'elle après une révélation aussi choquante. Elle inspira à nouveau profondément, soulagée de le lui avoir finalement dit, mais elle savait que le pire restait à venir, même si elle ne pouvait pas se résoudre à mentionner le nom de Dacre Wraxton. Voulant simplement en terminer avec cette conversation, elle dit d'un ton plat :

— J'ai peine à croire que j'ai eu une aventure avec celui-là même que j'aurais dû détester plus que tous les autres. Mais il m'a pourchassée, m'a fait la cour et… c'est arrivé. Je n'ai aucune excuse pour ce que j'ai fait, mais j'étais esseulée et misérable et il était là. Deux fois, ce n'était que deux fois. Enfin, trois si on compte le bal masqué, et une partie de moi n'est pas désolée que cela soit arrivé, parce que cela m'a donné la satisfaction de savoir que j'étais *désirable*. Et puis Aldershot, cet idiot, est parti chevaucher alors qu'il pouvait à peine monter les escaliers sans avoir une crise de toux, et il s'est tué quand sa monture a paniqué devant un mur de pierre sur lequel il est tombé et s'est cogné la tête ! Ma réaction à cette tragique nouvelle a été de ressentir un immense soulagement et je me suis immédiatement dit que j'étais libre de vous épouser à votre retour de Saint-Pétersbourg ! Ne suis-je pas la femme la moins chrétienne et la plus égoïste que vous ayez jamais rencontrée ? N'êtes-vous pas terriblement soulagé d'être parti à Saint-Pétersbourg quand vous l'avez fait ? Voyez-vous à présent pourquoi j'ai dû m'enfuir quand vous m'avez demandée en mariage ?

Antony se colla contre la paroi de la baignoire et lui tendit la main. Caroline posa le chiot à terre et s'agenouilla volontiers près de la baignoire. Il posa la main sur ses boucles cuivrées et scruta son visage maculé de larmes avec un léger sourire.

— Il est temps que vous, ma très chère fille, arrêtiez de vous faire des reproches à cause de la conduite puérile d'Aldershot, et plus certainement pour le comportement déplorable du vaurien qui vous a séduite. Qu'une jeune fille ait trop bu est une raison suffisante de la *protéger* de la luxure et du vice, et de ne pas y voir l'opportunité de profiter d'elle. Peu m'importe que vous l'ayez laissé vous embrasser, ou même si vous avez apprécié ce baiser. Il n'avait aucun droit de vous prendre ce que vous ne lui auriez pas donné volontairement si vous aviez eu l'esprit clair.

— Je n'étais pas saoule les deux autres fois, contra-t-elle naïvement avec une petite voix coupable. Je savais ce que je faisais à l'époque.

— Et s'il avait été un gentleman, il se serait contenu et n'aurait pas permis que cela arrive. C'était terriblement immoral de vous pourchasser. Il savait que vous étiez vulnérable et il a utilisé cette fragilité à son avantage. Il vous a probablement persuadée que si vous étiez plus que consentante la première fois, alors il n'y avait aucun mal à l'accueillir dans votre lit une seconde fois puis une troisième...

Quand elle ouvrit de grands yeux, il eut sa réponse. Il prit son visage embrasé entre ses mains et lui embrassa tendrement le front, son sourire compréhensif masquant la rage impuissante qui bouillait à l'intérieur de lui, lui donnant envie de faire du mal à ce séducteur sans nom. Il avait peut-être échappé la pointe de l'épée de Salt, mais qu'on le nomme, et il aurait trouvé la moindre excuse d'exiger un duel et de faire couler du sang pour ce qui avait été fait à sa douce demoiselle. Caroline n'était certainement pas la seule innocente à avoir été la proie de ce vaurien qui devait être stoppé, et l'honneur de Caroline devait être vengé. Ce qu'elle confessa ensuite la surprit véritablement.

— Il m'a demandé de l'épouser. Deux fois. Je n'ai pas pu, et je ne le ferai jamais. Mais peut-être cela atténue-t-il un peu son statut de séducteur... ?

Sans qu'Antony ne sache pourquoi, cette information ne fit qu'intensifier le dédain qu'il avait pour ce vaurien, et c'est au prix de beaucoup d'efforts qu'il ravala sa rage. Il plaqua son front contre celui de Caroline, lui disant avec un petit sourire :

— Aldershot et lui étaient tous les deux des opportunistes méprisables ; ni l'un ni l'autre ne vous méritaient.

— Et je ne *vous* mérite pas, dit-elle avec un sourire larmoyant, posant la main sur sa joue rugueuse. Je n'ai jamais rencontré un homme aussi parfait...

Sa féroce sincérité fit rougir Antony, disant avec un rire afin de dissimuler la profondeur de son embarras :

— Salt trouverait quelque chose à y redire...

— Salt ! Pouah ! C'est mon frère ! Je l'adore, mais il est pompeux et loin d'être parfait, même si Jane pense le contraire !

Il sourit et écarta une boucle rousse de sa joue empourprée.

— Vous devriez vous abstenir de juger avant de m'avoir laissé vous dévoiler mon âme. D'ailleurs, je prédis que vous vous demanderez peut-être si en m'épousant, ce n'est pas vous qui contractez un accord mal avisé. Croyez-moi, ma condition requiert bien plus tolérance de votre côté, si vous décidez de devenir ma femme, que mon acceptation immédiate de ce que vous venez de me confier. À présent, je vous en prie, rendez-moi ma dignité en me permettant de quitter cette baignoire pour enfiler ma robe de chambre.

Caroline ne bougea pas et il ne s'écarta pas d'elle.

Elle lui adressa un sourire mutin.

— Mais je vous trouve particulièrement à mon goût lorsque vous êtes privé de votre dignité, admit-elle en lui embrassant la joue, faisant courir une main sur ses larges épaules et descendant le long de son biceps, essuyant les bulles qui restaient collées sur la peau. Êtes-vous forcé de sortir de votre bain aussi tôt ?

Il mit un moment à lui répondre, aimant sentir ses doigts chauds sur sa peau humide et se délectant de la douce roseur de ses lèvres qui mordillaient l'ombre de sa barbe sous sa mâchoire. Il avait hâte de partager sa couche. Il parvenait à peine à croire qu'elle se trouve dans son vestiaire et que cela ne soit pas un rêve magnifique. Il parvint à répondre d'une voix ferme :

— Si je ne veux pas attraper froid, oui, je dois sortir.

Elle fit la moue, passant à nouveau un bras autour de son cou.

— Un baiser. Je vous laisserai quitter votre jolie baignoire contre un baiser. Mais ce doit être un vrai baiser !

Il sourit, ses yeux bleus pétillants de joie.

— Très bien. Contre un baiser ; un *véritable* baiser.

Il abaissa la bouche vers la sienne ; seulement cette fois, il n'y avait rien d'hésitant dans ses actes, et il ne se recula pas après un seul baiser. Elle glissa le bras autour de son cou et s'accrocha alors qu'il se mettait à genoux dans l'eau parfumée, la prenait dans ses bras et l'embrassait passionnément. Ce baiser parvint à dissoudre les mots et les doutes ; les paroles n'étant pas nécessaires pour exprimer des sentiments. Elle fondit à nouveau contre la baignoire et se plaqua contre lui, se ravissant de sentir son grand corps mince et nu contre elle, souhaitant se dénuder de la volumineuse cape de laine et de sa fine chemise de nuit en lin afin qu'il puisse caresser ses courbes et explorer ses rondeurs.

Les doigts d'Antony s'emmêlèrent dans la lourde masse de ses cheveux, se prirent dans la capuche de sa cape, et il la serra contre lui, en désirant davantage. Et quand elle lui en donna davantage, quand il goûta à la douceur de sa bouche, toutes ses pensées conscientes s'évaporèrent. Ils étaient tous les deux déterminés à ce que ce baiser soit vécu et savouré sans interruption, contrairement à leur premier véritable baiser qui avait été dérangé par un ara qui piaillait et un majordome zélé. Mais la détermination seule n'aurait pu suffire à empêcher les considérations domestiques de s'imposer sur un couple dont le besoin d'intimité passionnée leur était, pour le moment, plus nécessaire que de respirer.

DIX-NEUF

Le petit carlin courut sur le tapis, sa queue courbée battant furieusement et sa langue rose se balançant quand Semper entre par la porte de service du vestiaire de Sir Antony, portant deux petits bols de porcelaine décorée à la main. Derrière le majordome, trois des serviteurs russes entrèrent dans la chambre avec le chariot de thé et le samovar en argent. Semper positionna les deux bols sur le sol devant la cheminée. L'un contenait de l'eau fraîche, tandis que l'autre ne contenait pas seulement un bel os proportionnel à la taille de l'animal, mais également du mouton cuit coupé en petites bouchées.

Le couple n'entendit pas les pas, le bruit des roues du chariot et le tintement des tasses de porcelaine. C'est alors qu'un des Russes osa jeter un regard à la baignoire alors qu'il retournait vers le couloir de service et, distrait par le couple occupé, il marcha sur le talon du valet qui le précédait. Son camarade russe perdit son soulier et jura dans sa barbe tout en revenant sur ses pas pour le récupérer. Le bruit qui s'ensuivit ainsi que les murmures sonores suffirent à pénétrer l'inconscient de Sir Antony et il reposa Caroline à terre à contrecœur, le couple prenant un moment pour reprendre leurs marques.

Sir Antony attrapa un seau d'eau froide à côté de la baignoire et se le versa sur la tête, le courant glacé anesthésiant son corps à toutes les sensations, ce qui lui permit de reprendre le contrôle de ses pensées. Caroline, soudain glacée à cause de l'avant et de l'ourlet mouillé de sa cape de laine, se précipita vers la chaleur de la cheminée où elle tendit les mains vers la flamme qui irradiait. Voir le chiot se délecter de ce que lui avait apporté le majordome suffit à la faire se reprendre, et elle s'assit à côté du carlin pour le regarder s'attaquer à sa côtelette.

— Je vous remercie de la part du chien, dit-elle en souriant à Semper, dont le regard restait poliment braqué sur le chiot.

Quand il lui répondit d'un hochement de tête, mais ne la regarda pas directement, elle reporta son attention sur le chiot, qui avait la queue en l'air et la tête enfoncée dans son bol de nourriture.

— Quel festin pour toi, Boots ! chantonna-t-elle. Cela va te caler jusqu'à demain matin.

Caroline, comme Semper, garda le dos tourné pour permettre à Sir Antony de sortir de son bain avec un minimum de décorum et d'intimité, mais ces considérations furent ignorées quand l'occupant de la baignoire poussa un cri de dérision en entendant le nom qu'elle avait donné au carlin.

— *Boots* ? Vous n'avez tout de même pas nommé ce magnifique petit animal en honneur de ce bouffon de Beresford aux Grosses ? Cela est un déshonneur pour lui *et* pour Peter l'Ara.

— Beresford ? Comment pouvez-vous penser... Eh bien oui ? Pourquoi pas ? le taquina-t-elle quand elle perçut la note de désapprobation jalouse dans sa voix. Dès que j'ai vu le petit visage ridé de ce carlin et ses grands yeux bruns levés vers moi avec une telle adoration, ma première pensée a été de le nommer d'après Beresford, un gentleman connu à travers tout le Wiltshire non seulement pour sa pointure plus grande que la moyenne, mais aussi, si l'on en croit les nombreux commérages dans les greniers à foin du canton, ajouta-t-elle en se tournant vers lui, sa taille plus grande que la moyenne là où cela compte le plus... Oh, mon Dieu ! Vous êtes...

— Ne soyez pas...

— ... *splendide* !

— ... si flagrante, Caro ! grommela-t-il, particulièrement embarrassé devant son accès d'admiration spontanée.

Mais elle n'avait pas honte de braquer les yeux entre ses longues jambes et ne sembla pas non plus tempérer son impudence à cause de la présence de Semper. Alors il poussa un soupir de défaite et cessa ses efforts pour tenter de maintenir le décorum. Cela dit, il parvint à se sécher, jeta le drap de bain mouillé, s'empara de son banian posé sur le tabouret et couvrit sa nudité en un rien de temps, tout cela sous le regard fixe et appréciateur de Caroline.

— Je ne suis certainement pas la première personne à vous complimenter, dit-elle en faisant la moue alors qu'il la rejoignait près de la cheminée. Alors ma réponse honnête ne devrait pas vraiment être une surprise. En plus, ajouta-t-elle en battant des cils, j'avais jeté un coup d'œil tout à l'heure.

Il resta bouche bée devant cet aveu candide. Il était tout aussi embarrassé que ravi de son irrévérence et de sa réaction face à cette partie la plus intime de son anatomie. Et si Semper n'avait pas bondi dès l'instant où Caroline s'était tournée vers la baignoire, s'empressant de ramasser les vêtements éparpillés à terre, sans doute pour dissimuler son propre embarras, il aurait eu envie de lui dire qu'elle avait au moins cessé de regarder sa chevelure auburn coupée court. Il était étrange que même s'il s'était couvert le corps, en compagnie de Caroline, il se sentait toujours complètement nu avec sa tête dénudée. Il aurait eu envie de s'emparer du bonnet de nuit en soie brodée que Semper avait placé près du banian, mais il l'y laissa, se disant qu'une fois qu'ils partageraient un lit – il ne voulait certainement pas faire l'amour avec sa perruque – que signifierait rester tête nue alors qu'ils passeraient leur vie ensemble ?

— Ma chère lady Caroline, dit-il d'un ton qu'il espérait autoritaire, même s'il ne put contrôler son sourire quand elle le regarda avec de grands yeux pleins d'espoir, vous envahissez mon vestiaire avec un chiot nommé d'après un bouffon…

— Je n'ai pas dit cela. C'est fou. En vérité, c'est Beth, ma petite nièce, qui lui a donné son nom, parce qu'il lui vole toujours une de ses bottes de soie. Elle les prononce *boutes*. À chaque fois que Beth voit le chiot, elle rit et l'appelle « Boutes ! Boutes ! » Alors il s'appelle Boots.

— Cela me rassure. Mais même si cette histoire est amusante, cela ne m'empêche pas de me demander si, quand nous serons mariés, vous avez l'intention de prendre l'habitude de jeter un œil dans la baignoire de votre époux ?

— Quand nous serons mariés, j'aurai mon propre dressing, comme vous le savez parfaitement, Monseigneur, mais cela ne m'empêchera pas de partager votre jolie baignoire… quand vous m'inviterez à le faire, bien entendu. Et vous m'inviterez.

Il haussa un sourcil comme pour étouffer sa belligérance.

— Vraiment ?

— Oui. Et même si je pense qu'un mari et une femme doivent avoir des appartements séparés, je ne crois pas aux lits séparés. Jane et Salt partagent une chambre et nous devrions le faire aussi.

— Que nous partagerons sans le moindre doute avec toute une ménagerie, sans doute, souffla-t-il à voix basse, mais elle l'entendit.

— Bien entendu. Vicomte Quatre-Pattes dort au pied du lit de Jane et de Salt, ou du moins il le faisait avant que Merry ne décide qu'elle avait besoin de compagnie, dit-elle avant d'ajouter en fronçant les sourcils : Ou peut-être était-ce Quatre-Pattes qui a décidé de dormir avec Merry une fois que Jane et Salt ont commencé à avoir des bébés ? Il faut que je pose la question…

— Je vous en prie, n'en faites rien, dit-il en enfilant une paire de mules avant de venir la rejoindre près du feu. Les habitudes conjugales des autres ne m'intéressent pas.

Il s'appuya contre le manteau, les mains dans les poches de son banian, et il la regarda nourrir son chien avec les morceaux de mouton, sa longue crinière de boucles cuivrées dégringolant sur son épaule gauche et frôlant le sol. Il aurait voulu la porter jusqu'à sa chambre, afin de reprendre ce qu'ils avaient interrompu près de la baignoire. Toutefois, il réprima ce désir très naturel et centra ses pensées sur le samovar empli d'eau chaude et son rituel du thé. Le thé et la confession en premier ; le lit ensuite…

— Ils pleurent beaucoup quand ils sont petits, expliqua Caroline. Les bébés. Les bébés humains pleurent *beaucoup*. Par comparaison, et je vous prie de ne pas le répéter ni à mon frère ni à Jane, je préfère mes animaux.

— Vous l'avez toujours fait.

— Oui. Mais j'ai pensé qu'une fois que Jane et Salt ont eu leurs petits, j'aurais peut-être d'avis. Je les aime tous, j'aimerai ceux qui vont venir après et j'apprécie particulièrement Ned et Beth, maintenant qu'ils marchent et parlent et qu'on peut jouer ensemble. Je suis sûre que j'aimerai Sam tout autant quand il sera un peu plus vieux. Mais… Je ne suis pas assez altérée par le fait d'être une tante pour ne pas aimer les animaux tout autant sinon plus qu'avant que Salt n'ait eu ses bébés. Qu'est-ce qui ne va pas chez moi ?

— Ce n'est pas un crime que d'être franche. Mais il serait sage de ne pas faire part de ces sentiments aux parents aimants. Je n'ai pas encore rencontré Ned et Beth. On m'a présenté Sam aujourd'hui, et même si je n'ai qu'une expérience limitée des nourrissons, il m'a semblé être un beau bébé.

— Oui, c'est vrai. Il me rappelle ces chérubins grassouillets peints sur le plafond de la salle de bal. Tout ce qui lui manque est un petit arc et une flèche.

— Vous avez raison ! J'ai entendu dire que les femmes qui n'aiment pas particulièrement les bébés changent du tout au tout une fois qu'elles en ont un à elles à posséder et à serrer dans leurs bras.

Elle fronça son nez maculé de taches de rousseur.

— Vous attendez-vous à ce que je vous donne plusieurs enfants ?

Il avait émis ce commentaire en général, n'ayant pas eu l'intention de souligner les doutes qu'elle ressentait à propos de ses sentiments pour les bébés et les enfants en général. Aussi le sérieux de sa question assorti à son petit nez froncé avait éveillé chez Antony un éclat de rire involontaire. Son sourire s'attarda lorsque Semper, qui venait d'entrer depuis la chambre en coucher, entendit la question de lady Caroline et trébucha sur son propre pied. Pensant aider à diriger cette conversation maladroite vers un autre sujet, mais réalisant plus tard qu'il avait rendu la situation encore plus embarrassante non seulement pour Semper, mais également pour tout le monde, Sir Antony dit à Caroline :

— Ce n'est pas une exigence à laquelle j'ai beaucoup songé. Cela ne signifie pas que nous n'aurons pas… euh… beaucoup d'enfants. Ce à quoi je m'attends, comme je le sais depuis longtemps, est qu'être marié avec vous signifiera partager notre maison avec un assortiment de compagnons à fourrure, à quatre pattes et à plumes. Et j'ai toujours été à l'aise avec cet état de fait. Après tout, vous ne seriez pas vous-même sans votre ménagerie. Nous partageons tous les deux un amour pour les animaux. Quant aux bébés et aux enfants… Je confesse que je ne me suis pas permis de songer à l'aspect de notre vie conjugale qui donne lieu à des enfants…

Caroline fronça les sourcils, un peu vexée par cet aveu. Elle redonna au carlin l'os qu'il avait laissé tomber dans le bol sans parvenir à le rattraper avec ses petites dents.

— N'avez-vous pas… n'avez-vous *jamais* songé à nous de *cette façon-là* ?

— Je ne pouvais pas me permettre de songer à nous de cette façon-là.

— Vous ne pouviez pas ? *Jamais* ? Même pour mon anniversaire, quand j'ai eu quinze ans, que je vous ai embrassé sur la joue et vous ai dit que j'allais vous épouser ?

— Certainement pas ! Vous n'aviez que quinze ans.

Caroline haussa une épaule en signe de contestation.

— Ce n'est pas une raison.

— Ça l'est puisque j'ai huit ans de plus que vous !

— Alors pour mon dix-septième anniversaire ? l'encouragea-t-elle. C'était un mois particulièrement chaud. Vous vous en souvenez ? Il faisait tellement chaud que je passais la plupart de mes journées à nager dans le lac, et vous êtes venus rester chez nous, et vous et Salt chevauchiez un jour et m'avez surprise étendue sur les marches de la maisonnette d'été dans ma camisole mouillée. Vous vous souvenez certainement de *cela* ?

Sir Antony se passa une main sur le visage, les yeux fermés. Bien entendu, il s'en souvenait. Il se souvenait de la façon dont la camisole détrempée moulait toutes ses courbes appétissantes. La façon dont ses cheveux, quand ils étaient mouillés, prenaient une teinte rubis et tombaient en boucles alourdies d'eau jusqu'à ses cuisses. C'était simplement le placement fortuit de deux de ces boucles qui avait dissimulé ses mamelons. Il avait contemplé sans ciller sa beauté plantureuse jusqu'à ce que ses yeux se dessèchent.

Il s'abstint de tout commentaire.

— Bien sûr ! Je m'apprêtais à retourner patauger dans le lac quand Salt m'a jeté le drap de bain, et m'a conseillé d'un ton fraternel de ne jamais nager dans le lac sans que ma gouvernante ne soit présente. Il m'a fait promettre de toujours porter cette horrible robe de bain pardessus ma chemise et d'avoir toujours au moins un des valets à proximité, parce que si je me retrouvais en péril, je ne pourrais appeler personne à l'aide et je me noierais. Bien entendu, je n'écoutais pas, même si j'ai fait semblant d'être désolée. Durant tout le temps où Salt se comportait comme un frère avec moi, je souriais intérieurement, parce que je savais que vous me regardiez. Vous n'avez pas cligné des paupières une seule fois ! Admettez-le !

— Vous aviez tripatouillé ce drap de bain, n'essayant même pas de vous couvrir, grommela Sir Antony. Vous êtes restée plantée là dans toute votre gloire exprès, sachant que je vous regardais ! Il aurait fallu que je sois né sans parties masculines et sans inclinations naturelles pour ne pas vous regarder ! Et vous le saviez ! Taquiner un homme n'est pas une plaisanterie, Caro ! Seigneur ; j'ai eu vraiment du mal à rester assis confortablement sur ma selle après cela !

Caroline afficha un sourire de satisfaction.

— Alors vous m'aviez bel et bien regardée. Vous m'avez regardée de cette façon-là et vous avez dû également nous imaginer ensemble, nus...

— D'accord ! D'accord ! Très bien ! Je l'admets pour cette fois, confessa-t-il pour la faire taire.

— Juste pour cette fois ? Ce n'est pas très romantique.

— La romance n'a rien à y voir !

Caroline fit la moue puis dit d'un ton effronté :

— J'ai souvent pensé à nous deux au lit ensemble, nus. Je n'en suis pas certaine, mais j'en suis particulièrement sûre, ce qui est presque la même chose qu'être certaine, que la première fois que je nous ai imaginés nus ensemble était juste avant mon treizième anniversaire...

— Seigneur Dieu !

Elle sourit devant son expression ébahie et plus encore lorsqu'elle défit un des gros boutons de sa cape mouillée et la laissa découvrir ses épaules. Sir Antony fit un pas en avant pour se saisir de la cape, mais Semper y parvint en premier et s'empara du lourd vêtement avant qu'il ne tombe et n'étouffe le chiot innocent qui rongeait son os.

Il avait oublié que son majordome se trouvait toujours dans la pièce et essaya de continuer à ignorer sa présence.

— Vous êtes en chemise de nuit !

— Imbécile ! Bien entendu, répondit doucement Caroline. J'étais dans mon lit quand j'ai décidé de venir vous rendre visite. Vous ne vous attendiez pas à ce que j'arrive entièrement habillée à cette heure de la nuit, quand même ? Cela aurait pris des *heures*. Non, n'enroulez pas cette chose mouillée autour de moi, lui ordonna-t-elle quand il arracha sa cape des mains de son majordome. Préparez-moi une tasse de thé bien chaude et je me réchaufferai. D'ailleurs, ajouta-t-elle en se dirigeant d'un pas dansant vers les doubles portes ouvertes qu'elle pensait donner sur la chambre, je peux toujours me glisser dans des vêtements de nuit... C'est par là... ?

Sir Antony leva les yeux au ciel vers le plafond décoré, fourra la cape dans les mains de son majordome qui avait tendu le bras pour la recevoir, le visage dénué de toute expression, et il s'apprêtait à suivre l'amour de sa vie dans sa chambre quand elle revint en courant pour récupérer son chiot. Elle le prit dans ses bras en s'excusant abondamment de l'avoir laissé, et elle s'apprêtait à ramasser l'os rongé quand Antony le lui retira et tendit la main pour qu'elle lui donne l'animal.

Caroline hésita.

— Boots n'a jamais été seul. D'ailleurs, c'est la première fois qu'il est séparé de son frère et de sa sœur...

— Son frère et sa sœur ?

Elle hocha la tête.

— J'ai trouvé de bonnes maisons pour deux des bébés de Penny, mais je garde Boots, quoi que puisse dire Salt, parce qu'il est le plus petit de la portée. Cela me laisse donc...

Il sourit de son inquiétude.

— Je suis certain que vous trouverez de bonnes maisons pour eux. Sinon, dit-il en haussant les épaules, je ne verrai aucune objection à ce que deux êtres de plus rejoignent notre ménagerie, si cela peut vous tranquilliser...

Caroline se précipita vers lui, lui jeta les bras autour du cou et l'embrassa.

— Merci ! Maintenant je me sens beaucoup mieux.

— Cela dit, ajouta-t-il d'un ton grave, même si un sourire tirait sur les coins de sa bouche, je suis parfaitement disposé à partager ma maison avec votre ménagerie, mais pas ma chambre. J'aime pouvoir dormir, et vous aussi, certainement…

— Jane et Salt partagent leur chambre avec…

— Ce que votre frère et son épouse, ou tout autre couple, font dans l'intimité de leurs appartements n'est pas important. Je ne suis intéressé que par nos propres dispositions.

Caroline inclina la tête, perdue dans ses pensées.

— Mais quand nous aurons des enfants…

— … nous reparlerons de ma décision.

Il caressa une longue mèche épaisse cuivrée qui tombait sur l'épaule gauche de Caroline, disant doucement :

— Vous préféreriez peut-être retourner dans votre propre lit…

Cela régla l'affaire. Après avoir caressé Boots du bout du nez, elle tendit le chiot à Semper à contrecœur, le serviteur revenant du couloir de service où il avait confié la cape mouillée à un serviteur. S'il n'avait pas affirmé sa position de maître en sa propre maison, une expression sévère en place, Sir Antony aurait ri de voir son majordome faire un pas en arrière, sa personne immaculée souillée par le chiot qui lui lécha promptement le menton.

— Semper, Mrs. Semper fera peut-être à lady Caroline la suprême gentillesse de s'occuper de Boots jusqu'à ce que Mademoiselle retourne à Salt House…

— … demain matin, l'interrompit Caroline.

— Dans quelques instants, si vous ne filez pas immédiatement dans la chambre !

— Vous n'êtes pas très romantique ! lui lança lady Caroline en faisant la moue.

Mais elle lui obéit quand Sir Antony fit la grimace et baissa les yeux, embarrassé. Elle n'était partie que depuis une minute qu'elle sortit la tête de derrière la porte, sa masse de cheveux flamboyants frôlant le sol.

— Je m'excuse à l'avance pour les petites fuites ! s'écria-t-elle, interrompant la conversation murmurée que Sir Antony avait avec son majordome. Boots ne connait pas encore les bonnes manières !

— Je vous remercie, Mademoiselle. Je sais que Mrs. Semper s'en occupera fantastiquement, dit Sir Antony sans se retourner.

Quand elle ne lui lança aucune impertinence, il ne put s'empêcher de regarder par-dessus son épaule. Bien sûr, elle était toujours là, lui souriant. Il prononça le mot « Allez-y » en silence.

Caroline pointa le menton et sembla défiante. Quand il haussa un sourcil, elle lui obéit à contrecœur, mais pas avant de lui avoir tiré la langue.

L'ARRIVÉE DE CAROLINE À SOUTH AUDLEY STREET À LA NUIT tombée passa inaperçue et ne fut pas commentée par les habitants de Westminster. À une heure aussi tardive, tout le monde était chez soi, endormi. Sans pleine lune et avec le brouillard qui pesait très bas sur les toits, même les êtres aventureux n'auraient pas songé à courir les rues sans une bonne raison. Si un cavalier ivre ou un vendeur fatigué avec une brouette vide avaient remarqué la chaise à porteurs, ils n'auraient pas été suffisamment intéressés pour reconnaître que l'écusson représenté sur le panneau de bois laqué noir, sous la fenêtre à rideau, appartenait au comte de Salt Hendon.

Il en existait pourtant d'autres qui gardaient les yeux ouverts à toutes les possibilités et avaient un objectif. Le visage long, deux associés de l'attrape-gredin employé par Sir Antony et qui répondaient à Semper étaient tapis dans les ombres de l'autre côté de la rue, leurs pelisses relevées autour de leurs oreilles et leurs couvre-chefs bien enfoncés sur le front afin de les protéger de l'air froid de la nuit. Ils étaient la garde de nuit, positionnés pour maintenir une surveillance nocturne sur la résidence des Templestowe.

La garde de jour avait passé la journée à parcourir les environs de l'ouest de Londres, suivant une calèche occupée par lady St. John, et sa compagne, Mrs. Smith, ainsi que, pendant un moment, lady Dalrymple. Mr. T avait informé la garde de nuit qu'il pensait qu'après une journée aussi occupée, lady St. John et ses compagnes ne mettraient pas le pied hors de la demeure cette nuit-là. C'est pourquoi ses associés s'étaient permis de fermer l'œil et de prendre quelques heures de sommeil sous une porte. L'arrivée de la chaise à porteurs et d'un garçon en livrée qui portait une bougie allumée pour lui éclairer le chemin les avait fait se réveiller mutuellement d'un coup de coude.

Ils regardèrent les porteurs hisser la chaise en haut des deux petites marches et franchir la porte d'entrée, se faisant admettre par le portier dans le grand vestibule. La porte fut refermée pour lutter contre l'air froid de la nuit, et le garçon disparut avec sa bougie au bas des marches qui menaient à l'entrée de service située en dessous du niveau de la rue. Il s'écoula une heure, puis une autre, et alors même que les associés se demandaient si la personne allait rester dormir, la chaise à porteurs émergea de la demeure, portée par les serviteurs musclés, le garçon en livrée remontant à la hâte les marches de service avec sa bougie rallumée pour les éclairer à nouveau.

Les associés observèrent avec un intérêt moindre les porteurs qui ramenaient la chaise à porteurs de là d'où elle était venue, disparaissant dans l'obscurité, la flamme de la bougie devenant floue dans la brume.

Ce qu'ils ne pouvaient pas savoir – les porteurs et le garçon sans méfiance restant tout aussi ignorants – était que l'occupante de la chaise à porteurs qui avait quitté les lieux n'était pas celle qui était arrivée à la demeure deux heures plus tôt. Vêtue d'une cape rouge bordée de fourrure similaire à celle portée par lady Caroline et confiante que les porteurs ne différencieraient pas une cape de l'autre, une femme avait volé jusqu'au bas de l'escalier incurvé, une capuche rabattue sur sa coiffure et la tête penchée afin de dissimuler son visage. Elle s'était assise dans la chaise et avait fermé la portière avant que le portier ne soit allé quérir les porteurs endormis dans le cabinet de toilette situé sous les escaliers.

Sans prononcer un mot, les porteurs soulevèrent les barres et ramenèrent la chaise à Grosvenor Square. Se faire admettre dans la maison du comte de Salt Hendon par un portier ensommeillé sous l'œil vigilant de deux robustes valets fut une formalité. Une fois la porte d'entrée refermée sur le monde, les serviteurs, qui connaissaient le sens du mot *discrétion*, ouvrirent la portière de la chaise avant de retourner à leurs postes pour la nuit, offrant à la passagère l'intimité d'en sortir à sa convenance.

Quatre ans s'étaient écoulés depuis que Diana St. John s'était trouvée entre les murs de cet établissement illustre, alors elle prit un moment pour inspirer cet air raréfié. Avec une satisfaction pleine de suffisance, elle se remémora la disposition des pièces. Chaque pièce opulente avec sa décoration et ses meubles soignés, tous les vastes couloirs et le vestibule éclairé à la bougie, tout était gravé si profondément dans son esprit qu'elle aurait même pu retrouver sa route les yeux bandés.

Ce qui la perturbait et l'avait rongée durant sa captivité était qu'elle ne connaissait pas la suite des pièces qu'elle avait besoin de connaitre de façon intime si elle souhaitait parvenir à accomplir son plan d'éradiquer la progéniture de la comtesse de la surface de la Terre.

Peu importait les rêves vivaces qu'elle avait de Salt House, s'imaginant y présider comme si elle en était bel et bien la maîtresse, aucun d'eux ne montrait jamais la nursery. Elle n'avait visité cet endroit odieux qu'une seule fois, et cela avait été une souffrance. L'existence d'une nursery à Salt House l'avait consumée et tourmentée durant son incarcération, car elle représentait le futur du comte, un futur sans elle.

Portant toujours sa cape en laine rouge, avec la capuche relevée pour lui couvrir les cheveux, Diana St. John se dirigea vers cet endroit détestable.

VINGT

— Quand vous dites que vous êtes un buveur *compulsif*, cela signifie-t-il que vous êtes saoul tout le temps ?

Caroline s'appuyait contre la tête de lit polie du lit d'Antony, s'étant mise à son aise entre les oreillers en duvet et le fin drap en lin et le couvre-lit brodé remontés sur ses jambes croisées. Sur ses genoux se trouvait un petit plateau laqué à l'orientale sur lequel étaient posées une soucoupe et une petite assiette qui contenait une rondelle de citron pressée et une cuillère en argent. Elle tenait la tasse de porcelaine entre ses deux mains et buvait sporadiquement quelques gorgées de thé chaud et sucré pendant qu'ils discutaient.

— Je l'étais. J'étais saoul tout le temps, répondit Sir Antony à sa demande solennelle. Je n'en ai peut-être pas donné l'impression, mais je ne me souviens pas d'un jour où je n'ai pas bu plus que de raison.

— Mais tout le monde boit.

— Pas comme je le faisais. Pas tous les jours, toute la journée. Pas au point de ne pas se rappeler ce qu'on a fait dans la matinée, sans parler du jour d'avant !

— Et à présent, vous ne buvez plus ?

— Je ne bois rien qui ait été distillé, fermenté ou qui puisse griser.

— Rien de ce genre, *jamais* ?

— Pas une seule goutte.

— Alors que buvez-vous ?

Il sourit et brandit sa tasse de porcelaine.

Caroline fronça les sourcils.

— Juste du thé ? Rien d'autre ?

— Oh, vous serez surpris de voir tout ce qu'on peut boire qui ne contient pas d'alcool : du thé, du café, du chocolat, des liqueurs, de l'eau distillée… Et puis il y a le vin spécial du prince Mikhail.

— Un vin spécial ? Qu'a-t-il de si spécial ?

— Je dirais que ce sont les bouteilles qui le renferment qui le rendent spécial. Ce n'est pas vraiment du vin, expliqua-t-il, simplement de l'eau distillée parfumée. J'en ai une douzaine dans ma cave. Au besoin, je ne bois que de ces bouteilles. C'est une bonne astuce qui me permet de boire en compagnie sans véritablement ingérer du vin.

— Quand serez-vous guéri ?

Il hésita à répondre et prit le temps d'ajouter puis de touiller une demi-cuillerée de sucre dans son thé, quittant enfin le chariot pour venir s'asseoir sur le bord du lit, près d'elle. Il se sentait vaincu et meurtri, et le thé – sa seconde tasse – avait contribué à apaiser son cœur qui battait trop fort dans sa poitrine. Il avait dévoilé son âme et avoué à Caroline son passé d'ivrogne, dans son intégralité, et elle l'avait écouté sans mot dire, comme il le lui avait demandé. Naturellement, elle avait à présent des questions qui appelaient des réponses, et cette question, celle qu'elle venait de lui poser, était la plus difficile de toutes à contenter. Elle exigeait qu'il lui dise ce que leur futur leur réserverait. Il priait pour qu'elle réponde *oui* à sa demande en mariage. Préfèrerait-elle partager sa vie avec un buveur compulsif plus que d'être mariée à un narcissique phtisique à l'humeur massacrante ?

Il tendit le bras pour lui saisir la main et plongea dans ses yeux verts. Il valait mieux être direct. Qu'aurait-il pu lui dire d'autre ?

— Il n'y a pas de remède. Je resterai un ivrogne pour le reste de ma vie.

— Mais… Vous ne vous saoulez plus. Vous avez arrêté de boire…

— Cela ne signifie pas que je n'ai pas envie de boire ou bien que je ne me saoulerai pas à l'avenir, expliqua-t-il. L'envie ne me quitte jamais. Elle ne part jamais.

Caroline fronça les sourcils.

— Comment savez-vous qu'elle ne partira pas ? Comment savez-vous que vous ne pouvez pas vous arrêter à un seul petit verre ?

— Un ivrogne ne peut pas s'arrêter après juste un verre. C'est tout ou rien.

— Mais… Comment le savez-vous ? Cela partira peut-être ?

demanda-t-elle d'une voix pleine d'espoir. Peut-être qu'un jour, vous allez vous réveiller et que vous n'aurez plus cette envie ?

Il secoua la tête.

— Caro, écoutez-moi. C'est important que vous réalisiez ce que je suis et que ce sera au quotidien… C'est ainsi qu'il en ira pour nous, si vous m'épousez. Vous rappelez-vous que je vous ai dit que son altesse le prince Mikhail m'avait aidé quand j'étais au plus bas ? Il a été en mesure de m'aider parce que lui aussi est un buveur compulsif. Il a reconnu en moi les mêmes signes. Il m'a laissé entrevoir les profondeurs dans lesquelles peut s'abîmer un ivrogne, rien que pour trouver son prochain verre. Il en a payé le prix avant de reprendre ses esprits et de se rendre compte que s'il ne s'arrêtait pas de boire, il allait mourir, et cela avant même que ses enfants ne puissent marcher !

« Une nuit, on l'a trouvé gelé dans la rue. Son cœur battait à peine. Ses engelures étaient si sévères que des chirurgiens ont dû opérer. Deux doigts de sa main gauche et trois orteils de son pied droit ont noirci, gangréné et ont dû être amputés. Mais il était reconnaissant d'être en vie. Il ne voulait pas que je subisse le même sort avant d'avoir pu me reprendre. Il m'a convaincu d'accepter son aide et ses conseils, et ainsi c'est à Micha – son altesse – que je dois ma vie, la vie que je mène à présent. Il réussit à contrôler son besoin de boire pendant depuis une décennie, ce qui est un exploit en soi, mais pas sans le soutien de sa femme et de sa sœur, ainsi que la vigilance de ses gardiens.

— Ses gardiens ?

— Des serviteurs formés pour restant vigilant au moindre signe de fléchissement. Si leur maître rechute, ils ont sa permission écrite et son pardon afin de le faire enfermer jusqu'à ce qu'il retrouve la maîtrise de lui-même et de ses pulsions. C'est une mesure drastique, mais elle est efficace.

— Avez-vous aussi de tels serviteurs, de tels gardiens ?

— Oui. Ne craignez rien ; je ne peux pas être enfermé sur un coup de tête. Tous les cinq doivent convenir de la nécessité du traitement. Ils ne peuvent agir séparément, et les quatre ne peuvent agir sans le cinquième. Caro, vous devez comprendre qu'avec autant de certitude que la nuit succède au jour, un jour viendra où je fléchirai. L'obsession est parfois intenable, mais jusqu'ici, j'ai réussi à contrôler mes pulsions.

Caroline lui pressa les doigts.

— Je crois que je comprends… Je n'aime pas l'idée de vous savoir enfermé, à avoir besoin de *traitement*. Et je m'inquièterais terriblement jusqu'à ce que vous soyez rétabli, mais je n'interfèrerai jamais dans ce qui est dans votre intérêt…

Il lui baisa la main.

— Merci.

— Les valets barbus qui ont amené le chariot de thé dans le salon… Celui qui m'a soulevée et m'a emmenée dans votre boudoir… Ce sont vos gardiens ?

— Oui, dit-il avec un fin sourire. J'avais espéré que même s'ils sont Russes, ils se seraient intégrés dans ma maison vêtus d'une livrée.

Il éclata de rire.

— Je n'avais pas réalisé qu'ils avaient jeté leurs rasoirs cinq minutes après avoir quitté Saint-Pétersbourg. Porter la barbe y est interdit par décret impérial, mais le reste de la Russie ignore cet édit. Je ne peux pas les forcer à se raser et je n'en ai aucune envie. Il semble que la barbe fait partie de leur train de vie naturel. Alors je serai le seul lord anglais avec des valets hirsutes !

— Oh, je les trouve splendides avec leurs barbes. Cela apporte une touche d'exotisme à votre demeure, dit-elle en souriant. Vous devriez les vêtir d'une livrée différente des autres valets. Équipez-les de tresses dorées et de bas colorés. Rendez-les spéciaux. Paradez-les comme les gardes de votre demeure. D'ailleurs, si on y réfléchit bien, c'est ce qu'ils sont. Et ils en ont toutes les apparences, à être si grands et costauds. Et quand nous voyagerons d'une ambassade continentale à une autre, on parlera de nous, ne serait-ce qu'à cause de nos gardes personnels. Nous pourrions même lancer la mode des valets barbus !

— Alors vous approuvez mes baisers ? Ou bien est-ce autre chose en particulier chez moi qui vous a décidée à m'accompagner à ma prochaine affectation… ?

Elle garda les cils baissés, même si elle ne put empêcher la chaleur de faire briller ses joues.

— Vos baisers me font vibrer…

— Vraiment ?

— … de partout. Et la petite chose…

— La petite chose ?

— … la petite chose en particulier n'est pas ce que vous croyez ! Même si je dirais que sur cette *autre* chose en particulier, vous n'avez pas besoin de mes compliments, parce que je suis certaine que d'autres femmes avec bien plus d'expérience que moi vous ont complimenté sans avoir besoin d'exagérer.

— M'ont complimenté ? À propos de mes cheveux courts ? répondit-il en feignant un froncement de sourcils interrogateur.

— Vos cheveux ?

Ce fut au tour de Caroline de froncer les sourcils.

— Laissez-vous les autres femmes vous voir sans votre perruque ? Non ! Ne répondez pas ! Ce ne sont pas mes affaires, mais les vôtres, et je…

— … vous serez la seule femme à partir d'aujourd'hui à avoir ce privilège. Vous semblez extrêmement satisfaite de ma chevelure naturelle, alors malgré mon envie de couvrir ma tête exposée lorsque je me trouve en public, je ne l'ai pas fait, pour vous.

— Oh ! Oh ! Oui ! Je parlais de…

— Cette petite chose en particulier dont vous parliez était ma tête *sans* perruque ?

— Oui ! Bien sûr ! dit-elle rapidement, plus troublée que jamais.

Quand il sourit et lui adressa un clin d'œil, elle se rembrunit encore davantage, comprenant sa ruse espiègle. Elle sourit, ne ressentant pas la moindre gêne. D'ailleurs, elle fut surprise de se découvrir submergée par une sensation de bonheur total. Pour la première fois depuis de nombreuses années, l'incertitude et la douleur avaient disparu. Elle était comblée, et de cette sensation découlait la conscience d'être à son aise, adossée contre les moelleux oreillers de plumes du lit d'Antony. Elle s'imaginait que ce serait ainsi quand ils seraient mariés. Elle aurait voulu se blottir sous les couvertures, avec les bras et le corps d'Antony enroulés autour d'elle, et se laisser glisser dans un sommeil profond et satisfait. Dormir. Elle se rendit soudain compte qu'elle était très fatiguée, car il devait bien être les petites heures de la nuit.

Et pourtant, il lui restait encore quelques questions à poser et elle voulait qu'il y réponde sans attendre, pendant qu'il était enclin à partager des confidences. Il s'était montré réellement candide à propos de son affliction, chose dont elle n'avait absolument rien su, et cela lui avait apporté des réponses quant à son comportement passé qui avait été si éloigné de l'Antony qu'elle connaissait et aimait. Elle admirait sa bravoure et le fait qu'il lui ouvre son âme, et parce qu'il l'avait fait, parce qu'il était son meilleur ami et qu'elle l'aimait, il n'était que juste qu'elle partage son fardeau.

— Parlez-moi de votre thé, demanda-t-elle à voix basse. Est-ce ce qui vous aide à ne pas désirer ingurgiter ces substances qui vous font du mal ?

— C'est le rituel qui sous-tend la préparation d'une tasse de thé parfaite qui m'aide à surmonter mes pulsions, expliqua-t-il. À chaque fois que je prépare une tasse de thé, je suis un nombre d'étapes précis.

Chaque étape qui me rapproche de la tasse de thé parfaite est un pas qui m'éloigne du désir d'avaler un verre de vin ou une goutte de brandy.

— Oui. Je vois bien que vous êtes absorbé dans le rituel. La façon dont vous préparez votre thé est très apaisante, répondit-elle avec un sourire, étouffant un bâillement.

Il sourit.

— Apaisant est-il synonyme d'ennuyeux ? Suis-je en train d'endormir ma dame ?

— Non ! Ne plaisantez pas ! dit-elle en faisant la moue. Il est tard et j'ai envie de dormir…

Elle posa la tasse de thé pour se rallonger parmi les oreillers.

— J'aime la façon dont vous préparez votre thé. J'aime vous regarder effectuer votre rituel. Je vous ai observé aujourd'hui dans le salon et vous avez suivi précisément les mêmes étapes que plus tôt. Tout est pareil dans les moindres détails. Par exemple, les anses des tasses sont toutes tournées vers la gauche, alors que les cuillères restent posées à droite sur la soucoupe.

Il sourit.

— Vous êtes observatrice. Ce rituel est ce qui m'aide à maintenir ma sobriété. Il existe d'autres aspects de ma vie auxquels j'applique des rituels. Tout cela m'aide à me distraire et me permet de me concentrer sur ce qui le plus important dans ma vie.

Caroline se blottit sous les couvertures et leva les yeux vers lui avec un sourire plein de coquetterie.

— Suis-je importante dans votre vie, Monseigneur ?

Il arqua un sourcil.

— Avez-vous besoin de me le demander ?

— Bien entendu. Je ne me lasserai jamais de vous l'entendre dire.

— Savez-vous ce qui m'a enfin permis d'arrêter de boire ?

Elle secoua la tête, impatiente d'entendre sa réponse.

— Misha m'a ouvert les yeux et a donné un nom à ma compulsion. Il m'a fait prendre conscience de ce que je suis vraiment, de me regarder dans le miroir et de dire *Je suis un buveur compulsif*. Mais il a quand même fallu que je *veuille* changer ma vie, que j'aie une raison de changer, de changer en mieux.

— Dites-moi, murmura-t-elle. Quelle était votre raison ?

Il répondit sans hésitation.

— Vous, Caro. Je voulais être capable de vous demander de m'épouser le cœur pur et l'esprit clair. J'y suis parvenu, ajouta-t-il en soufflant, même si l'exécution était brouillonne.

Elle secoua la tête, les larmes aux yeux.

— Non, non. Vous l'avez brillamment exécutée. Vous m'avez demandé de vous épouser comme j'ai toujours rêvé que vous le fassiez. C'était parfait. C'est moi qui l'ai gâché pour vous – pour nous. C'est *moi* qui ai été brouillonne !

Il baissa les yeux vers la main qu'il tenait dans la sienne et ajouta avec une note de tristesse :

— J'ai pris la décision d'arrêter de boire avant d'avoir appris que vous aviez épousé Aldershot. Quand j'ai découvert que vous étiez l'épouse d'un autre, que vous ne pouviez plus m'appartenir… j'ai failli abandonner. J'ai sérieusement songé que rester ivre le reste de ma vie était préférable à vivre une existence de sobriété en vous sachant mariée à un autre.

— Oh, Antony. *Non.*

— Mais alors, j'ai réalisé que si je ne pouvais pas rester sobre pour ma propre estime, quelle sorte d'homme aurais-je fait ? J'avais peur que si je retombais dans l'alcoolisme et retournais en Angleterre, vous y trouvant heureusement mariée et peut-être mère, je n'aurais jamais contrôlé mon addiction.

— Mais vous êtes revenu et je ne suis plus mariée, je n'ai pas d'enfants et vous avez repris le contrôle, alors vous n'avez aucune raison d'avoir peur, n'est-ce pas ?

Il sourit en entendant la note d'optimisme dans sa voix et sauta à bas du lit. Il s'empara du petit plateau laqué sur lequel étaient posées leurs tasses vides et il demeura à la contempler un moment.

— J'ai réalisé autre chose pendant que je contemplais ce miroir… Une vie passée sans la partager avec celle qu'on aime n'est qu'à moitié vécue…

Il lui adressa une petite inclinaison charmante de la tête.

— Veuillez m'excuser un moment pendant que je débarrasse notre thé…

Il prit son temps, empilant les assiettes propres, rinçant les tasses et les cuillères en argent avec l'eau chaude de son samovar puis essuyant avec précaution les objets avant de tous les remettre à leur place sur le chariot à thé. Les feuilles de thé infusées furent versées dans une haute jarre de porcelaine au couvercle ajusté, et les deux théières furent rincées et replacées sur leurs socles respectifs. Ensuite, il nettoya le passe-thé en porcelaine blanche et bleue et le mit de côté. Puis il s'essuya les mains sur une serviette qu'il plia avant de la replacer sur son crochet fixé sur le côté du chariot. Satisfait de voir que le chariot serait prêt et tout disposé pour sa prochaine tasse de thé, il s'en éloigna et retourna vers son lit.

Caroline était profondément endormie. Il l'avait deviné. Il avait pris son temps, suffisamment pour s'assurer que malgré tous ses efforts pour rester éveillée, elle soit incapable de combattre le besoin de fermer ses paupières lourdes et de tomber dans un sommeil profond. Les mains dans les poches de son banian de soie, il la regarda. Il avait toujours du mal à croire que Caroline se trouvait dans son lit, que c'était sa chevelure d'un roux éclatant qui dégringolait sur ses oreillers de lin blanc.

Plus tôt, quand il était entré dans sa chambre après avoir confié Boots le carlin à son majordome, il avait été submergé par le désir de se débarrasser de son banian, d'aider Caroline à retirer sa fine camisole, de la jeter nue sur son lit et de l'embrasser des pieds à la tête. Il lui aurait fait l'amour autant de fois qu'elle l'aurait désiré ; lui prouver qu'il aurait pu la rendre plus heureuse que tout autre homme. Au lieu de cela, il avait réprimé son désir accablant et s'était calmement préparé une tasse de thé.

Ce n'était pas que la confession ou l'heure tardive aient drainé son désir. Il n'était pas moins désireux de lui faire l'amour ; son corps lui en offrait une preuve flagrante. C'était quelque chose de moins tangible, mais qui n'était pas moins vrai pour lui. Était-ce de la fierté ? De l'honneur ? De la présomption ? Quoi que ce soit, cela exigeait qu'il reste fidèle à son code de conduite courtoise. Maintenir son honneur lui était aussi important que de respirer. Sans lui, il n'était pas un gentleman. Il ne braderait pas cette expérience d'union amoureuse intime et ultime qui ne devrait commencer que durant leur nuit de noces et pas avant. Alors, il écarta tendrement une longue boucle auburn soyeuse de la joue de Caroline, lui embrassa doucement le front, la borda soigneusement sous le couvre-lit et se retira dans son vestiaire. Une nuit d'inconfort sur sa méridienne était un prix dérisoire à payer pour avoir la conscience tranquille et le sommeil paisible.

Il se réveilla deux heures plus tard, baigné de sueurs froides, ayant rêvé, non de son adorable Caroline endormie dans son lit dans la pièce d'à côté, mais de sa sœur, et il savait avec une certitude déprimante qu'il n'aurait jamais la vie qu'il désirait aux côtés de Caroline avant qu'il ne se soit occupé de Diana une bonne fois pour toutes.

Plus tôt dans la journée, sa sœur lui avait arraché des mains l'invitation au bal masqué de Salt, les yeux brillant de triomphe. Elle avait fièrement montré le carton doré à lady Dalrymple et Mrs. Smith. Sans surprise, la conversation qui s'était poursuivie tout au long du dîner et plus tard, en prenant le café et des macarons dans le salon étrusque, n'avait tourné qu'autour du bal masqué, des tenues, des invités et du besoin de passer les quelques jours qui précédaient le bal à effectuer des essayages de costumes et à rendre visite à des amies qui comptaient également parmi la liste des invités.

Sir Antony s'était calé dans un fauteuil doré dans le salon avec sa tasse de thé, spectateur masculin silencieux d'une de ces discussions féminines animées. Il aurait pu être un fantôme sorti des sphères éthérées tant sa présence avait été oubliée. Peu importait. À la vérité, il était content d'être ignoré. Cela lui donnait toute latitude pour observer sa sœur et, égoïstement, enregistrer ce souvenir d'elle : belle et animée, débordante d'excitation, consumée par la recherche inoffensive d'un costume et d'un masque.

Enfin, il était retourné dans sa chambre, débordant de tristesse. L'invitation avait commencé à remplir son but. Diana avait été bercée d'un faux sentiment d'assurance quant à sa place dans les affections du comte de Salt Hendon, car cette invitation ne pouvait qu'indiquer le pardon.

C'était pendant qu'il se déshabillait et qu'on faisait couler son bain qu'il avait formulé un plan pour l'incarcération de Diana. Avec l'aide des Russes, ainsi que celle de Mr. T et de ses associés, il avait l'intention que Diana « meure » la nuit du bal. Un puissant narcotique et la découverte de son corps inconscient au pied des escaliers conduiraient la société et les proches sans méfiance à croire qu'elle était tombée et s'était brisé la nuque. Il y aurait un enterrement, mais pas de corps. Toutefois, avec sa mort, ses enfants pourraient porter le deuil et le nom de leur famille serait sauvé de l'ignominie ; la vie pourrait reprendre son cours. À la vérité, sa sœur passerait le reste de ses jours exilée dans les régions sauvages et isolées de la Russie dont seule la mort permettait de s'échapper.

Toutefois, il avait à présent un meilleur plan, grâce à son tête-à-tête avec Caroline alors que lui était immergé dans l'eau de son bain et elle, assise sur le tabouret au pied de sa baignoire. Il avait écouté et réagi avec ce qu'il pensait être stoïcisme et retenue à sa confession sincère de ce qu'avait été sa vie depuis qu'il était parti pour Saint-Pétersbourg. Mais sous le masque, il enrageait. La colère couvait et bouillonnait, se transformant en rage alors que Caroline lui déversait ses secrets, sa honte profonde et son sentiment de n'être pas digne de devenir son épouse. Il savait qu'au bout du compte, c'était lui qui était à blâmer pour les quatre années de souffrance qu'elle avait subies, alors le gros de sa colère avait été dirigé contre lui-même, mais il n'était pas à blâmer pour la perte de son innocence durant un bal masqué. Il savait sur qui reposait cette faute. Même si elle n'avait pas prononcé son nom, il n'avait guère dû se creuser les méninges pour en conclure que son séducteur et son amant ne faisaient qu'un, et que cet homme n'était autre que le parlementaire Dacre Wraxton.

Il ressentait le désir puissant d'étrangler à mort ce débauché de Wraxton, ou du moins de le frapper jusqu'au sang de la pointe de son épée. Toutefois, le diplomate qu'il était concocta un plan bien meilleur qui lui permettrait non seulement de s'occuper de Dacre Wraxton, mais aussi de sa sœur. La société aimait le scandale, particulièrement s'il débordait de lascivité. Wraxton et Diana s'enfuiraient ensemble sur le Continent, après quoi sa sœur mourrait, peut-être en se noyant durant la traversée de la Manche. Wraxton écrirait alors à lord Salt ces terribles nouvelles, et la haute société tomberait dans le panneau, particulièrement parce que Wraxton aurait disparu en même temps que sa sœur. Sir Antony ne se préoccupait guère que l'homme passe sa vie en exil, tant qu'il se trouvait à des centaines de kilomètres de distance de Caroline. Il avait la certitude que le parlementaire dissolu accepterait ses plans. Sans quoi un duel le ferait rapidement changer d'avis.

Confiant en la réussite de son plan, il était déterminé à évacuer sa sœur de ses pensées durant les quelques heures de sommeil qui lui restaient. Il tapota les oreillers, s'installa à nouveau de son mieux sur une méridienne qui était trop petite pour lui, songeant à l'amour de sa vie blottie dans son lit, et il contempla les braises ardentes dans l'âtre jusqu'à ce qu'il s'endorme.

VINGT-ET-UN

Diana St. John sourit de sa propre ingénuité alors qu'elle se dirigeait vers la nursery. Elle gravit l'escalier principal et traversa les couloirs sans éveiller les soupçons des valets qui s'endormaient à leur poste dans les alcôves illuminées devant lesquelles elle passa en se rendant au troisième étage. Elle était tellement sûre de ne pas être surprise qu'elle rabattit la capuche de sa cape écarlate afin de mieux parvenir à retrouver son chemin à travers les pièces interconnectées. Un feu qui couvait dans tous les âtres et deux bougies qui brûlaient dans les alcôves à miroir dans toutes les pièces offraient chaleur et luminosité.

Les enfants étaient profondément endormis dans leurs petits lits. Dans chaque pièce, les nourrices qui veillaient sur eux durant la nuit, au cas où un petit se réveillerait et aurait besoin d'être calmé, étaient endormies sur des lits gigognes ou bien des chaises. L'absence de porte entre les pièces aida Diana St. John à se glisser facilement d'un endroit à l'autre. Elle ne s'attarda que dans une seule chambre. C'était celle de deux petits enfants, un garçon et une fille. Tous deux dormaient paisiblement, allongés sur le dos, alors elle avait été capable de bien observer leurs petits visages, leurs joues rougies par la chaleur et leurs fronts lisses et paisibles. Le garçon avait une masse de boucles blondes et le teint des Sinclair ; la petite fille, qui n'était guère plus qu'un nourrisson, avait des anglaises noires, des joues rondes rouge vif et un visage angélique qui ressemblait particulièrement à sa maudite mère.

C'est le garçon que Diana observa le plus longtemps. Si elle possédait une parcelle d'attention maternelle, c'était entièrement pour lui, à cause de sa ressemblance marquée à son noble père. Mais le moment passa rapidement, car cet enfant aux cheveux blonds avait usurpé la place de son fils en tant qu'héritier du comté de Salt Hendon, et cela lui laissait un goût amer et une haine pleine de ressentiment. Ce premier-né ne garderait pas longtemps l'assurance de sa noble lignée, et cela la fit sourire.

Elle observa l'immense pièce avec ses jolis meubles dorés peints dans des tons bleu et rose pastel, des rideaux assortis, une cheminée dotée d'un écran de protection et des tapis épais. Une nourrice était endormie, roulée en boule sur une chaise sous un couvre-lit. Comme il serait simple de mettre le feu aux rideaux. Combien de temps cela prendrait-il avant que quelqu'un ne sente le tissu qui brûlait, avant que la pièce ne se retrouve engloutie dans les flammes, avant que les enfants ne suffoquent dans le nuage de fumée ? Toutefois, elle résista à cette impulsion, car elle ne pouvait pas se permettre d'être impliquée.

Elle avait besoin d'être perçue comme un roc aux yeux du comte, de se faire son seul réconfort quand le temps viendrait pour sa famille de périr dans un brasier. Et l'opportunité parfaite venait de lui être offerte sous la forme de ce bal masqué. Elle avait manqué pousser un cri de joie l'après-midi même, lorsqu'elle avait reçu l'invitation de Salt. Cela signifiait certainement que l'emprise que sa femme avait sur lui déclinait, car elle n'aurait jamais accepté la présence d'une rivale, ce qui n'était guère surprenant. Porter trois enfants à un rythme aussi rapide avait dû flétrir la beauté de cette catin maigrichonne. Un homme de l'appétit de Salt requérait de la chair, des femmes toutes disposées qui auraient répondu à ses besoins et qu'elle-même saurait satisfaire, tout ou partie, quand elle aurait repris la position qui lui revenait, à son côté.

Avec une raison légitime de se retrouver dans la maison la nuit du bal, existait-il une astuce plus simple que de disparaître un instant afin de laisser Mrs. Smith accéder à la maison ? Elle mettrait le feu, laissant savoir à la comtesse que ses enfants étaient en péril et la famille tout entière enfermée sans moyen d'échapper à la fumée et aux flammes. Diana sauverait l'héritier du comte de Salt Hendon, mais le garçon finirait par mourir dans ses bras, malgré tous ses efforts pour le ranimer. Le secourir serait la preuve tangible de sa dévotion envers le comte ; et que le petit soit mort dans ses bras après tous les efforts qu'elle avait faits pour le sauver ne pourrait pas lui être imputable. Elle attendait ce moment avec impatience.

Ce n'était pas pour cette nuit.

Cette nuit-là, elle était venue chercher ce que la nièce incapable de

Mrs. Smith avait été trop lâche pour arracher des doigts potelés de cet enfant à la chevelure d'or. Elle trouva le singe en tissu installé sur le côté de son matelas, près de son oreiller. Selon la nièce de Mrs. Smith, ce jouet absurde, cette poupée de tissu qui était censée ressembler à un singe au visage souriant, vêtu d'une chemise jaune et d'une culotte courte marron, ne quittait jamais l'enfant. Une telle indulgence n'aurait jamais été tolérée dans sa propre maison. Ses enfants n'avaient le droit de posséder que des objets pratiques ou éducatifs, car comment les enfants pourraient-ils devenir des êtres sages et obéissants si on les laissait céder à leurs caprices enfantins ? Ce singe était une autre manifestation du fait que cette créature n'était pas faite pour rester comtesse de Salt Hendon, et il serait également réduit en cendres avec le reste de la famille du comte. Mais pour le moment, elle en avait besoin. Le singe était nécessaire afin d'attirer le garçon dans ses bras, à l'écart de ses nourrices, de ses parents et des flammes qui engloutiraient la nursery.

Avec le singe en tissu en sa possession, elle était prête à retourner à la demeure de son frère de la même manière qu'elle l'avait quittée : dans la chaise, et sans éveiller les soupçons des porteurs. Car sinon, comment lady Caroline serait-elle retournée à Salt House sans être alertée du détournement de son moyen de transport et de ses serviteurs ? Fourrant le singe en tissu sous sa cape, Diana se tourna pour partir et se retrouva nez à nez à une grande adolescente vêtue d'une camisole et de bas qui se tenant dans le couloir et lui bloquait la sortie.

C'était sa fille, Magna.

— Maman, c'est le singe de Ned, dit Merry d'une voix épaisse et endormie qui indiquait qu'elle n'était pas éveillée. Avez-vous aimé ma peinture de Peter l'Ara ? C'est un oiseau si spécial…

Après une séparation forcée de quatre ans, l'instinct d'une mère aurait été de courir vers son enfant, de l'étreindre, de l'embrasser, le besoin de contact physique surpassant toute autre autre considération, tant qu'il s'agissait de convaincre l'enfant qu'elle était aimée et désirée. Mais pas pour Diana. Elle fut contente de voir sa fille en si bonne santé, mais elle n'aurait pas pu choisir un moment plus malvenu pour une réunion de famille. Cela viendrait plus tard, en présence du comte et de Ron, pas avant. Elle n'avait tout bonnement pas de temps à consacrer à cette fille à moitié inconsciente. Alors, passant un bras autour de ses fines épaules, elle encouragea Merry à retourner se coucher. Somnolente, Merry lui obéit volontiers et se glissa sous les couvertures.

— Bonne nuit, Maman, dit Merry d'une voix endormie, posant la tête sur l'oreiller. Grand-mère et moi... Nous viendrons vous rendre visite...

Diana lui tapota l'épaule, attendit un moment et s'en alla.

QUAND MERRY S'ENQUIT DE SA MÈRE À LA TABLE DU PETIT déjeuner le lendemain matin, le comte et la comtesse échangèrent un regard surpris. C'était la première fois en six mois qu'ils avaient mentionné Diana. La seule explication logique – que Merry n'eut aucun mal à accepter quand elle relata à son oncle Salt et sa tante Jane les événements de la veille –, était qu'elle avait rêvé.

— C'était un rêve, Tante Jane, se rassura Merry, reposant le couteau à beurre en argent sur son assiette.

Elle offrit à Beth sa dernière tartine de confiture, que la petite fille accepta avec enthousiasme, puis regarda successivement le comte et la comtesse, qui la dévisageaient tous les deux, braquant les yeux sur cette dernière.

— Ron m'a dit une fois que si l'on veut rêver de quelque chose ou de quelqu'un, il faut y penser juste avant de s'endormir. Cela ne m'est encore jamais arrivé. Et je n'ai jamais voulu rêver de Maman parce que cela m'aurait tout simplement rendue malade...

— C'est compréhensible, en convint le comte.

Merry hocha la tête et laissa son regard tomber sur l'assiette au motif bleu et blanc en disant d'une petite voix :

— Je ne veux pas la voir...

Elle regarda la Comtesse.

— Je n'ai pas à la voir, n'est-ce pas ?

— Je suis désolée, Merry. J'aimerais pouvoir contrôler vos rêves.

Merry secoua la tête. Elle se tourna vers le comte.

— Je n'étais pas censée vous le dire, mais vous avez dit que nous ne devrions pas avoir de secrets si les garder nous met mal à l'aise...

Quand le comte hocha la tête, jetant un rapide regard vers sa femme, elle poursuivit avec un peu plus d'assurance :

— Cela devait être une surprise pour Maman. Grand-Mère m'emmène la voir aujourd'hui. J'ai dit oui, mais je ne veux pas la voir sans Ron et sans vous, Oncle Salt... Grand-Mère dit qu'on doit y aller seules, ajouta-t-il rapidement. Elle dit que je dois garder cette visite secrète, mais je ne veux pas partir. Et je n'aime pas avoir de secrets !

— Pas de che-crets ! déclara Ned, assis sur un siège rehaussé près de son père, la bouche à moitié pleine de pain et d'œuf.

— Et on ne parle pas la bouche pleine, Ned.

Jane gronda doucement son premier-né, même si elle était reconnaissante de cette interruption qui allégea considérablement l'atmosphère et provoqua un rire larmoyant chez Merry.

— Maman a raison, Ned. Mais je vous remercie de votre contribution, répondit gravement le comte.

Et même s'il y avait un rire dans ses prunelles, à l'intérieur, que lady Reanay soit assez bête pour tenter un coup pareil dans son dos le mettait en rage.

— Merci de vous être confiée à nous, Merry, dit-il à voix basse. Je vous ai donné ma parole à vous et à Ron que lorsque le temps serait venu de retrouver votre mère, ce serait en ma présence, et seulement si vous le souhaitiez. Je ne reviens pas sur mes promesses.

Merry hocha la tête ; son soulagement était palpable. Puis elle fronça les sourcils.

— Grand-mère va m'en vouloir…

— Laissez-moi m'inquiéter des sentiments de lady Reanay, énonça le comte, les narines tremblantes.

— Je suis certaine qu'une fois que votre oncle expliquera *gentiment* à votre grand-mère à quel point cette visite vous met mal à l'aise, elle comprendra, la rassura Jane avec un sourire en regardant son mari. N'est-il pas, Monseigneur ?

Salt desserra la mâchoire et inclina la tête.

— Soyez certaine, Madame, que je serai *très* gentil.

— Avez-vous rêvé d'autre chose, Merry ? demanda Jane d'un ton léger, feignant de se concentrer sur une tartine de beurre qu'elle coupait en deux.

— J'ai rêvé de mes aquarelles de Peter l'Ara, répondit Merry qu'elle réussit à divertir. De celle que j'offrirai à Oncle Tony. Kitty dit qu'il a été fasciné par Peter quand il l'a rencontré hier. Oncle Tony viendra-t-il nous rendre visite bientôt ? demanda-t-elle au comte. J'ai tellement envie de le voir ! Peut-être préfèrerait-il un portrait de Penny le chien ?

— Je crois que votre Oncle Tony chérira toute peinture que vous déciderez de lui donner, dit Jane. Et pas seulement parce que vous avez un talent pour le dessin, mais parce qu'il vous aime et que vous lui avez grandement manquée pendant qu'il était en poste à Saint-Pétersbourg.

Merry hocha la tête avec un sourire.

— Oui. Il m'en parlait toujours dans ses lettres – du fait que je lui manquais, et qu'il garde toutes mes aquarelles dans un dossier spécial.

Elle fronça les sourcils.

— Peut-être pourrais-je lui donner une aquarelle de Peter... Mais j'ai peint de *bien* meilleurs portraits de Penny le chien. Peter est bien plus coloré...

— ... et bien plus bruyant, se plaignit le comte avec un soupir exagéré destiné à faire rire sa nièce. Je suis surpris que vous n'ayez pas dit que ce rêve était un cauchemar s'il parlait de cet être au plumage bleu ! Je rêve de Peter *tout* le temps.

Les yeux bruns de Merry s'écarquillèrent.

— Vraiment, Oncle Salt ? *Pour de bon* ?

— Oui ! Je rêve qu'il *quitte* mon antichambre !

— Oncle Salt ! Comment pouvez-vous ?

— Et qu'on l'envoie... à Timbuktu !

— Tim... beaucoup ! fit écho Ned.

Il se mit alors à montrer à tous les convives autour de la table sa bouche grand ouverte pour prouver qu'il ne parlait pas en mangeant. Quand sa petite sœur poussa un cri de joie en voyant la bouche ouverte de son grand frère et sa rangée de dents blanches, et qu'elle tapa dans ses mains, Ned ouvrit la bouche plus grande, si c'était possible. Puis pour plus d'effet, il tira la langue.

— Merci, Ned. À présent, refermez la bouche, je vous prie, lui ordonna doucement sa mère.

Le comte et la comtesse échangèrent un sourire contenu devant les singeries de leur aîné, et ils étaient tous les deux au bord de l'hilarité. Merry pouffait derrière sa main. Ned obéit à grand bruit, et il fit la moue avec un sourire en coin espiègle à sa petite sœur, fier d'avoir fait crier Beth à la table du petit déjeuner. Enfin, il se remit à manger son œuf.

— Oncle Salt, Cousine Caroline ne permettra jamais qu'on retire Peter de votre antichambre. *Tout le monde* l'aime sauf *vous* !

— Voilà ! Vous l'avez dit, Merry ! *Mon* antichambre. Pas celle de Caroline. *La mienne*, rétorqua le comte en feignant de s'offenser.

Il adressa un regard à son épouse.

— Avez-vous entendu, Madame ? Je suis redevable à une créature au plumage bleu dont on entend les cris jusqu'à... *Bristol*.

— Il ne crie qu'à vous, mon amour, répondit Jane à voix basse, échangeant un sourire avec Merry.

Elle essuya la confiture sur les joues potelées et les doigts collants de sa petite fille.

— Voilà ! Tu es propre, Beth ! dit-il avec un sourire, les yeux écarquillés et embrassant la paume de la main potelée de sa fille.

Elle posa une tasse à bec pleine de lait chaud dans les petites mains de sa fille et regarda le majordome.

— Qu'y a-t-il, Miller ?

Un valet en livrée avait traversé toute la pièce, prenant soin d'éviter un tambour d'enfant, un assortiment de jouets à traîner en bois peint et deux sifflets d'argent sur des rubans tressés, et il parla à l'oreille du majordome.

— L'article en question, qui a fait l'objet de recherches attentives dans toutes les pièces appropriées, n'a pas encore été retrouvé, Madame, expliqua le majordome à la comtesse d'une voix plate, mais en jetant un regard en coin à l'héritier de Lord Salt.

— Merci. Veuillez dire à Nourrice que le personnel de la nursery ne doit pas s'inquiéter. On le retrouvera quelque part, j'en suis certaine. Et probablement dans l'endroit auquel on s'y attend le moins.

— Très bien, Madame, répondit le majordome.

D'un hochement de tête, il renvoya le valet vers la nursery avec cette directive avant de se tourner vers un autre valet qui patientait en silence, lui demandant de remplir à nouveau l'urne en argent d'eau bouillante.

Salt posa sa tasse de café sur sa soucoupe et regarda sa femme de l'autre côté de la table après avoir jeté un regard à son fils aîné, qui s'affairait à plonger la moitié d'une mouillette dans sa moitié d'œuf à la coque, comme son père le lui avait montré. Salt avait coupé des tranches régulières de pain jusqu'en leur centre afin de leur faire des jambes, rendant plus difficile, et ainsi plus long pour un enfant de quatre ans, de plonger une jambe à la fois dans le jaune moelleux. Contrairement à la plupart des petits de son âge, une fois que Ned se concentrait sur une activité, il montrait une capacité remarquable à adhérer à sa tâche, chose dont son père était secrètement très fier. Cette activité avait un objectif précis : d'empêcher son fils de songer à la disparition inexplicable de son jouet favori, Monsieur Singe Malin, connu dans toute la demeure sous le simple nom de Singe.

— Aucun résultat ? demanda Salt à Jane avec légèreté.

— Non ?

— Alors il vaut peut-être mieux qu'il demeure p-e-r-d-u, lui dit le comte d'un ton enjoué. Que votre premier-né soit en pantalons et sevré de son d-o-u-d-o-u cinq mois avant son quatrième anniversaire n'est pas une si mauvaise chose, n'est-ce pas ?

Jane n'était ni apaisée, ni dupe.

— Apprendre à votre fils à peindre des pantalons jaunes sur les jambes de ses mouillettes est très bien, mais cette situation n'est pas quelque chose dont on peut se vanter à White's, si c'est ce que suggère votre sourire. C'est un pari que vous perdrez. Certes, ce n'est pas une si mauvaise chose si cela arrive naturellement. Lui faire porter des pantalons était une nécessité. Il était bien trop actif pour rester en jupes. Mais sur l'autre point…

Elle s'arrêta, haussa une épaule et sourit devant le sourire plein d'espoir de son mari.

— Quand vous me regardez de la sorte, je sais que je suis bien trop sérieuse ! Admettez-le. Vous aimez les mouillettes autant que Ned !

— Ah ! Mon secret est découvert ! Ned, ajouta-t-il dans un murmure à l'oreille de son fils, Maman connait mon secret. Ce sont des mouillettes excellentes, avouez-le, dit-il à son épouse.

— Certes, dit Jane en souriant. Des mouillettes excellentes, Monseigneur.

— Vous voyez, Ned ! Maman est d'accord, dit Salt en adressant un clin d'œil à sa femme, faisant semblant de chiper un des morceaux de pain sur l'assiette de son fils.

— Non, Papa ! Ce sont *mes* mouillettes. Vous devez en faire d'autres. *S'il vous plaît.*

— Je sais où est Singe, offrit Merry.

Ned leva brusquement la tête et il écarta les boucles blondes qui tombaient devant ses yeux bruns, des yeux soudain arrondis par l'intérêt.

— Singe ? Merry sait où se cache Singe ?

— Sinche ! Sinche ! cria Beth de sa chaise haute, regardant son frère sauter de bas en haut sur son siège.

— Singe ! Singe ! chanta Ned en réponse, perdant tout intérêt pour ses mouillettes imbibées de jaune d'œuf liquide chaud.

Le comte et la comtesse levèrent les yeux au ciel en même temps avant de regarder Merry et d'avoir la même pensée : ils avaient oublié qu'une enfant de douze ans est parfaitement capable de reconnaître les mots que le couple avait épelés devant leurs jeunes enfants.

— Ned sera reconnaissant de savoir que vous avez protégé Singe.

— Je suis désolé, ma tante, je ne l'ai pas, s'excusa Merry. Je sais simplement où il se trouve.

— Vous rendriez un immense service à ma demeure, Merry, en révélant où Singe s'est échappé, dit le comte en agrippant l'arrière de la chemise de lin fin de son fils pour l'empêcher de dégringoler de son coussin. Et avant que Ned arrive à rompre un des pieds de la chaise.

— Maman a Singe, dit Merry d'un ton détaché, prenant sa tasse de porcelaine afin d'avaler les dernières gouttes de son chocolat chaud.

Quand le comte et la comtesse échangèrent un regard effrayé puis la dévisagèrent sans dire un mot, elle ajouta simplement :

— Je l'ai vue le prendre dans le lit de Ned la nuit dernière puis le mettre sous sa cape.

Elle fronça les sourcils, la tête inclinée.

— Alors si j'ai vu Maman prendre Singe… je me souviens d'ailleurs qu'elle portait une cape rouge… Et que Singe a disparu… Cela signifie-t-il que je ne dormais pas… ? Oh, Tante Jane ! Vous avez renversé votre thé !

La simple idée que Diana St. John soit parvenue à pénétrer dans la maison et, pire, dans la nursery et la chambre à coucher de ses enfants, fit trembler Jane de terreur alors que l'anse de sa tasse lui échappait. Cela ne pouvait pas être vrai. Merry avait certainement rêvé l'intrusion de sa mère… Mais si Singe avait disparu et que Merry avait vu le jouet chéri en possession de Diana…

La tasse rebondit puis se brisa aux pieds de la comtesse, projetant des éclats de porcelaine sous la table en acajou du petit déjeuner et éclaboussant de thé l'ourlet de sa robe de jour en soie rose et ses chaussons assortis.

Le mauvais rêve de Merry était devenu le cauchemar de Jane.

Moins de cinq minutes plus tard, juste après que Kitty fut venue chercher Merry pour l'aider à fouiller dans un coffre plein de vieux masques afin d'en trouver certains qu'elle et lady Reanay pourraient porter pour le bal, Sir Antony passa la tête par l'encadrement de la porte.

— Bonjour à toute la famille Salt Hendon ! dit Sir Antony avec une gaieté feinte. Veuillez me pardonner cette intrusion. J'ai besoin de parler à l'une de vos nourrices, qui porte une charlotte avec un large bord flottant. Sans délai, je vous prie.

VINGT-DEUX

Environ deux heures plus tôt, Sir Antony se rasait à la lumière qui filtrait à travers la fenêtre de son vestiaire. Un valet inclinait un petit miroir au cadre doré à la hauteur et à l'angle précis pour permettre à la lumière d'illuminer les poils qui avaient poussé sur le menton et les joues de son maître. Un second valet tenait un bol de porcelaine au motif bleu et blanc plein d'eau chaude savonneuse dans lequel Sir Antony plongeait sa lame affilée pour la nettoyer. Il ne portait que des bas et des pantalons larges, tournant son dos nu à la pièce. Le reste de son ensemble était étendu sur la méridienne matelassée sur laquelle il avait passé une nuit agitée. La redingote de soie qu'il avait sélectionnée pour la matinée était suspendue à un crochet. La perruque du jour était prête et l'attendait sur son support de porcelaine au bord de la commode. C'est là que Semper écartait les objets du nécessaire de rasage de son maître en écaille de tortue et en argent afin de pouvoir disposer les boucles requises pour les pantalons, les bas et les chaussures, ainsi que les accessoires destinés à garnir les poches de son maître : la montre en or, les goussets, l'étui en écailles de tortue et la tabatière en émail.

Rinçant son rasoir, Sir Antony demanda par-dessus son épaule avec un mouvement raide de sa tête nue vers la chambre à coucher :

— Lady Caroline est-elle partie ce matin… ?

— Oui, Monseigneur. Mademoiselle a dit de ne pas vous réveiller. Elle et le petit carlin sont partis aux premières lueurs de l'aube, avant que les femmes de chambre ne montent rallumer les cheminées. Monseigneur peut être certain que personne ne l'a vue partir, ajouta-t-il en confidence, car la lame de son maître restait suspendue au-dessus de l'eau savonneuse. Et même si c'était le cas, aucun membre de cette maison ne songerait à admettre une telle chose.

— Semper… Semper, je…

— Nul besoin d'explication, Monseigneur, l'interrompit le majordome à la hâte, tripotant machinalement l'arrangement de peignes en écailles de tortue dans le coffret de rasage. Mademoiselle a passé toute la nuit dans votre chambre, toute seule, pendant que vous avez dormi ici sur le sofa.

— Est-ce ce que Mademoiselle vous a dit, ce que vous vous imaginez ou bien votre réponse aux commérages des serviteurs ?

Le majordome sembla vexé.

— Je vous demande pardon, Monseigneur. J'ai pensé, qu'en tant que gentleman…

— Oui, Oui, Semper, vous avez bien pensé ! C'était injuste envers vous. Veuillez m'excuser. Mettez cela sur le compte du manque de sommeil. Cela étant, le manque de sommeil m'a donné le temps de m'interroger sur le futur. Vous serez ravi d'apprendre que lorsque cette horrible affaire avec lady St. John sera derrière nous, lady Caroline et moi nous marierons sans attendre et passerons notre lune de miel en Irlande. Je ne me grefferai pas sur votre visite à la sœur de Mrs. Semper, mais il semble naturel que nous voyagions ensemble. J'ai un cousin éloigné dans le comté de Wicklow. Il habite dans un immense tas de pierre avec des arpents d'arbres taillés parsemés de statues. Il possède l'attraction locale : une cascade. Il est actuellement gouverneur de Virginie… ou bien est-ce du Maryland ? Ce que je veux dire est qu'il est absent et que son domaine reste disponible. Nous prendrons les Russes et un assortiment du personnel de maison ainsi que les animaux domestiques variés que Mademoiselle ne peut pas laisser sous peine de passer tout son temps à s'inquiéter pour eux. Quand vous aurez fini de rendre visite à vos proches à Dublin, vous et Mrs. Semper devrez nous y rejoindre.

Semper adressa à Sir Antony un petit mouvement charmant de la tête.

— Merci, Monseigneur. De la part de Mrs. Semper et de moi-même, j'aimerais vous souhaiter tout le bonheur du monde. Mrs. Semper sera doublement ravie.

Rinçant alors la lame du rasoir dans le bol de porcelaine, Sir Antony dit :

— Je vous remercie. Pourquoi Mrs. Semper sera-t-elle doublement ravie ?

— Mrs. Semper a eu le privilège d'être présentée quand Mademoiselle est venue chercher le bébé carlin. Si je puis me permettre, elles se sont très bien entendues. Si Mademoiselle n'avait pas été obligée de rentrer à Grosvenor Square, elles auraient discuté jusqu'au petit déjeuner.

— Ah. Vous devez remercier Mrs. Semper de s'être occupée de Boots pendant la nuit.

— Ce n'est rien, Monseigneur. D'ailleurs, ajouta le majordome avec un soupir machinal. Mrs. Semper s'est prise de beaucoup d'amitié pour le chiot, de *beaucoup* d'amitié… Comment dire, Monseigneur ? Bien entendu, j'ai fait comprendre à Mrs. Semper qu'il faudrait que je demande votre permission…

Sir Antony tourna la joue droite vers la lumière et rasa adroitement sa mâchoire puissante.

— La permission de faire quoi, Semper ?

— Toutefois, j'ai peur que votre permission ne soit rien de plus qu'une formalité, s'excusa Semper. Lady Caroline et Mrs. Semper ont conclu des arrangements dans lesquels je n'ose pas m'immiscer.

Il afficha un sourire penaud.

— Le mariage permet d'avoir une autre perspective.

— Je n'en doute pas, répondit Sir Antony, se rasant soigneusement un favori puis l'autre.

Il essuya son visage glabre en le tapotant avec une serviette puis se tourna vers son majordome, congédiant d'un signe les deux valets qui patientaient.

— Quels arrangements… ?

Semper mit soigneusement le rasoir de côté. Il aurait besoin d'être affûté avant d'être replacé dans le nécessaire de rasage. Il alla chercher la chemise en lin fin de Sir Antony, expliquant d'un ton égal :

— Mrs. Semper et moi-même sommes devenus les parents d'un bébé carlin, un frère de ce Boots. Nous déciderons du nom après livraison, Monseigneur. Cela dit, si Monseigneur veut bien autoriser l'adoption et ne voit rien à redire à l'interférence d'un chiot parmi les serviteurs…

Un profond ricanement émergea de la chemise que Sir Antony avait glissée par-dessus sa tête. Fourrant les plis volumineux dans ses pantalons, il ricanait toujours et secouait la tête tout en le refermant.

— Cinq minutes dans ma demeure et cette renarde a ouvert une ménagerie !

— J'ai prévenu Mrs. Semper que cet arrangement dépendait entièrement de l'approbation de Monseigneur, et de ne pas se donner de faux espoirs.

— Je n'aurais jamais eu l'audace de traiter Mrs. Semper de renarde, l'interrompit doucement Sir Antony, boutonnant sa chemise, son hilarité disparue.

Semper écarquilla les yeux et il se mit à bégayer.

— Bien entendu… bien entendu que non, Monseigneur !

Il tendit sa cravate à son maître afin qu'il l'arrange comme il l'entendait.

— Avez-vous décidé d'un costume adapté pour le bal masqué, Monseigneur ? Il y a celui que vous avez porté durant les bacchanales du prince Ivan. La redingote violette brodée d'une vigne, avec les…

— J'ai décidé. J'assisterai à ce bal vêtu de quelque chose de bien plus exotique, l'informa Sir Antony. J'ai une redingote avec un gilet assorti et des pantalons de soie bleue aux boutons dorés. Elle a d'épaisses finitions dorées aux boutonnières, des manchettes et des revers blancs, comme celles dans lesquelles les militaires se promènent quand ils veulent se pavaner. Vous en souvenez-vous, Semper ? Je ne sais pas pourquoi j'ai décidé qu'elle me conviendrait…

Il secoua la tête avant d'ajouter avec un sourire :

— Mais je crois qu'un ensemble aussi frappant serait parfait pour compléter la jolie écharpe rouge et la croix impériale que j'aurais reçues plus tôt dans la journée en présence de Sa Majesté.

— Y a-t-il une figure en particulier tirée des pages de l'Histoire que vous souhaitez incarner pour ce bal, Monseigneur ?

Sir Antony fit la grimace.

— Une figure militaire ? Pas vraiment. D'ailleurs, lady Caroline n'est pas intéressée par les gens, Semper. Je n'y vais pas déguisé. Enfin, un peu, comme un oiseau, une créature à plumes, d'ailleurs. Grand, bleu et doré…

Sir Antony réfléchit un moment.

— Des yeux tristes…

Puis il se reprit et dit avec un sourire :

— Son nom est Peter, Peter l'Ara, et mon costume sera aussi splendide que le sont ses plumes !

Semper devina que Sir Antony trouvait que son costume était une idée très intelligente, alors il contrôla ses traits et dit avec tout le sérieux possible :

— Alors puis-je suggérer un masque à plumes, Monseigneur ?

— À plumes ? C'est parfait ! Un masque blanc et noir conviendrait parfaitement. Quant à ce chiot… Vous avez probablement compris après votre conversation avec Mrs. Semper que la préoccupation principale de Mademoiselle est le bien-être des animaux domestiques, les siens et les autres. Votre adoption d'un des chiots de Lady Caroline – si c'est bien ce que vous et Mrs. Semper désirez et que vous n'ayez pas été entièrement persuadés de le faire par Mademoiselle…

— Non, Monseigneur ! Jamais. Mrs. Semper se réjouit d'élever un chiot, et puisque le bonheur de Mrs. Semper passe avant tout… J'étais toutefois hésitant quant à l'introduction de cet animal dans la demeure de Monseigneur…

— Allons donc, Semper ! répondit Sir Antony d'un ton bonhomme. Un petit chiot ne fera pas la moindre différence dans ma demeure une fois que je serai marié et que j'hériterai de la ménagerie de lady Caroline. Ce qui me ramène à un autre point sur lequel j'ai réfléchi pendant que j'étais bien éveillé à trois heures du matin. Une fois que je serai marié, il y aura de grands changements dans cette demeure ; tant, en fait, que vous ne serez plus capable de jongler entre les deux rôles de valet de majordome. Aussi, je propose que vous vous confiniez à la tâche de gérer ma demeure qui s'est considérablement agrandie en tant que majordome, contre une rémunération adéquate, tout naturellement.

— Je vous remercie, Monseigneur. C'est très généreux de votre part. Mrs. Semper sera ravie.

— Elle ne tiendra plus de joie quand vous lui annoncerez que cette position suppose d'avoir votre propre appartement dans l'aile sud. Malheureusement, vous ne serez pas en mesure d'en prendre possession avant que lady St. John et sa mégère de compagne n'aient évacué les lieux.

Sir Antony soupira en tirant sur les plis de sa cravate.

— Ceci, à la grâce de Dieu, n'est plus qu'une affaire de jours… Vous pourrez former l'un des Russes à devenir mon valet. Je veux que vous décidiez d'un remplaçant adéquat dès que possible et que vous commenciez à lui montrer les ficelles afin qu'il puisse nous accompagner à Wicklow.

— Nikolas, Monseigneur, dit Semper sans hésitation. Nikolas serait le Russe qui conviendrait le mieux. Et une fois encore, je vous remercie, Monseigneur, pour cet honneur.

— Je vous en prie, Semper.

Sir Antony s'assit à sa commode pour qu'il lui mette sa perruque, et il regarda le reflet de son majordome.

— À présent, passons à notre affaire fastidieuse mais nécessaire. Dites-moi ce dont Mr. T vous a fait part ce matin…

Semper rapporta à Sir Antony la conversation qu'il avait eue tôt dans la matinée avec le détective, ainsi que les allées et venues de lady St. John et de ses compagnes durant la journée de la veille. Tout semblait banal et normal, jusqu'à ce que Semper mentionne un événement étrange, survenu au beau milieu de la nuit, à propos de la chaise à porteurs de Lady Caroline, ajoutant en fronçant les sourcils :

— Ce n'est pas la garde de nuit de Mr. T qui m'a informé de cet étrange événement, mais Randal le portier. Il semble que la chaise à porteurs de Mademoiselle ait effectué un trajet distinct, quittant la demeure et y revenant… sans Mademoiselle.

— Les portiers ont transporté une chaise vide quelque part et l'ont ramenée ici ? Pourquoi donc ? Gagnent-ils de l'argent par ailleurs ? Louent-ils leur chaise en secret ?

— Je ne saurais vous le dire, Monseigneur. C'était pour le moins étrange, sauf que la chaise n'était pas vide. Je crois que les porteurs ont *cru* qu'ils transportaient lady Caroline…

Sir Antony lui adressa un geste de la main et Semper recula alors qu'il nouait le nœud noir de la perruque de son maître, qui pivota sur son tabouret pour faire face à son majordome.

— *Cru* ? Qui se trouvait donc dans la chaise ?

— Lady St. John, Monseigneur. Elle a été capable de duper les porteurs parce qu'elle portait une cape rouge similaire à celle possédée par lady Caroline.

— Où est-elle partie ? Non ! Ne répondez pas. Je devine parfaitement.

— Je ne sais pas dans quel but, mais je sais que Madame est revenue ici dans l'heure ; c'est Randal qui m'en a informé.

— Mon portier semble en savoir beaucoup sur les allées et venues de Madame, songea Sir Antony en plissant les yeux. Est-il lui aussi employé par Mr. T ?

— Non, Monseigneur. J'ai pensé la même chose que vous et je me suis aussi demandé comment lady St. John avait su que lady Caroline s'était présentée à une heure aussi tardive *et* quels vêtements elle portait.

— Débarrassez-vous de cet homme ! Il joue manifestement sur plusieurs tableaux en rapportant des commérages entre vous et lady St. John.

Sir Antony soupira et se redressa, fermant brièvement les yeux avant de tourner le dos afin que Semper puisse lui enfiler un gilet de soie à rayures roses et vertes, aux boutons assortis, brodés de rameaux de chèvrefeuille et d'abeilles sur les poches et les revers.

— Dieu sait ce qu'elle faisait à Salt House… La seule bonne chose que *ces* nouvelles nous apprennent est qu'elle est revenue ici dans l'heure… J'espère que les nouvelles de Mr. T sont moins déroutantes.

— J'aimerais que ce soit le cas, Monseigneur, répondit le majordome avec un regret sincère. Hier, la calèche transportant lady St. John s'est arrêtée devant une certaine résidence sur Windmill Street, au sortir de Tottenham Court Road.

— Tottenham Court Road ? Mais c'est pratiquement à la campagne !

— Oui, Monseigneur. Mr. T a même été surpris que Windmill Street porte un nom, à cause de l'apparence du terrain dans les environs : des champs et des chemins de terre. Mais il y a une taverne et une résidence indépendante construite sur son propre terrain. Et c'est devant cet établissement que la calèche de lady St. John s'est arrêtée.

— C'est probablement la seule maison sur Windmill Street.

— Oui, Monseigneur. Et il y a une bonne raison pour cela, répondit Semper en fronçant les sourcils, continuant de raconter les événements tels que les lui avait rapportés le détective. Mrs. Smith s'est rendue l'entrée de service de cette résidence de Windmill Street où elle s'est entretenue avec l'un des habitants qui, à en juger par ses vêtements communs, avait l'apparence d'un domestique. Mrs. Smith a disparu dans le bâtiment pour en ressortir seulement quelques minutes plus tard, sur quoi elle est réapparue et est retournée à la calèche.

— Je présume que Mr. T a trouvé cet… échange, cette rencontre, appelez cela comme vous voudrez, particulièrement sournois ?

— Oui, Monseigneur. Pardonnez-moi de ne pas vous avoir fait part plus tôt des observations de Mr. T, mais vous aviez le rasoir sous la gorge… L'établissement dans lequel s'est rendue Mrs. Smith est un hôpital pour la variole.

— Seigneur Dieu ! Pas étonnant qu'il se trouve au beau milieu de nulle part !

— Précisément, Monseigneur.

Sir Antony revint vers son tabouret.

— Pourquoi se rendre dans un hôpital pour la variole ?

— À ce propos, Monseigneur, Mr. T et l'un de ses associés sont présentement en train de rendre visite au domestique à qui Mrs. Smith s'est adressée.

Semper s'autorisa à afficher un sourire en coin.

— Je suis certain que nous connaîtrons la réponse à votre question dans un tout petit moment.

— Excellent. D'autres nouvelles ?

— Après s'être arrêtée devant l'hôpital pour la variole, la calèche de lady St. John s'est engagée dans une allée à l'arrière de la demeure de lord Salt, sur Grosvenor Square, où elle est restée stationnée pendant quelque temps.

— Quelle ronde de visites trépidante ! murmura Sir Antony d'un ton sarcastique, tendant un pied puis l'autre afin de permettre au majordome de fixer les boucles de diamants sur les languettes en cuir poli de ses souliers.

— C'est pendant que la calèche était stationnée dans l'allée que Mr. T a observé un jeune membre du personnel de la maison de Lord Salt sortir par le portail du jardin à l'arrière de l'établissement et disparaître dans l'allée ; sur quoi, sur l'invitation de Mrs. Smith qui faisait les cent pas sur les pavés, la personne est montée dans le véhicule. Environ vingt minutes plus tard, celle-ci est sortie de la calèche.

— Un homme ou une femme ?

— Ni l'un ni l'autre, Monseigneur. Une fille. Et à en juger par ses vêtements et la charlotte trop large avec des ourlets froncés qui lui battaient le visage, Mr. T en a déduit que c'était une toute nouvelle recrue…

— Avait-elle une chevelure surabondante ?

— Je ne saurais le dire, Monseigneur, répondit Semper, surpris par une telle question.

— *Dans une charlotte de mousseline blanche, dissimulée*, récita Sir Antony, *Flop, flop, flop, la frange frisée point n'obéit ! Ancillaire ; une masse de cheveux désordonnée…* Seigneur Dieu ! Pourquoi n'ai-je pas fait le rapprochement plus tôt ? Je l'ai vue dans le jardin… Mr. Wraxton l'a rencontrée à Hendon en compagnie de Mrs. Smith et de lady St. John… Elle doit être employée par ma sœur, ou bien par Mrs. Smith, ce qui revient au même ! Je m'étais demandé comment elle trouverait le moyen de pénétrer dans la maison…

— La domestique est revenue dans la demeure du comte par le portail du jardin, commença à expliquer Semper avant d'être interrompu. Elle avait en sa possession…

— Pas elle ! Ma sœur, Lady St. John, dit brusquement Sir Antony dont le cœur commença à courser.

Il avait un pressentiment profond à propos de cette fille et de son implication dans les mauvais tours de sa sœur. Il regarda Semper sans vraiment le voir.

— Mr. T est-il parfaitement prêt pour la nuit du bal masqué ?

— Oui, Monseigneur. Tout est prêt. Mr. T a reçu ses instructions ainsi que votre lettre destinée aux autorités, au cas où lui et ses associés seraient interrogés à propos de leurs activités de la nuit. Il a également employé une douzaine d'hommes costauds et fiables qui, compte tenu de la somme que vous leur avez offerte pour leurs services, seraient même prêts à enlever sa majesté le roi.

— C'est bien. Venez-vous de dire que cette servante avait quelque chose en sa possession ?

— Quand elle est sortie de la calèche, elle portait un petit paquet.

Sir Antony s'empara de ses accessoires et les fourra dans une des poches profondes de sa redingote.

— Je pars à Salt House pour avoir une petite discussion avec cette soi-disant *servante*. Quand Mr. T aura des informations sur son entretien à l'hôpital de la variole, vous savez où me trouver…

— Monseigneur ? Sir Antony !

Semper appela son maître alors que ce dernier quittait le vestiaire d'un pas énergique.

— Vous oubliez votre montre… !

Sir Antony embrassa du regard l'activité dans la salle de petit déjeuner de Salt House alors qu'il franchissait le seuil d'un pas hésitant, ayant fait signe de s'écarter au sous-majordome officieux à qui il ne répondit pas quand il proposa de l'annoncer. Un valet était à quatre pattes, ramassant les éclats de ce qui ressemblait à une tasse brisée. Un deuxième débarrassait la table du petit déjeuner. Le majordome donnait des instructions à un troisième, lui disant sans doute d'aller chercher une servante pour essuyer le thé laiteux répandu sur le plancher. Mais ce qui stoppa Sir Antony dans son élan fut l'air de détresse de la comtesse. Elle avait quitté sa chaise, une main sur la table comme pour ne pas tomber, semblant aveugle à ce qui l'entourait.

Le comte jeta sa serviette et en trois enjambées, il avait atteint le bout de la table, passant les bras autour de son épouse au moment où celle-ci perdait connaissance. Une petite fille dans une chaise haute essayait de regarder sous la table et poussait des cris de joie devant le garçon aux boucles dorées qui courait entre les barreaux des chaises pour mieux voir le désordre causé par la tasse brisée de Maman.

— Antony ! Dieu merci, vous êtes là ! s'exclama Jane en agrippant la manche en soie de Sir Antony une fois qu'il eut longé la table.

Il vit que Jane tremblait et il jeta un regard inquiet à son mari par-dessus sa masse de cheveux noirs, se demandant ce qui avait fait que la comtesse généralement si maîtrisée était assez en détresse pour laisser choir sa tasse. Salt était quasiment aussi réactif qu'une statue de marbre, même si le fait qu'il tenait sa femme dans ses bras et ignorait le reste en disait des tonnes.

— Que se passe-t-il, Jane ? demanda doucement Sir Antony. Comment puis-je vous aider ?

— Elle était là. Ici, dans notre maison ! Elle... elle était dans la *chambre* de mes enfants. Elle a pris... Merry l'a vue... Dieu merci, Merry l'a surprise... Je ne veux pas songer à ce qu'elle avait l'intention de faire... Magnus ! Magnus, *vous* aviez dit qu'elle ne pouvait pas entrer dans cette maison. Vous avez dit que nos enfants seraient en *sécurité*. Mais ils ne le sont pas, n'est-ce pas ? Ils ne le seront nulle part tant que cette... cette *sorcière* est en liberté. Antony ! Antony, vous devez *faire* quelque chose ! *Vous* pouvez l'arrêter !

— Elle est entrée en se servant d'une chaise à porteurs et dissimulée sous une cape rouge.

Cette simple déclaration suffit à provoquer la fureur contenue du comte, une fureur qu'il avait pris soin de retenir par égard pour sa femme et dû au fait que ses enfants étaient présents. L'évasion de Diana du château dans lequel elle était enfermée lui avait déjà fait remettre son jugement en question, et à présent, avec cette intrusion menaçante dans sa demeure, il se sentait impuissant en tant que chef de famille. Son inefficacité était d'autant plus exacerbée qu'il venait d'entendre son épouse chercher l'aide de son cousin, comme si elle avait abandonné tout espoir qu'il soit capable de les protéger, elle et les enfants. La désinvolture apparente de la déclaration de Sir Antony fut la goutte qui fit déborder le vase.

— Quel *diable* d'importance ont la façon dont elle est entrée ou bien ce qu'elle portait ? N'avez-vous pas *écouté* un mot de ce qui vient d'être dit ? Cette horrible femme était dans la nursery, pour l'amour du ciel ! Je ne sais pas pourquoi je vous ai laissé me convaincre que vous pouviez vous occuper d'elle ! Ah ! Votre incapacité à l'empêcher d'entrer dans ma maison – et dans une chaise à porteurs, pas moins... Vous auriez tout aussi bien pu lui ouvrir la porte d'entrée vous-même pour l'accueillir à l'intérieur !

Salt poussa un soupir de licence rageuse.

— Je ne sais pas pourquoi je vous ai fait confiance. Quel satané *chaos* vous avez causé...

— Je vous demande pardon ! Le *chaos* que j'ai causé ? rétorqua Sir Antony, oubliant un instant ses bonnes manières et son intention de venir à Salt House à l'improviste et sans se faire annoncer. C'est vous qui l'avez enfermée, avez jeté la clé puis vous êtes fourré la tête sous le tapis pendant quatre ans ! Vous ne l'avez peut-être pas désirée dans votre lit, mais vous n'avez absolument rien fait pour l'empêcher de détruire votre vie ! Elle flattait votre ego et vous la laissiez faire ! Elle ne cessait de vanter votre intelligence et de vous répéter qu'un jour, vous seriez le premier Lord d'*absolument tout* !

— Je ne vais pas rester ici à écouter vos imbécillités…

— Il suffit ! Arrêtez, tous les deux ! Magnus ! Antony ! Reprenez-vous. La malfaisance de cette femme est en train de vous diviser ! Nous ne pouvons pas nous entre-déchirer si nous voulons avoir la moindre chance de lutter contre elle. Si elle est réellement une sorcière, elle est en train de regarder dans son chaudron à l'instant même et de caqueter en voyant sa malveillance à l'œuvre. Et je vous en prie, n'oubliez pas vos bonnes manières !

C'était bien là Jane. Cette Jane forte, tranquillement imperturbable et toujours optimiste était revenue, toute trace de sa peur et de son angoisse dissipée. Mais ce n'était pas l'accès explosif de son mari ou la réponse tout aussi furieuse qui avaient vaincu sa peur et lui avaient fait retrouver ses esprits. C'étaient les pleurs de sa petite fille et la bouffée du besoin maternel d'apaiser les peurs de son enfant et de caresser le petit visage rouge et maculé de larmes. Beth avait été tellement effrayée par l'explosion de colère peu caractéristique de son père que dans son jeune esprit, son Papa s'était transformé en un géant méconnaissable et à l'humeur sombre.

Entendant les hurlements de terreur de sa petite fille, Jane la prit immédiatement dans ses bras et la serra fort, oubliant toute autre considération. Elle murmura quelques paroles de réconfort, lui disant que tout allait bien et que son papa n'était pas un ogre et qu'il l'aimait beaucoup.

Quant à Ned, il avait rarement vu son père en colère. Rarement, l'enfant faisait quelque chose de si excitant que son cœur s'emballait ; son père appelait cela « *dangereux* ». Comme la fois où il avait grimpé jusqu'au sommet de l'échelle de la bibliothèque parce qu'il voulait capturer un rouge-gorge qui était entré par la fenêtre ouverte et s'était perché sur le manteau en bois gravé de l'étagère. Ou encore quand il avait brandi son filet trop près des bords du lac afin d'attraper un dernier têtard et avait glissé dans l'eau froide. Mais cette colère était bien plus féroce, et même s'il avait peur, il n'allait pas se comporter comme un bébé comme le faisait Beth. Alors au lieu de se dissimuler sous la table, il leva la tête et posa le menton sur le coussin rembourré de la chaise que sa mère venait de quitter et leva les yeux vers son père, tremblant d'effroi. Il n'avait jamais vu le visage de Papa aussi rouge. Il ouvrit grand ses yeux bruns et recroquevilla ses petites épaules afin de disparaître.

Sir Antony fut le premier à retrouver ses marques et à s'excuser humblement. Il s'inclina devant la comtesse qui tenait sa fille dans ses bras. La petite avait tari ses larmes et reposait la tête lovée contre l'épaule de sa mère, un pouce dans la bouche. Il tendit alors la main vers le comte, qui la saisit immédiatement d'une poigne ferme.

— Elle n'a peut-être pas atteint son objectif, grâce à l'interférence de Merry, dit Sir Antony d'un ton égal, mais Diana a réussi à chambouler votre demeure, bouleverser votre femme et vos enfants et vous faire bouillir de colère ! Sans parler du fait que je me sens aussi petit et utile qu'un moucheron !

— Veuillez m'excuser, grommela Salt qui se sentait bête, particulièrement du fait d'avoir perdu son calme devant ses enfants.

Il s'inclina devant sa femme.

— Je vous prie de m'excuser, Madame.

Il sourit à ses enfants, voyant Ned grimper sur la chaise de sa mère à l'instant où son père sourit, et il dit en secouant tristement la tête :

— Papa a été très méchant de s'emporter contre votre oncle Tony. Oui, c'est lui, dit-il en réponse au long regard prudent que Ned coula à l'homme au menton affirmé qui était aussi grand que son père. C'est l'oncle Tony de Saint-Pétersbourg dont vous avez entendu Merry tant parler. Oncle Tony et Papa se sont comportés comme des imbéciles et nous méritons une bonne claque sur le derrière pour avoir oublié ainsi notre éducation. J'espère que vous allez nous pardonner…

— Papa ! Vous avez dit *derrière*, s'exclama Ned, levant les épaules de la joie d'entendre un adulte – et son père, qui plus est – dire un mot qu'on lui avait répété être inutilisable en société et qu'il ne devait pas non plus crier à sa sœur, même si cela la faisait rire.

— Vraiment, Ned ? répondit le comte d'un ton surpris en levant discrètement les yeux au ciel en direction de Sir Antony puis adressant un clin d'œil conspirateur à la comtesse avant de regarder à nouveau son fils comme s'il ne parvenait pas à se rappeler d'avoir prononcé un mot aussi vulgaire. Papa a-t-il dit le mot *derrière* ? Quelle négligence de ma part ! Je me dois d'informer Oncle Tony que dans cette maison, *derrière* est un mot vulgaire, quoique pas autant que *croupe* ou *fesses*, que nous ne prononçons jamais en public. N'est-ce pas, Maman ? Il est poli de ne jamais mentionner notre *derrière*, notre *croupe* ou nos *fesses*. Pas devant les serviteurs et certainement pas en société. Ce n'est pas un sujet de conversation agréable. Alors je m'excuse envers toutes les personnes présentes. Envers Miller, James, Jeffrey et… et…

— Meg, offrit la comtesse, voyant que le comte ignorait le nom de la servante qui nettoyait le parquet.

— Merci, Madame. Oui, et Meg, dit le comte, remerciant sa femme du menton. Mais particulièrement envers Maman et Oncle Tony.

Ned parcourut du regard toute la pièce ainsi que les adultes, qu'ils soient serviteurs ou parents, et il resta bouche bée que son père ait utilisé les trois mots qu'on lui avait expressément interdit d'utiliser, dans n'importe quelle occasion. Jetant un regard rapide à sa mère, il surprit le sourire qu'elle s'efforçait de dissimuler, et avec un sourire taquin, il osa prononcer ces trois mots, ce à quoi le comte se couvrit les oreilles comme pour s'empêcher d'entendre une telle vulgarité.

Salt prit alors son fils dans ses bras et fit le tour de la pièce ensoleillée, prenant garde à éviter les valets qui débarrassaient toujours la table ainsi que Miller, qui gardait un œil attentif sur la servante qui essuyait le plancher. Retournant vers la table, il fit basculer Ned à l'envers, comme s'il voulait l'asseoir la tête la première sur la chaise de Jane, et les boucles blondes de son fils qui poussait des cris de joie frôlèrent le revêtement de damas bleu. Enfin, Salt le redressa et le tint pendant un moment afin de prévenir un vertige, puis son fils rit et pouffa, toute la peur qu'il avait pu ressentir devant l'accès de colère de son père évaporée.

Beth se redressa dans les bras de sa mère, regardant les pitreries de son père et riant avec son frère. Elle tendit les bras vers Papa pour qu'il la soulève haut dans l'air et coure autour de la table comme il l'avait fait pour Ned. À sa grande joie, il s'exécuta. La fin de tour de Beth coïncida avec l'apparition de deux nourrices qui prirent les enfants par la main pour les emmener dans le jardin pour leurs jeux du matin. S'étant réconciliés avec leur père, Beth et Ned partirent joyeusement en recevant un baiser et un au revoir de la main de leurs parents.

Un silence suivit le départ des enfants et le contingent de serviteurs fut entraîné hors de la pièce par le majordome qui s'excusa à son tour, car il paraissait y avoir au sein du personnel un léger trouble qui requérait son intervention.

— Vous n'exagériez pas, dit Sir Antony au comte. Ce sont des enfants magnifiques. Vous avez de la chance…

— … d'avoir une épouse belle et qui garde la tête froide, répondit Salt avec un sourire, embrassant le front de Jane. Je ne sais pas ce qui m'a pris, murmura-t-il, de crier devant les enfants de façon aussi impardonnable…

— Que Diana ait réussi à pénétrer aussi facilement dans la nursery nous met tous sur les nerfs… Je ne sais toujours pas comment elle s'est débrouillée, et je ne serai pas capable de dormir ce soir, en sachant qu'elle en a le pouvoir ! Peut-être devrions-nous placer les lits des enfants dans nos chambres jusqu'au bal masqué ?

— J'espère que vous serez légèrement soulagés de savoir que l'intrusion de Diana n'est pas due aux pratiques laxistes de vos serviteurs. Vous avez mal interprété ma réaction de tantôt, expliqua Sir Antony. Diana est entrée dans votre demeure à la faveur d'une opportunité unique ; elle n'aurait jamais été capable de le faire dans des circonstances normales.

Le comte et la comtesse attendirent qu'il s'explique, ouvrant de grands yeux intéressés, et Sir Antony leur rapporta une version édulcorée et grandement modifiée de la visite de Caroline chez lui la veille, ajoutant d'un air penaud, car c'était un mensonge éhonté et que Jane le regardait avec intensité, un demi-sourire étrange lui incurvant la bouche :

— Vous connaissez Caro ; elle s'inquiète toujours pour ses animaux. Elle n'a aucune notion du lieu ou de l'heure s'il y a un animal à sauver, à nourrir ou à loger. Elle ne pouvait pas dormir, alors elle est venue discuter d'un refuge pour le frère de Boots le carlin avec les Semper.

— Cela lui ressemble bien de partir au milieu de la nuit sans songer à sa sécurité, sa réputation, ou bien autrui, tout ceci pour un satané chien ! rétorqua Salt qui goba l'histoire de Sir Antony. Un soldat pourrait bien être en train de mourir de ses blessures que c'est le cheval abattu sous lui que Caroline préférerait soigner jusqu'à sa guérison ! Dieu sait d'où elle tient cette affection mièvre pour les animaux. Ce n'est certainement pas dans le sang des Sinclair !

— Non. Mais peut-être est dans celui des St. John, ou bien des Allenby ? suggéra Sir Antony d'un ton léger.

Il n'avait pas eu l'intention de divulguer ce qu'il connaissait des véritables origines de Caroline, confirmées dans la plus stricte confidentialité par Tom, mais cela lui était sorti. Et à présent qu'il l'avait exprimé, il n'allait pas laisser Salt écarter le sujet. D'ailleurs, en l'absence de serviteurs, et sans même le majordome discret et un valet ou deux posté aux portes, c'était une opportunité parfaite et peut-être même unique de le faire. Le petit sourire de Jane l'informa qu'elle savait parfaitement ce à quoi il faisait référence, et le fait qu'elle reste accrochée au bras de son noble époux était tout l'encouragement dont il eut besoin pour prononcer son discours.

— Je le dirai une fois puis n'aborderai plus jamais le sujet. Les origines de Caroline ne me font absolument rien. À mes yeux et à ceux du monde, elle sera toujours une Sinclair. Je l'ai su quasiment depuis le jour de votre mariage, quand j'ai posé les yeux sur la mère de Tom pour la première fois durant la cérémonie. Caroline affiche une ressemblance marquée avec les Allenby. Aucun des Sinclair n'est aussi plantureux, et cette crinière rousse magnifique est un trait des St. John. Caroline est la fille naturelle de St. John ; sa mère est la tante de Tom qui est morte en couches.

Il afficha un sourire en coin.

— Ne reprochez pas à Tom de m'avoir dit la vérité. Il l'a fait parce qu'il sait que j'aime Caroline. Je ne laisserai pas cela me contrarier, si cela ne vous fait rien à tous les deux. Tom et nous trois sommes les seuls à savoir et il n'est pas nécessaire d'en reparler, à qui que ce soit…

— Très bien. N'en parlons plus, répondit le comte d'une voix pincée, reconnaissant la vérité dans les paroles de Sir Antony, alors qu'il tirait machinalement sur les pointes de sa redingote de soie grise froissée, les joues rougies.

Cependant, apercevant l'éclat de larmes dans les yeux de Jane, il descendit de son piédestal et ajouta en déglutissant rudement :

— Elle – Caroline – a les yeux verts de St. John… Sa préférence pour sauver le règne animal doit être un trait des Allenby…

— Eh bien, cela explique pourquoi Tom est le partenaire de Caro pour secourir les animaux abandonnés et abusés, dit Sir Antony, ramenant habilement la conversation sur un sujet plus confortable et moins controversé. Les lettres de Tom m'ont laissé entendre qu'il apprécie la ménagerie nouvellement établie sur son domaine. Car c'est bien ce que c'est devenu. Tous ces grands animaux sauvés des arènes de combat et de ménageries, et qui ne peuvent pas être logés domestiquement sont mis dans des caisses et envoyés à Tom…

— Oui, c'est vrai, répondit Jane d'un ton léger, faisant contre-poids à la gêne continue de son époux. Nous avons emmené Ned et Beth voir la ménagerie de Tom, n'est-ce pas, Salt ? Elle est devenue une curiosité tant pour les riverains que pour les voyageurs. Aux dernières nouvelles, il avait deux zèbres, une autruche, quelques grands chats africains et – les préférés de Ned – un certain nombre de singes dans leur enclos spécial. Oh, et il y a un éléphant que Caroline s'est amusée à prénommer Magnus.

— Ah ! Ah ! La petite renarde ! rit Sir Antony avant de refermer la bouche quand Salt lui jeta un regard noir.

— Quand je vous autoriserai à épouser Caroline, je vous ferai jurer de ne plus encourager ses errements, grommela Salt. Un éléphant appelé Magnus, vraiment !

Jane lui déposa un baiser sur la joue.

— Je crois que c'est un nom parfaitement majestueux pour une grande et belle brute… et pour un éléphant.

Elle sourit à Sir Antony.

— Et vous ne ferez pas promettre une telle chose à Antony. En vérité, Caroline va convaincre Antony de les rejoindre, Tom et elle, dans leurs efforts pour secourir toutes les créatures délaissées, à plumes et à poils, de ce royaume.

— Je n'en doute pas ! À présent, Madame, Antony, vous devez excuser la brute. J'ai une montagne de papiers qui requièrent ma signature, ce qui ravira Ellis. Il me permettra peut-être même de m'échapper de la bibliothèque pour faire une partie de tennis avant la collation… Si cela vous tente… ?

— Oh, oui, vous devez rester pour la collation, insista Jane, ajoutant sa voix à celle de son époux, sa bonne humeur revenue grâce à la restauration de l'amitié entre ces deux colosses qui avaient été autrefois meilleurs amis.

— Volontiers, si j'étais libre de mon temps, répondit Sir Antony avec un soupir de regret. Je ne désire rien de plus que de vous battre au tennis, Salt, avant de vous rejoindre, Madame, ainsi que toute la famille, pour déjeuner, mais je dois refuser. Diana et moi avons promis de retrouver lady Porter et celles de ses connaissances qui sont conviées à votre bal masqué. Je ne doute pas que la conversation porte sur nos costumes et nos masques.

— Comment parvenez-vous à maintenir cette façade ? demanda Salt d'un ton dégoûté.

— Au prix d'une grande force morale et parce que je le dois. Pour vous. Pour Jane. Pour vos enfants. Pour Caroline. Pour notre avenir à tous. Je me suis donné la tâche d'être le gardien de ma sœur et je conserverai le masque du frère cadet benêt jusqu'à ce que Diana se retrouve sous ma garde, sans que la société n'ait vent de sa malfaisance.

Sir Antony afficha un demi-sourire.

— Vous oubliez qu'après tout, je suis un diplomate et que la dissimulation est mon arme de choix.

Salt le dévisagea.

— Je crois bien qu'un jour, vous deviendrez ambassadeur.

Sir Antony lui répondit d'un sourire et d'une inclinaison. Mais quand il se redressa, son sourire avait disparu et il dit d'un ton sérieux :

— Ce n'est pas à moi de vous dire comment gérer votre demeure ou votre nursery, alors vous devez m'excuser si vous y avez déjà songé. Mais puisque Diana s'est rendue dans votre nursery, elle doit forcément figurer dans son plan.

— Vous pensez que Diana s'y est rendue en reconnaissance ?

— Oui, et je vous suggère de déplacer les enfants dans la galerie du terrain de courte paume la nuit du bal. Faites-en une occasion particulière. Dans la plus petite des quatre caisses que Miller garde pour moi jusqu'à ce que j'aie l'occasion de vous offrir mes cadeaux, il se trouve une lanterne magique avec plusieurs vitraux qui les amusera pendant la majeure partie de la soirée. J'enverrai Semper dans la journée pour montrer à un valet comment s'en servir.

— Pourquoi le terrain de tennis ?

— C'est un espace ouvert où il est impossible de se cacher et qui ne possède que deux points d'entrée. Postez un valet, et il sera imprenable. Avec trois cents personnes dans la salle de bal ce soir-là, ainsi que les mouvements de foule entre les salles de bar et les tables de cartes, il serait facile à Diana de se glisser à l'étage sans que personne ne s'en aperçoive, pas même les serviteurs, qui seront tous occupés à s'occuper des invités.

Jane serra la manche en soie de Sir Antony.

— Votre idée est excellente, et les enfants aimeront regarder cette lanterne magique. Merci. À présent, vous devez m'excuser ; Sam appelle certainement sa maman, puis je dois rejoindre les dames dans les appartements de Lady Reanay afin de discuter de nos tenues pour le bal. Non ! Vous n'avez pas le droit de nous demander ce que nous allons toutes porter, dit-elle avec un sourire mutin quand le comte haussa un sourcil interrogateur. Vous le verrez la nuit du bal et pas avant ! Oh, Antony, votre visite avait-elle un but ? Vous n'en avez certes pas besoin. Vous êtes toujours le bienvenu. Dois-je faire demander Caroline ? Quand elle ne s'est pas présentée pour le petit déjeuner, j'ai pensé qu'elle avait eu une panne d'oreiller…

La mention de son filleul rappela brusquement à Sir Antony le but de sa visite à Salt House. Même s'il ne voulait pas perturber l'équilibre de la demeure, il devait découvrir et exposer l'agent qui travaillait pour sa sœur à l'intérieur de la maison du comte, même si cela ajoutait à la détresse du comte et de la comtesse. Il demanda à Jane s'il pouvait l'accompagner à la nursery et voir en personne l'endroit où son filleul dormait. Cela lui donnerait l'opportunité de l'interroger en privé sur la fille à la charlotte trop grande et sur sa position au sein de la demeure.

Ce que Jane et lui découvrirent en arrivant dans la pièce les ébahit tous les deux.

VINGT-TROIS

Betsy sanglotait. Elle pleurait tellement fort que ses yeux et son nez coulaient et que tous les muscles de son corps lui faisaient mal, crispés d'angoisse et de peur. Le fin mouchoir qu'elle serrait dans son poing était détrempé, ainsi que le devant de son jupon. Elle avait perdu l'usage de la parole et ne pouvait que secouer continuellement la tête face aux questions que lui posait la gouvernante, le large rebord de sa charlotte battant autour de son visage comme une paire d'ailes de cygne. Elle était assise sur son lit gigogne dans un coin de la pièce où dormait Sam et où étaient amoncelés les accessoires nécessaires pour laver, habiller et amuser l'enfant de nobles parents. La gouvernante et Nourrice Brown étaient dressées devant elle, et derrière elles se trouvait Miller, le visage assombri. La nounou Sukie était recroquevillée sur elle-même, berçant dans ses bras Sam qui geignait.

Sir Antony put à peine en croire ses yeux… ou sa chance. Il sursauta et fit un pas en arrière, demeurant dans l'encadrement de la porte alors que Jane pénétrait vivement dans la pièce. Cette jeune domestique qui sanglotait sur le lit devait être la fille à la charlotte du poème de Hilary Wraxton. Il était certain qu'aucun autre membre du personnel des Salt Hendon ne portait un couvre-chef aussi singulier. Il se demanda ce qui lui avait causé une telle détresse et attendit patiemment alors que Jane prenait les choses en main. Il le découvrirait assez tôt.

Jane aussi était incrédule. Elle prit son nourrisson et lui sourit, lui donnant un bon baiser et lui caressant le nez du sien avant de le rendre à la nourrice. Elle lui ordonna d'emmener Sam à la salle de jeu d'où il n'entendrait pas une telle détresse ; elle l'y rejoindrait bientôt. Un mot murmuré dans le dos du majordome suffit à ce que Miller tourne les talons, et que les deux servantes plus âgées perdent contenance et lui adressent une révérence silencieuse.

— Par le ciel ! Betsy ? Que se passe-t-il ?

— Madame, je vous demande pardon pour ce dérangement bien inutile et désagréable, mais...

— Je vous remercie, Miller. J'aimerais m'entretenir avec Betsy, dit fermement Jane. Ce que je vous demande est d'apporter du thé à la salle de jeu et de dire à Dicken de me préparer des jupons et une paire de chaussures propres.

Quand le majordome ne bougea pas et échangea un regard avec la gouvernante, elle ajouta avec une note autoritaire :

— Je vous demande pardon, mais y a-t-il quelque chose dans ma requête que vous n'ayez pas comprise ?

— Non, Madame. Très bien, Madame, répondit le majordome d'une voix morne en hochant la tête.

Puis il décampa, déterminé à en toucher mot à sa seigneurie si cette petite voleuse n'était pas mise à la porte avant la fin de la journée.

Sir Antony ne put s'empêcher de sourire en voyant l'assurance avec laquelle Jane avait congédié ce serviteur aguerri – une véritable comtesse jusqu'au bout des ongles – et il observa la scène se dérouler en silence, conscient qu'il s'écoulerait peut-être quelque temps avant que la nourrice ne soit capable de répondre à ses questions, tant sa détresse était grande.

— Madame, si vous saviez ce que cette... cette créature *mauvaise* et *ingrate* a fait ! s'exclama la gouvernante. C'est une *voleuse* et une *menteuse* et elle devrait se retrouver...

Le mot *voleuse* suffit à tirer Betsy de sa stupeur mélancolique. Elle bondit du lit et se jeta à genoux aux pieds de la comtesse avant que personne ne puisse l'en empêcher, allant jusqu'à saisir entre ses poings la soie brodée délicate des jupons de Jane.

— Je ne suis pas une voleuse ! Je ne suis pas une menteuse ! Je... Ce n'est pas vrai ! dit Betsy d'une voix larmoyante, levant les yeux vers le visage de Jane. Vous devez me croire, Madame ! Je vous en prie, Madame ! *Je vous en prie.* Je ne suis pas cette chose horrible ! Je ne veux pas être pendue ! Ne laissez pas sa seigneurie me pendre !

Momentanément ébahie par les actions de la jeune fille et sa supplique terrifiée, Jane ne réagit pas immédiatement. La gouvernante prit cette réaction pour du dégoût de se voir ainsi touchée par une subalterne – qui plus est une simple nourrice –, alors elle saisit Betsy par le haut du bras et essaya de la redresser, l'éloignant de la comtesse.

— Levez-vous ! Levez-vous, idiote ! exigea la gouvernante en tirant sur son bras. Nourrice Browne ! Prenez-lui l'autre bras !

— Non ! Non ! J'aime Sam ! s'écria Betsy, tenant toujours fermement les jupons de la comtesse. Devant Dieu, Madame, je ne lui ferai jamais de mal ! Jamais ! Vous savez que j'aime ce bébé ! Je vous en ai fait la promesse ! Vous vous en souvenez ? Vous devez vous en souvenir !

— Sam ? Qu'est-ce que Sam vient faire là-dedans ? demanda Jane, ayant soudain peur pour son nourrisson.

— Comment osez-vous vous adresser à la comtesse avant qu'elle ne vous adresse la parole ? Comment osez-vous agresser Madame ? siffla la gouvernante à l'oreille de Betsy, continuant de tirer sur le bras malingre de la jeune fille. Vous n'avez pas votre place dans cette demeure, pas après ce que vous avez fait !

— Betsy ! murmura Nourrice Brown dans l'autre oreille de la jeune fille, lui serrant fort le haut du bras. Arrêtez immédiatement. Vous ne faites qu'aggraver votre situation. Reconnaissez vos actes et votre vie sera peut-être épargnée.

Jane regarda Mrs. McIntyre et Nourrice Browne qui serraient toutes les deux fermement les bras fins de Betsy, ayant perdu toute notion du lieu et du décorum. Une folie temporaire s'était abattue sur la demeure, mais elle était déterminée à ne pas se laisser submerger. Elle était également déterminée à ce que Betsy puisse être entendue équitablement. Elle se remémora le temps où elle-même avait été traitée comme une moins que rien, diabolisée et vilipendée par ceux qui étaient en position de mieux se comporter, sans moyen de s'exprimer ni champion pour défendre sa cause. Elle s'était sentie si impuissante et seule au monde. Une conviction inébranlable et l'optimisme inné que sa vie serait un jour comme elle se l'était imaginée, mariée à l'homme qu'elle aimait et avec une famille à elle, l'avait empêchée de sombrer dans une mélancolie perpétuelle.

Cette pauvre créature qui s'agrippait à ses jupons comme si sa vie dépendait de ses paroles n'avait personne d'autre au monde et aucune perspective ; sa terreur était ainsi entièrement justifiée. Jane n'allait pas la voir se faire renvoyer sans lui octroyer le bénéfice du doute, et cela signifiait lui parler en l'absence d'autrui.

Cela dit, quatre années passées à être la comtesse de Salt Hendon avait ouvert les yeux de Jane quant à la myriade de strates sociales qui composaient une demeure remarquable et un noble foyer bien géré qui faisait la fierté et la satisfaction des serviteurs de Salt, particulièrement de ces serviteurs d'étage avec qui elle était quotidiennement en contact et qui se vantaient d'être des serviteurs estimés de la demeure du comte de Salt Hendon. C'est pourquoi elle ne put rejeter entièrement l'opinion de sa gouvernante ou de sa Nourrice. Elles méritaient également d'être entendues, même si elle avait congédié Miller. Mais la nursery n'était pas le domaine du majordome, comme elle était certaine que Mrs. McIntyre et Nourrice Browne le lui auraient dit, quelle que soit son autorité sur ces femmes et sur les serviteurs d'en bas. Ce dont elle était également certaine était que ces deux servantes aguerries seraient mortifiées par leur comportement une fois qu'elles reprendraient leurs esprits, non seulement à cause de la façon dont elles s'étaient comportées en sa présence, mais aussi parce que cela s'était déroulé en présence de Sir Antony, un invité de la maison et ainsi un étranger.

— Mrs. McIntyre. Nourrice. Veuillez lâcher Betsy et témoigner à mon invité la politesse attendue, leur ordonna Jane à voix basse. Le parrain de Sam, Sir Antony Templestowe, est venu voir en personne où son filleul passe ses journées en compagnie de son frère et de sa sœur lorsqu'il n'est pas avec moi.

Quand les deux femmes se redressèrent lentement, brossèrent leurs jupons et s'inclinèrent en baissant le menton, elle sourit discrètement, ajoutant toutefois avec un soupir triste :

— Je suis pour ma part désolée que sa seigneurie ait dû être témoin d'une bagarre. Je vous assure, Sir Antony, que je n'ai jamais assisté à une telle chose de toute ma vie ! Et dans la nursery en prime, qui est d'ordinaire, je peux vous l'assurer, un endroit de joie et de calme pour les enfants de sa seigneurie, grâce à Nourrice. Je crois qu'il doit y avoir quelque chose de bizarre dans le thé aujourd'hui.

— Madame, je vous présente toutes mes excuses pour avoir causé un tel désagrément à Madame et à… à Sir Antony, murmura la gouvernante, profondément embarrassée. Je puis assurer à Monseigneur que ce n'est pas la façon habituelle dont se déroulent les choses dans la maison de sa seigneurie. Comme le dit justement Madame, c'est un événement particulièrement inhabituel…

— Très inhabituel, ajouta Nourrice Browne qui sentait qu'elle devait dire quelque chose.

Elle regarda successivement la comtesse puis Betsy, qui avait lâché les jupons de sa maîtresse, mais était toujours recroquevillée à ses pieds.

— Je vous remercie, Madame, de vos paroles aimables concernant la nursery. Je fais de mon mieux pour les petits lords et la petite lady.

— Je le sais, Nourrice, et Lord Salt et moi ne saurions être plus satisfaits de vous, répondit la comtesse. Mrs. McIntyre ? Je suis certaine que vous conviendrez qu'il vaut mieux laisser ce petit incident domestique à Nourrice. Vous devez avoir mille choses plus importantes à gérer, avec le bal masqué dans deux jours...

Jane laissa sa phrase en suspens, espérant que la gouvernante entende raison. Celle-ci hocha la tête, fit la révérence et se retira en silence, échangea un rapide regard inquiet avec Nourrice Browne, que Jane choisit d'ignorer.

— Nourrice, quand Betsy se sera lavé le visage et se sera rendue présentable, et qu'elle aura eu quelques instants pour reprendre ses esprits, veuillez l'emmener à la salle de jeu. Sir Antony a quelques questions à poser à la nourrice de Sam, ajouta-t-elle avec un sourire bienveillant. Je suis certaine que cela prend le pas sur ce petit incident... ?

Une fois encore, Jane laissa sa phrase en suspens, et comme l'avait fait la gouvernante, Nourrice Brown lui adressa une révérence, jetant un regard furtif à ce gentleman beau et grand vêtu de soie rayée.

— Bien entendu, Madame. Je vous enverrai Betsy directement.

Sir Antony se souvenait bien de la salle de jeu qui s'étendait sur presque toute la longueur de la maison et cela le fit sourire, malgré sa nervosité quant à ce que l'entretien avec Betsy pourrait révéler. La peinture bleue familière et le théâtre de marionnettes placé contre un des murs étaient tels qu'il se les rappelait, mais les jouets éparpillés sur le tapis et la petite pile de tableaux réalisés de mains d'enfants de l'autre côté d'une table minuscule à quatre petites chaises assorties étaient nouveaux. Tout avait changé en mieux dans cette demeure, et il avait l'intention de faire tout ce qui était en son pouvoir pour s'assurer que cela se poursuive.

— Merry n'est pas la seule artiste en herbe de la famille, à ce que je vois, dit-il en soulevant le coin d'un des parchemins. Un chien. Un oiseau. Un chat ?

Il prit un parchemin au centre duquel était peint un cercle noir. Et sur ce cercle noir avait été maladroitement peinte une forme blanche dont partaient quatre traits de pinceaux épais qui irradiaient d'un côté, tandis que des traits plus fins en lignes relativement droites émergeaient de l'autre côté du cercle.

— Ou peut-être est-ce un portrait de Vicomte Quatre-Pattes devenu adulte ?

— Effectivement, c'est cette noble boule de poils. Vous avez deviné si facilement, Antony ! Est-ce les moustaches qui vous ont mis sur la voie ?

Jane pouffa derrière sa main, percevant les efforts de son fils pour émuler les talents exceptionnels de sa cousine Merry pour le dessin pour ce qu'ils étaient : spéciaux pour elle, mais qui ne sortaient pas de l'ordinaire pour le monde extérieur. Elle se retira vers la banquette sous la fenêtre où Sukie berçait Sam qui s'agitait. Reprenant l'enfant dans ses bras, elle donna congé à la nounou, lui demandant d'aller chercher Betsy et espérant que la jeune fille se soit reprise et consente à répondre à quelques questions.

— Je dois vous prévenir, Antony, il est plus que probable que Sam réclame sa collation du matin avant que votre interrogatoire ne soit terminé, une circonstance contre laquelle je ne peux rien faire.

— Vous ne devez pas vous excuser de ce qui est la chose la plus naturelle au monde, dit Sir Antony avec un sourire doux. Et c'est une nursery… Ah ! Voilà le thé.

Il fit de son mieux pour préparer les tasses de thé ainsi que son rituel l'exigeait.

— Je dois également vous prévenir, Madame…

— Jane. Cela a toujours été Jane entre nous…

— Oui, oui, c'est vrai.

Il sourit et plaça la tasse de thé de Jane entre eux sur la fenêtre.

— Jane… je dois vous prévenir que les questions que j'ai besoin de poser à Betsy vont vous perturber. J'espère simplement que ses réponses sont ce que nous avons tous les deux besoin d'entendre. Je ne veux pas songer au pire. Je veux croire que par un miracle du bon sens et du hasard, tout se déroule comme nous le voulons dans votre petit coin merveilleux du monde.

— J'ai le pressentiment que d'une façon inexplicable, Diana est impliquée.

— Oui. Mais je ne pense pas que cela soit inexplicable. Je crois que nous allons découvrir que tout ceci a été soigneusement planifié. Ce en quoi nous devons placer notre confiance est une chose que Diana est incapable de comprendre, mais que vous et moi trouvons indubitable.

— Qu'est-ce donc ?

Sir Antony lui adressa un sourire en coin, le rouge montant à ses joues effilées.

— C'est quelque chose que Diana perçoit comme un défaut majeur de ma personnalité. C'est certainement une faiblesse chez un homme… Et elle vous méprise de l'avoir parce qu'elle ne fait que rendre Salt plus amoureux de vous.

Il posa la tasse sur sa soucoupe et croisa les yeux bleus de Jane.

— C'est le pouvoir qu'a l'amour de tout conquérir, de conquérir le mal. Betsy a juré devant Dieu qu'elle aime le petit Sam. Voilà ce qui dévastera ses plans diaboliques. Il ne lui est simplement pas venu à l'esprit que Betsy puisse ne pas lui obéir, qu'une fille sans famille et sans perspectives élevées lui désobéisse… que Betsy ait le cœur bon.

Jane eut un mouvement de recul.

— Diana aurait envoyé Betsy dans cette demeure pour qu'elle exécute ses ordres… une pauvre fille de quinze ans… pour nous épier ? Seigneur Dieu ! Je vous crois. Quel pouvoir a-t-elle sur cette pauvre enfant pour pouvoir la pousser à faire une telle chose ? Betsy n'a pas une once de méchanceté en elle.

— Oui. Je le crois aussi à présent que je l'ai rencontrée.

— Pensez-vous qu'il y ait d'autres serviteurs dans cette demeure qui soient employés par votre sœur ?

— Je ne saurais le dire, mais je ne le crois pas. C'est-à-dire, à moins que vous n'ayez engagé d'autres membres du personnel depuis que ma sœur s'est échappée de Harlech ?

Jane secoua la tête.

— C'est bien. J'espère simplement que la jeune Betsy soit restée constante et n'ait pas fléchi sous les harangues constantes de ma sœur. Croyez-moi, je sais à quel point il est facile de céder. Diana est une force de la nature implacable quand elle désire quelque chose. Elle a fait de mon enfance un enfer absolu. Ah ! Voici la nourrice de mon filleul.

— Approchez-vous, Betsy, dit Jane avec un sourire.

Betsy fit ce qu'elle lui dit, gardant les yeux baissés sur le parquet, sa sempiternelle charlotte aux grands revers lui dissimulant le visage.

— Faites-moi le service de retirer votre charlotte, Betsy, afin que lady Salt et moi-même puissions voir votre visage.

Betsy fit ce que Sir Antony lui demandait et une grande masse de boucles aériennes vint entourer son visage, ne tombant pas plus bas que les lobes de ses oreilles, comme si quelqu'un avait placé un bol autour de sa tête et avait coupé les cheveux tout autour. Sur des cheveux raides, une telle coiffure aurait enlaidi la personne, mais Betsy avait des cheveux tellement frisés que cela lui seyait. Sir Antony et Jane n'avaient jamais rien vu de tel, à quel point que cette dernière lui demanda :

— Qui vous a coupé les cheveux, Betsy ?

Ce n'était pas la question à laquelle la jeune fille s'attendait et elle sursauta.

— Je ne vais pas perdre mon poste à cause de mes cheveux, n'est-ce pas, Madame ?

— Ce ne sont pas vos cheveux qui posent problème, Betsy, répondit gentiment Jane. Et à l'avenir, cela ne doit pas vous embarrasser autant. Avoir des boucles aussi courtes est ravissant.

Les yeux de Betty s'illuminèrent et elle sourit nerveusement, tordant machinalement la charlotte dans ses mains. Le compliment lui délia également la langue et la fit se sentir à l'aise.

— Croyez-vous vraiment, Madame ? C'est mon père qui me les a coupés. Il dit qu'ils gênaient, que je n'en avais pas besoin, puisqu'aucun garçon n'allait regarder une fille maigre comme moi de toute façon, et que si je n'avais aucune chance de me marier, alors à quoi cela servirait-il ? ajouta-t-elle en haussant les épaules. Nourrice Browne dit que cela finira par repousser.

— Certainement… Betsy, Sir Antony souhaite vous poser quelques questions. Je sais que vous y répondrez honnêtement.

— Oui, Madame. Oui, je le ferai ! Je ne dis pas de mensonges ! C'est ce que j'ai dit à Nourrice Browne et à Mrs. McIntyre, mais elles… Je suis désolée, Madame…

Elle coula un regard à Sir Antony, ajoutant rapidement :

— Je ne rapporte pas de commérages non plus !

— Eh bien, Betsy, vous allez peut-être devoir y faire exception pour une fois, parce qu'il y a une histoire que j'aimerais que vous nous racontiez. Une histoire véridique, dit Sir Antony d'un ton posé. Mais d'abord, il y a une question très urgente qui requiert une réponse immédiate.

— Oui, Monsieur ?

— Nourrice ? Y a-t-il une urgence qui ait causé cette intrusion ? demanda Jane, interrompant le questionnaire de Sir Antony quand Nourrice entra dans la pièce à pas de loups, précédant un gentleman inconnu.

Elle s'apprêtait à s'enquérir de l'identité de ce dernier quand Sir Antony se redressa d'un bond et alla rejoindre l'inconnu.

— Semper ?

— Veuillez me pardonner cette intrusion, Monseigneur, s'excusa le majordome, ne tournant pas les yeux en direction de la comtesse de Salt Hendon et toujours légèrement hors d'haleine.

Il avait fait tout le chemin en courant depuis South Audley Street, la boue sur ses chaussures et ses cheveux décoiffés témoignant de son empressement à venir communiquer son message.

— J'ai besoin de vous parler en privé. *Sans attendre.*

Sir Antony adressa un signe de menton à Nourrice Browne qui partit à contrecœur, et il éloigna légèrement Semper plus loin dans la pièce afin que la comtesse ne puisse pas les entendre.

— Vous avez parlé à Mr. T ?

— Oui, Monseigneur.

— A-t-il été capable de persuader le domestique de l'établissement en question de révéler ce qui s'est passé avec Mrs. S ?

— Oui, Monseigneur, il a été très persuasif et le domestique s'est montré coopératif.

— Et ?

— L'information est affligeante, je dois dire…

Sir Antony sentit quelques gouttes de sueur perler sur son crâne.

— Poursuivez donc !

— Le domestique a raconté à Mr. T que Mrs S s'est montré très précise dans ses exigences, et qu'il a fallu plusieurs jours avant que l'objet ne puisse être obtenu, puis dérobé et donné à Mrs. S…

— Et ? Et ? Semper ! Grands Dieux, crachez le morceau !

— Oui, Monseigneur. Le domestique a donné à Mrs. S l'objet enveloppé dans un paquet. Ce paquet à la taille et la forme de celui qu'on a vu la nourrice transporter sous son bras quand elle a quitté la calèche.

— Et dans ce paquet, Semper ? Qu'y avait-il ?

— Un vêtement, retiré du corps encore chaud d'un nourrisson récemment décédé auprès de sa mère à cause – comme vous le supposez justement – de la variole. Le domestique a dit à Mr. T que les vêtements d'extérieur de l'enfant mort, ses chaussures et son bonnet n'avaient pas été désirés. Simplement la chemise, qui se porte à même la peau…

— Seigneur Dieu… comme c'est diabolique ! marmonna Sir Antony. Cette crapule d'Amherst a certainement des comptes à rendre !

— Je vous demande pardon, Monseigneur ? Amherst ?

— Ne pensons pas à ce fou ! J'ai une autre démente à gérer ! se reprit Sir Antony en pressant l'épaule de son majordome. Merci d'être venu aussi rapidement.

— J'ai pensé qu'il était essentiel d'agir vite, Monseigneur.

Semper osa jeter un œil vers la banquette près de la fenêtre où il laissa son regard s'attarder un instant sur la belle jeune femme qui berçait un enfant et vers la nourrice qui se tenait debout devant elle en silence. Retrouvant ses esprits quand il entendit prononcer son nom pour la deuxième fois, il s'inclina et quitta la nursery avec autant de dignité que possible, laissant Sir Antony regagner la banquette à grands pas et dire à Betsy sans préambule :

— On vous a confié quelque chose hier. Un paquet. Mrs. Smith vous a donné un paquet. Où est-il ?

— Je vous en prie, Betsy. Ne pleurez pas. Vous devez être courageuse et dire à Sir Antony ce qu'il veut savoir. Et soyez honnête.

Betsy hocha vigoureusement la tête et frappa ses yeux larmoyants.

— Oui, Madame. Je le ferai ! Je dirai la vérité ! J'ai été honnête avec Nourrice Browne. Je lui ai raconté ce que j'ai fait parce qu'y ait été contrainte. Je n'avais pas envie de voler le hochet de Sam, mais Tante Smith a dit que si je ne le faisais pas, mon père resterait en prison pour dettes jusqu'à sa mort.

— Vous avez pris le hochet de Sam ? demanda Jane avant que Sir Antony puisse le faire, tant sa surprise était grande.

Au moins, elle n'aurait plus besoin de demander aux nourrices de continuer à le chercher.

— Que Mrs. Smith voulait-elle en faire ?

— Je ne sais pas, Madame ! Je ne sais pas pourquoi je devais faire toutes les choses qu'on m'a demandé de faire ! Cela ne faisait aucun sens. Je vous en prie. Vous devez me croire !

Les larmes étaient revenues et elle considéra Sir Antony avant de dire à la comtesse :

— Va-t-on me pendre à cause de cela ? Mrs. McIntyre dit que les petits enfants sont pendus pour avoir volé le mouchoir d'une lady !

— Non. Vous ne serez pas pendue, Betsy. Je vous le promets.

— Le paquet, Betsy ? l'encouragea Sir Antony. Qu'avez-vous fait du paquet ?

À la mention du paquet, Betsy se lança dans une autre explication alambiquée qui n'avait aucun sens.

— Ce qu'elles voulaient que je fasse n'avait aucun sens ! Je l'ai dit à Nourrice Browne : peu m'importait que cela me cause des problèmes, il fallait que je le fasse ! J'avais une sensation au fond de moi, vous voyez. Une sensation qui m'a dit quoi faire. Et ce n'était pas ce qu'elles voulaient que je fasse.

— C'est cela, Betsy, dit Sir Antony avec une patience extrême. C'est ce que vous avez fait ou pas fait avec ce paquet qui nous préoccupe. Qu'avez-vous fait du paquet ?

Betsy regarda successivement la comtesse et Sir Antony comme si cela coulait de source. Voyant qu'ils ne montraient pas la moindre trace de colère envers elle, elle inspira profondément et le leur dit.

— Je l'ai amené dans la maison comme on me l'a demandé, mais cela ne me semblait pas sonner juste, alors je l'ai oublié. Et quand je me suis levée ce matin, avant de descendre dans la chambre à coucher de Madame afin d'aller chercher Sam pour lui passer une chemise propre après sa première tétée, j'ai jeté le paquet au feu.

Elle désigna l'immense cheminée avec son manteau peint en blanc et son écran de tapisserie de l'autre côté de la pièce.

— Je l'ai mis dans le foyer là-bas. J'ai attendu et j'ai regardé jusqu'à ce qu'il soit bien enflammé, pour que personne ne puisse l'en sortir. Je voulais qu'il brûle jusqu'à ce qu'il ait disparu, mais j'ai dû aller chercher Sam, et il a fait tellement de fumée qu'un valet a dû ouvrir la fenêtre, et c'est là qu'on a informé Nourrice Browne. Quelques débris avaient dû en rester dans l'âtre… Toutes les nourrices ont été accusées, mais c'était moi et je ne voulais pas causer problème à d'autres.

Quand Sir Antony mit son visage dans ses mains et poussa un grand soupir tout en se penchant devant elle, Betsy se recroquevilla, se disant qu'il s'apprêtait à la réprimander comme venaient de le faire Mrs. McIntyre et Nourrice Brown. Mais l'instant d'après, il se redressa, se passa une main sur le visage et lui sourit, alors elle fit un pas en avant.

— J'ai bien fait, n'est-ce pas ? De le jeter au feu ?

— Oui ! Oui ! Vous avez bien fait, Betsy ! Dieu merci ! Dieu merci pour votre geste, Betsy ! C'est très bien. Brûler ce paquet était la seule chose à faire ! Mais vous ne l'avez pas ouvert avant, dites-moi ? songea-t-il soudainement.

Elle secoua la tête.

— Non, Monsieur. Je n'avais aucune raison de le faire.

— C'est bien ! Savez-vous ce qu'il y avait à l'intérieur ?

— Oui, Monsieur, je le savais. La chemise d'un bébé. C'était pour le petit Sam. Tante Smith m'en a parlé. Elle a dit que c'était un cadeau. Mais le paquet était fermé par un vieux bout de ficelle sale et ne ressemblait pas au genre de cadeaux qu'on offre à un enfant de l'aristocratie. Cela aurait plutôt été un tissu fermé par un ruban de soie ou bien une bourse de velours, n'est-ce pas ? C'est dans une chose pareille que le hochet d'argent a été offert, n'est-ce pas, Madame ?

— Oui, Betsy. Effectivement.

La fille hocha la tête et poursuivit. Plus on lui donnait le temps de s'expliquer, puis elle gagnait en assurance, particulièrement en présence d'un public si réceptif et attentif.

— Elles ont dit que je devais vêtir Sam de la chemise, et quand j'ai émis un doute, elles m'ont fait cela pour me convaincre du contraire.

Elle montra à Sir Antony et à Jane son bras bandé.

— La véritable comtesse de Salt Hendon n'est pas une dame très gentille, malgré ses beaux atours. Peu m'importe que Tante Smith soutienne le contraire, ou qu'elle me raconte à quel point la véritable comtesse a été mal traitée. Je n'ai jamais aussi bien vécu que dans cette maison. Madame m'a toujours traitée avec tant d'égards. Je sentais au fond de moi qu'il y avait quelque chose de pervers dans un tel cadeau. Alors j'ai su, j'ai su au fond de mon cœur que ce que j'ai fait du paquet était correct, en dépit de ce qu'elles disent qu'il risque d'arriver à ma famille à Birmingham !

Jane et Sir Antony échangèrent un regard.

— Je vous demande pardon, Betsy, dit Jane d'un ton incrédule. La véritable comtesse de Salt Hendon ?

Betsy hocha à nouveau la tête.

— Je ne la connais pas sous un autre nom. Tante Smith dit qu'elle porte un autre nom en société jusqu'à ce qu'elle puisse reprendre son époux...

— Reprendre son époux ?

— ... de votre emprise, Madame. Celui qui partage votre lit et vous a donné des enfants, même s'il ne peut pas vous donner son titre, parce qu'il vous aime et pas elle.

Jane plaqua une main sur sa bouche. Elle ne savait pas si elle devait rire de l'explication ingénue de la jeune fille ou bien pleurer, parce qu'elle était certaine que dans sa folie et son aveuglement, c'était précisément ce que croyait Diana, conviction sans doute renforcée par ses années de captivité.

Le geste de Jane et le pli qui barra alors le front de Sir Antony poussèrent Betsy à s'écrier, comme si on ne la croyait pas :

— Dieu m'est témoin que tout ce que j'ai dit est la vérité, Madame. J'ai essayé de tout raconter à Nourrice Browne depuis le début, mais elle dit que j'ai tout inventé pour éviter les problèmes parce que j'ai brûlé le paquet. Elle dit que ce n'est qu'un conte de fées, mais ce n'est pas vrai ! vous devez me croire, Madame !

— Non, Betsy, ce n'est pas un conte de fées, même si j'espère que tout se terminera bien comme dans un conte, dit Jane avec un sourire, remettant son petit doigt dans la bouche de son fils. Et je vous crois.

La supplique véhémente de la nourrice coïncida avec le cri affamé de Sam. Quand Jane avait plaqué la main sur sa bouche, surprise, elle avait inconsciemment retiré son doigt de la bouche de son fils. Il avait sucé dessus dans l'espoir vain d'être nourri. Il ne se satisfaisait à présent plus de cette ruse et fit savoir à sa mère sans ambiguïté qu'elle devait répondre immédiatement à ses besoins, sans quoi ses cris ne feraient que gagner en intensité.

— Dois-je aller chercher un châle, Madame ? demanda Betsy en jetant un regard à Sir Antony.

Voyant que Jane hochait la tête, elle fourra la charlotte sur ses boucles et sortit rapidement de la pièce.

— Vous devez vraiment lui offrir une autre charlotte plus petite, Jane. Peut-être une avec un joli nœud bleu.

— C'est le moins que je puisse faire pour elle, croyez-moi ! Dieu du ciel ! s'exclama Jane une fois que Betsy se fut éloignée. Pas étonnant qu'on ait accusé cette pauvre créature d'être une menteuse et une voleuse. Cette pauvre chère enfant. Quel pouvoir Diana et Mrs. Smith possèdent-elles donc sur elle pour essayer de lui faire faire des choses aussi horribles ?

— Je n'en ai aucune idée, mais cela implique apparemment son père et ses frères et sœurs. Je suis certain que Betsy nous en parlera et alors, je lui assurerai que nous ferons notre possible pour rectifier les calamités causées par Diana et cette horrible créature qui lui obéit au doigt et à l'œil.

— Je ressens une immense sensation de terreur, mais également un étrange soulagement. Je ne peux pas l'expliquer, mais je suis certain que Salt et moi sommes redevables à Betsy d'avoir brûlé ce paquet.

— Vous ne savez pas à quel point. Sam est déjà assez fâché, je ne veux pas vous troubler tous les deux. Cela peut attendre un autre jour. Il suffit de dire qu'un désastre a été évité à cause du pressentiment de Betsy !

Il ramena les tasses vides et les soucoupes sur le charlot à thé qui se trouvait près de la porte et alla inspecter l'âtre où le paquet avait été brûlé, tournant le dos à la banquette. Il ne s'attendait pas à trouver le moindre reste de son contenu, mais il remua les cendres avec le tisonnier en cuivre comme s'il cherchait quelque chose, afin de donner à Betsy le temps de revenir avec le châle et à Jane d'avoir l'intimité de défaire et d'ajuster son corset de maternité afin de répondre aux exigences de son nourrisson. Avant qu'il ne retourne à la banquette, il parcourut toute la longue pièce, s'arrêtant devant la fenêtre la plus éloignée qui donnait sur les jardins. Il n'y avait aucun signe des enfants, alors peut-être étaient-ils en route vers la nursery.

L'absence des cris affamés de Sam et Betsy qui s'affairait autour de Jane lui indiquèrent qu'il pouvait à présent regagner la banquette. Mais d'abord, il se dirigea vers le chariot à thé et prépara du thé sucré avec un nuage de lait dans la tasse propre qui restait. Puis il prit l'une des chaises d'enfant et la plaça devant Jane, demandant à Betsy de s'y asseoir. Il surprit alors la jeune fille en lui tendant la tasse de thé. Il regagna son coin de la banquette, où il tapota un coussin et s'installa, croisant ses longues jambes musclées aux chevilles et repliant les bras.

— Betsy, je veux que vous racontiez à lady Salt et moi-même tout ce qu'il y a à dire sur vous, Mrs. Smith et la femme que vous connaissez seulement sous l'appellation de la véritable comtesse de Salt Hendon. N'omettez aucun détail et ne vous inquiétez pas. Tout ce que vous nous direz ne sortira pas de ces quatre murs. Je vais à présent fermer les yeux, mais je reste entièrement conscient et j'ai hâte d'entendre le moindre mot de votre histoire. Puis-je vous donner une amorce ? Il y avait une fois une fille appelée Betsy…

— C'est Elizabeth, Monsieur. Mais on m'a toujours appelée Betsy. Ma maman m'a donné le nom de sa maman, qui avait aussi le nom de sa maman qui vivait…

Sir Antony sourit discrètement. Cela allait manifestement être une bien longue histoire… Mais que cela faisait-il ? La chemise infectée par la variole avait été brûlée, son filleul était en sécurité et, comme il l'avait prédit, Diana n'avait pas compté sur le pouvoir salvateur de l'amour. Il pria pour qu'elle conserve son ignorance et son arrogance suprême, ignorant tout de ce qui l'attendrait la nuit du bal masqué jusqu'au moment de sa capture. Il espérait pouvoir maintenir son masque de politesse en sa compagnie pendant assez longtemps pour ne pas l'étrangler avant, causant le genre de scandale qu'il essayait désespérément d'éviter.

Deux jours plus tard, alors qu'il grimpait dans la calèche afin d'aller rejoindre Diana et lady Porter durant le court trajet qui les mèneraient à Salt House pour le bal, il subit une réplique méprisante de sa sœur, et il lui invoquer toute sa volonté pour ne pas bondir sur la banquette d'en face pour l'étrangler… et la soirée n'avait pas encore commencé.

VINGT-QUATRE

Sir Antony s'installa sur la banquette matelassée de la calèche aux côtés de lady Porter, diagonalement opposé à sa sœur. Il évita soigneusement de marcher sur les ourlets des volumineux jupons de soie des deux dames, ne pouvant toutefois pas éviter les mètres retroussés de soie brodée d'or du costume jacobin de lady Porter, même si les larges paniers avaient été repliés afin de s'adapter à un trajet dans un espace aussi confiné. Une fois les marches repliées et la portière refermée, il frappa d'un doigt ganté sur le panneau de bois au-dessus du dossier capitonné et la calèche entama le court trajet qui les mènerait au bal masqué le plus attendu de la saison.

Il avait entendu la remarque méprisante de Diana sur la comtesse de Salt Hendon, mais avait choisi de l'ignorer. Ébouriffant les délicates ruches de dentelle à ses poignets, il observa sa sœur dans son costume de bal. Elle avait choisi un costume au thème élisabéthain. Sa chevelure auburn relevée était légèrement bouclée, son visage poudré, ses joues fardées, ses lèvres rouge cerise, le tout encadré par une magnifique collerette qui lui encerclait le cou. Confectionnée pour le bal d'un parchemin très fin verni de cire d'abeille mêlée d'autres ingrédients qui lui donnaient un éclat remarquable, elle était assortie à sa robe de taffetas rouge. À ses oreilles pendaient une paire de boucles d'oreilles de diamants et de grenats, et un collier assorti agrémentait son décolleté. Ce costume avait couté une petite fortune à Sir Antony. Mais c'était un prix dérisoire à payer, compte tenu du fait que cela l'avait tenue occupée jusqu'au moment où la calèche était venue les chercher pour les emmener à Salt House.

Avant de partir pour le bal, il avait donné quelques ultimes instructions à Semper quant à ce qui se déroulerait plus tard dans la soirée. Son apprenti-valet, Nikolas, lui avait fait enfiler sa redingote de style militaire en soie bleue et en brocart doré qui complétait son costume de Peter l'Ara, et alors qu'il se tenait devant le grand miroir à observer sa tenue, il demanda si tout et tous étaient prêts pour quand le moment viendrait de donner le signal de la capture de Diana. Cela se produirait à la fin de la soirée, alors que les invités prendraient congé aux petites heures du matin, alors que les gens s'attarderaient dans le vestibule de Salt House pour présenter leurs adieux, pendant le va-et-vient des calèches. Diana et lui grimperaient dans sa calèche, lady Porter serait reconduite en chaise à porteurs, et ils quitteraient Grosvenor Square, prenant la route du nord et non du sud alors qu'ils remonteraient North Audley Street. La calèche prendrait à gauche sur Tyburn Road et rejoindrait les environs de Westminster. Une calèche transportant Mr. T et ses associés les suivraient, et un deuxième véhicule attendrait l'arrivée des deux voitures au péage.

Il s'y trouvait une maisonnette où vivait probablement le collecteur de redevances. Sir Antony n'avait pas besoin de le savoir. Ce qui importait pour lui était que Mr. T se soit assuré de la cécité et de la surdité sélective des occupants de la résidence. C'est là que Diana se verrait retirer ses beaux atours et serait placée dans une robe de lin rêche, des menottes aux chevilles et aux poignets. Une bride-bavarde la réduirait un silence, un instrument effrayant, mais aussi nécessaire et justifié que les menottes pour une meurtrière au cœur froid, un monstre qui avait essayé d'infecter un nouveau-né avec un tissu contaminé par la variole.

Une fois que la prisonnière serait montée dans la deuxième calèche, Sir Antony donnerait à Mr. T et ses associés une lettre d'instructions et la moitié de ce qu'il leur devait. Le reste de la somme serait versée lorsque sa sœur – il ne l'appellerait plus ainsi après ce soir-là – serait transférée aux mains de ses gardiens russes, ces âmes intrépides qui l'emmèneraient très loin au-delà des montagnes de l'Oural. Les dernières nouvelles qu'il souhaitait recevoir de sa prisonnière étaient par lettre, de la part son geôlier dans le village de Beryozovo.

Et que penserait la société de cette seconde disparition de Diana, lady St. John ? L'inspiration était née dans la tête nue de Sir Antony pendant qu'il marinait dans sa « baignoire à réflexion ». Quel luxe nécessaire que ce bain à idées ! Il avait bien réfléchi aux détails pendant qu'il préparait la tasse de thé parfaite. Il avait apporté sa tasse de thé vers l'écritoire en bois de noisetier disposé dans le salon attenant à sa chambre. Là, seulement vêtu d'un banian de soie écarlate, il avait composé un article qui devait être publié dans les journaux du matin. Il resterait anonyme. Écrit sur un beau parchemin, avec le sceau de cire décalé et maladroitement estampé par l'insigne de sa chevalière afin que l'expéditeur reste méconnaissable. Toutefois, apportées par un valet en livrée, les titulaires ne pourraient qu'imprimer ces nouvelles intéressantes comme un fait et non un ragot. Il ne restait à Sir Antony qu'à persuader le deuxième individu nommé dans la missive à coopérer, mais il ne doutait pas du soutien de ce gentleman quand il lui parlerait durant le bal.

Quant à Mrs. Smith...

Diana avait descendu les marches qui menaient au vestibule dans tous ses beaux atours élisabéthains, un sourire de satisfaction incurvant sa bouche fardée, sans nul doute en réponse aux instructions de dernière minute laissées à Mrs. Smith pour son prochain acte de malfaisance. Sir Antony répondit par un de ses sourires enjoués tout en admirant sa robe, sachant parfaitement qu'au même instant, quatre de ses Russes étaient en train d'entraîner Mrs. Smith au bas des escaliers de derrière, la poussant dans un fiacre de location qui prendrait la route de l'hôpital de Bethlem. Mrs. Smith passerait le reste de ses jours à Bedlam, sa démence établie. C'était plus que généreux, mais Sir Antony avait ressenti une certaine pitié pour cette femme qui s'était laissé duper. D'ailleurs, toute personne qui était dévouée avec une telle servitude à une créature aussi malfaisante que sa sœur devait être folle.

Se concentrant à nouveau sur le présent, Sir Antony réprima à nouveau le désir d'étrangler sa sœur, mais il décida que puisque c'était leur dernier voyage en calèche, il lui laisserait entrevoir un instant, sous la surface de son extérieur citadin, le frère qu'elle ne connaissait absolument pas. À défaut d'autre chose, cela lui offrirait un répit momentané à sa tension, ainsi qu'une légère satisfaction.

— Jenny Dalrymple, invitée à l'un des bals masqués de Salt ? dit Diana d'un ton méprisant, dépliant son éventail de soie rouge afin d'envoyer de l'air sur son décolleté audacieux. Ma chère lady Porter, vous et moi savons que la pauvre Jenny n'est pas digne de la bonne société. Elle ne constituerait qu'une source d'embarras pour Salt. Sa seigneurie a eu raison de ne pas l'inviter. Je ne doute pas que si la liste des invités avait été laissée à cet insecte maigrichon aux grands yeux, qui sait à quelle sorte de populace nous aurions été contraints de nous frotter ?

— Cette écharpe rouge et cette étoile vous vont très bien, Sir Antony, dit lady Porter en souriant.

Elle avait trouvé prudent de changer de sujet, car durant les quatre années que Diana St. John avait passées loin de Londres, elle s'était plusieurs fois rendue à Salt Hendon sur l'invitation de lady Reanay et elle avait eu l'occasion de connaître la jeune lady Salt, qu'elle aimait beaucoup.

— Quel ordre avez-vous dit que c'était ? ajouta-t-elle avec une confusion qui, elle l'espérait, parviendrait à dissimuler le fait qu'elle connaissait parfaitement la réponse à sa question.

— L'ordre impérial de St. Anne, répondit Diana avant que son frère ne puisse ouvrir les lèvres pour répondre. Octroyé par l'impératrice de Russie, à sa discrétion. Je suis restée bouche bée quand on m'a dit que mon petit frère allait recevoir un tel honneur. Et une première pour un étranger, en plus !

— C'est parce que vous ne me connaissez pas, dit Sir Antony d'un ton neutre.

Diana se contenta de hausser une épaule et elle écarta le rideau de velours afin de regarder par la fenêtre.

— Qu'y a-t-il à savoir... ?

— Une audience dans le salon royal est un spectacle remarquable, poursuivit lady Porter comme si ni le frère ni la sœur ne s'étaient exprimés. Leurs majestés vêtues de leurs plus beaux atours... Les suivantes éprouvées avec ces robes à la Mantoue désuètes qui étaient à la pointe de la mode quand ma mère était jeune fille... Cette écharpe rouge est vraiment splendide, Sir Antony. Oh ! Ou bien est-ce lord Temple à présent, ou alors cela viendra-t-il plus tard ? Veuillez m'excuser. Je n'ai plus l'esprit aussi aiguisé qu'avant...

Sir Antony en doutait. Au sein de la bonne société, lady Porter était considérée comme une matrone rusée qui ne laissait jamais un commérage lui échapper, que ce soient des nouvelles venues de son salon ou qui concernaient les domestiques, les siens ou bien ceux des autres. Il ne savait pas pourquoi elle se montrait délibérément vague, mais il décida d'entrer dans son jeu.

— Je crois qu'on ne s'adressera pas à moi en tant que lord Temple avant que les lettres patentes n'aient été préparées et mon nouveau titre publié dans les gazettes. C'est sans conséquence. Cela pourra attendre que lady Caroline et moi rentrions de notre voyage de noces en Irlande.

— L'Irlande ? Un voyage de noces ? Oh, alors lady Caroline et vous avez enfin convenu d'une date ? Quelles nouvelles fantastiques, Sir Antony ! Mes félicitations à tous les deux. N'est-ce pas, lady

St. John ? dit lady Porter avec un soupir de satisfaction. Oh, non ! Vous sentez-vous bien, Madame ?

Diana St. John émettait un son étranglé, portant une main gantée à sa poitrine qui montait et descendait rapidement. Elle se reprit et dit d'un ton méprisant :

— Mon Dieu, Antony ! Vous n'êtes certainement pas… *certainement pas*… sérieux ? Vous recevez l'honneur le plus important que les Russes puissent offrir à un Anglais, notre souverain fait de vous un vicomte, et vous rejetez immédiatement l'opportunité d'épouser une grande héritière en vous enchaînant à une veuve sans le sou ?

— J'épouse une grande héritière, mais la dot de Caroline ne m'a jamais traversé l'esprit.

Diana St. John haussa lentement les sourcils comme si elle en savait largement plus que lui sur la question, ce qui ne le surprit pas.

— Je tiens de source sûre, dit-elle, qu'Aldershot a dilapidé jusqu'au dernier sou la dot de Caroline.

Sir Antony s'installa à nouveau sur le siège capitonné, ne jetant pas un regard au fin sourire supérieur de sa sœur, ses doigts élancés jouant avant la collection de goussets dorés qui pendaient d'une épaisse chaîne d'or fixé à la poche de sa redingote. Il s'autorisa à prendre un air suffisant.

— Il n'existe pas de plus haute autorité que lord Salt à ce sujet et il ne vous a pas adressé la parole depuis quatre ans.

— Oh, j'espère que lady Caroline conserve toujours une partie de sa dot. Son mariage à ce garçon capricieux n'était pas heureux, dit lady Porter.

— Certes non, Madame, lui répondit Sir Antony. Ne craignez rien. Lady Caroline a toujours sa dot, jusqu'au moindre penny. Salt s'est assuré que les trente mille livres resteraient protégées par des légalités jusqu'à ce que Caroline atteigne l'âge de vingt-cinq ans… ou bien m'épouse, quoi qu'il soit advenu en premier.

Diana l'ignorait complètement. Elle pinça les lèvres. Elle détestait les informations rapportées presque autant qu'elle détestait le sourire suffisant de son frère. Elle feignit un moment d'inattention et recommença à regarder par la fenêtre, ses doigts gantés serrant fort les barrettes de son éventail qu'elle avait refermé d'un mouvement contrarié du poignet. Eh bien, il ne sourirait certainement plus quand elle émergerait de la fumée de la nursery en flammes, le corps inanimé de l'enfant aux boucles dorées dans les bras. Ah ! Plus personne ne sourirait *alors*. Salt lui parlerait *alors*. Oh, il parlerait, lui parlerait *alors* pendant des heures.

Sir Antony plaça son masque à plumes sur son visage et lui dit afin de provoquer sa sœur :

— Voyez-vous, ma chère lady Porter, j'épouse enfin la femme que j'aime et qui, par chance, possède une dot digne de l'épouse de Crésus. L'annonce sera publiée demain dans les journaux, mais j'espère que vous allez garder cette information pour vous, même si vous avez la satisfaction d'être la première à me féliciter.

Lady Porter sourit. Diana n'en fit rien et garda la tête tournée jusqu'à ce que la calèche ralentisse, rejoignant une longue file de véhicules qui attendaient leur tour pour regagner l'entrée de la maison de Salt House et y déposer leurs passagers en effervescence. C'était au moment précis où un valet en livrée aidait lady Porter à descendre du marchepied, Diana attendant son tour, que Sir Antony remarqua l'étrange breloque qui pendait aux barrettes refermées de l'éventail de sa sœur. Il n'avait jamais vu un hochet d'enfant auparavant et n'en aurait pas reconnu un si on le lui avait fourré sous le nez. Et cette décoration d'éventail n'aurait pas détonné aux yeux des néophytes : c'était une petite breloque représentant une licorne, et trois minuscules clochettes qui pendaient à une fine chaîne, le tout en argent.

Toutefois, Sir Antony fut particulièrement piqué par une telle breloque en argent, car elle correspondait à la description du hochet volé de son filleul que lui avait faite Betsy pendant qu'elle buvait son thé. Un tel accessoire sur l'éventail de Diana n'attirerait l'attention de personne et ne voudrait rien dire, à part pour la personne que Diana détestait du plus profond de son cœur noir : Jane, comtesse de Salt Hendon.

Sir Antony ne doutait pas que Diana ressente une sorte de satisfaction mesquine à posséder le hochet en argent qui appartenait au nourrisson de Jane. C'était un talisman de sa supériorité et de son intelligence, une sorte de trophée, un peu comme la peau d'un ours ou d'un lion proclamait la maîtrise du chasseur sur sa proie. Et il était certain que sa sœur l'avait amenée au bal masqué afin de provoquer la comtesse. Il doutait que Salt soit capable d'identifier une breloque qui appartenait à son nourrisson, mais pour une mère inquiète, pour Jane, le hochet attirerait son regard comme la lumière d'un phare, aussi manifeste et dramatique qu'un salut militaire à vingt trompettes.

Diana le paraderait en douce, s'assurant que Jane voie le hochet à tout instant, sachant que la comtesse ne pouvait pas dire un mot ou causer un drame à propos d'un détail sur lequel la plupart des gens ne verraient même pas le besoin d'émettre de commentaire. Ou bien on refuserait de croire la comtesse quand elle dirait que Diana St. John avait en sa possession un objet insignifiant qui appartenait à quelqu'un d'autre, qui plus est à un enfant.

Sir Antony ne l'acceptait pas, aussi mit-il un terme à la cruauté planifiée par sa sœur avant qu'elle n'ait eu l'occasion d'infliger sa torture émotionnelle.

Furieux, il saisit le haut du bras du Diana avant qu'elle ne puisse saisir la main gantée que lui tendait un valet en livrée, et il la repoussa en arrière sur la banquette de la calèche. Avant qu'elle comprenne ce qu'il se passait ou puisse reprendre ses marques, il lança la main vers son éventail et d'un coup sec, brisa la petite chaîne en argent du hochet.

— Non, certainement pas, gronda-t-il en fourrant la breloque dans la poche de son gilet. Cela ne vous appartient pas. C'est à mon filleul, un bébé, un bébé innocent à qui vous avez essayé de donner la variole !

— Grands Dieux, Antony, que vous arrive-t-il ? dit Diana avec un étonnement feint.

Elle aplatit lentement les plis de ses jupons, espérant reprendre le dessus. Elle prit garde d'éviter de mentionner le hochet.

— Les parents inoculent tout le temps leurs enfants avec la variole dans l'espoir de les immuniser. Placer le morveux dans une chemise contaminée est certainement moins cruel que d'injecter du pus sous une peau aussi délicate, n'est-ce pas ?

— Seigneur Dieu ! Si vous pensez que je vais avaler ces bobards… !

Diana le regarda en clignant des paupières comme s'il disait n'importe quoi. Sir Antony dut avouer qu'elle était une actrice remarquable. C'était où cela ou bien, dans sa folie, elle était convaincue que cette explication était tout aussi valide et crédible.

— C'était un cadeau, articula-t-elle comme si elle parlait à un enfant abruti. Est-ce ma faute si vous et l'insecte malgrichon avez choisi de le considérer autrement ? Je suppose que cette idiote de nourrice a perdu la petite carte qui accompagnait le paquet ?

Sir Antony n'avait pas entendu parler de cette carte. Betsy n'avait assurément pas mentionné de carte. Il ne croyait pas Diana et décida qu'il n'allait pas perdre de temps à argumenter avec quelqu'un qui était une folle dangereuse.

Diana tapota de son éventail le genou de son frère et dit d'un air inquiet :

— Ce dont vous avez besoin est d'un verre ou deux de champagne ainsi que d'une bonne dose de brandy. Cela apaisera votre colère et vous rendra plus aimable avec autrui. Depuis que vous avez bêtement décidé de vous limiter au thé et aux liqueurs, vous êtes devenu l'être le plus colérique que je connaisse. J'ai une très bonne idée ! Une fois que nous serons à l'intérieur, vous devriez immédiatement vous rendre dans l'une des pièces où l'on sert des rafraîchissements et où vous pourrez rejoindre les autres soulards, et vous noierez la tristesse que vous ressentez d'avoir une sœur qui est bien plus intelligente que vous ne le serez jamais. Ne laissons pas attendre les autres calèches ; soyez un gentil petit frère.

Elle secoua ses jupons et se prépara à quitter la calèche, mais Sir Antony tendit le bras en travers de la portière et remplit l'espace afin qu'elle ne puisse plus sortir et que les convives qui se tenaient à l'extérieur sur les pavés ne voient pas ce qui se déroulait dans le véhicule. Il plongea dans ses yeux bruns et soutint son regard. Il s'exprima alors d'un ton neutre et ainsi bien plus efficace que s'il lui avait assené sa fureur.

— Laissez-moi vous assurer qu'une fois que cette nuit sera terminée, je n'aurai plus aucun contact avec vous sous la moindre forme que ce soit. Vous pouvez également avoir l'assurance que ma vie, une fois marié à Caroline et ainsi membre de la famille de Salt Hendon, sera heureuse. Je me distinguerai dans la carrière de mon choix et si j'ai la chance d'être reconnu pour mes efforts, qu'il en soit ainsi. Cela dit, je préférerais que l'on se souvienne de moi pour mes qualités de gentlemen, en tant qu'époux et père aimant. Personne ne se souviendra de vous ; d'ailleurs, vous serez oubliée, une simple note de bas de page dans notre arbre généalogique. Si vos enfants se souviennent de vous à l'occasion, ce ne sera pas avec amour ou affection, et personne ne parlera plus jamais de vous. Le reste de votre existence sera terrible, mais c'est entièrement votre faute, et cette souffrance est déjà plus que ce que vous méritez, méchante et *vile* créature !

Sans attendre de réponse, il se tourna et sortit de la calèche, levant sa main gantée pour l'aider à descendre, lui prenant le bras de force et offrant l'autre à lady Porter qui avait patiemment attendu qu'ils la rejoignent. Puis ils se mêlèrent à la foule qui battait le trottoir, faisant la queue pour entrer à Salt House. Le beau visage de Sir Antony s'était détendu et il parvint à sourire alors qu'il admirait les invités vêtus de leurs costumes exotiques et extravagants, allant de sénateurs romains à des sultanes turques, en passant par des rois edwardiens et des damoiselles médiévales, tout le monde engageant des conversations animées et débordants d'excitation et de gaieté à l'idée d'assister au bal de la saison.

Diana osa regarder son frère et se demanda si elle n'avait pas eu un léger étourdissement dû aux lacets de son corsage serrés plus forts que d'ordinaire. Le discours de son frère avait dû surgir dans sa tête de nulle part, n'étant certainement pas de sa propre initiative. Cela dit, cela n'expliquait pas son comportement. Elle n'avait jamais vu son frère aussi maîtrisé et certain de sa place dans le monde. Cela devait venir de son costume, cette redingote militaire. Ou bien était-ce l'écharpe rouge en travers de son gilet et l'étoile impériale épinglée sur son pectoral droit qui lui donnaient un air de telle assurance ? Ou alors était-ce le fait qu'il allait être nommé vicomte ? Elle ne comprenait pas. Elle ne pouvait pas *le* comprendre.

Pas depuis les premiers jours de son enfermement à Harlech Castle, quand elle avait remis ses actes en question pendant un bref moment, elle avait laissé glisser de ses épaules la conviction arrogante en elle-même dont elle s'enveloppait. Mais cela ne suffisait pas pour l'empêcher de croire que le chemin sur lequel elle s'engageait était le bon. Le plan qu'elle avait l'intention de mener à bien ce soir-là avec l'aide de la fidèle Mrs. Smith était son seul recours afin que Salt reprenne ses esprits. Que pouvait faire un minuscule hochet en argent quand, sous ses jupons, elle dissimulait le singe de l'enfant aux boucles blondes. Ses plans pour le deuxième fils avaient peut-être été contrecarrés, comme sa provocation envers cette catin maigrichonne, mais elle ne doutait pas que lorsque le temps serait venu, le fils aîné de Salt, son héritier, ce garçon qui était le futur du comté de Salt Hendon et de tout ce qu'il représentait, se jetterait dans ses bras, et que cela signerait le début de la fin pour ses parents.

Sir Antony souleva son masque à plumes afin de dévisager lentement le comte de Salt Hendon des pieds à la tête. Il contempla les pointes incurvées de ses mules de soie puis l'écharpe dorée et bleu sombre nouée autour de la taille d'une paire de pantalons larges de soie blanche, qui fixait sur la hanche du comte un cimeterre à la poignée gravée. Puis le regard de Sir Antony remonta vers la chemise de soie blanche couverte par un long gilet ouvert couvert de tresses dorées dignes d'un uniforme militaire. Il s'arrêta enfin sur le turban bleu en soie dorée enroulé autour de la noble tête du comte. Fixée au centre se trouvait une grande broche faite d'un seul saphir entouré de diamants qui étaient sans aucun doute des gemmes étincelantes bien réelles et qui auraient couté la rançon d'un sultan.

— Seigneur Dieu, Salt ! Laissez-moi deviner : vous êtes le pacha de Perse, la terreur des Turcs ou bien l'empereur d'Éthiopie, peut-être ? Non ! Ne me dites rien ! Je sais. Vous êtes le roi de Constantinople !

Salt regarda son cousin avec un ressentiment à peine dissimulé, les narines tremblantes.

— Très intéressant, mais non. Je suis le sultan de l'Empire ottoman, et vous, comme tous ceux qui se trouvent sous mon toit, êtes un simple vassal !

— Comme le sont la multitude des femmes de son harem, annonça Jane qui apparut à côté de son époux, ses yeux bleus pétillants de malice.

Elle s'accrocha à son bras et le contempla d'un air aimant.

— C'est un magnifique sultan, ne trouvez-vous pas, Antony ?

Salt adressa à sa femme un clin d'œil et un sourire, ayant retrouvé sa bonne humeur, même si en privé, il était d'accord avec l'estimation tacite de Sir Antony que son costume était pour le moins farfelu. À la vérité, c'était la perspective de voir Jane dans une tenue turc diaphane qui lui avait fait accepter d'assister à son propre bal masqué en costume de sultan, alors que son idée première avait été de revêtir un costume de roi Plantagenêt.

— Un harem ? J'aurais pensé que c'était là une circonstance de la vie d'un sultan que vous n'auriez pas toléré le moins du monde, Madame, dit Sir Antony en s'inclinant sur la main que lui tendait Jane, gardant son masque contre lui.

Son regard admiratif passa sur la comtesse qui était vêtue comme la version féminine de son mari, avec des pantalons de soie bleue et un corsage assorti sans corset généreusement brodé de fils d'or, avec une rangée de petits boutons d'argent au milieu. Par-dessus cet ensemble deux-pièces se trouvait une robe ouverte transparente qui lui arrivait aux genoux, d'une couleur argentée étincelante. Sa chevelure d'ébène cascadait jusqu'à sa taille, filée de perles et couverte d'un voile fait de la même matière brillante que sa robe ouverte. Mais c'était la tiare de saphir et de diamant qui accrocha son regard. Ou bien était-ce un sarpech ? Car cet ornement des plus brillants retenait le voile, encerclant la tête de la comtesse et aplati contre son front, une perle parfaite suspendue en son centre.

Jane rougit sous le regard de Sir Antony qui fixait le bijou qu'elle portait autour de la tête.

— C'est ravissant, n'est-ce pas ? Un cadeau pour notre quatrième anniversaire de mariage. C'est un collier, mais je pensais qu'il irait bien avec mon costume ottoman.

Elle leva les yeux vers son mari.

— Je n'ai pas encore trouvé un cadeau correct en échange...

— Vous m'avez déjà offert trois précieux cadeaux, Jane, dit Salt en souriant, ne la quittant pas des yeux. J'espère qu'il y en aura d'autres...

Sir Antony regarda le comte qui recommença à observer la foule vêtue de soies et de bijoux qui se rassemblait sous l'éclat des magnifiques candélabres qui illuminaient la salle de bal comme le soleil de midi, et il dit pour le provoquer :

— C'est un cadeau vraiment magnifique et d'une très grande valeur, Madame, alors peut-être êtes-vous l'épouse principale du Sultan, après tout. Cela dit... Vous pourriez être une esclave capturée qui a retenu son attention, et il vous tente par de telles breloques. Si vous avez besoin d'être secourue...

— Elle ne l'est pas... et certainement pas, dit Salt d'un air hautain sans détacher son regard de la foule. Madame est bien l'épouse principale et unique de sa majesté turque. Même si, ajouta-t-il, incapable de réprimer un sourire en coin, si quelqu'un a besoin de se faire secourir... c'est bien moi, de mon propre harem !

Il dévisagea Sir Antony des pieds à la tête.

— Si la surabondance de tresses et de boutons dorés sur cette redingote signifie que vous êtes déguisé en un héros militaire, alors peut-être pourriez-vous offrir à sa majesté turque votre aide afin d'échapper aux griffes des femmes de son harem ?

Sir Antony rit et secoua la tête.

— Je suis désolé, mon brave. Je suis aussi éloigné de l'armée que possible, malgré l'apparence trompeuse de ce costume. Mais je vous laisse deviner qui ou ce que je suis jusqu'à ce que j'aie vu Caro.

Il parcourut la pièce du regard puis dit au noble couple :

— Indiquez-moi où elle se trouve et je vous ferai mes adieux. À propos, dit-il à mi-voix, même si les conversations incessantes autour d'eux rendaient improbable le fait qu'on les entende, notre invitée indésirable est en compagnie de lady Porter, habillée comme la reine Élisabeth ou sa prisonnière, Mary d'Écosse, je ne sais pas trop. Sa partenaire de méfaits a, à l'heure qu'il est, été transférée dans sa nouvelle résidence, à Bedlam.

Il sourit devant les yeux bleus troublés de Jane.

— Tout sera bientôt terminé. Faites de votre mieux pour profiter de la soirée…

Celle-ci hocha la tête, se mordillant la lèvre inférieure.

Sentant l'appréhension de son épouse, Salt prit sa main dans la sienne et la tint subrepticement contre lui, dissimulée dans les plis soyeux de son pantalon bouffant de peur que la société ne le prenne pour un sentimental, puis il dit afin d'égayer l'atmosphère :

— Je ne sais pas où ma chère sœur se dissimule, mais elle doit certainement me fuir, car l'idée de me donner un harem est venue d'elle, n'est-ce pas, Madame ?

— Je l'assume à la place de Caroline, admit Jane avec une fossette, retrouvant son assurance, particulièrement puisque la main de son mari serrait la sienne dans une poigne réconfortante. Et je ne romps aucune confiance, Antony, quand je vous dis que c'est Caroline qui a suggéré que les femmes de la demeure des Salt Hendon s'habillent toutes à la Turque et se présentent comme le harem de Salt, ce que nous avons fait sans qu'il le sache. Vous devinez quelle figure il a faite quand nous l'avons rejoint dans le salon jaune avant de faire notre entrée dans la salle de bal.

Sir Antony rit.

— Je m'imagine bien son air sombre !

— Vous devriez avoir de la sympathie pour ma situation, grommela Salt. Je suis largement en infériorité numérique et j'ai besoin de tout le soutien masculin que je peux avoir !

— Et pourtant, c'est Ron qui a donné cette idée à Caroline…

— Quoi ?

C'était une nouvelle pour le comte.

— Un tel acte de trahison de la part de mon second ne saurait être toléré. Quand il rentrera d'Eton…

— Vous l'avez entendu dire à la table du petit déjeuner un matin, l'interrompit Jane, que la demeure des Salt Hendon est envahie par les femmes, et qu'il était content de ne pas être le sultan de l'Empire ottoman avec son harem, parce qu'il n'existe rien de pire que d'être entouré d'une centaine de femmes bavardes ! Vous aviez failli vous étrangler sur votre œuf à la coque lorsque Ron a prononcé le mot harem, comme si un garçon de douze ans n'était pas censé connaître le sens de ce mot !

— C'est pourtant vrai, énonça Salt de son air le plus pincé.

— Je suis certaine que *vous* le faisiez, dit carrément Jane. Et que vous aviez des sentiments bien différents de ceux de Ron à ce sujet !

Les yeux bruns de Salt se plissèrent.

— Vous êtes une mégère incorrigible, Madame, murmura-t-il à l'oreille de sa femme, et je m'occuperai de vous plus tard. Pour le moment, la terreur turque que je suis est tenue de bien se comporter.

Sir Antony, qui avait laissé retomber son lorgnon au bout de son ruban de soie après avoir brièvement parcouru la pièce du regard pour voir s'il trouvait Caroline, s'apprêtait à redemander où elle se trouvait quand, derrière la comtesse, apparut nul autre que son beau-frère, Mr. Tom Allenby, qui précédait l'intendant de la demeure de Salt Hendon, Mr. Rufus Willis.

— Tony ! Tony ! Diable ! Comme cela me fait plaisir de vous voir, cher ami ! s'exclama Tom Allenby, qui ne s'empara pas seulement chaleureusement de la main que lui tendait Sir Antony, mais l'étreignit également comme un frère qu'il n'aurait pas vu depuis longtemps.

Il fit un pas en arrière et admira Sir Antony, de ses mollets musclés à sa poitrine large, et il sourit.

— Lady Caroline m'avait dit que je ne vous reconnaîtrai pas, et c'est vrai ! Je parie que vous nous en remontreriez avec Salt sur le terrain de courte paume !

— Et je vous battrais tous les deux à plate couture ! sourit Sir Antony en pressant l'épaule de Tom. C'est un tel plaisir de vous revoir, vous ne pouvez pas savoir… Les lettres que vous m'avez envoyées à Saint-Pétersbourg… Un tel réconfort…

Il se tourna rapidement pour saluer poliment Mr. Willis d'un signe du menton, craignant de se laissant submerger par ses sentiments. Il suggéra au comte :

— Si Mr. Willis a envie de faire une partie, que dites-vous si lui et moi vous battions vous et Tom de trois points, dans la journée de demain ?

— Trois ? renifla Tom. Salt et moi allons vous battre de cinq !

— Du calme, mon frère ! dit le comte. Sous cette écharpe rouge et ces tresses dorées, je parie qu'Antony a plus de muscles que vous et moi combinés.

— Je serais honoré d'être votre partenaire, Sir Antony, dit Rufus Willis en s'inclinant. Nous nous battrons donc aux raquettes, Monseigneur.

C'est alors que le comte remarqua les costumes dont été vêtus son beau-frère et son intendant. Les deux hommes portaient des pantalons bouffants, des chemises de soie larges et de petits turbans. Ils étaient chaussés de babouches aux pointes incurvées.

— Je ne demanderai pardon à personne et détournerai la conversation du sujet du tennis pour vous demander pourquoi êtes-vous tous deux vêtus à la Turque ?

Quand Tom Allenby et Rufus Willis échangèrent un regard amusé, les lèvres pincées pour se retenir d'éclater de rire, Salt leva les yeux au ciel.

— Ne dites rien ; une autre des idées de Caroline. Qu'êtes-vous ? Les eunuques en chef de mon harem ?

Tout leur petit groupe éclata de rire, assez fort pour que tous ceux qui les entourent cessent immédiatement leurs propres conversations et tendent l'oreille pour voir ce qui avait amusé les membres de la famille qui entouraient le chef de la demeure des Salt Hendon, le seul qui ne semblait pas avoir compris la blague.

— Qu'est-ce que je vous avais dit, Jane ? Je savais que Salt comprendrait nos costumes sans que nous ayons besoin de dire un mot !

Sir Antony s'apprêtait à ajouter de l'huile sur le feu du harem quand, du coin de l'œil, il aperçut le gentleman qui était le sujet de la lettre anonyme qu'il avait envoyée aux journaux. Il s'excusa et, gardant les yeux braqués droit devant lui, il se fraya un chemin vers l'alcôve où le gentleman en question avait coincé une ravissante demoiselle. Il devina à son masque de plumes blanches et aux ailes assorties attachées au dos de son corsage de soie blanche qu'elle était costumée en cygne.

Le cygne se ravit de cette interruption, et quand Sir Antony demanda poliment quelques instants du temps du gentleman, seul à seul, la fille s'empressa de filer. Un valet en poste demanda aux gentlemen s'ils voulaient une flute de champagne. Sir Antony congédia le serviteur d'un geste de la main, mais Dacre Wraxton accepta un deuxième verre. Quelque chose dans les yeux bleus de Sir Antony lui avait révélé qu'il aurait besoin d'un fortifiant.

VINGT-CINQ

— Ce n'était pas mon idée, mon ami, dit Dacre Wraxton d'une voix traînante avant que Sir Antony ait pu prononcer une syllabe.

Sir Antony se demanda de quoi il parlait. Son interlocuteur portait un costume de chevalier à la cotte de mailles tricotée grise, avec un bassinet sans visière incrusté d'une plaque héraldique, une petite épée et des gants en tricot. Cela était sans aucun doute censé le faire ressembler à un puissant chevalier médiéval. En vérité, il ressemblait davantage à un fou du roi qu'à un protecteur de la Cour. Sir Antony n'aurait pas été surpris qu'il ait les jambes tordues, mais il n'avait ni l'impolitesse ni l'envie de le découvrir. Au lieu de cela, il prit son lorgnon et suivit du regard la main de Dacre Wraxton lorsque celui-ci porta la flute de champagne à ses lèvres. C'est alors qu'il remarqua ce qui était épinglé à la manche de sa tunique. Une broche. Et pas n'importe laquelle. *Sa* broche. C'était le bijou en or qui contenait la miniature de Caroline que Diana lui avait dérobée pendant qu'il était assis au clavecin.

Sir Antony laissa retomber son lorgnon sur son ruban et tendit la paume de sa main.

Dacre Wraxton décrocha immédiatement la broche et la lui donna.

Sir Antony lui confia un instant son masque à plumes. Puis avec précautions, il épingla la broche sur l'avant de son gilet, à l'endroit de son cœur, rajusta sa redingote, s'étira le cou et reprit son masque d'un coup sec. Tournant le dos à la salle de bal comble et n'entendant ni les discussions incessantes ni les rires, il attendit que Dacre Wraxton lui explique comment il était entré en possession d'une broche qui ne lui appartenait pas.

— Vous devinez parfaitement qui a eu l'idée que je porte cette chose sur ma manche ! Ah ! Quelle blague ! J'ai dit que je n'en ferai rien. Mais elle peut parfois se montrer très persuasive... Et même méchante, pour être honnête... Veuillez me pardonner ! C'est votre sœur...

— Elle ne l'est plus, non.

— Je ne peux pas lui reprocher son argumentation, poursuivit Dacre Wraxton comme si son interlocuteur n'avait rien dit. J'aurais bien voulu, mais... quoi qu'il en soit, je ne voulais rien dire par là, cher ami. Alors il n'y a pas de mal et nous pouvons reprendre notre...

— Pas de mal ? gronda Sir Antony en faisant un pas en avant. Peu m'importe quelle sordide calomnie vous concernant Diana a réussi à déterrer pour que vous la suppliiez de la garder pour elle. Et je sais parfaitement qu'elle est capable de tourner et retourner le couteau dans une blessure ancienne, et tellement fort que vous feriez n'importe quoi pour l'arrêter. Mais ce que je ne comprendrai jamais ni ne pourrai pardonner est votre besoin pathétique de vous en prendre à des êtres vulnérables et innocents. Quelle sorte d'homme êtes-vous pour prendre plaisir à séduire des filles enivrées, guère plus âgées que des enfants ? Ce n'est pas comme si vous aviez des déficiences à dissimuler à des femmes expérimentées ; vous êtes capable de les satisfaire entre les draps...

— Vous exagérez un peu ! J'admets être bien des choses, mais s'il y a bien une chose que je ne sois pas, c'est déficient au plumard !

— C'est ce que je viens de dire.

— Ah ! C'est vrai ! Toutes mes excuses. Impossible de vous entendre avec tout ce vacarme. Il doit y avoir ici deux cents âmes ou plus qui essayent de deviner en quoi les autres sont déguisés. Et en quoi êtes-vous déguisé ? Un célèbre général ? Cette écharpe et cette étoile russe apportent une certaine splendeur impériale...

— Vous n'avez pas répondu à ma question...

Dacre Wraxton osa afficher un air penaud. Il haussa les épaules.

— Par ennui ?

Quand le visage de Sir Antony se rembrunit, Wraxton réalisa qu'il n'avait pas la tête à la fête, mais était parfaitement sérieux, et il s'emporta.

— Écoutez, Templestowe, argumenta-t-il, je ne m'impose pas à elles. Je ne suis pas un violeur. Elles ont toujours l'occasion de dire non. D'ailleurs, ajouta-t-il, incapable de retenir un sourire en coin, pourquoi se contenter de la soupe de la veille quand on peut être le premier à tremper son quignon dans une assiette fraîche ?

— Vous êtes un cloporte répugnant, Wraxton, lui dit Sir Antony avec mépris, saisissant sa tunique du poing et le poussant violemment contre les panneaux peints du mur.

Il ne se préoccupait plus de qui pouvait voir ou entendre leur altercation.

— Vous saviez qu'elle était saoule. Vous saviez qu'elle était vulnérable. Vous auriez dû vous comporter en gentleman et la mettre dans une chaise à porteurs pour la renvoyer chez elle ! Vous n'avez même pas eu la probité de lui offrir votre nom après l'avoir ruinée ; vous avez laissé un imbécile de petit garçon le faire à votre place ! Seigneur, vous êtes un homme pathétique !

— Pathétique ? Moi ? Ce n'est pas moi qui titubais d'un événement social à un autre comme un misérable soulard. C'est en ces termes qu'elle parlait de vous. Le saviez-vous ? Et c'est ce que vous êtes – *étiez* – il y a quatre ans, avant cette transformation miraculeuse, lui cracha en retour Dacre Wraxton, repoussant courageusement Sir Antony.

Sa fierté masculine en jeu et armé d'une certaine vérité, il regarda Sir Antony dans les yeux en levant le menton avec arrogance.

— Elle en avait envie, comme toutes les autres. Je n'ai pas retroussé ses jupons. C'est elle qui l'a fait pour moi, et en se trémoussant avec une lueur séductrice au fond de ses yeux verts. Quel homme au sang chaud aurait pu refuser une telle invitation de la part d'une jolie petite rouquine ? Seul un imbécile de soulard comme vous !

Il fit un pas en avant et osa enfoncer un doigt dans sa poitrine large et solide.

— Et laissez-moi vous dire autre chose... Elle était mûre. Si cela n'avait pas été moi, c'en aurait été un autre, tant elle était désespérée de dilapider son innocence, souhaitant que n'importe qui s'en empare, mais pas vous ! Heureusement que cela a été moi... quelqu'un qui a su lui donner du bon temps *et* garder le silence...

— Mais pas garder ses pantalons fermés ! Puisque vous connaissiez son état d'esprit, ce que vous avez fait est doublement méprisable.

— Vous êtes simplement déçu de ne pas avoir été le premier. Je peux le comprendre, concéda Dacre Wraxton avec magnanimité. Mais je ne l'ai pas déçue. Loin de là ! Elle est revenue en réclamer davantage. Vous l'a-t-elle dit ? Alors qu'elle était mariée à cette mauviette d'Aldershot, elle a commis avec moi le péché d'adultère. Pas une fois, mais à deux reprises. Je ne l'ai pas traînée de force dans mon lit. Je ne l'ai pas forcée à apprécier de faire l'amour. Elle l'a fait de sa propre initiative, et nous avons passé un bon moment entre les draps !

— Et c'est la seule raison pour laquelle je ne vais pas vous tuer…

Dacre Wraxton prit la réponse neutre de Sir Antony pour une réplique sardonique et il leva son verre de champagne pour porter un toast avec un large sourire.

— Ravi de vous avoir rendu service. Qu'elle connaisse une chose ou deux sur les plaisirs conjugaux devrait rendre votre nuit de noces plus agréable. Et je ne trahirai aucune confidence en vous disant que vous allez vous amuser. Elle est vraiment réactive. Elle a un corps particulièrement voluptueux, et quand elle se trémousse…

Sir Antony pinça fort la bouche de Dacre Wraxton entre ses doigts. L'homme eut les yeux qui lui sortirent de la tête.

— Écoutez-moi bien, si vous voulez rester en vie. Vous avez le choix. J'ai vraiment envie de vous embrocher sur place, mais il me reste à peine assez de bonnes manières pour vous présenter deux options. Je vais retirer ma main avant de vous briser la mâchoire et vous allez m'écouter sans faire de commentaires. C'est compris ?

Dacre Wraxton hocha la tête, ouvrant de grands yeux terrifiés, non seulement à cause de la douleur vibrante dans sa mâchoire, mais parce qu'il n'avait jamais vu ce colosse s'exprimer avec autant de rage contenue.

— Voici ce que je vais faire pour m'assurer de ne pas embrocher votre carcasse indigne : quand vous quitterez cette alcôve, vous irez trouver lord Salt et démissionnerez immédiatement de vos fonctions de membre du parlement pour la commune de Hendon. Vous ne direz pas pourquoi et ne présenterez aucune fausse excuse. Contentez-vous de le faire. Puis vous ferez vos adieux et vous rendrez immédiatement à votre lieu de résidence. Une fois là-bas, vous rédigerez une lettre de démission formelle de votre position parlementaire et proposerez le nom d'un candidat parfait pour vous remplacer : Mr. Thomas Allenby d'Allenby Park, Wiltshire…

— N'est-il pas…

— … le frère de lady Salt ? Effectivement. Vous demanderez alors à votre valet de préparer vos bagages pour la France…

— La France ? La *France* ? Je n'irai pas en France !

Sir Antony fit un pas vers lui et Dacre Wraxton s'enfonça davantage dans l'alcôve, s'il était possible, ses omoplates frottant la peinture à travers sa tunique en tricot.

— Écoutez sans faire de commentaire, Wraxton, ou bien retrou vez-moi demain matin dans la brume de Green Park, l'épée à la main. Je vous garantis que si tremblez, ce ne sera pas de froid...

Dacre Wraxton voulut ouvrir la bouche pour protester davantage, mais quand Sir Antony lui montra qu'il était parfaitement sérieux, sa main gauche retombant sur la poignée gravée de son épée de parade, à peine visible sous les pans de sa redingote, les yeux de Wraxton s'écarquillèrent et il ferma la bouche.

Comme l'avait soupçonné Sir Antony, Wraxton était un lâche invétéré. Ses instincts qui lui disaient pourquoi son frère cadet Hilary gardait un pot de chambre avec l'emblème familial peint à l'intérieur se confirmèrent. Hilary était peut-être un poète un peu sot avec un penchant pour des perruques confectionnées dans les matières les plus outrageuses, il n'était certainement pas un couard. Il n'était donc pas étonnant qu'il n'ait aucun respect pour son frère aîné.

— Vous partirez en France, et pour un bon moment, poursuivit Sir Antony. Peu m'importe où vous irez après cela. Vous pouvez bien parcourir le continent de Paris à Athènes, pour ce que cela me fait, mais une chose que vous ne ferez pas sera de remettre le pied sur le sol anglais avant que mon premier-né n'ait atteint l'âge de deux ans.

La bouche de Sir Antony laissa paraître un sourire.

— Vous feriez mieux de vous tenir au courant des naissances, des morts et des mariages dans les journaux anglais. D'après mes calculs, vous n'aurez à rester en exil que durant un minimum de trois ans. Malheureusement, je ne peux pas vous offrir de date plus précise. Peu importe. Une fois que vous serez parti, je me contrefiche ce qui vous arrivera, tant que cela reste à l'étranger.

Il afficha un sourire pincé.

— Et n'essayez pas de retraverser la Manche en douce quand j'aurai le dos tourné. J'ai employé des gens pour garder un œil sur vous, et ils répondent à mon majordome. Oh, et un dernier détail...

Dacre Wraxton observait Sir Antony à travers des paupières à demi fermées, courbant le dos. Il savait qu'il ne servait à rien d'essayer de se soustraire à un tel arrangement. Il portait une épée, mais n'était pas doué au maniement de la lame. Et puisque sa seule activité physique consistait à s'ébattre au lit avec la moindre femelle nubile qui voulait bien de lui, il savait qu'il se serait fait abattre au bout de quelques minutes de n'importe quel duel contre l'arme de choix de Sir Antony.

— Vous n'avez nul besoin de me menacer, l'interrompit-il. Je ne poserai plus les yeux sur votre fiancée et je n'aurai plus aucun contact avec elle, que ce soit de vive voix ou par écrit.

Sir Antony sourit.

— Voilà une idée excellente à mettre immédiatement à exécution. Mais ce n'est pas ce que j'avais besoin de vous dire. La raison de votre départ immédiat, celle que vous expliquerez à qui voudra bien l'entendre – et toujours, bien sûr, dans la plus stricte confidence –, est que vous vous êtes enfui sur le continent en compagnie de ma sœur...

Dacre Wraxton laissa échapper la flute de champagne.

— Seigneur, *non*.

Sir Antony rattrapa le verre vide et le reposa adroitement sur un plateau d'argent porté par un valet attentif et à l'œil de lynx qui se tenait derrière lui. Il se sentit presque désolé pour cet homme et il plaqua la main sur son épaule affaissée.

— Je devrais vous abandonner à votre triste sort, mais en toute bonne conscience, je suis incapable de vous raconter un mensonge. Diana ne partira pas en France avec vous. C'est une ruse, mais à laquelle vous allez participer. Que vous vous soyez enfuis ensemble suffira à justifier votre départ de Londres. Alors que vous cherchiez à gagner le sol français pour accomplir votre but, ma sœur sera censée trouver la mort en mer, projetée par-dessus bord par une puissante vague.

Dacre Wraxton lança un regard sagace à Sir Antony.

— Je me demandais quand vous alliez reprendre vos esprits et comprendre qu'elle n'avait pas toute sa tête. On raconte que Salt l'a envoyée sur le continent – un peu comme vous le faites pour moi – parce qu'elle a perdu la tête quand il en a épousé une autre. Mais mes soupçons sur sa stabilité mentale remontent à bien plus longtemps. St. John aussi a eu des doutes peu après leur mariage. Lui et moi étions amis à Eton et d'une façon bien plus intime, si vous comprenez ce que je veux dire, que son amitié avec Salt. Je vous confesse cela, à vous et à personne d'autre, seulement parce que Diana a découvert cette information à propos de son époux et de moi-même et l'a utilisée à des fins sinistres.

— Je n'en doute pas.

Dacre Wraxton entendit la note de sympathie dans la voix de Sir Antony.

— Ce cher St. John... S'il n'était pas mort de la variole aussi jeune, je suis certain qu'elle aurait trouvé le moyen de le faire mourir prématurément...

Il prit congé de Sir Antony avec une courbette, clôturant avec un petit éclat de rire :

— Soyez assuré que j'accueillerai la naissance de votre enfant et héritier avec réjouissances. Adieu, Monseigneur.

Sir Antony inclina sa tête poudrée en signe d'adieu et s'écarta pour laisser passer cet homme. Il le vit se faire avaler par la foule parfumée et hilare qui parcourait la longueur de la salle de bal, attendant que les danses débutent, puis il leva son lorgnon et parcourut la foule à la recherche de l'amour de sa vie. Lady Caroline apparut instantanément au milieu des soies de la foule, comme si elle l'observait depuis un moment.

Comme Jane, elle portait un costume adapté au harem d'un potentat ottoman, avec des babouches finement brodées, des pantalons bouffants en satin aux rayures menthe et chocolat, et un corsage en velours brun au décolleté très bas rendu décent par le placement stratégique des plis d'un fichu translucide aux reflets d'argent. Sur sa tête était fixé un petit turban de soie assorti au tissu de ses pantalons. Elle ressemblait en tous points à une beauté de harem. Et il était certain que si le véritable sultan de l'Empire ottoman avait posé les yeux sur Caroline, elle serait instantanément devenue son joyau de choix. Mais c'est sa chevelure de feu éclatante qui retint son attention. Elle était rabattue sur une épaule et tombait librement jusqu'à ses cuisses, retenue à mi-longueur par un ruban de satin vert menthe filé de perles.

Il voulait la prendre dans ses bras et l'embrasser. Au lieu de cela, il sourit et s'inclina sur sa main à grands gestes. Quand il se releva, elle saisit le revers tressé de la manche de sa redingote et avec un sourire mutin, disparut avec lui derrière un paravent en tapisserie à huit pans.

Le paravent dissimulait une bonne partie de la pièce où se trouvait une méridienne, plusieurs chaises longues disposées autour d'une table basse, une table de toilette et une console en bois laqué japonais soutenant une rangée d'aiguières en argent gravé remplies d'eau glacée, ainsi qu'un plateau de verres. Dans un coin opposé se trouvait un paravent pour s'habiller, et à côté, deux chaises flanquaient une petite table sur laquelle se trouvait tout le nécessaire dont une couturière aurait eu besoin pour réparer des déchirures ou bien fixer des boutons relâchés. Sur la petite table se trouvait également une boîte en bois poli qui contenait les produits de nettoyage nécessaires pour retirer la cire qui aurait pu tomber des candélabres sur les costumes en soie et en velours des invités. Près de l'entrée de ce refuge tranquille loin de la foule se tenaient deux valets, prêts à porter assistance aux invités qui avaient besoin d'un moment de répit loin du bruit et de la chaleur de la salle de bal, ou qui avait besoin de services de réparation experts.

Lorsqu'ils virent lady Caroline en compagnie du gentleman avec lequel elle avait échangé un baiser passionné dans l'antichambre de la bibliothèque du comte, un des valets donna un coup de coude à son collègue et ils allèrent tous deux monter la garde de l'autre côté du paravent. Enfin seuls, Caroline jeta les bras autour du cou de Sir Antony et lui ordonna de l'embrasser, ce qu'il fit sans se faire prier.

QUAND SIR ANTONY RETROUVA L'ENVIE DE PARLER, IL DIT, LES bras passés autour de la taille de Caroline et baissant les yeux vers le visage rosi qu'elle levait vers lui :

— Vous ne portez pas de corsage.

— Vous êtes bête. Les filles de harem n'en portent pas. Du moins, c'est ce que dit Tante Alice. Elle est notre experte en résidence, puisqu'elle a visité Constantinople. C'est tellement libérateur ! soupira-t-elle avant de pouffer. Et légèrement osé.

Quand il ne réagit pas, elle inclina la tête.

— J'ai cru que je vous plairai de la sorte...

Si elle lui plaisait ? Il sentit le désir réprimé lui picoter le crâne. Une très fine couche de satin soyeux séparait sa chair de celle de Caroline, qui était si enivrante et plantureuse qu'il parvenait à peine à garder les idées claires. Il déglutit et retrouva l'usage de la parole.

— Vêtues de la sorte, il n'est guère étonnant que les Ottomans tiennent leurs femmes enfermées dans des harems, loin des autres hommes. Je pense que c'est mieux si c'est la première et la dernière fois que vous portez un tel costume à un bal masqué.

Quand elle afficha un regard noir, il lui pinça le menton.

— Mais je serais très content si vous portiez ce costume de harem particulièrement seyant dans l'intimité de notre maison. Juste pour moi... Voyez-vous, je suis un être très affable, mais pas en ce qui vous concerne. À vrai dire, je me découvre excessivement possessif. Je n'aime pas l'idée que les autres hommes vous regardent avec désir. Je vous veux entièrement à moi. Pour toujours.

Elle caressa sa joue glabre.

— Et vous m'aurez *toujours*. Je ne veux pas que d'autres personnes se dressent entre nous ou interfèrent dans nos vies. Je vous aime de tout mon cœur, et je me détesterais si j'étais un jour une *déception* pour vous...

Ainsi, elle avait subrepticement suivi sa conversation dans l'alcôve avec Dacre Wraxton et s'inquiétait à présent de ce que ce cloporte lui avait révélé. Il ne le lui dirait jamais. N'aimant pas la voir aussi appréhensive et misérable, il répondit en la regardant d'un air souriant, les doigts tendrement entrelacés dans une longue boucle soyeuse de sa chevelure de feu :

— Cela, ma chère amie, n'arrivera jamais. Moi aussi, je vous aime de tout mon cœur. Je ne saurais suffisamment l'exprimer. Bientôt, je serai en mesure de vous montrer à quel point...

Il ouvrit sa redingote pour révéler sa broche épinglée sur sa poitrine, juste au-dessus de l'écharpe rouge.

— Cette preuve de ma dévotion devra suffire pour le moment. Je ne l'ai jamais quittée depuis que vous me l'avez donnée, et bientôt, je ne vous quitterai plus.

Caroline écarquilla les yeux et poussa un petit soupir de soulagement.

— Oh ! Vous l'avez ! J'ai pensé... j'ai cru l'avoir vue... Peu importe !

Elle sourit profondément et changea de sujet, posant une main sur les boutons dorés et le brocart de son large revers.

— Quant à votre splendide costume, Monseigneur, la seule créature à qui je ne conseillerais pas de le voir est Peter. Vous le rendriez certainement jaloux. Il pense qu'il est le seul ara dans ma vie !

— Ah ! Il vaut mieux que Peter l'Ara me voit pour ce que je suis vraiment : quelqu'un qui lui rivalise vos affections.

Il prit le masque de plumes et le tint devant son visage.

— Semper sera très content que ses efforts n'aient pas été vains. À présent, mon amour, même si je préfèrerais rester confortablement à vos côtés, nous ferions mieux d'aller rejoindre les invités avant que le pacha de Perse n'envoie ses eunuques nous chercher.

— Eunuques ? Qu'est-ce qu'un eunuque ?

Sir Antony déglutit. Elle posait une question valide, mais à laquelle ce n'était ni le lieu ni l'heure d'apporter une réponse. Il avait oublié que malgré son statut de veuve, Caroline n'avait que vingt-deux ans et avait mené une existence isolée sous le toit de son frère.

— Ce n'est pas un sujet dont le pacha approuverait. Je vous le dirai quand nous serons mariés.

— Mais vous me le direz, n'est-ce pas ? demanda-t-elle en plissant les paupières.

— Bien entendu. Vous pourrez me demander n'importe quoi une fois que nous serons mariés et je vous répondrai honnêtement. Je vous en donne ma parole.

Elle en fut satisfaite et dit avec un large sourire :

— Le pacha de Perse ? Je l'appellerai plutôt le sultan de la déprime ! Vous riez, mais c'est bien ce qu'il est, depuis qu'il a vu les femmes de sa demeure vêtues de costumes ottomans. Il a été très content de voir Jane en pantalons bouffants, mais j'aurais aimé que vous ayez pu voir son air désapprobateur quand je lui ai dit que Kitty, Tante Alice et moi faisions partie de son harem. Au fond de lui, il a toujours été guindé !

— Et c'est une bonne chose !

Elle lui adressa un sourire mutin, très contente d'elle-même.

— Attendez qu'il voie Tom et Mr. Willis !

Sir Antony lui taquina le menton de l'index.

— C'est fait. Il leur a réservé la même réception glaciale.

Le sourire de Caroline disparut instantanément et elle fronça les sourcils.

— Quelque chose ou quelqu'un le dérange-t-il dernièrement ? Il n'est pas lui-même depuis plusieurs semaines… J'ai cru que c'est parce qu'il s'inquiétait pour Jane et son troisième accouchement. Il est toujours maussade et préoccupé juste avant la naissance d'un bébé. Cela m'a surprise, parce quand il apprend qu'un bébé est en route, il se balade avec un grand sourire sur le visage pendant plusieurs jours !

— J'imagine que c'est parce que l'accouchement est une expérience particulièrement effrayante… pour les deux parents.

Caroline y réfléchit puis dit, à la grande surprise de Sir Antony :

— Oui, pour nous. Les animaux sont bien plus doués pour cela que nous.

Puis elle ajouta sérieusement :

— Est-ce le retour de Diana du Continent qui le travaille ?

— Je crois que vous avez raison. Diana a toujours eu le pouvoir d'irriter votre frère. Et à présent qu'elle est rentrée, il a peur qu'elle n'ait l'intention de s'immiscer dans sa vie.

— Comme elle seule en a le secret !

— Oui, comme elle seule en a le secret et saura le faire. Ce qui est une raison de plus pour que nous retournions parmi la foule et afin d'offrir notre soutien au sultan de la déprime.

Il lui déposa un baiser sur le front.

— Voulez-vous me faire une immense faveur ? Gardez un œil sur les enfants.

— Jane me l'a déjà demandé. Je lui ai promis d'aller les voir une fois par heure. Même si je ne vois pas pourquoi Jane et Salt ont trouvé opportun de déménager toute la nursery dans le court de courte paume…

— Oh, je suis certain que les enfants prennent vraiment du bon temps, dit Sir Antony d'un ton léger. Avec toute l'excitation dans la maison au cours des derniers jours qui ont mené à ce bal et l'événement en lui-même, cela leur donnera l'impression d'y participer. Particulièrement pour Merry, qui à douze ans, doit déplorer de ne pas avoir le droit de porter des pantalons bouffants et de se mêler aux festivités, et se retrouver coincée avec trois enfants de moins de quatre ans pour toute compagnie. Si Ron était là, cela serait peut-être différent.

Caroline essaya de réprimer un sourire entendu, mais Sir Antony vit à la lueur dans ses prunelles qu'elle lui cachait quelque chose. Parfois, il se demandait s'il la connaissait mieux qu'elle.

— Avouez ! Qu'avez-vous concocté avec Merry ? Ne me dites pas que vous lui avez fait enfiler un costume et qu'elle se trouve dans les parages ?

Caroline écarta les lèvres, mais elle ne dit rien. Ce n'était pas à elle de trahir sa cousine. Tante Alice était aussi dans la confidence.

— Dites-le, Caro ! Qu'avez-vous fait avec Merry ?

— Pourquoi pensez-vous que j'aie fait quelque chose…

— Parce que vous avez fait la même chose au bal des chasseurs quand vous aviez quatorze ans. Ne pensez pas que Salt et moi n'avions pas reconnu que vous vous étiez déguisée en page et étiez restée dans la galerie à observer les événements avec les musiciens !

Ce souvenir tira un soupir à Caroline.

— La maison aurait pris feu que Salt ne l'aurait pas remarqué ! Tout ce qui l'intéressait était de danser avec Jane. Et qui aurait pu le lui reprocher ? Elle était si belle dans sa robe de satin doré… Je n'avais peut-être que quatorze ans, mais j'ai vu la façon dont il la regardait et j'ai su dès ce moment-là qu'il était amoureux d'elle. Il l'avait regardée de la sorte pendant un mois ou plus ! Il le fait toujours, quand il pense que personne ne le voit. Je me souviens avoir alors souhaité que vous me regardiez de la même manière.

— Caro, vous n'aviez que quatorze ans. Si je vous avais regardée de n'importe quelle façon que ce fut, Salt m'aurait fait castrer et c'est moi qui aurais porté ce costume d'eunuque !

Caroline pouffa.

— Alors c'est ça, un eunuque ! dit-elle en déposant un baiser sur sa joue empourprée. Les souhaits finissent par se réaliser. Vous me regardez de la même façon… *aujourd'hui*.

— Caro, ma chère, dites-moi je vous prie si Merry est là, parmi les invités. C'est très important.

Caroline fit la moue.

— Ce sera bien plus amusant pour elle si elle pense qu'on ne l'a pas vue.

— Je serais d'accord, si elle n'avait pas Diana pour mère. Mais c'est le cas et si Diana se rend compte que Merry est déguisée, à parcourir la salle de bal, elle pourrait créer le genre de scènes que votre frère déteste. Vous savez qu'elle en fera le reproche à Jane. Alors je vous en prie…

— Oh ! Oui ! C'est vrai. Nous… Tante Alice et moi n'y avions pas songé. Bien sûr, Diana en fera porter la faute à Jane et elle fera une scène. C'est le genre d'absurdité dont elle se nourrit. Mais je crains qu'il ne soit trop tard pour y faire quoi que ce soit. Quand je suis venue vous retrouver, Tante Alice discutait avec Diana…

VINGT-SIX

— Oh ? Elle est vraiment là, ici, au bal ? demanda Diana avec une surprise de façade, tournant sur elle-même pour observer la foule des invités, car le large col élisabéthain qui lui entourait le cou l'empêchait de regarder par-dessus son épaule.

Elle avait tourné le dos à la foule et parlait à lady Reanay, qu'elle avait surprise en pleine conversation avec lady Caroline, lady Porter et un groupe de matrones près de la fenêtre à guillotine ouverte, à boire du champagne et à échanger les derniers commérages. Elle avait vu Caroline traverser la pièce vers une alcôve dans laquelle son frère Antony était en pleine conversation avec quelqu'un qu'elle ne voyait pas. Une fois Caroline partie, elle était allée rejoindre le groupe, lady Porter et les trois femmes lui demandant rapidement si elle voulait échanger quelques mots en privé avec sa belle-mère, costumée d'un turban. Deux minutes plus tard, la vieille femme lui avait révélé tout ce qu'elle voulait savoir sans qu'elle ait eu le moindre besoin d'exercer son influence ; la vieille idiote.

— Vous ne devez pas en souffler mot à Salt ! Il m'en veut déjà suffisamment d'avoir essayé d'emmener Merry vous rendre visite. Il s'est montré poli mais ferme dans son refus, mais j'ai bien vu qu'il avait envie de m'étranger.

Lady Reanay frissonna en se remémorant cet entretien désagréable, et elle considéra Diana avec un petit sourire.

— Vous avez toujours été à votre avantage en rouge, ma chère. Et cette collerette est si majestueuse ! J'ai autrefois porté…

Diana n'allait certainement pas la laisser changer de sujet.

— Il ne peut pas s'opposer à ce que je voie ma chère fille en présence d'une centaine de témoins, l'interrompit-elle. Je promets de ne pas dire un mot ou de la trahir. Si je pouvais simplement la *voir*... Je vous en prie, Madame. Vous savez quelle *torture* c'est pour une mère de se voir refuser l'accès à son propre enfant !

Lady Reanay était déchirée par l'indécision. Elle avait fait au comte une promesse sur laquelle elle ne pouvait pas revenir, mais elle ne comprenait que trop bien la détresse dont parlait Diana. Elle avait également promis à Merry de ne pas révéler sa manigance tant que la jeune fille demeurait dans la petite alcôve entre les salles de bar et celle du bal, d'où elle pourrait observer les invités, resplendissants dans leurs costumes, alors qu'ils allaient et venaient joyeusement de pièce en pièce. Puisque tous les valets en livrée et les pages portaient des masques noirs pour s'accorder au thème de la mascarade, personne ne devinerait l'identité de Merry.

Ce que ni Caroline ni Lady Reanay n'avaient envisagé était la vigilance que Nourrice Browne, ses nourrices et les divers membres du personnel exerçaient sur les enfants du comte. Quand Merry n'était pas revenue après avoir eu le droit de regarder lady Caroline s'habiller pour le bal, Nourrice Browne avait envoyé une des nounous parcourir la maison pour la retrouver, lui disant de ne pas revenir si elle ne tenait pas fermement la main de Miss Merry dans la sienne. Quand la nourrice revint en pleurs au bout d'une heure, Nourrice Browne décida d'impliquer la gouvernante, et cela se poursuivit jusqu'à ce que la manigance parvienne aux oreilles du domestique qui était personnellement chargé de l'enfant.

Quand le majordome lui murmura cette histoire à l'oreille, lady Reanay fit un tel bond de surprise que son turban manqua se décrocher. Ce que Miller lui avait confié donnait toutes les cartes en main à Diana St. John. Portant une main parée de joyaux à son corsage cousu de perles et inspirant profondément, elle dit à Miller :

— Nous garderons ce secret pour le moment. Faites savoir à Nourrice Browne qu'on l'a retrouvée. Oh ! Et que le petit lord aussi a été retrouvé et est en sécurité en compagnie de Miss Merry. Je m'en vais quérir lady Caroline et elle pourra...

— Peut-être pourrais-je vous aider, Madame ? l'interrompit Diana. Après tout, je suis là, et Caroline peut se trouver n'importe où. Le temps que nous la trouvions, Magna et... ?

Elle jeta un regard alarmé au majordome avant de dire à sa belle-mère :

— Pardonnez-moi, Madame, mais qui est ce petit lord qui tient compagnie à ma fille ?

Lady Reanay lui pressa le bras.

— Non ! Non ! Vous ne devez pas penser cela !

Elle tira Diana par la manche vers la fenêtre, craignant qu'on ne surprenne ses paroles, mais avec le quartet qui jouait et le tohu-bohu des invités, il était déjà difficile pour lady Reanay de parler assez fort pour se faire entendre.

— Edward, lord Lacey, *Ned*, le fils aîné du comte, s'est échappé des bras de sa nounou. Il est un peu garnement et me rappelle beaucoup son père quand il avait le même âge, bien trop intelligent et tout aussi chenapan. Bien entendu, avec son joli visage et ses boucles dorées, il ressemble à un ange, et il pourrait étrangler un chat que personne ne croirait qu'il ait fait une chose pareille. Non qu'il puisse se montrer aussi cruel. Il est très doux avec Vicomte Quatre-Pattes et avec tous les animaux de lady Caroline, particulièrement son petit carlin adoré. Il n'est pas un méchant garçon, juste curieux, comme les petits garçons tendent à l'être quand ils s'ennuient. Je voulais simplement dire…

— Je comprends, dit Diana en serrant les dents, sa patience émoussée par les divagations de la vieille femme.

Elle se rattrapa rapidement et, afin de cacher son irritation intense, elle éventa sa belle-mère à grands gestes de son éventail avant de dire au majordome qui s'attardait près d'elles :

— Faites apporter un verre de vin à Madame, ainsi qu'une chaise. Mais avant de partir, dites-moi ce que je peux faire afin de retrouver ma fille et lord Lacey, et les ramener sains et saufs à la nursery ?

— Non, pas à nursery, Madame. Les enfants passent la soirée dans la galerie du court de courte paume de sa seigneurie. Mais il semble-rait que le petit lord soit bel et bien parti à la nursery. Je crains qu'il ne soit toujours obsédé par la disparition de son doudou.

— Son doudou ? demanda Diana St. John, feignant l'ignorance.

— Monsieur Singe Malin, lui dit lady Reanay comme si le nom qu'avait donné Ned à son singe en tissu était de notoriété publique.

Quand un valet lui apporta la chaise et qu'un autre lui tendit le verre de vin, lady Reanay se rassit rapidement et avala avec reconnais-sance une gorgée d'alcool. La situation menaçait de lui échapper si on n'allait pas immédiatement chercher Ned et Merry dans la nursery désertée, et avant que Salt ne soit mis au courant. Elle était certaine que son cœur battait bien trop vide.

— C'est un des valets qui m'a informé que le petit lord avait été vu en train de monter vers la nursery, seul, poursuivit le majordome lorsque Diana lui intima de poursuivre d'un geste alangui. J'ai saisi l'opportunité de demander à Miss Merry de quitter son poste dans l'alcôve afin aller le chercher et le ramener à Nourrice Browne. Je me suis dit que le petit lord ferait ce que Miss Merry exigerait de lui, et comme elle est également tenue de retourner au terrain de sport, les deux seraient retournés là où ils devraient être.

— Un plan avisé, le félicita Diana St. John.

— Je vous remercie, Madame. Toutefois, ne les voyant pas revenir rapidement, j'ai eu peur que peut-être, le petit lord ait fait de sa manigance un jeu et soit en train de jouer à cache-cache avec Miss Merry.

— Je pense que vous avez peut-être raison, Miller, en convint Lady Reanay. Ned est joueur et il se peut qu'il essaye d'échapper à Merry. Oh, non ! Tout ceci est tellement navrant.

— Y a-t-il des serviteurs ce soir dans cette partie-là de la maison ? demanda Diana St. John au majordome.

— Non, Madame. Tout le personnel de la nursery se trouve au terrain de courte paume, et les valets qui sont généralement en service dans ces pièces privées sont en poste ici, dans les endroits publics, à cause du bal.

— Alors la nursery tout entière a été vidée des serviteurs et de la famille ?

— Oui, Madame.

— Les nourrices et les enfants sont retranchés… Où avez-vous dit ?

— Ils passent la nuit sur le court de courte paume, Madame. Un petit plaisir pour les enfants…

Diana hocha gravement la tête. Mentalement, elle revisitait ses plans à la hâte. Elle avait espéré mettre en scène sa tragédie dans la nursery. Elle avait tellement envie de voir ces appartements réduits en cendres, ainsi que tous leurs occupants ! À l'heure qu'il était, Mrs. Smith et les deux ruffians qu'elle avait embauchés devaient être en train de l'attendre à la porte du jardin qui donnait sur la ruelle. Ils avaient suffisamment de tissus combustibles pour brûler Westminster Hall et elle avait assez de pièces d'or dans son corsage pour soudoyer les portiers.

Mais à présent que les précieux enfants avaient été déplacés vers le terrain de sport ? Peut-être qu'un changement d'emplacement marcherait tout aussi bien pour elle ? Après tout, le court de courte paume avait une porte qui ouvrait directement sur la ruelle, aussi l'accès serait-il simplifié pour Mrs. Smith et les ruffians. Si les deux portes pouvaient être fermées et que suffisamment de fumée était générée pour remplir les boxes de la galerie, avec la confusion que provoquait généralement un incendie, on pouvait s'attendre à ce que les occupants soient ou bien piétinés à mort ou alors asphyxiés... Peut-être cela valait-il de courir le risque... Elle n'avait pas comploté et rêvé durant toutes ces années pour abandonner son plan à cause d'un petit détail dérisoire.

Il ne lui restait plus qu'à réussir à convaincre l'enfant aux boucles blondes de retourner au court de courte paume, puis de faire appeler la comtesse sous un prétexte quelconque... Peut-être afin de dire bonne nuit à ses enfants ? Si on lui disait que l'un d'eux s'agitait, elle ne manquerait pas de venir s'en occuper...

— Je vais bien entendu informer sa seigneurie de...

— Non ! Non, Miller, n'en faites rien ! lui dit sèchement Diana St. John.

Elle reprit rapidement le contrôle de ses traits et dit d'un ton grave et inquiet :

— Nul besoin de déranger lord Salt. Je me rendrai à la nursery et ramènerai ma fille et le garçon au terrain d'entraînement, sains et saufs.

— Diana, je pense que Miller a raison. Nous devrions en informer Salt, argumenta lady Reanay, provoquant un instant d'hésitation chez le majordome alors que Diana serrait fort les poings afin de réprimer la colère qu'elle ressentait de se voir ainsi contredite devant un subalterne.

— Avoir autorisé Merry à assister au bal nous causera déjà suffisamment de problèmes à Caroline et à moi... Mais ce ne sera rien quand Salt apprendra que son héritier est parvenu à échapper à ses nourrices et qu'il a fui dans une nursery désertée ! Pauvres de nous ! Il serait capable de démolir l'endroit... et les serviteurs aussi ! Je ne veux même pas savoir ce que la disparition de son fils fera à cette pauvre Jane...

— Une raison de plus de les laisser dans l'ignorance et de me permettre d'aller le chercher, énonça Diana avec un sourire pincé. Vous voyez bien que lord Salt est en pleine conversation avec sa majesté russe.

Elle regarda le majordome avec un froncement de sourcils impérieux.

— Souhaitez-vous aller interrompre sa seigneurie au milieu de ce qui pourrait très bien être une discussion diplomatique très délicate, et lui communiquer la nouvelle inquiétante que son fils, son héritier, a disparu ?

Le majordome secoua la tête sans s'en rendre compte. Lady Reanay regarda par-dessus la mer d'invités en costumes, regardant l'endroit où le comte et la comtesse, dans leurs vêtements ottomans, discutaient avec le prince Ivan et un certain nombre de personnes du contingent russe, qui étaient venus au bal vêtus en courtisans français couverts de bijoux, façon dix-septième siècle, avec des talons hauts rouges et de longues perruques poudrées élaborées. Tout le monde souriait et était détendu, et quand le comte jeta en arrière sa tête enturbannée pour rire à quelque chose que Jane dit en réponse au prince, son cœur se serra et elle n'aurait pas plus été capable de demander à Miller d'informer le noble couple que leur jeune fils s'était enfui que de se trancher la main.

— Lady St. John a raison, Miller. On doit le garder pour nous pour le moment et espérer que Ned soit sous la garde de Miss Merry.

Elle leva les yeux vers sa belle-fille.

— Je vous remercie de votre proposition, ma chère. Si vous vouliez avoir l'amabilité de monter à la nursery pour que nous puissions tous recommencer à respirer. Je sais que Salt et Jane vous en seront reconnaissants.

— Je vais envoyer un valet pour vous accompagner, Madame.

— Non ! Non, ce ne sera pas nécessaire, énonça fermement Diana St. John. Je présume que les appliques sont allumées, alors je n'aurai pas besoin qu'on m'éclaire. D'ailleurs, si Merry ne tient pas le petit par la main et qu'il voit une présence masculine, il craindra peut-être une punition et ne sortira pas de sa cachette.

Elle adressa un sourire affable à lady Reanay.

— Ne craignez rien, Madame. Une fois que le garçon sera rendu à ses nourrices, j'en informerai qui de droit et la comtesse prendra peut-être alors la peine de se rendre auprès de ses enfants pour s'assurer qu'ils soient bordés pour la nuit ? Cela permettra certainement à tout le monde de respirer mieux, y compris sa seigneurie ?

— Oh oui ! C'est une idée excellente, ma chère, en convint lady Reanay. Si Jane et Salt devaient se rendre au court…

— Pas la peine de déranger lord Salt, conseilla Diana avec un sourire. Je n'aimerais pas que l'enfant mentionne à son père qu'il jouait dans la nursery, tout seul, sans supervision. Vous avez dit qu'il était un peu chenapan…

Lady Reanay faillit s'étrangler sur sa gorgée de vin.

— Seigneur Dieu ! Par le ciel ! Ned serait parfaitement capable de penser que c'est une excellente histoire et il raconterait son aventure à son papa. Ce serait désastreux ! Bien entendu, vous avez encore une fois raison. J'aurais un mot en privé avec Jane, une fois que vous m'aurez informée, et je sais qu'elle parviendra à s'éclipser sans que Salt ne s'en rende compte.

— Bien entendu, si quelqu'un me demande – si jamais Salt cherche à savoir où je me trouve –, vous n'aurez qu'à dire que je suis en train de prendre l'air dans le jardin...

Lady Reanay sourit et hocha la tête.

— Bien entendu, ma chère. Je n'y manquerai pas.

Elle vit Diana St. John s'éloigner à la suite du majordome, plusieurs têtes poudrées se tournant pour balayer du regard sa grandiose robe élisabéthaine de soie rouge avec sa collerette plissée étonnamment grande qui donnait l'impression que Diana offrait sa ravissante tête à la coiffure élaborée sur un plat de service.

Lady Reanay commençait à peine à sentir que son cœur recommençait à battre normalement quand, moins de cinq minutes plus tard, lady Caroline l'aborda et demanda si Merry était revenue du court de tennis. Il lui fallut cinq minutes pour raconter toute l'histoire à Caroline qui partit alors à la recherche de Diana. Puis Sir Antony se présenta d'un pas guilleret, sa tasse de thé dans une main et une chaise dans l'autre, et il s'installa à côté d'elle. Il avait l'air particulièrement satisfait et lady Reanay n'eut pas le cœur de l'informer des événements en cours. C'est-à-dire jusqu'à ce qu'il demande où se trouvait sa sœur. Il ne la voyait pas parmi les danseurs et elle n'était pas parmi la foule costumée des salles de bar, enfin, du moins pas dans celle qu'il avait visitée pour aller prendre une tasse de thé.

Lady Reanay tenta de retarder l'inévitable dans l'espoir que Diana lui fasse savoir que Merry et Ned étaient revenus au court de courte paume et que Caroline s'y trouvait également avant qu'elle ne soit contrainte d'expliquer le problème à Sir Antony. Aussi dit-elle d'un ton détaché :

— Cette redingote est particulièrement impressionnante. Êtes-vous une légende militaire, Antony ?

— Non, ma tante. Je suis un oiseau. Un ara, pour être précis.

Lady Reanay haussa des sourcils surpris. Sir Antony rit de son incapacité à dissimuler son incrédulité.

— Savez-vous que Caroline a promis un bébé carlin au prince russe, poursuivit-elle, son étonnement ne diminuant pas. Il nous a pour ainsi dire renversées par son enthousiasme concernant le cadeau de Caroline ! On pourrait croire qu'elle lui a offert un rubis de la taille d'un œuf de canard !

Elle haussa une épaule.

— Je me demande si c'était de la simple politesse, comme lorsque j'ai mentionné la visite de Diana à Saint-Pétersbourg. Il a hoché poliment la tête, mais m'a regardée avec une expression neutre si étrange qu'il est évident qu'il n'avait aucune idée de qui je voulais parler. Je me rappelle que Diana m'a dit précisément qu'elle avait rencontré le prince Ivan à Saint-Pétersbourg. Cela ne m'était pas arrivé, ce qui m'a surprise, tout comme le prince.

— Le prince Ivan passe la plupart de l'année à Moscou. Diana n'aurait pas pu le rencontrer. Ce qui explique pourquoi vous ne l'avez pas rencontré non plus. Mais je crois son enthousiasme pour ce chiot sincère. Les marchandises anglaises sont très prisées parmi la noblesse russe, et les bébés carlins élevés en Angleterre sont des éléments de choix sur les listes données aux Russes qui visitent l'Angleterre par leurs épouses, leurs filles et leurs maîtresses.

Il posa sa tasse sur sa soucoupe.

— C'est intelligent de la part de Caro d'avoir songé à un tel cadeau. Même si je la soupçonne d'avoir davantage pensé à offrir un foyer correct à ce chiot qu'à l'impact qu'aurait un tel geste sur sa majesté.

Lady Reanay considéra son neveu d'un air pensif.

— J'espère que tout est à présent réglé entre vous et Caroline… ?

— Oui. Tout est réglé, dit Sir Antony, ne pouvant s'empêcher de lui adresser un large sourire. Je suis – *nous sommes* – très heureux.

Lady Reanay poussa un petit soupir de satisfaction, les larmes aux yeux, et elle tapota ses pantalons de soie.

— Oh, c'est une *si* bonne nouvelle, une *si* bonne nouvelle. Salt sera content. Tout le monde sera ravi. À présent, si vous pouviez simplement remarier votre sœur et l'installer…

— Où est Diana ?

Quand Lady Reanay leva les mains au ciel comme pour avouer sa défaite, Sir Antony plissa le front.

— Vous ne lui avez pas livré Merry, n'est-ce pas, ma tante ?

— Livré ? Mais… Antony, Diana est sa mère et elle a le droit de…

— Non. Non, elle n'en a pas, énonça-t-il. Diana n'a aucun droit.

Elle regarda son neveu pendant cinq bonnes secondes, vit qu'il était terriblement sérieux et poussa un petit soupir.

— Oh, non… oh, non…

Elle posa une main sur sa joue, se lamentant :

— Vous et Salt allez tellement m'en vouloir…

Sir Antony contrôla son anxiété, même si ses doigts se glacèrent et qu'il dit d'une voix patiente :

— Je vous en prie, ma tante, répétez-moi tout depuis le départ…

Lady Reanay parvint à expliquer toute l'histoire de la présence de Merry au bal. Elle réussit à lui parler de l'escapade de Ned. Cela fit sourire son neveu. Elle fut même capable de lui dire que Caroline aussi était partie à la nursery. Mais dès qu'elle commença à lui expliquer que Diana lui avait proposé de retrouver Ned et Merry, Sir Antony perdit son sourire et n'en écouta pas davantage. Quittant sa chaise d'un bond, il fourra sa tasse et sa soucoupe dans les mains d'un valet et eut l'impolitesse de quitter sa tante au beau milieu d'une phrase pour se faire engloutir dans la foule animée qui se dirigeait vers les salles de bar.

Lady Reanay fut tellement désarçonnée par l'impolitesse peu caractéristique de son neveu qu'elle s'étrangla, puis elle toussa tellement fort qu'elle était certaine d'avoir une crise cardiaque.

Kitty Aldershot et Mr. Tom Allenby avaient fini leur première danse ensemble et il l'escortait hors de la piste de danse quand ils remarquèrent la détresse de lady Reanay. Un valet se tenait au-dessus d'elle et elle avait posé une main sur sa poitrine. Le jeune couple alla rapidement à sa rescousse tandis qu'un petit groupe d'invités formaient un demi-cercle autour de la chaise.

Kitty Aldershot s'assit sur la chaise que Sir Antony venait de quitter et elle prit la main de lady Reanay tandis que Tom Allenby demandait à un valet d'aller lui chercher un verre d'eau froide. Ils ne parlèrent pas plus l'un que l'autre et ils attendirent que lady Reanay se reprenne. La petite foule des curieux, voyant que Madame s'était suffisamment remise pour boire un peu d'eau, fit un pas en arrière, mais ils demeurèrent suffisamment près pour pouvoir revenir si la vieille dame avait une crise.

— Puis-je faire autre chose pour vous, Madame ? Vous aimeriez peut-être faire le tour des jardins. L'air frais…

— Je vous remercie, mes amours, mais non. Je vais vite me reprendre.

Elle sourit à Kitty puis regarda Tom Allenby, accroupi près de sa chaise.

— Je suis tellement contente que vous ayez été capable de monter à Londres pour le bal, Mr. Allenby. J'espère que vous avez l'intention de passer quelques semaines avec nous…, ajouta-t-elle en coulant un regard à Kitty.

Tom lui répondit d'un sourire timide, l'ayant parfaitement comprise. Il coula un regard prudent en direction de Kitty Aldershot, et quand celle-ci croisa son regard pendant un centième de seconde et sourit, il sentit son visage devenir cramoisi.

— Voulez-vous un autre verre d'eau, Madame ? demanda-t-il, n'osant plus regarder la jeune fille.

Quand lady Reanay secoua la tête, il demanda, ne voulant pas s'immiscer, mais parce que ce regard échangé avec Miss Kitty Aldershot l'avait rendu tout aussi nerveux qu'heureux :

— N'ai-je pas vu Sir Antony en votre compagnie il y a quelques minutes de cela… ainsi que lady Caroline… ?

— Oh, non ! Non ! grogna lady Reanay avant de se lancer à nouveau dans l'histoire de Merry déguisée en page, de l'escapade de Ned et de l'offre aimable de Diana d'aller les chercher tous les deux à la nursery.

Puis elle dit que non seulement lady Caroline était partie à la nursery, mais également Sir Antony. Elle ne savait pas pourquoi et elle s'inquiétait à présent que cela fasse toute une histoire qui reviendrait forcément aux oreilles du comte et de la comtesse, et pour une raison quelconque, c'est à elle que l'on reprocherait toute cette histoire. Puis cela se reproduisit ! Elle était en train de se lamenter de toute cette affaire quand Tom Allenby leur adressa, à Kitty Aldershot et à elle, une petite courbette. Puis sans plus de paroles, il se dirigea à grands pas dans la même direction que l'avaient fait Diana St. John, lady Caroline et Sir Antony avant lui.

Lady Reanay et Kitty Aldershot échangèrent un regard étonné.

— Dieu merci, vous êtes également le témoin du comportement étrange de cette famille, ma chère Kitty, dit lady Reanay avec soulagement. Sans quoi personne ne me croirait !

Merry et Ned étaient assis en silence à la petite table devant la cheminée de la salle de jeu de la nursery, dessinant à la lumière du feu. Une servante, qui avait été occupée à vider toutes les cheminées dans cette partie de la maison, avec eux pitié des enfants qui dessinaient à la faible lumière d'une bougie et avait rallumé la flamme. Le charbon bien allumé, elle avait replacé l'écran devant l'âtre afin de protéger les enfants d'un saut de braise éventuel. Dès qu'elle les eut laissés seuls, Merry écarta l'écran et fit glisser plus près la petite table peinte et les chaises afin qu'ils puissent ressentir la chaleur et que la luminosité orangée illumine également leurs dessins respectifs.

Ned lui avait promis qu'après avoir terminé un dessin, Merry pourrait le ramener au court de courte paume. Merry l'avait pris au mot et ils s'étaient donc installés, Merry ayant laissé choir son masque de page sur le tapis à côté du bonnet de nuit de Ned, tous les deux s'affairaient joyeusement avec leur fusain et leurs crayons, ayant convenu de ne pas montrer à l'autre ce qu'ils avaient dessiné avant d'être satisfait de leurs œuvres d'art respectives. Ils étaient tellement concentrés qu'ils n'avaient pas senti la présence d'une silhouette qui rôdait dans les ombres derrière eux.

Merry termina son dessin en premier et elle le tint sous son menton pour que Ned y jette un œil. Elle avait dessiné ce que Ned était venu chercher dans la nursery, mais qui demeurait perdu. Il avait dit à Merry qu'il ne pouvait pas dormir sans Singe, alors elle avait dessiné son doudou, lui disant qu'il parviendrait peut-être à dormir s'il avait un dessin de Singe à placer sous son oreiller. Elle avait donné au singe en tissu de son dessin un sourire plus large que celui qu'il avait en réalité, mais il présentait une ressemblance honorable au jouet perdu.

— Est-ce qu'il te plaît, Ned ? demanda-t-elle.

— Monsieur Singe Malin ! C'est pour l'oreiller de Ned ?

— Oui. Pour ton oreiller. Regarde, il sourit. Tu lui manques, mais puisqu'il sourit, il doit passer un bon moment là où il est parti. Quel petit plaisantin !

Ned tendit une main et Merry lui donna le dessin.

— Il ne passe pas un bon moment, dit Ned en faisant la moue et en regardant le dessin de près. Il passe ses meilleurs moments avec Ned.

Puis il sourit à Merry avant de se remettre à inspecter le dessin.

— J'aime ton singe, Merry.

— Je suis contente que tu le fasses. Tu veux me montrer ton dessin, maintenant ?

Ned hocha la tête et plaça le dessin qu'avait fait Merry de son doudou à terre près de son bonnet de nuit. Il souleva son dessin et le plaça sous son menton pour le lui montrer. Il baissa la tête comme il le put pour voir s'il était dans le bon sens et, rassuré, il écarta ses mèches blondes de ses yeux et regarda Merry avec un grand sourire. Il était très fier de son dessin. Il représentait Ned et Singe qui se tenaient par la main dans le jardin. Merry l'avait deviné, car il y avait une grande fleur de la même taille que les deux bonhommes avec leurs doigts en allumette qui se touchaient. Un des bonshommes avait des oreilles au sommet de sa tête et une longue queue, et l'autre portait des culottes courtes.

— Oh, Ned ! Quel joli dessin de toi et de Singe dans le jardin ! s'extasia Merry. Quand tu le montreras à Papa et à Maman, ils diront que tu es le meilleur dessinateur au monde !

Le petit garçon se fendit d'un large sourire face à un tel compliment, contractant ses petites épaules de joie. Mais il n'avait pas plus tôt regardé Merry dans les yeux par-dessus la table qu'il fut distrait par quelque chose qui rôdait dans les ombres au-dessus de l'épaule gauche de cette dernière. Il cligna des paupières et dans un premier temps, il se pencha au-dessus de la table, essayant de discerner ce que c'était dans l'obscurité, tant il était curieux.

Merry vit sa distraction et regarda par-dessus son épaule, pivotant sur sa chaise. C'est alors que Ned poussa le cri le plus perçant qu'on puisse s'imaginer. Cela la fit basculer en arrière et s'écrouler sur le tapis.

Ned criait et criait sans pouvoir s'arrêter. Ses yeux bruns étaient écarquillés de terreur et son petit visage était devenu blanc. Il repoussa sa chaise en arrière aussi fort que ce qui était arrivé à Merry lui arriva à lui aussi. Sa chaise se renversa et il tomba sur le tapis. Il avait tellement peur qu'il n'enregistra ni le choc qu'il reçut à la tête ni la secousse dans ses os. Il s'écarta de la chaise en panique, braquant des yeux terrifiés sur le monstre alors qu'il rampait en arrière sur les fesses, ses petites jambes battant le tapis, le propulsant aussi rapidement qu'il en était capable, loin de cette chose qui le terrifiait. Il ne pouvait pas s'empêcher de regarder cette chose, même s'il aurait eu envie de regarder tout sauf cela.

Il essaya de mettre autant de distance que possible entre lui et le monstre, mais bientôt, sa tête cogna contre le mur et il n'eut nulle part ailleurs où aller. Il ne pouvait pas bouger. Il ne pouvait pas détourner le regard et il continua à crier.

C'était une tête qui flottait vers lui. Elle n'avait pas de corps. La tête flottait sur un gros nuage blanc et elle venait droit vers lui. Le visage était peint en blanc avant des ronds rouges sur les joues. Il avait de grands yeux fous qui le regardaient sans ciller, et sa bouche rouge était figée en un rictus maléfique. Et quand la tête sans corps qui flottait sur un nuage ouvrit sa bouche fardée de rouge pour lui parler, Ned plaqua ses mains sur ses oreilles, serra fort les paupières et cria encore plus fort.

VINGT-SEPT

Merry se redressa, désorientée et l'esprit trouble. Mais les cris de Ned la ramenèrent à l'instant présent. Elle vit la tête sur son nuage blanc qui flottait, mais elle discerna également la robe élisabéthaine rouge en dessous. Un autre regard plus attentif au visage fardé, avec ses pendants d'oreille en grenat et sa coiffure de boucles serrées filetées d'épingles à tête de diamant et de grenat, lui permit de reconnaître qu'il s'agissait de sa mère.

— Maman ? Maman, que faites-vous ici ?

— Magna, dites-lui d'arrêter de crier de cette façon atroce ! lui lâcha Diana St. John. Garçon imbécile ! On croirait qu'il a vu un fantôme !

— Il pense peut-être que vous êtes un fantôme, Maman, offrit timidement Merry, déchirée par l'indécision.

Elle aurait voulu aller prendre Ned dans ses bras et lui dire que tout allait bien, mais elle avait le très mauvais pressentiment que tout n'allait pas bien, alors elle hésita, ne sachant pas ce qu'elle devait faire.

Diana St. John se dirigea vers Ned et lui adressa son plus grand sourire, qu'elle pensait accueillant et chaleureux.

— Bonjour, Lord Lacey...

— C'est Ned. Personne ne l'appelle ainsi. Tante Jane dit que...

— Oh, épargnez-moi les « Tante Jane dit que... », la railla Diana St. John.

Encore une fois, elle sourit à Ned qui avait à présent serré fort les paupières et avait fermement plaqué les mains contre ses oreilles. Il criait toujours.

— Ned ! Ned ! cria-t-elle, retroussant la couche supérieure de ses jupons de soie pour révéler en-dessous une grande pochette brodée fixée autour de sa taille par des lacets.

Elle fourra la main à l'intérieur et en tira le singe en tissu de Ned.

— Regardez ce que j'ai, Ned ! Ned !

— C'est le singe de Ned ! s'exclama Merry en ouvrant des yeux ronds.

— Oui ! Oui ! À présent, faites qu'il s'arrête de crier et faites-lui ouvrir les yeux pour qu'il voie son satané jouet !

Merry s'apprêtait à faire ce qu'elle lui demandait quand lady Caroline apparut dans l'encadrement de la porte.

— Diana ? Merry ? Que se passe-t-il ici ? Qu'est-il arrivé à Ned ? Et pourquoi avez-vous son singe ?

Merry était tellement contente de voir sa cousine Caroline qu'elle n'obéit pas à sa mère. Au lieu de cela, elle éclata en sanglots, soulagée, et courut se jeter dans les bras de sa cousine.

— On faisait un dessin, expliqua Merry avec des larmes dans la voix. Nous n'avions pas l'intention de rester aussi longtemps. Juste un dessin, et après, on serait rentrés au terrain d'entraînement. Je le jure.

Caroline serra chaleureusement Merry dans ses bras. Ce n'était pas Merry de qui elle attendait des réponses et, gardant un bras autour de l'enfant, elle pénétra plus avant dans la salle de jeu, ayant l'intention de soulever Ned dans ses bras, car le garçon était à présent en larmes ; de gros sanglots douloureux qui l'empêchaient de respirer.

Diana se mit en travers de sa route, lui bloquant l'accès au garçon.

— Je vais m'occuper de lui, si vous le voulez bien, Caroline, dit Diana St. John de sa voix la plus impérieuse.

Caroline la regarda bouche-bée, mais elle se reprit rapidement.

— Vous n'en ferez rien ! Ned ne vous a jamais vue ! En vrai, c'est vous voir avec cette collerette ridicule qui l'a terrifié. À présent, poussez-vous !

Diana ne bougea pas ; Caroline fit un pas en avant.

— Diana ? Caroline ? Puis-je vous aider ?

C'était Sir Antony, qui essayait de garder un timbre de voix neutre et doux.

— Oncle Tony !

Merry échappa à Caroline et courut vers Sir Antony, jetant ses bras autour de lui, plaquant la joue contre le devant de son gilet.

— Je suis tellement *contente* que vous soyez rentré. Tellement *contente*.

Sir Antony étreignit sa nièce.

— Merry ? Ou bien est-ce un page qui ose m'appeler *mon oncle* ? la taquina-t-il en lui déposant un baiser sur le haut du crâne. Je suis vraiment content d'être rentré, moi aussi, dit-il à voix basse.

Avant que Merry ne puisse répondre, il avait dit à Caroline :

— Mademoiselle, il est temps que Merry et Ned regagnent le terrain de courte paume.

— Je m'apprêtais justement à…

— Si vous voulez simplement prendre Ned avec vous et me l'amener, dit Sir Antony d'une voix apaisante.

Caroline plissa le front, jetant un regard rapide à Diana puis à son interlocuteur. C'est dans cette petite hésitation que Diana vit une chance à saisir. Elle jeta au loin le doudou, se précipita sur le garçon en pleurs et le souleva dans ses bras.

— Caroline ! Venez ici ! exigea Sir Antony d'une voix stridente.

Et quand Caroline lui obéit, il lui confia Merry.

— Emmenez Merry loin d'ici. *Tout de suite.*

— Je ne comprends pas. Tom ?

— Je vous en prie, faites ce que je vous demande, la pria Sir Antony.

Puis en entendant le nom de Tom, il pivota sur un pied pour demander à celui-ci :

— Je m'en occupe. Emmenez simplement Caro et Merry.

Tom Allenby n'hésita pas. Adressant un hochement de tête à Sir Antony, il prit Merry par la main, passa un bras autour de Caroline et les fit sortir tous les deux de la pièce avant que Caroline n'ait eu l'occasion ne serait-ce que de se tourner pour contester l'ordre de Sir Antony.

Le froncement de sourcils hésitant de Caroline, l'ordre de Sir Antony, l'arrivée de Tom dans la salle de jeu puis son départ avec Merry et Caroline, tout cela arriva quelques secondes seulement après que Diana se fut emparée de Ned. Sir Antony ne savait absolument pas ce qu'elle avait envie de faire avec lui. Tout ce qu'il savait était que sa sœur était folle et qu'ainsi, tout était possible. Avec le départ de Caroline et de Merry, il pouvait à présent se consacrer entièrement à libérer le petit garçon.

— Dois-je aller ramasser le singe ? demanda-t-il, traversant lentement la pièce vers la petite table encombrée de dessins et de papiers sur laquelle avait atterri le doudou, étendu sur le dossier d'une des petites chaises renversées.

Serrant dans ses bras le garçon en pleurs, Diana s'éloigna de son frère à reculons, se creusant les méninges pour savoir ce qu'elle allait faire à présent que ses plans étaient en déroute. C'était la faute de sa stupide fille et de l'intrusion de sa rouquine de cousine, dont les yeux verts l'avaient toujours regardée avec suspicion et lui rappelaient quelqu'un qu'elle avait connu autrefois, sans pouvoir se rappeler qui. Si elle parvenait seulement à emmener le garçon à l'extérieur, dans les jardins, à la porte du jardin… Mrs. Smith l'attendait… Si seulement ce morveux voulait s'arrêter de chouiner… Toutes ces années passées à planifier son retour en société… Toutes ces années à rêver comment cela avait été et comment cela redeviendrait lorsque Salt accepterait ses conseils et ses directives… À rêver que sa satanée famille et cette catin maigrichonne soient tous morts… Ses plans ne s'arrêteraient pas là. Pas ici. Pas alors qu'elle était sur le point de les voir s'accomplir.

— Ned ? Ned, voilà votre singe, dit Sir Antony d'un ton apaisant, brandissant le doudou en tissu, tendant le bras juste assez pour montrer son jouet à l'enfant, mais pas assez pour que Diana puisse le lui arracher. Lady St. John a retrouvé ton singe. N'est-ce pas, Madame ?

Diana hocha la tête.

— C'est vrai. Je l'ai trouvé. Il peut l'avoir s'il arrête de pleurer comme un bébé.

Sir Antony hocha la tête comme s'il était d'accord avec elle, et il ne s'approcha pas davantage, car Diana était tellement proche de la cheminée que si elle faisait un autre pas en arrière, elle aurait risqué de mettre le feu à ses jupons. Il s'accroupit afin que le petit garçon puisse le voir clairement. Ned gémissait à présent, les bras ballants, mais les paupières bien serrées.

— Que dis-tu, Singe ? dit Sir Antony, portant le singe en tissu à son oreille.

Il vit que Ned ouvrit un œil et il fit semblant d'avoir une conversation avec le jouet, comme il l'avait fait avec les jouets de sa nièce et de son neveu quand ils avaient approximativement l'âge de Ned. Ils avaient trouvé cela très drôle et avaient ri de voir leur oncle Tony parler à leurs jouets qui ne lui disaient jamais un seul mot.

— Tu veux que Ned arrête de pleurer pour pouvoir lui dire bonjour ? Eh bien, on en a tous envie, Singe.

Il replaça le singe contre son oreille.

— Quoi ? Tu penses que Ned pleure parce qu'il est content de te voir ? Vraiment ? Eh bien, je n'en suis pas si sûr…

— Vous vous rendez absolument ridicule ! cracha Diana. Ce torchon ne peut ni parler ni vous entendre…

— Il peut ! Il peut ! Il veut Ned ! s'écria le garçon, s'animant soudainement. Lâchez-moi ! Lâchez-moi !

— Arrêtez ! Arrêtez de gigoter, espèce de petit monstre !

Sir Antony se redressa de toute sa stature.

— Diana, reposez le garçon, lui ordonna-t-il sans émotion. Cela ne sert plus à rien. Personne ne vous attend à la porte du jardin. Mrs. Smith m'a tout raconté et elle est à présent menottée, à Bedlam. Vous n'avez plus d'amis. Vous n'avez plus de pouvoir. Vos manigances arrivent à leur terme. Reposez Ned !

— Je ne vous crois pas ! Je ne le ferai pas ! Vous devez faire comme je l'ai décidé ou bien je… je…

Diana regarda follement autour d'elle, alors que le garçon glissait en se débattant entre ses bras.

— Je le jetterai au feu !

— Diana. J'utiliserai la force. Reposez Ned.

— Singe ! Je veux Singe ! cria Ned qui se débattait dans les bras du monstre, tournant violemment la tête de droite à gauche, se contorsionnant de toutes les façons possibles alors qu'il essayait désespérément de se libérer.

Ses petites jambes puissantes émergèrent des confins de sa chemise de nuit de lin qui lui arrivait aux chevilles et qui était à présent retroussée autour de sa taille, il donnait des séries de coups de pied à l'aveuglette. Il sentit la prise sur ses bras s'assouplir et quand il réussit à libérer un bras, il cogna de toutes ses forces. Son poing entra en collision avec le monstre à tête. Il avait jeté son bras en arrière tellement fort que tout à coup, son autre bras se libéra aussi. Il était libre. Il tomba dans les airs et atterrit dans les bras tendus de ce gentil monsieur qui était ami avec Singe ; il se rappelait l'avoir vu au petit déjeuner le jour où Papa avait dit des gros mots et l'avait fait rire.

Il se sentait en sécurité avec ce gentil monsieur à la voix douce, protégé du monstre à tête qui poussait des cris et des grognements. Puis lorsque des bruits effrayants remplirent la nursery, sonores et terribles, il passa maladroitement les bras autour du cou du monsieur et enfonça le visage contre sa cravate soyeuse. Le gentil monsieur lui plaça Singe dans les bras et il se blottit contre lui, serrant les paupières alors qu'on l'emmenait hors de la nursery et dans le couloir, loin des cris perçants du monstre.

À la moitié du couloir, il fut placé dans les bras de quelqu'un d'autre. Ned osa ouvrir les yeux et découvrit Oncle Tom qui lui souriait. Il fut tellement soulagé de voir un visage adoré qu'il lui passa les bras autour du cou et le serra fort. Alors qu'Oncle Tom l'emmenait en sécurité, Ned serrant le bras de Singe de toute la force de son petit poing et le balançant contre le dos d'Oncle Tom, il regarda le gentil monsieur qui l'avait secouru retourner en courant à la nursery pour se battre avec le monstre à tête qui grondait et poussait des cris.

Quand Ned s'était débattu pour se libérer et qu'il avait frappé à l'aveuglette, son poing était entré en collision avec le visage de Diana. Elle reçut un coup si violent entre les yeux qu'elle en chancela. Choquée, elle ouvrit instantanément les bras et laissa tomber le petit garçon.

Désorientée et dans un moment d'aveuglement, elle tituba, trébucha sur le pare-feu et tomba. Avec le poids que représentait l'épaisse collerette autour de son cou, elle ne put freiner son élan et atterrit dans la cheminée, tête la première, à quelques centimètres des braises chaudes dans l'âtre. La collerette amortit sa chute, mais coincée dans la grille, elle se découvrit incapable de bouger et la collerette resta coincée. La chaleur intense du feu commença à lui consumer la peau et elle appela à l'aide. Paniquée, elle se débattait, essayant de trouver un appui dans la cheminée pour parvenir à s'en tirer. Quand cela échoua, elle tira sur la collerette d'une main, ses doigts se refermant frénétiquement sur les agrafes, mais elles refusèrent de céder et la collerette demeura fermement en place. Plus elle paniquait, plus ses doigts trituraient, mais la collerette ne voulait toujours pas céder.

La chaleur était devenue insupportable.

Les efforts frénétiques qu'elle fit pour se libérer de la collerette et échapper au feu donna une vie nouvelle aux braises et le papier ciré s'embrasa soudain. En un instant, une rivière de flammes se déchaînèrent autour de la collerette, lui engloutissant la tête. Les flammes bondirent et dansèrent, et sa coiffure élaborée de boucles cirées et pommadées prit bientôt feu avec la même férocité. En quelques secondes, la collerette était partie en cendres et le visage de Diana s'affaissa dans les braises brûlantes.

Sir Antony retourna rapidement dans la nursery, assistant au spectacle incroyablement choquant de voir sa sœur brûler vive. Saisissant ses jupons, il la tira hors de la cheminée, sur le tapis, et la retourna sur le dos où son corps continua de se convulser de douleur et de choc, ses bras et ses jambes se débattant par réflexe. Le son de l'air aspiré dans une gorge brûlée qui essayait de respirer était véritablement hideux, et son visage et ses cheveux étaient toujours en feu. Il se précipita vers la fenêtre et d'un grand coup sec, il arracha un rideau qu'il jeta alors sur la partie supérieure du corps de sa sœur afin d'éteindre la flamme. Au même moment, elle se convulsa une dernière fois, se raidit, puis se relâcha et devint immobile.

Quand il retira le rideau, une vision atroce se présenta à lui. Le feu avait rendu méconnaissable ce visage autrefois si beau. Le nez délicat était une masse brûlée indéfinissable. Là où il y avait eu des lèvres, la chair était boursoufflée, exposant les dents en une dernière grimace. Les deux mains étaient rouges et couvertes de cloques. Diana avait connu une mort hideuse et douloureuse, et il n'avait rien pu faire pour la prévenir.

Il prit sa main inanimée dans la sienne et pleura.

QUAND IL TROUVA ENFIN LA FORCE DE COUVRIR SON CADAVRE du rideau, Sir Antony se rappela que cette créature n'était pas sa sœur. Diana était morte voilà longtemps. Sa raison était peut-être morte à petit feu depuis avant son mariage avec St. John. Il ne le savait pas et cela ne comptait plus. Cette créature n'était plus tourmentée par des démons et elle ne pourrait plus infliger de tourments à d'autres. Elle était en paix. Il était en paix, et la famille de Salt Hendon pourrait assurément vivre en paix, à présent. Il était incapable de ressentir le moindre regret ou tristesse devant sa disparition, seulement devant ce qui l'avait causée. S'il ressentait quoi que ce soit, c'était un soulagement immense, et avec le soulagement venait l'espoir et l'optimisme pour le futur. Demain était un autre jour et un nouveau début. Le premier jour du reste de leurs vies…

VINGT-HUIT

Sir Antony s'était attendu à se réveiller au premier matin du reste de leur vie débordant d'un optimisme enjoué, mais tout ce qu'il sentait était les poils qui lui poussaient sur le menton. Et il n'était pas particulièrement gai non plus. Après avoir géré les conséquences immédiates de la mort de sa sœur et tout ce que cela impliquait, le bal masqué avait pris fin, et seuls un ou deux invités ayant pris congé à l'heure indue de quatre heures du matin. Heureusement, aucun des invités n'avait eu vent de ce qui s'était déroulé dans la nursery et il avait décampé vers le court de courte paume pour passer la nuit dans l'une des loges de la galerie, sur un lit de fortune.

Il se dit que trois heures d'un sommeil agité passées sur une surface rigide étaient responsables de son humeur. Il avait dormi en gilet et en bras de chemise, l'écharpe rouge de l'ordre impérial de Saint Anne oubliée autour de son cou et à présent froissée ; même s'il espérait qu'elle soit récupérable. Il la retira, arrangea ses vêtements et se lava le visage dans la bassine de porcelaine qu'il remplit d'eau grâce une aiguière assortie, le tout mis à sa disposition par un domestique attentif. Ne remettant pas sa redingote, il entendit des voix et des rires sur le court, alors il passa prudemment la tête à travers le filet, découvrant le spectacle extraordinaire de la famille Salt Hendon qui piqueniquait pour le petit déjeuner.

Le filet qui s'étirait habituellement d'un bout à l'autre du court avait été retiré, et à la place, sur le carrelage, étaient étendus des tapis sur lequel des coussins en soie étaient dispersés, et sur ses coussins étaient appuyés divers membres de la famille qui se servaient divers mets disposés dans des plateaux sous des cloches d'argent. Toujours vêtus de leurs costumes turcs de la veille, le comte, sa comtesse, lady Caroline, Kitty Aldershot, Tom Allenby et Rufus Willis donnaient l'air d'appartenir à un banquet ottoman. Merry était là, toujours vêtue de son costume de page, ainsi que les trois enfants du comte et de la comtesse. Le bébé était lové au creux du bras de son père et Beth était assise sur les genoux de Kitty, riant des pitreries de Boots le bébé carlin qui se battait contre le fil d'un jouet à traîner oublié. Ned était dans sa chemise de nuit et son banian de soie, courant pieds-nus autour des tapis en brandissant Singe au-dessus de sa tête comme s'il faisait voler un cerf-volant, semblant avoir parfaitement récupéré et ne souffrir d'aucune séquelle après l'épreuve terrifiante de la veille.

En complément, il y avait le secrétaire du comte, Arthur Ellis, et invité que l'on ne se serait pas attendu à trouver à ce pique-nique matinal du comte : Hilary Wraxton. Il était vêtu en courtisan de l'époque de Charles Premier, et Sir Antony ne se serait pas hasardé à deviner quelle matière constituait la longue perruque à boucles serrées du poète. Il paraissait avoir drapé autour de sa tête la toison entière d'un mouton noir, rendue encore plus glorieuse par les petits nœuds de toutes les couleurs de l'arc-en-ciel qui la parsemaient.

— Hé ho ! L'ara s'est réveillé ! Venez nous rejoindre pendant qu'il y a encore à manger. Miller. Versez à Monseigneur une bonne tasse de thé bien chaude.

Sir Antony sauta par-dessus la barrière à l'invitation chaleureuse du comte, et lady Caroline quitta son coussin pour venir le retrouver. Elle lui saisit la main et le salua d'un baiser sur la joue.

— Je vous en prie, Caroline, vous ne devriez pas vous approcher de trop près alors que je suis dans cet état déplorable.

Il accepta volontiers la tasse de thé que lui offrait un valet et en but une gorgée.

— Surtout pas avant d'avoir bu ma première tasse de thé de la journée.

Elle lui adressa un sourire mutin, murmurant afin que lui seul l'entende :

— Êtes-vous en train de me dire que quand nous serons mariés, nous ne passerons pas toute la nuit ensemble ?

Il replaça la tasse de thé sur sa soucoupe, haussant un sourcil.

— Il faudra que vous me poussiez hors du lit conjugal.

Elle lui sourit tendrement et le guida jusqu'au banquet matinal.

— Vous n'avez pas besoin d'être embarrassée par cette ombre sur vos joues. Salt n'est absolument pas présentable, dit-elle à la cantonade. Il a quasiment une barbe ! Et je n'ai jamais vu Tom ou Mr. Willis aussi échevelés. Mr. Wraxon est le seul d'entre nous qui reste respectable. Oh, et Jane, bien sûr. Mais Jane n'a *jamais* l'air décoiffée. Aucun d'entre nous n'est allé dormir, comme vous pouvez le voir.

Sir Antony avait vu. Cela dit, il n'avait pas compris que puisque tout le monde portait toujours leurs costumes de bal, ils avaient passé la nuit debout.

— Il ne semblait pas très logique de se retirer pour la nuit alors que les enfants allaient se réveiller dans quelques heures à peine, expliqua Jane alors que Sir Antony prenait place sur un coussin entre Caroline et le comte.

— Alors nous en avons fait une fête, ajouta Tom en faisant passer à Sir Antony un saladier rempli de fruits. Vous a-t-on réveillé ?

Sir Antony prit une pomme et secoua la tête. Il remarqua alors que sa tante n'était pas de la fête.

— Lady Reanay va-t-elle bien… ?

— Oui, je l'ai envoyée se coucher, expliqua Jane. Le médecin lui a donné quelque chose pour dormir. Les… événements… de la nuit l'ont profondément bouleversée…

— Boutes ! Boutes ! s'écria Beth qui faisait des bonds sur les genoux de Kitty Aldershot, pointant un index potelé en direction du bébé carlin.

Cela égaya considérablement l'atmosphère et tout le monde regarda le chiot qui tentait désespérément de retirer sa tête arrondie de sous une des cloches d'argent. Alors que le petit animal essayait de se tirer de ce faux pas à reculons, la cloche s'abattit sur lui, ce qui fit rire tout le monde. Dans l'intervalle que mit lady Caroline à secourir le chiot et les valets à s'affairer à retirer le plateau, le comte saisit l'opportunité d'échanger quelques mots en privé avec Sir Antony, qui croquait dans sa pomme en silence.

— Le magistrat local est passé voilà une heure. Il est en accord avec le verdict de mort accidentelle de Bennetts, le médecin. Elle sera enterrée aujourd'hui sans pompe et en toute discrétion. Tout le monde a été informé, y compris Merry. Tom s'est proposé d'aller chercher Ron à Eton. Je suggère une cérémonie privée en sa mémoire dans un jour ou deux…

Sir Antony hocha la tête, surpris par l'étranglement dans sa gorge qui n'était pas dû à la pomme, et qui lui rendait la parole presque impossible. Le comte le perçut également et lui aussi fut submergé par l'émotion. Mettant un moment à trouver sa voix et éclaircissant sa gorge devenue soudain sèche, il pressa la main de son cousin et dit :

— Antony… *Tony*, je ne peux pas… je ne m'imagine ce que vous avez subi… Ce que vous avez vu… Bennetts m'a rapporté l'étendue de ses blessures… C'est terrible. Il pense qu'elle est probablement morte d'une crise cardiaque provoquée par le choc d'avoir subi de telles brûlures Tom m'a rapporté le reste… Je… Jane et moi… Ce que nous vous devons… Vous nous avez donné, *à tous*, une raison de regarder vers l'avenir…

Il saisit son cousin par l'épaule.

— Je suis tellement content, vraiment *très* content, que vous soyez rentré.

Sentant que les rires et l'agitation déclinaient un instant, le comte se reprit et leva la tête, voyant que Merry attendait patiemment de s'entretenir avec lui. Il lui tendit la main.

— Ma chère, pendant une seconde, je vous ai prise pour un jeune valet, Merry !

— Un jeune valet ? demanda Sir Antony, rejoignant le comte dans ses taquineries bonhommes. Combien de jeunes valets employez-vous qui ont des cheveux qui descendent jusqu'à la taille ?

Quand le comte fit semblant de réfléchir à la question, Merry pouffa et dit :

— Vous êtes bête, Oncle Salt !

Elle coula un regard à Sir Antony et demanda doucement :

— Puis-je avoir la permission de demander à Oncle Tony pour les boîtes ?

— Ah, oui ! Le mystère des boîtes ! Plus précisément, les caisses qui bloquent l'office du pauvre Miller.

Salt hocha la tête en regardant Merry, qui posa alors la question.

— Leur contenu est-il pour nous, Oncle Tony ? Peut-on les ouvrir tout de suite ?

— Deux questions auxquelles je suis plus que content de répondre *oui*, lui dit Sir Antony en jetant son trognon parmi ce qui restait du petit déjeuner. Avec la permission d'Oncle Salt, il me semble que l'occasion se prête parfaitement à l'ouverture des caisses et à la distribution des cadeaux. Mais j'aurais besoin de deux petites fées des cadeaux pour livrer mes présents au bon destinataire. Pensez-vous que vous et Miss Aldershot pouvez nous faire l'honneur d'être nos fées des cadeaux ?

— Singe et Ned aussi veulent être des fées ! s'exclama Ned qui se précipita pour se tenir aux côtés de Merry.

— Un elfe, peut-être, Ned. Seules les filles peuvent être des fées, lui dit Salt.

Ned y réfléchit en faisant la moue, puis il regarda sa mère. Elle souriait. Il secoua sa tête bouclée en regardant son père.

— Non, Papa. Singe et Ned vont être des fées avec Merry.

— Pourquoi pas ? en convint Sir Antony. Plus il y aura de fées, mieux ce sera.

Ned rayonna et, prenant la main de Merry, il sautilla à la suite de Kitty vers l'autre bout du court de tennis où les trois valets s'affairaient à ouvrir et à retirer le remplissage en paille de trois grandes caisses.

Lady Caroline tenait la main de Sir Antony, et le reste des convives redressèrent le dos sur leurs coussins, dans l'attente de ce que les caisses allaient révéler. Miller demanda à un valet d'aider à transporter les objets les plus volumineux de l'autre côté des tapis, tandis qu'un autre valet plaçait dans les bras de Kitty Aldershot une pile d'articles plus petits. Ils étaient tous enveloppés dans du tissu et portaient des étiquettes, et les fées des cadeaux firent de l'excellent travail pour distribuer les paquets aux personnes dont le nom était inscrit sur l'étiquette. Merry lisait les noms à Ned qui recevait alors un paquet à donner à son destinataire respectif. Cela fonctionna bien jusqu'à ce que Ned entende son propre nom. Il oublia alors complètement d'aider Merry dans l'excitation d'ouvrir son cadeau, ce que son père l'aida également à faire.

Tout le monde était occupé à déballer leurs présents, mais pas assez égoïstement pour ne pas entendre l'immense inspiration que prit le petit garçon. Ils levèrent alors la tête et lurent l'étonnement dans ses yeux ronds alors qu'il contemplait un cheval à bâton, et pas n'importe lequel. Celui-ci avait une crinière luxuriante et une bride en cuir, et à l'autre bout du bâton, deux roues dorées. Le cheval était accompagné d'une cape de velours bleu bordé de paillettes argentées, d'un casque à feuilles d'argent et d'or avec un panache, d'un bouclier et d'une épée assortis, et d'une paire de bottes de cuir rouge. Une fois habillé, Ned ressemblerait en tous points à un centurion romain, même s'il n'avait aucune idée de ce que c'était.

Les autres ne furent pas moins ravis de leurs cadeaux. Beth reçut une poupée vêtue d'une robe de damas en soie, accompagnée d'un minuscule service à thé qui comptait une théière en argent et des tasses en porcelaine à partager. Jane en reçut la version adulte : un service à thé en porcelaine jaune citron, venu de la fabrique de porcelaine impériale de Russie, dans son propre coffret. Caroline, Jane, Kitty et lady Reanay eurent toutes un éventail à baguettes d'ivoires et avec une incrustation en nacre, chacun arborant une scène pastorale différente à la façon de l'artiste Boucher. Emballées avec chaque éventail se trouvaient des bonbonnières en porcelaine de Sèvres, des petites boîtes charmantes en forme de têtes d'animaux exotiques. Il y avait un nécessaire de toilette en écailles de tortue pour Caroline, avec des peignes en ivoire, des bouteilles de parfum, des gobelets de voyage, des ustensiles et un étui à manucure en argent. C'était exactement ce dont elle avait besoin pour voyager partout en Europe avec Sir Antony.

Tom fut ravi de recevoir un ensemble de plumes et un socle en porcelaine, un équipement standard pour tout gentleman qui a de nombreuses lettres à écrire. Si cette remarque cryptique de Sir Antony fit hausser un sourcil au comte, son cousin choisit de l'ignorer. Arthur Ellis ne parvint pas à croire la chance qu'il avait de recevoir une paire de boucles de chaussures qu'il n'aurait jamais espéré pouvoir s'acheter lui-même, ainsi qu'un gilet en soie ivoire brodée à la mode de Paris.

Mr. Rufus Willis se demanda s'il avait déballé par mégarde le cadeau de quelqu'un d'autre quand il ouvrit un écrin doublé de velours et découvrir une montre à gousset en argent accompagnée de sa chaîne. Mais quand il la retourna et vit ses initiales finement gravées au dos, il en perdit l'usage de la parole. Une montre identique attendait Ron quand il rentrerait d'Eton. L'intendant reçut également un petit coffret en bois. Il ne devait pas l'ouvrir tout de suite. C'était pour Mrs. Willis : une cruche à chocolat chaud avec des tasses et des soucoupes assorties.

Il y avait même un cadeau pour Hilary Wraxton, qui fut ravi de se voir offrir un ensemble de plumes. Elles étaient accompagnées d'un réceptacle de porcelaine à la forme étrange, décoré à la chinoise, qui ressemblait au premier abord à un vase pour y mettre des fleurs. Mais il ne fallut guère de temps au poète pour comprendre son usage plus pragmatique, et il le remballa de crainte que les dames ne s'y intéressent trop, se tapotant la tempe de l'index en regardant Sir Antony.

— Bien pensé, Antony ! Bien pensé ! parvint-il seulement à dire, un petit sourire satisfait lui fendant le visage.

Pour le comte, ce fut une tabatière en or incrustée de diamants et de gemmes précieuses. À l'intérieur du couvercle se trouvait une miniature peinte de sa chère Jane. Ce portrait était l'un des deux qu'il avait commandés, et quand un seul avait été livré, il s'était interrogé sur ce qui était arrivé à l'autre. La comtesse était restée convenablement vague à ce propos. À présent, il avait compris : elle l'avait envoyée à Sir Antony pour qu'il la fasse monter dans la tabatière. Il contempla ce précieux objet pendant cinq bonnes secondes, trop ému pour parler, puis à la demande polie de la comtesse, il lui fit passer la tabatière pour qu'elle l'admire.

Puis il y eu un autre cadeau destiné à Caroline et quand elle ouvrit le couvercle d'un écrin doublé de velours, elle découvrit non pas un, mais trois colliers de cuir et de velours décorés de diamants et intercalés de minuscules clochettes d'argent. Tout le monde pensa que c'étaient des bracelets, mais pas elle. Elle jeta les bras autour du cou de Sir Antony et l'embrassa de tout son cœur, étonnant encore davantage les autres convives en s'emparant de Boots et laissant Sir Antony placer ce petit collier autour du cou du chiot.

Cela fit rire Salt qui secoua la tête.

— Je vous conseillerai de ne pas trop la laisser faire, mais vous le ferez de toute façon, dit-il à Sir Antony pour taquiner sa sœur.

Caroline ouvrit la bouche pour lui lancer quelque chose en retour, mais elle se tut par respect pour Merry qui, après avoir distribué les cadeaux, était à présent en mesure de déballer les propres présents qu'elle avait reçus de son Oncle Tony. Toutes deux savaient ce qu'elle avait toujours rêvé de posséder, sans croire qu'elle l'aurait un jour, même si elle avait raconté une fois dans une des lettres adressées à son oncle, qu'elle espérait un jour avoir son propre coffret de peinture et son chevalet. Elle ne reçut pas seulement un coffret rempli de toutes les peintures imaginables, mais il y avait également là des pinceaux, des godets à mixer en porcelaine, des palettes, un chevalet pliable et du papier.

Ce fut le second cadeau qui tira des exclamations ravies aux femmes et des sourires indulgents de la part des gentlemen.

C'était une ravissante poupée de cinquante centimètres de haut, avec des membres ajustables et un joli visage souriant en porcelaine. Elle avait une véritable chevelure brune à coiffer qui lui arrivait à la taille, et une garde-robe faite des dernières robes et jupons de damas de soie et de velours provenant de l'atelier d'un couturier parisien. Il y avait des camisoles de lin, des corsets à baleine, une paire de poches brodées à nouer sous sa robe, des bas et des jarretières, ainsi qu'un ensemble de paniers en roseau et en velours. Elle avait cinq paires de chaussures, deux éventails miniatures, un parapluie, des fichus, des châles et trois chapeaux, un livre de poche, une ombrelle et une chaise sur laquelle s'asseoir. Tous les vêtements et les accessoires de la poupée tenaient dans une armoire polie qui n'était pas moins spectaculaire, avec des tiroirs et un espace pour la ranger lorsqu'on ne l'habillait pas et ne jouait pas avec. C'était le cadeau le plus phénoménal que toute femme à la mode, et qui plus est une fille de près de treize ans, aurait rêvé de posséder.

Quand Merry cessa d'étreindre son Oncle Tony et de le remercier, elle sautilla vers les nounous présentes et Nourrice Browne afin de leur montrer sa ravissante poupée et ses accessoires. Nourrice lui demanda si elle pensait à un nom pour sa poupée et Merry répondit Antonia, en l'honneur de son Oncle Tony. Presque au même moment, le petit Sam commença à s'agiter dans les bras de son père, et comme Jane était occupée à regarder Ned chevaucher son cheval, Beth ayant migré sur ses genoux pour montrer à sa mère sa ravissante poupée, le comte chercha du regard la nounou de Sam.

Betsy se présenta en un instant et alors qu'elle prenait Sam dans ses bras, Sir Antony attira son regard et lui sourit. Elle lui rendit son sourire et battit en retraite, mais pas avant que Hilary Wraxton ne fasse une découverte surprenante.

— Antony ! Hé ! Antony ! l'interpela-t-il en désignant de l'index le dos de Betsy. Par Dieu, la voilà ! Elle est là ! La fille à la charlotte-serpillière !

Les conversations cessèrent immédiatement. Toutefois, puisque Sir Antony resta parfaitement calme et que c'était Hilary Wraxton qui avait fait cette annonce, après une brève pause, les conversations reprirent comme si le poète n'avait rien dit.

— Oui, Hilary, répondit calmement Sir Antony. Peut-être, plus tard, aimeriez-vous réciter votre poème à Betsy. Et quand vous publierez votre fin recueil de poèmes, vous dédierez celui-ci à Betsy Smith, votre muse.

Un voile passa sur les yeux de Hilary Wraxton alors que cette idée faisait son chemin.

— Ma muse… Oui. Oui ! Betsy Smith… Ma muse…

— Son frère s'est enfui à l'étranger avec Jenny Dalrymple, mentionna Salt en passant.

— Vraiment ? Avec… lady Dalrymple ? demanda Sir Antony, vaguement intéressé.

— Oui, répondit le comte, lançant un regard furtif à Sir Antony dont les traits demeurèrent parfaitement composés.

— Ce n'est pas ce que j'avais à l'esprit, mais compte tenu des événements de la nuit dernière, cela convient, réfléchit Sir Antony à haute voix, n'ajoutant rien.

Rufus Willis regarda Sir Antony, stupéfait, avant de se tourner vers son noble employeur en clignant des paupières.

— Dacre Wraxon ? *Le représentant parlementaire de Hendon* ? Il s'est enfui ? Avec lady Dalrymple ?

— Il est venu me trouver au bal, s'est excusé et à démissionné de son poste de représentant, lui dit le comte. Il m'a assuré que je recevrai sa lettre dans la journée.

Salt pinça les lèvres, ajoutant en coulant un autre regard à Sir Antony :

— Son discours m'a vraiment donné l'impression d'avoir été répété à l'avance… Ou bien que quelqu'un le lui a fait répéter et il s'est contenté de cracher le morceau. Ce qui est bien plus intéressant et qu'il m'a suggéré le nom d'un remplacement pour son siège à la Chambre des Communes. Il a mentionné que cela aussi serait dans sa lettre.

— Tom fera un représentant au Parlement important et très diligent, annonça Sir Antony.

— Je n'ai jamais dit que c'était Tom.

— Je le sais, répondit adroitement Sir Antony.

Tom Allenby regarda autour de lui, et comprenant que le comte et son cousin parlaient de lui, il redressa l'échine.

— Moi ? Moi, un *représentant au Parlement* ?

— Je sais également que Tom, tout en servant la cause de Hendon et de son mentor, lord Salt, à la Chambre, soutiendra des causes personnelles…

— Ah oui ? demanda Tom en clignant des paupières.

— Ne faites pas l'ingénu, Tom. Caroline m'a tout raconté sur l'intérêt que vous portez à la question de l'émancipation. Puis il y a les droits des animaux…

— Les droits des *animaux* ? répéta Rufus Willis, incrédule, jetant un regard inquiet au comte.

— Allons, Mr. Willis, dit Sir Antony. Vous avez certainement entendu très souvent les remontrances de lady Caroline sur la souffrance du renard pendant la chasse. Et je suis certain que, discrètement, vous avez aidé Mademoiselle à reloger les animaux plus conséquents qu'elle sauve de leurs propriétaires cruels et envoie à Mrs. Allenby à Allenby Park ?

— Eh bien… euh… oui, admit sincèrement l'intendant.

Les yeux de Tom Allenby se mirent à luire et il se tourna vers Sir Antony pour chercher confirmation.

— En tant que représentant, je pourrai présenter un projet de loi à la Chambre afin de requérir l'interdiction des pratiques cruelles et anormales de ces établissements qui destinent les animaux à la chasse et...

— Ne mettez pas la charrue avant les bœufs, Tom, lui conseilla le comte. Je suis émerveillé par votre capacité à orchestrer et manipuler à volonté, dit-il à Sir Antony. Plus vite vous serez fait ambassadeur, mieux cela vaudra pour la relation que l'Angleterre entretient avec ses voisins de l'autre côté de la Manche.

— Je n'ai d'autre intérêt personnel que le bonheur de Caroline.

— Je n'y vois rien à redire, lui rétorqua le comte, lançant un regard en coin à sa sœur qui tirait sur la manche de Sir Antony pour attirer son attention.

— J'aime le nécessaire et ces ravissants cadeaux pour mes chiots, pour lesquels je vous remercie du fond du cœur. Mais qu'en est-il *du* cadeau ? demanda lady Caroline à voix basse. N'avez-vous pas un cadeau *particulier*, juste pour moi...?

Sir Antony ne releva pas. Il avait en effet un anneau de fiançailles, serti de rubis et de diamants, ainsi qu'une alliance en or assortie, mais il feignit l'ignorance. Il répondit très sérieusement :

— Je ne vois pas de plus beau cadeau que ma dévotion et mon amour éternels.

Lady Caroline le regarda en clignant des paupières, puis elle rougit.

— Bien entendu ! Bien entendu, c'est le cadeau le plus important de tous, mais... mais...

Sir Antony était ravi de la voir contrite. Il l'interrompit, continuant de feindre l'ignorance :

— Oh ? Vous voulez dire la licence particulière que votre frère conserve dans le tiroir de son bureau et qui comporte nos deux noms ?

Les yeux de lady Caroline pétillèrent.

— Est-ce vrai, Salt ? Vous avez une licence pour Antony et moi ?

Le comte dévisagea Sir Antony en fronçant les sourcils, se demandant comment son cousin était au courant.

— Oui, c'est vrai. Mais comment avez-vous...

— Alors nous allons pouvoir nous marier immédiatement ! déclara lady Caroline.

Emportée par l'enthousiasme, elle se tourna vers sa famille qui écoutait présentement la conversation, et elle dit d'un ton ravi :

— Merry sera la bouquetière et Kitty ma demoiselle d'honneur. Tom devra être le témoin d'Antony, et Salt m'accompagnera à l'autel, et Jane...

Elle regarda Jane d'un air désolé.

— Cela ne vous fait rien que Kitty soit ma demoiselle d'honneur, n'est-ce pas, ma chère ?

— Je suis ravie que Kitty le fasse, répondit Jane. Et bien entendu, c'est Salt qui vous mènera à l'autel.

Elle regarda le comte et dit d'un ton taquin :

— Je ne peux pas vous garantir qu'il soit de bonne humeur, mais je vous assure que le Sultan de la Déprime sera dans de bien meilleures dispositions que le jour où il m'a épousée !

— Jane ! C'est injuste et cruel, grommela le comte en rougissant.

Personne n'épargna ses sentiments et tout le monde éclata de rire.

— Que porterez-vous, Caroline ? demanda Kitty.

C'était une question anodine, mais qui anima toutes les dames qui entamèrent bientôt une discussion sur laquelle des nombreuses robes à la française de Caroline serait la plus appropriée, ou bien si elle ne devait pas se faire faire une toute nouvelle robe simplement pour l'occasion. Alors que la conversation menaçait de se poursuivre inlassablement et que Hilary Wraxton offrait des suggestions sur les accessoires requis pour cette robe de mariée, Sir Antony ancra la discussion avant qu'elle ne puisse partir explorer les eaux inexplorées du choix du tissu, du coloris ou des finitions appropriées.

— Dire que je me ravis de votre joie et de votre enthousiasme pour un tel événement, ma chère, serait un euphémisme, dit-il d'une voix traînante, mais vous oubliez peut-être que si cet événement fantastique doit avoir lieu, ce n'est pas avant au moins deux mois.

Lady Caroline fut choquée.

— *Deux mois* ?

— Six semaines constitueraient un délai prudent, énonça Salt. Et si la cérémonie est une petite cérémonie familiale de six mois sur notre propriété, et que le voyage de noces est effectué à l'étranger…

— En Irlande.

— Très bon choix, en convint Salt. Alors personne ne verra à redire au fait que la période de deuil de Sir Antony ait été inférieure aux six mois requis.

— *Six mois* ? dit Caroline dans un hoquet, incrédule.

Elle jeta un regard au groupe à présent silencieux affalé sur des coussins et dit ce qu'aucun d'entre eux n'osait énoncer à haute voix. Sa déception amère l'avait rendue indifférente aux sentiments des autres.

— Elle ne mérite même pas qu'on se souvienne d'elle pendant six jours, avec la façon dont elle a traité ses enfants et son frère…

— Et pourtant, par respect pour ses enfants, et son frère, dit le comte d'un ton égal, nous ferons ce qui est juste et poli.

Il y eut un silence assourdissant, puis lady Caroline hocha la tête et prit une grande inspiration frissonnante.

— Oui, bien sûr. Pardonnez-moi. Je me montre égoïste et peu charitable.

— Six semaines vous donneront le temps de vous faire confectionner l'ensemble parfait, lui dit Jane à voix basse en coulant un regard à Sir Antony. Et à votre futur mari de préparer sa demeure. Il y a de nombreux ajustements à faire quand on se marie, et encore plus lorsqu'un époux hérite de la famille de sa future épouse.

Tout le monde avait compris que la comtesse faisait référence à la ménagerie de lady Caroline. Le comte, taquinant sa sœur pour qu'elle montre son irritation, donna une claque dans le dos de Sir Antony et dit avec un rire :

— Hourra ! Je peux enfin me débarrasser de ce satané oiseau !

— *Magnus*. Les enfants, siffla Jane.

— *Saté* oiseau ! répéta Ned en grimpant sur les genoux de son père, regardant rapidement ses parents avant de sourire aux convives qui ne purent contenir leur hilarité.

— Je suis content que cela soit arrangé, dit Salt avec satisfaction en ébouriffant les boucles dorées de son fils. Vous pourrez porter l'anneau de Tante Caro, avoir un costume en velours et…

— Pardon, Salt, mais rien n'est arrangé, dit Sir Antony en se redressant et en rabaissant ses manches.

Du coin de l'œil, il vit Caroline se redresser aussi, difficilement, avec l'aide de Tom. Il faudrait vraiment qu'il lui interdise de s'habiller à la turque en public. Et quant à porter les cheveux lâchés dans son dos, peu importe qu'elle porte toujours son ravissant petit turban, cela serait simplement destiné à leurs appartements personnels.

— Il ne suffit pas d'avoir une licence dans votre tiroir, mais à quoi sert-elle, puisqu'elle m'est inutile dans les circonstances actuelles ?

— Que voulez-vous dire ? demanda Caroline dans un murmure en se dressant devant lui. Dans les circonstances actuelles ?

Il s'efforça de réprimer un sourire et lui taquina le menton de l'index.

— Vous êtes forcément d'accord que pour être en mesure de se marier, il faut d'abord être fiancés.

Elle le regarda en inclinant la tête et dit avec un sourire :

— Vous m'avez demandé de vous épouser.

— Vous ne m'avez pas encore donné de réponse.

Elle lui saisit la main.

— Redemandez-le-moi, murmura-t-elle. Tout de suite.

Sir Antony mit un genou en terre devant elle, retira de sa poche un petit écrin en velours, l'ouvrit pour révéler une bague de fiançailles en rubis et en diamants, et pour la deuxième fois en moins d'une semaine, il demanda solennellement à lady Caroline de l'épouser. Cette fois, elle répondit sans la moindre hésitation.

— De tout mon cœur : oui ! s'exclama-t-elle en contenant ses larmes. *Cent* fois *oui*.

Lui ayant passé la bague au doigt, Sir Antony saisit lady Caroline dans une étreinte féroce sous les applaudissements et les vœux de bonheur de leur famille.

Ne laissant jamais filer l'occasion d'avoir l'attention d'un public, Hilary Wraxton se redressa d'un bond, prêt à déclamer. Des mains se tendirent en direction du poète afin de mettre un terme au récital avant qu'il n'ait commencé, des objections exprimées dans les termes les plus colorés que l'on puisse utiliser en présence d'enfants. Mais cette tentative fut vaine. Sur un léger mouvement de sa perruque en laine de mouton, Hilary Wraxton commença à déclamer son *Ode à des fiançailles qui se sont fait attendre*, et les nouveaux fiancés scellèrent leur bonheur mutuel d'un baiser passionné, ignorant la douleur et la souffrance que subissaient les oreilles du comte de Salt Hendon et de son harem.

DANS LES COULISSES

Explorez les lieux, les objets et l'histoire
de *Retour à Salt Hendon* sur Pinterest.

www.pinterest.com/lucindabrant

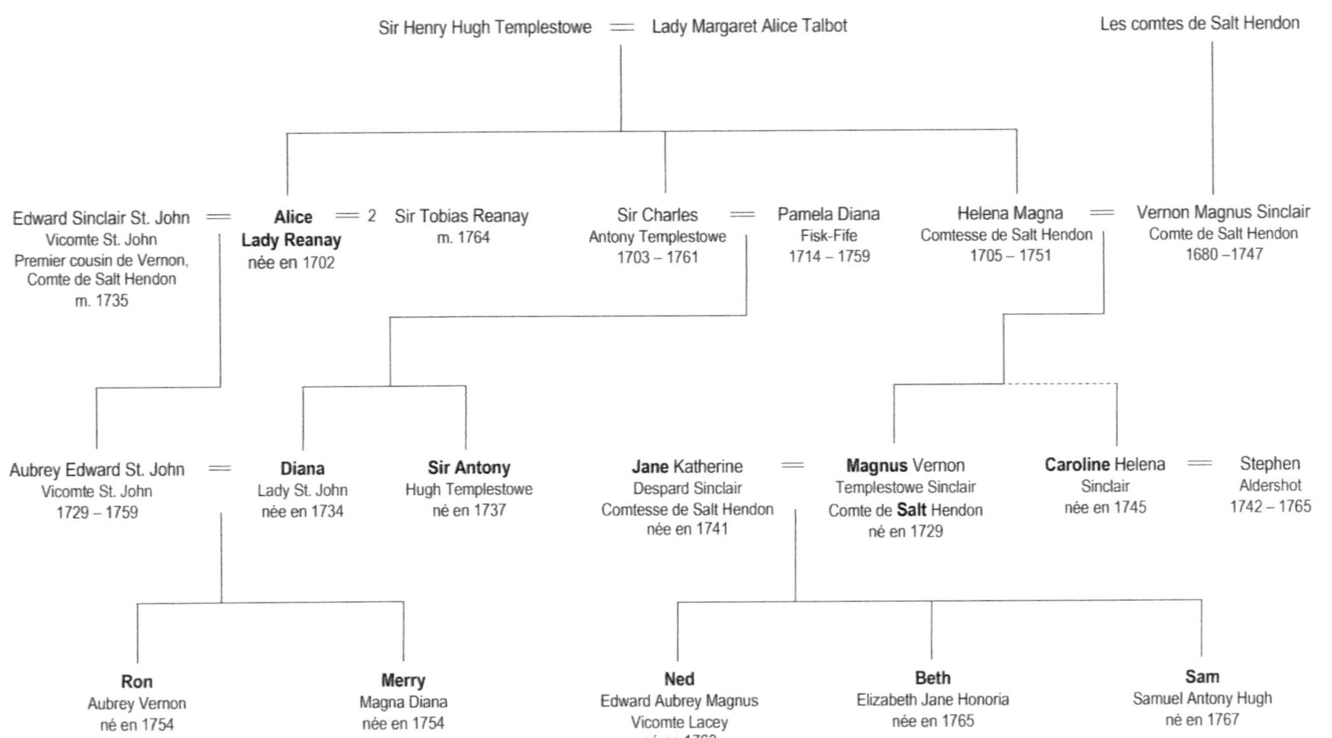

Sir Henry Hugh Templestowe = Lady Margaret Alice Talbot
Les comtes de Salt Hendon

Edward Sinclair St. John
Vicomte St. John
Premier cousin de Vernon,
Comte de Salt Hendon
m. 1735
=
Alice
Lady Reanay
née en 1702
= 2
Sir Tobias Reanay
m. 1764
Sir Charles
Antony Templestowe
1703 – 1761
=
Pamela Diana
Fisk-Fife
1714 – 1759
Helena Magna
Comtesse de Salt Hendon
1705 – 1751
=
Vernon Magnus Sinclair
Comte de Salt Hendon
1680 –1747

Aubrey Edward St. John
Vicomte St. John
1729 – 1759
=
Diana
Lady St. John
née en 1734
Sir Antony
Hugh Templestowe
né en 1737
Jane Katherine
Despard Sinclair
Comtesse de Salt Hendon
née en 1741
=
Magnus Vernon
Templestowe Sinclair
Comte de Salt Hendon
né en 1729
Caroline Helena
Sinclair
née en 1745
=
Stephen
Aldershot
1742 – 1765

Ron
Aubrey Vernon
né en 1754
Merry
Magna Diana
née en 1754
Ned
Edward Aubrey Magnus
Vicomte Lacey
né en 1763
Beth
Elizabeth Jane Honoria
née en 1765
Sam
Samuel Antony Hugh
né en 1767